SARAH BETH DURST

Ice

Hüter des Nordens

SARAH BETH DURST

ICE

HÜTER DES NORDENS

Roman

Ins Deutsche übertragen von
Katrin Harlaß

LYX EGMONT

Die Originalausgabe erschien 2009 unter dem Titel »Ice«
bei McElderry Books

Deutschsprachige Erstausgabe Februar 2012 bei LYX
verlegt durch EGMONT Verlagsgesellschaften mbH,
Gertrudenstraße 30–36, 50667 Köln

1. Auflage
Redaktion: Jochen Dilling
Satz: Greiner & Reichel, Köln
Druck: CPI – Clausen & Bosse, Leck
ISBN 978-3-8025-8602-6

www.egmont-lyx.de

Für Adam, meinen Ehemann,
in Liebe.

Für dich würde ich bis in das Land östlich der Sonne
und westlich des Mondes gehen

Prolog

Die Tochter des Nordwinds

»Es war einmal vor langer, langer Zeit, da sagte der Nordwind zum König der Eisbären: ›Stehle mir eine Tochter, und wenn sie herangewachsen ist, soll sie deine Braut sein.‹«

Cassie, vier Jahre alt, klammerte sich fest an ihre Bettdecke und blickte unverwandt auf ihre Großmutter. Die saß steif auf der äußersten Kante von Cassies Bett und erinnerte, hochgewachsen und aufrecht, in ihrer linken Hand einen Gehstock aus Mahagoni, an einen Armeegeneral. Dad war heute Abend nicht da. Er hatte außerhalb der Station zu tun. Das bedeutete, Cassie würde die Geschichte hören. Gram erzählte sie niemals, wenn er zu Hause war. Und es war die einzige Geschichte, die sie überhaupt je erzählte.

»Und so kam es, dass der König der Eisbären ein Menschenkind entführte und es dem Nordwind brachte. Von da an lebte es bei ihm. Der Nordwind war sein Vater, und der Westwind, der Südwind und der Ostwind waren seine Onkel. Es wuchs zu einer wunderschönen, aber sehr einsamen jungen Frau heran. Eines Tages, als die Winde nicht da waren (was oft geschah), traf sie einen Menschen, einen Mann. Sie freundete sich mit ihm an, und schließlich verliebten sich die beiden ineinander.

Als nun der König der Eisbären erschien, um seine Braut einzufordern, wies sie ihn ab. Ihr Herz, sagte sie, gehöre einem anderen. ›Ich will keine Braut, die nur aus Zwang die Meine wird‹, sagte er zu ihr. ›Aber dein Vater hat mir ein Versprechen gegeben.‹

Die Tochter des Nordwinds wusste um die Macht magischer

Versprechen, und so versuchte sie, dem ihres Vaters ein eigenes entgegenzusetzen: ›Dann werde *ich* dir etwas versprechen‹, erwiderte sie. ›Bring mich zu meinem Liebsten, und verstecke uns vor meinem Vater, und wenn ich eine Tochter bekomme, dann soll sie deine Braut sein.‹

Und so brachte der König der Eisbären die Tochter des Nordwinds zu ihrem Menschenmann und versteckte die beiden im ewigen Eis.

Voller Zorn fegte der Nordwind über Himmel, Land und Meer. Aber er konnte sie nirgends finden. Und so waren die Tochter des Nordwinds und ihr Mann lange miteinander glücklich.

Nach der üblichen Zeit bekam die Frau ein Kind. Der Westwind, der zufällig gerade vorüberflog, hörte die Geburt und eilte zum Nordwind, um ihm zu sagen, wo er seine Tochter finden könne. Da stürzte sich der Nordwind mit der Kraft von tausend Schneestürmen hinunter auf das Haus, in dem seine Tochter, ihr Mann und das Neugeborene lebten. Beinahe hätte er es in tausend Stücke zerfetzt, aber die Frau rannte hinaus zu ihm. ›Nimm mich mit dir‹, rief sie weinend, ›aber verschone meine Liebsten!‹

Und der Nordwind blies sie so weit fort, wie er nur irgend konnte – bis zu der Festung hinter dem Ende der Welt. Dort stürzte sie zu Boden, und Trolle nahmen sie gefangen.«

Gram stand auf, und Cassie hörte das Bett knarren. Die kräftige Stimme ihrer Großmutter klang jetzt viel sanfter. »Es heißt, wenn der Wind aus dem Norden heult, weint er um seine verlorene Tochter.«

Cassie blinzelte ihre Tränen weg. »Und Mami ist immer noch dort?«

Gram war ein Schatten im Türrahmen. »Ja.«

Erster Teil

Das Land der Mitternachtssonne

Kapitel Eins

Vor langer, langer Zeit, da lebte in einem Land hoch im Norden eine liebliche Jungfrau …

Geografische Breite: 72° 13' 30" N
Geografische Länge: 152° 06' 52" W
Höhe: 1 m

CASSIE SCHALTETE DEN MOTOR IHRES SCHNEEMOBILS AUS.

Vollkommene Stille, ihr Lieblingsgeräusch. Eiskristalle tanzten in der arktischen Luft, glitzerten im Licht der frühen Morgendämmerung wie Diamantstaub. Ein Lächeln erschien unter der eisverkrusteten Gesichtsmaske. Cassie liebte das: nur sie, das Eis und der Bär.

»Nicht bewegen«, flüsterte sie zu dem Eisbären hinüber.

Ohne den Blick abzuwenden, griff sie nach hinten und hakte das Gewehr los. Der Bär stand reglos da, wie eine Statue aus Marmor. Ohne das Tier auch nur eine Sekunde aus den Augen zu lassen, lud Cassie die Waffe mit einem Betäubungspfeil, rein nach Gefühl. Weiß auf Weiß in einem Alkoven aus Eis sah er aus wie ein König auf seinem Thron. Einen Augenblick lang war Cassie, als könnte sie die Stimme von Gram hören, ihrer Großmutter, wie sie die Geschichte vom König der Eisbären erzählte … Sie hatte sie nicht mehr gehört seit jenem Tag, an dem Gram die Forschungsstation verlassen hatte, doch Cassie erinnerte sich immer noch an jedes einzelne Wort. Sie hatte damals geglaubt, die Erzählung sei wahr.

Als kleines Mädchen hatte Cassie vor der arktischen Forschungsstation ihres Vaters unzählige Rettungsmissionen geprobt. Sie häufte alte Teile von Schneemobilen und kaputte Stromaggregate übereinander, um die Festung der Trolle nachzubauen. Dann kletterte sie die »Festungsmauern« hinauf und fesselte die »Trolle« (mit Kissen ausgestopfte alte Kleidungsstücke) mit Hilfe von Kletterseilen. Einmal hatte ihr Vater sie mit angeschnallten Skiern auf dem Dach der Station erwischt, bereit, auf ihnen bis hinter das Ende der Welt zu laufen, um ihre Mutter zu retten. Er nahm ihr die Skier weg und verbot Gram, die Geschichte jemals wieder zu erzählen. Doch das hatte Cassie nicht aufgehalten. Im Gegenteil. Wenn ihr Vater unterwegs war, flehte sie Gram ganz einfach an, die Geschichte zu erzählen. Und sie erfand ein neues Spiel, in dem ein Segel aus Zeltleinwand und ein ausrangierter Schlitten die Hauptrollen spielten. Selbst als sie bereits die Wahrheit kannte – Großmutters Geschichte sollte ihr auf nette Art und Weise begreiflich machen, dass ihre Mutter gestorben war –, hatte sie diese Spiele weiter gespielt.

Spiele brauche ich jetzt nicht mehr, dachte Cassie und grinste. Sie ließ die Spritze einrasten und hob das Gewehr an die Schulter. Und dieser Bär, so dachte sie, brauchte keine Gutenachtgeschichte. Er wirkte auch so überaus prachtvoll, war so vollkommen wie ein Bild aus einem Lehrbuch: cremefarben, muskulös und ohne jede Narbe. Wenn ihre Schätzung stimmte, war er der größte jemals gesichtete Eisbär. Und sie hatte ihn gefunden.

Als Cassie den Hahn des Betäubungsgewehrs spannte, drehte der Bär den Kopf und blickte direkt in ihre Richtung. Sie hielt den Atem an und erstarrte. Wind pfiff über das Eis und wirbelte losen Schnee zwischen ihr und ihm auf. Sie hörte ihr Herz so laut in den eigenen Ohren pochen, dass sie fast glaubte, er könne es auch hören. Das war es – das Ende der Verfolgungsjagd. Als sie aufgebrochen war, hatte Polarlicht am Himmel getanzt. In seinem Leuchten hatte sie die Spuren des Bären drei Meilen von der Station Richtung Norden verfolgt. Lockeres Meereis hatte sich gegen die Küste gedrängt, doch sie war darüber hinweg und hinaus aufs Packeis gefahren. Bis hier herauf, zu einem Block wirr aufgetürmter Eisblöcke, die wie eine Bergkette en miniature aussahen, hatte sie ihn verfolgt. Sie hatte keine Ahnung, wie es ihm gelungen war, ihr während der ganzen Jagd so weit vorauszubleiben. Die höchste Geschwindigkeit, die ein erwachsener männlicher Eisbär erreichen konnte, lag bei dreißig Meilen pro Stunde, und mit ihrem Schneemobil kam sie auf sechzig Meilen pro Stunde. Vielleicht waren seine Spuren ja nicht so frisch gewesen, wie sie aussahen. Oder sie hatte eine Art superschnellen Bär entdeckt. Angesichts der Lächerlichkeit dieser Vorstellung musste sie grinsen. Welche Erklärung es dafür auch immer geben mochte, die Spuren hatten sie hierher geführt, zu diesem wunderschönen, majestätischen, perfekten Bären. Sie hatte gewonnen.

Einen Augenblick später wandte der Bär seinen Blick von ihr ab und sah hinaus auf die gefrorene See.

»Du gehörst mir«, flüsterte Cassie, während sie ihn anvisierte. Da trat der Bät *in das Eis hinein*. Mit einer einzigen, fließenden Bewegung richtete er sich auf und tapste rückwärts. Es sah aus, als würde er in das Innere einer Wolke gehen. Zuerst verschwanden die Hinterbeine im Weiß, dann auch der Körper.

Unmöglich.

Sie senkte das Gewehr und starrte wie gebannt zu der Stelle hinüber. Das konnte nicht sein. Sie sah das hier nicht wirklich. Die Eiswand schien ihn förmlich zu verschlucken. Jetzt waren nur noch seine Schultern und der Kopf zu sehen. Cassie schüttelte sich. Er würde entkommen! Wie, war völlig egal. Sie hob das Gewehr und drückte den Abzug. Der Rückstoß schlug den Kolben der Waffe gegen ihre Schulter. Reflexartig blinzelte sie. Der Bär war weg.

»Nein«, sagte sie laut. Sie hatte ihn doch gehabt! Was war passiert? Bären gingen nicht durch Eis, *konnten* nicht durch Eis gehen. Es musste eine Sinnestäuschung gewesen sein. Irgendein Streich, den die arktische Luft ihr spielte. Sie riss sich die Brille vom Kopf. Sofort presste die Kälte ihre Augäpfel zusammen, und das grelle Weiß blendete sie. Cassie suchte die gefrorenen Wellen ab. Schnee trieb über das Eis wie schnell dahinziehende Wolken. Das Land war so tot wie eine Wüste. Erst als die Kälte zu sehr schmerzte und sie es keine Sekunde länger aushalten konnte, setzte sie ihre Brille wieder auf.

Ein Prasseln in ihrem Funkgerät. Sie holte es aus der Tasche ihres Parkas. »Hier Cassie«, sagte sie und versuchte, gelassen zu klingen. Sie hatte den Bären bis hinaus auf das Packeis verfolgt – ohne Rückendeckung. Hätte sie ihn gefangen, wäre das nicht so schlimm. Aber so … Wie sollte sie das hier bloß erklären? Sie konnte es ja noch nicht einmal sich selbst erklären.

»Cassandra Elizabeth Dasent, nach Hause mit dir. SOFORT.«

Dads Stimme. Und er klang alles andere als glücklich.

Nun, sie war es auch nicht. Sie hatte vorgehabt, einen Bären zu markieren – als Geburtstagsgeschenk für sich selbst. In wenigen Stunden würde sie achtzehn werden. Es schien die ideale Möglichkeit für die einzige Tochter des leitenden Wissenschaftlers der Meeresforschungsstation in der Eastern Beaufort Sea zu sein, das Erreichen ihrer Volljährigkeit zu feiern. Als dieser Bär an der Station vorbeispazierte, befand sie sich gerade draußen, um die Funkantenne zu reparieren, und es hatte sich wie ein Geschenk angefühlt. Sie hatte doch nicht damit gerechnet, dass die Verfolgungsjagd sie so weit hinaus aufs Eis führen würde! Und sie hatte ebenfalls nicht damit gerechnet, dass der Bär … Er konnte nicht weit gekommen sein. Bestimmt war er gleich irgendwo hinter dem Kamm aus Eis. Sie prüfte die Tankanzeige. Der Treibstoff reichte noch für drei Stunden.

»Cassie? Cassie? Hörst du mich?«

»Ich verfolge ihn weiter«, sagte sie in das Funkgerät. Dann ließ sie den Motor aufheulen. Das Geräusch verschluckte die Antwort ihres Vaters, und Cassie fuhr los, weiter hinein ins Eis.

Cassie parkte das Schneemobil in der Remise, hängte ihr Bündel über die Schulter und trottete hinüber zur Station. Ihr ganzer Körper tat weh, von oben bis unten, innen und außen. Sogar ihre Fingernägel schmerzten. Die Sonne hing tief über dem Horizont. Jeden Tag würde sie jetzt etwas kürzer zu sehen sein, bis sie schließlich den Winter über ganz verschwand. Ihr schräg einfallendes

Licht machte aus Cassies Schatten einen Schneeriesen wie in den alten Inuit-Legenden.

Sie hatte ihn verloren.

Sie wusste nicht wie, aber sie hatte ihn verloren. Wieder und wieder ließ sie die Suche in ihrem Kopf ablaufen, als ob sie so die Spuren erkennen könnte, die sie übersehen haben musste. Hätte sie doch nur erst sorgfältiger Ausschau gehalten, anstatt sofort über das Meereis zu rasen …

An der Tür traf sie auf Owen, den Labortechniker der Station. Sie blinzelte dem Mann mit dem Kugelbauch und dem grau melierten Bart grüßend zu. Offensichtlich hatte er auf sie gewartet.

»Cassie, die Schachtel!«, rief Owen mit gequälter Stimme.

Sie blickte auf ihr Bündel. Die Schachtel mit den Betäubungsspritzen hing heraus. Sie war eisverkrustet. Cassie zuckte schuldbewusst zusammen. »Er ist mir entwischt.«

Owen nahm ihr Tasche und Gewehr ab. »Weißt du eigentlich, was die hier kosten?«

Cassie folgte ihm durch die doppelte Eingangstür in die Station. Als sie die innere Tür hinter sich schloss, überrollte sie die dicke, saure Wärme wie eine erstickende Welle. Es war der Geruch ihres Zuhauses, abgestanden und stickig und beruhigend vertraut. Liebevoll beugte sich Owen über das Betäubungsgewehr und sagte: »Du musst vorsichtig mit diesen Sachen umgehen. Du musst sie behandeln wie ein neugeborenes Baby.«

Sie sah zu, wie er die Ausrüstung inspizierte, und das Herz rutschte ihr in die Hose. Noch einen Tiefschlag wollte sie jetzt nicht einstecken müssen. Sie war ganz allein mit dem Schneemobil auf das Packeis hinausgefahren, *und* sie war sorglos mit der Ausrüstung umgegangen. Dad würde nicht gerade erfreut sein. Während sie ihre Überkleidung auszog, fragte sie: »Wo ist er? Funkraum?« Sie brachte das hier am besten sofort hinter sich. Aufschub machte keinen Sinn.

Owen gab keine Antwort. Er war vollkommen in die Reinigung des Betäubungsgewehrs versunken. Wahrscheinlich hatte er ihre Anwesenheit bereits vergessen. Beinahe musste sie lächeln. Er liebte seine Ausrüstung genauso sehr, wie sie das Packeis liebte. Sie waren beide ein bisschen fixiert. Das zumindest konnte sie sich selbst gegenüber zugeben. »Jeremy?«, fragte sie. Der neue Forschungspraktikant sah von seinem Schreibtisch auf.

»Er ist nicht gerade gut drauf«, bestätigte er und deutete mit dem Kopf auf die Tür zum Forschungslabor. »Er will mit dir reden.« Dann deutete er unter seinen Schreibtisch und fügte in einem Ton größter Hilfsbereitschaft hinzu: »Du kannst dich gerne hier verstecken.«

Cassie brachte ein Grinsen zustande. Dad hatte Jeremy in seiner ersten Woche auf der Station fürchterlich den Kopf gewaschen, weil er ohne die nötige Ausrüstung auf das Eis hinausgegangen war. Seitdem hatte Jeremy einen gesunden Respekt vor den Temperamentsausbrüchen ihres Vaters. Allerdings war dessen Zorn in jenem Fall wirklich berechtigt gewesen. Es spielte keine Rolle, dass Jeremy von der UCLA kam, der University of California in Los Angeles – welcher Idiot ging denn ohne Gesichtsmaske aufs Eis hinaus? So ein Anfängerfehler würde ihr selbst nie und nimmer passieren. *Nein,* dachte sie, *mein Spezialgebiet sind eher die spektakuläreren Fehler, wie zum Beispiel, einen voll ausgewachsenen Eisbären zu verlieren.*

Entschlossen stieß Cassie die Tür auf und betrat das Forschungslabor. Eilig umrundete sie Kisten und Ausrüstungsgegenstände. Aus dem Funkraum konnte sie die Stimme ihres Vaters hören, tief und abgehackt. Uh, das würde nicht lustig werden. Hier, in der schwach säuerlichen Luft ihres Zuhauses, würde ihre Geschichte sich anhören wie Grams altes Märchen vom König der Eisbären. Was draußen auf dem Meereis beinah glaubhaft gewirkt hatte, wirkte in der nüchternen, engen Atmosphäre der Station, schlichtweg irreal. Hier schien es eher so zu sein, dass der Bär nur in ihrer Einbildung in das Eis hineingegangen war. Sie wünschte, es wäre auch nur ihrer Fantasie entsprungen, ihn verloren zu haben.

Im Funkraum fand sie ihren Vater in der für ihn typischen Haltung vor: halb auf einem Stuhl sitzend, neben sich zwei andere Wissenschaftler. Cassie blieb im Türrahmen stehen und sah ihnen einen Moment lang zu. Ihr Vater war wie die Sonne. Andere Menschen neigten dazu, ihn zu umkreisen, ohne sich dessen überhaupt bewusst zu sein. Scott und Liam waren seine häufigsten Satelliten. Ob sie selbst in seiner Gegenwart wohl auch so wirkte: klein und in den Schatten gestellt? Cassie schob diesen unangenehmen Gedanken beiseite und trat weiter in den Raum hinein.

Hinter ihr schwang die Tür zu. Bei dem Geräusch sah ihr Vater auf und ließ sein Klemmbrett sinken. Sein Gesicht wirkte teilnahmslos, doch sie wusste, er war wütend. Cassie wappnete sich. Sie würde ihren Bericht so professionell wie möglich abliefern. Wie er darauf reagierte, war allein seine Sache.

Scott warf ihr ein Lächeln zu. »Ah, unser kleiner Workaholic.«

»Würden Sie uns bitte entschuldigen, meine Herren?«, sagte Dad zu Scott und Liam. »Familienangelegenheiten.« Oh, das war gar kein gutes Zeichen! Sie schluckte hart.

Cassie fragte sich nicht zum ersten Mal, ob ihr Vater wohl ein weicherer Mensch wäre, wenn ihre Mutter noch leben würde. Wäre sie dann imstande, mit ihm zu sprechen, ohne das Gefühl zu haben, sich einem riesigen Berg zu nähern? So vieles könnte anders sein, wenn ihre Mutter nicht gestorben wäre.

Die beiden Wissenschaftler, die anscheinend bemerkt hatten, dass die Luft hier plötzlich zum Schneiden dick geworden war, blickten nervös zwischen Vater und Tochter hin und her. Dann nahmen sie Reißaus.

Lange Zeit sagte ihr Vater gar nichts. Sein Gesichtsausdruck war unlesbar. Die Augen lagen im Schatten der buschig-weißen Augenbrauen. Der Mund versteckte sich in dem struppigen Waldläuferbart. Mit seinen ein Meter neunzig sah er schier unüberwindlich aus. Cassie hob den Kopf und blickte ihm fest in die Augen.

»Du weißt doch ganz genau, dass man nicht ohne Rückendeckung auf das Packeis hinausgeht«, sagte er schließlich. »Ich dachte, ich hätte dich zu einem klügeren Mädchen erzogen.«

Ja, das hatte er. Und besonders eins hatte er ihr in ihrer Kindheit immer wieder eingehämmert: die Gesetze des Eises. Alle anderen

Dinge mochte er anderen überlassen haben. Nachdem ihre Mutter kurz nach ihrer Geburt gestorben war und Gram die Station verließ, als sie fünf Jahre alt war, hatte Cassie einen Großteil ihrer Erziehung selbst besorgt, mehr recht als schlecht unterstützt von Menschen, die abwechselnd so etwas wie eine Elternrolle übernahmen – Dad, Max, Owen und wer sonst noch vorübergehend der Stationsmannschaft angehörte. Aber Dad hatte dafür gesorgt, dass sie ganz genau wusste, was zu tun war, wenn sie sich außerhalb der Station aufhielt. Und dafür war sie ihm dankbar. »Ich weiß«, sagte sie. Du hättest in eine Eisspalte fallen können«, fuhr er fort. »Presseis hätte über dir zusammenstürzen können. Ein Eiskanal hätte sich auftun können, und du wärst direkt ins Meer gefahren.«

»Ich weiß«, wiederholte sie. Was hätte sie denn sonst auch sagen sollen? Sie würde sich nicht herausreden, sich nicht entschuldigen. Ein paar Jahre zuvor hätte sie das vielleicht noch getan, aber sie war kein Kind mehr. Wenn sie erwartete, wie eine professionelle Wissenschaftlerin behandelt zu werden, dann musste sie sich auch wie eine benehmen.

Er sah sie immer noch finster an.

Cassie spürte, wie sie rot wurde, doch sie zwang sich, nicht wegzusehen. Sie würde sich um keinen Preis einschüchtern lassen.

Ihr Vater seufzte. »Bericht«, forderte er.

»Mit diesem Bären stimmt etwas nicht.« Cassie holte tief Luft, und dann sprudelte es nur so aus ihr heraus. Sie erzählte, wie sie das Tier aufgespürt hatte und wie es in das Eis hineingegangen war. Wie sie die Nische in dem Presseisrücken untersucht und keinerlei Spuren gefunden hatte, die aus ihr herausführten. Wie sie die Umgebung abgesucht hatte, meilenweit über das Packeis gefahren war, ohne auch nur das geringste Anzeichen des Bären zu finden. Damit endete sie und machte sich darauf gefasst, dass Dad ihren Bericht in der Luft zerfetzte.

Doch nichts dergleichen geschah. Stattdessen wich aller Ärger aus dem Gesicht ihres Vaters. Er legte sein Klemmbrett auf den Tisch und nahm sie fest in die Arme. »Ich hätte dich verlieren können«, sagte er.

Das war neu. »Dad«, sagte sie und wand sich in seinem Griff. Mit seinem Zorn hatte sie gerechnet. Aber eine Umarmung? In ihrer Familie umarmte man sich nicht. »Dad, bitte! Es geht mir gut. Ich weiß, was ich tue. Du musst dir keine Sorgen machen.«

Kopfschüttelnd gab ihr Vater sie frei. »Ich hätte wissen müssen, dass dieser Tag einmal kommen würde«, sagte er. »Deine Großmutter hatte recht.«

Unbeholfen tätschelte sie seine Schulter. »Das nächste Mal nehme ich Verstärkung mit«, versprach sie. »Ich werde den Bären erwischen. Du wirst schon sehen.«

Doch er schien ihr gar nicht zuzuhören. »Dieses Jahr ist es für eine Bewerbung schon zu spät, aber ich habe ein paar Freunde an der Universität von Alaska, die mir noch einen Gefallen schulden. Du kannst bei einem von ihnen im Labor arbeiten und dich dann nächstes Jahr zum Studium bewerben.«

Was? Was hatte er da gesagt? Sie waren sich doch einig gewesen, dass sie hierbleiben und Fernkurse belegen würde. Auf gar keinen Fall würde sie die Station verlassen. »Dad …«

»Du kannst bei deiner Großmutter in Fairbanks wohnen. Sie wird ganz aus dem Häuschen sein vor Freude, dass sie recht behalten hat. Seit du fünf warst, hat sie versucht, mir das einzureden. Aber ich war zu egoistisch und wollte dich hier bei mir behalten. Ich werde Kontakt mit Max aufnehmen, damit er dich hinfliegt.«

Sie starrte ihn an. »Ich will aber nicht weg«, sagte sie. Sie war gerne hier auf der Station! Ihr Leben war hier. Sie wollte – nein, *musste* – in der Nähe des Eises sein.

Ihr Vater betrachtete sie eindringlich, so als sähe er sie zum ersten Mal. »Du gehst«, sagte er dann mit stahlharter Stimme. »Tut mir leid, Cassie, aber es ist nur zu deinem Besten.«

»Das kannst du nicht einfach so entscheiden.«

»Wenn deine Mutter hier wäre, würde sie es auch wollen.«

Cassie fühlte sich, als hätte sie einen Hieb in die Magengrube bekommen. Er wusste ganz genau, wie Cassie zu ihrer Mutter stand, wie sehr sie sich wünschte, sie wäre hier, wie sehr sie sich wünschte, sie hätte sie gekannt. Das als Waffe zu benutzen, um einen Streit zu gewinnen, war ein gemeiner Schlag unter die Gürtellinie. Cassie schüttelte den Kopf so heftig, als wollte sie alles aus ihm herausschleudern, was ihr Vater gesagt hatte. »Ich werde nicht gehen«, wiederholte sie. »Das hier ist mein *Zuhause.*«

Ihr Vater – der aus lauter Angst, seine Gefühle zu zeigen, ihre Kindheit der Großmutter und ihr Heranwachsen einem Stapel Biologie-Lehrbücher überlassen hatte –, ihr Vater hatte Tränen in den Augen. »Jetzt nicht mehr«, sagte er sanft. »Das kann es jetzt nicht mehr sein.«

Kapitel Zwei

Geografische Breite: 70° 49' 23" N
Geografische Länge: 152° 29' 25" W
Höhe: 3 m

CASSIE SAH BLINZELND AUF IHREN WECKER: DREI UHR MORGENS.

Was *machten* die da bloß? Es hörte sich an, als würde die ganze Station vor ihrer Tür herumtrampeln. Sie hätte schwören können, sogar das Geräusch eines Flugzeugmotors gehört zu haben. Cassie warf ihre Bettdecke beiseite und fuhr sich mit den Fingern durchs Haar. Wahrscheinlich sah sie aus wie eine rothaarige Medusa, und ihre Augen waren total verquollen. Sie trug lange Unterhosen, zwei verschiedene Socken und ein viel zu großes T-Shirt mit der Aufschrift: ALASKA – WO MÄNNER NOCH MÄNNER SIND UND FRAUEN DEN IDITAROD GEWINNEN. Eilig fuhr Cassie in eine Hose und zog einen Pulli über das T-Shirt. Dann steckte sie den Kopf aus der Tür und entdeckte Owen, der den Korridor hinunterhastete. »He!«, rief sie ihm nach. »Es ist drei Uhr morgens.« Um ein Haar hätte sie hinzugefügt: *Und ich habe Geburtstag*.

»Max ist da«, sagte Owen. »Mit dem Flugzeug. Eben gelandet. Wir hätten früher gewusst, dass er kommt, wenn du die Antenne repariert hättest, statt dich einfach so davonzumachen und in Schwierigkeiten zu bringen.«

Cassie zuckte zusammen. Das hatte sie verdient. Schließlich hatte sie Owens Ausrüstung ruiniert. Seine schlechte Laune war also berechtigt. Was aber meinte er damit: Max ist da, mit dem Flugzeug? Es war kein Besuch von Max vorgesehen ... Oh!

Er war ihretwegen gekommen.

Ihr rutschte das Herz in die Hose. Wie hatte Dad es geschafft, ihn so schnell hierher zu kriegen? Vor den Etatkürzungen hatte Max zur festen Besatzung der Station gehört. Er war mit seiner Twin Otter für sie geflogen, als Cassie klein war. Er war ihr erster Babysitter gewesen, praktisch ihr Onkel. Doch jetzt arbeitete er für den Betreiber einer privaten Landebahn in Fairbanks. Er konnte nicht einfach so mir nichts, dir nichts auf eigene Faust dort wegfliegen. Sie hatte nicht damit gerechnet, dass Dad ihn so schnell anfordern würde.

Cassie drängte sich an Owen vorbei und hastete Richtung Forschungslabor. Sie musste dem ganzen Spuk ein Ende machen, sofort. Sie musste ihren Vater zur Vernunft bringen und Max überzeugen, ohne sie nach Fairbanks zurückzufliegen.

Noch ehe sie das Labor erreicht hatte, hörte sie, wie Kisten über den Linoleumfußboden geschoben wurden, und dann flog die Tür auf. »Cassie-Lassie!«, bellte Max. Mit schnellen Schritten kam er quer durch den Raum auf sie zu, umarmte sie stürmisch und schwang sie im Halbkreis herum. Dann setzte er sie wieder ab, wobei er ihr heftig zwischen die Schulterblätter klopfte, als wäre sie ein Baby, das Bäuerchen machen muss. »Na, hast du den Yeti gefunden?«, fragte er – ein altes Spiel zwischen ihnen beiden.

»Ausgestopft und hinter Glas«, erwiderte sie, wie aus der Pistole geschossen. Max grinste breit, und seine weißen Zähne leuchteten erschreckend hell in dem dunklen Gesicht.

Automatisch grinste sie zurück. Sie hatte vergessen, *wie* sehr sie ihn vermisste.

Vielleicht ist es ja bloß ein ganz normaler Besuch, dachte Cassie, während Max sie weiter anstrahlte. *Vielleicht hat es gar nichts mit dem Streit zwischen Dad und mir zu tun. Vielleicht ist es nur reiner Zufall.*

Jaja. Und vielleicht gibt es den Yeti wirklich. Innerlich schüttelte sie den Kopf. Nein, Max war nicht zufällig hier. Es waren nur ein paar Stunden vergangen, seit Dad seine Entscheidung verkündet hatte. Sie sollte ihre Zeit nicht damit verschwenden, sich selbst zu belügen.

»Ich hab eine Überraschung für dich«, sagte Max.

»Echt?« Er hatte es nicht so gesagt, als wäre es eine böse Überraschung, aber ihr Magen zog sich zusammen, als wüsste er, dass jetzt nichts Gutes kommen würde.

Aus dem großen Raum hörte Cassie ein vertrautes Klacken – einen Gehstock. Gram. Max hatte Gram mitgebracht. Cassie hätte sich gerne darüber gefreut. Sie hatte ihre Großmutter seit Monaten nicht gesehen, und jetzt war sie hier. Normalerweise wäre das eine wunderbare Überraschung gewesen: Max und Gram hier, die beiden Menschen, die sie auf der ganzen Welt am liebsten mochte. Aber jetzt würde sie ihrer Großmutter ins Gesicht sagen müssen, dass sie nicht bei ihr in Fairbanks leben wollte.

Sie hätte ihrem Vater nicht erzählen sollen, wie der Bär in das Eis hineingegangen war. Hätte sie doch dieses Detail weggelassen bei ihrem Bericht.

Gram stieß ihren Gehstock aus Mahagoni heftig auf den Fußboden. »Bin ich vielleicht schon zu einem Nichts zusammengeschrumpelt? Doch wohl nicht. Komm, umarme deine Großmutter!« Sie streckte die Arme aus.

Cassie zwang sich zu einem Lächeln, hüpfte die paar Schritte zur Labortür hinunter und schloss ihre Großmutter in die Arme. Es war, als hielte sie einen Vogel. Gram hatte beinahe Cassies Größe, aber ganz dünne Knochen. Sie fühlte sich zerbrechlich an. Schnell ließ Cassie sie wieder los.

»Du bist groß geworden«, sagte Gram.

»Du bist eingegangen«, gab Cassie automatisch zurück.

Gram runzelte die Stirn und schüttelte den Kopf. Sie konnte ziemlich finster dreinblicken, genau wie Cassie. Und beide hatten sie ausgeprägte Gesichtszüge, aber Grams Haut war schon erschlafft, und ihr Haar, einst genauso dick und rot wie Cassies, raschelte wie ein alter Vorhang. »Unsinn. Ich bin noch genauso schön wie an dem Tag, als ich deinen Großvater traf. Beim ersten Mal, hinten auf seinem Pick-up, weißt du, was er da gesagt hat? ›Ingrid‹, hat er gesagt, ›Ingrid, Gott selbst kann keine perfekteren Brüste haben als du.‹

Cassie konnte nicht an sich halten – sie musste lachen. »Ich hab dich vermisst.«

»Oh, meine Cassandra!« Gram legte den Arm um Cassies Hüfte. »Lass dich mal ansehen. So erwachsen geworden. So eine schöne junge Frau.«

Cassie hatte plötzlich einen Kloß im Hals und musste schlucken. »Gram ...«, begann sie und verstummte wieder. Wie sollte sie das jetzt sagen, ohne ihrer Großmutter wehzutun? »Wie ... wie war dein Flug?«

»Die Idioten von der Flugsicherung hätten uns beinahe nicht starten lassen«, sagte Max. »*Ich* lass mir doch nicht von einem Beamten erzählen, wie man sicher fliegt. Ich bin dreißig Jahre im Busch geflogen, und ich kann Eis riechen. Das ist doch was ganz anderes als bei denen da unten ...«

Cassie hörte Max' Tirade nur mit halbem Ohr zu, während sie ihrer Großmutter ins Gesicht blickte und deren Gedanken zu lesen versuchte. »Gram, was hat Dad dir erzählt?«

Max verstummte abrupt.

Gram begann, Fussel von Cassies Wollpullover zu zupfen. Solange Cassie zurückdenken konnte, hatte Gram immer irgendetwas sauber gemacht. Und auch die Kleidung ihrer Großmutter selbst sah stets akkurat aus, wie die eines Soldaten. Ihre weiße Bluse war gebügelt, mit Falten entlang der Ärmel. Je mehr sie sich über etwas ärgerte, desto ordentlicher machte sie sich zurecht. Und jetzt sah sie sehr ordentlich aus. »Ah, meine Cassandra.« Gram zog Cassies Pulli in Form und nahm ihr Gesicht in beide Hände. Sie küsste sie erst auf die linke Wange, dann auf die rechte, eine seltsam formelle Geste. Cassie wich zurück. »Gram, was ist los?«

»Du hast ihn gefunden«, sagte Gram. »Du hast den König der Eisbären gefunden.«

Cassie zuckte zusammen, als hätte sie eine Ohrfeige bekommen. Alles Mögliche hatte sie ihre Großmutter im Geiste sagen hören, aber nicht das hier. »Das ist nicht witzig.«

»Ich habe ja auch keinen Witz gemacht«, entgegnete Gram.

»Hat Dad dir auch erzählt, dass ich Elvis gesehen habe?«, fragte Cassie. »Na klar! Weißt du, der King steht neuerdings auf Schlittenhunde. Hab ihn letzte Woche gesehen, bei einem Rennen gegen den Osterhasen und die Zahnfee.«

Gram packte Cassie bei den Schultern. »Cassandra …«

Dad hatte … Was hatte er ihnen gesagt? Dass sie Wahnvorstellungen hatte? Dass sie verrückt war? Auf *die Art* hatte er also Max und Gram überzeugt, sofort alles stehen und liegen zu lassen und herzufliegen?

Max wich zentimeterweise zurück, den Gang hinunter. »Dann werd ich euch beide mal allein lassen … Abflug ist um sechs Uhr. Ähm, alles Gute zum Geburtstag übrigens.« Und mit diesen Worten machte er sich aus dem Staub.

Toller Geburtstag. Warum nur benahmen sich alle, die sie liebte und denen sie vertraute, als wären sie verrückt geworden? Zuerst Dad und jetzt Gram. Die schob Cassie von der Labortür weg. »Komm«, sagte sie, »lass uns in dein Zimmer gehen. Dieses Gespräch ist nicht für andere Ohren bestimmt.«

Eine gute Idee. Sie würde allein mit Gram reden. Herausfinden, was in Wahrheit hinter alldem steckte. Es musste eine Erklärung für Dads Überreaktion geben. Das passte einfach nicht zu ihm. Cassie brachte ein Lächeln zustande und bemühte sich, ganz normal zu klingen: »Mein Zimmer ist aber im Moment nicht gerade Großmutter-tauglich.«

»Das lass mal meine Sorge sein«, sagte Gram.

Cassie stieß die Tür zu ihrem Zimmer mit der Hüfte auf. Socken ergossen sich in den Korridor. Cassie kickte sie aus dem Weg und machte das Licht an. Über der Kommode hingen lange Unterhosen. Ihr Biwaksack war um das Bettgestell gewickelt. Auf dem Kopfkissen hockte Mr Fluffy, ihr alter Kuschelfuchs mit dem abgekauten Ohr, um den Hals eine Rolle Klebeband. Grams Blick wanderte über das Chaos. »Hm«, sagte sie. »Du hast dein Bett nicht gemacht.«

»Du kannst das Bett sehen?«

Mit Hilfe ihres Gehstocks bahnte sich Gram ihren Weg über ein wirres Bündel Kletterseile, schob einen Haufen Landkarten vom Bett und zog die Decke glatt. »Steck deine Seite fest, Liebes!«

Cassie wollte wirklich nicht über den Zustand ihres Zimmers reden. Sie bereute, das Thema überhaupt angeschnitten zu haben. »Gram …«, begann sie.

»Liebes?«, wiederholte Gram, und dieses Mal lag etwas mehr Härte in der Stimme.

Cassie kannte sie: Gram würde nicht mit ihr reden, bis das Bett gemacht war. Dad hatte seine unerschütterliche Entschlossenheit von ihr. Seufzend zog Cassie die Bettdecke glatt. »Steck die Ecke fest!«, wies Gram sie an. Cassie gehorchte. »Sehr schön«, sagte Gram. »Und jetzt hol deine Tasche, Liebes! Wir müssen deine Sachen packen.«

»Gram … Es ist nicht so, dass ich nicht bei dir wohnen will. Ich will einfach nicht in Fairbanks leben. Ich will hierbleiben.«

»Du wirst Pullover brauchen. Und Unterwäsche.« Gram zog einen Rucksack aus dem Durcheinander, öffnete ihn und legte ihn auf das Bett.

Bleib ruhig, befahl sich Cassie. *Das ist Gram.* In vernünftigem Tonfall fuhr sie fort: »Es ist Hochsaison – die Bären wandern zurück auf das Meereis. Ich werde hier gebraucht.«

Gram pikte ihren Gehstock in Cassies Kleiderschrank. »Sauber oder schmutzig?« Sie holte einen Wollpullover heraus und schnüffelte daran. »Du musst dich besser um deine Sachen kümmern.«

»Gram, rede mit mir«, flehte Cassie.

Gram reichte Cassie drei Pullover. »Zusammenlegen!«

Cassie warf die Pullover aufs Bett. Gram blickte sie scharf an. Dann legte sie die Pullover zusammen und packte sie in den Rucksack. Cassie schmiss sie zurück in den Schrank.

»Sei nicht bockig«, sagte Gram und holte sie wieder heraus.

»Dein Vater macht sich Sorgen. Er hat sich immer Sorgen gemacht, der sture Narr.« Sie faltete die Pullover wieder zusammen. »Er wollte dich abschirmen. Er dachte, Unwissenheit würde dich schützen, aber das ist ein alter Streit, und das spielt jetzt alles keine Rolle mehr. Das einzig Wichtige ist, dich nach Fairbanks zu bringen. Ich werde dir alles erklären, wenn du erst mal dort in Sicherheit bist.«

Cassie erschauerte. Sie brauchte keinen Schutz vor einem Märchen. Es gab keinen König der Eisbären. Was suchte Gram hinter dieser lächerlichen Lüge zu verstecken? »Gram, was ›alles‹?«

»Du hast nicht vor, uns das hier leicht zu machen, oder?«, fragte Gram.

Nein, natürlich nicht. Gram verlangte von Cassie, ihr Leben aufzugeben, ihr Zuhause, ihre Karriere, ihre Zukunft. »Was verschweigst du mir?«

Gram seufzte. »Oh, mein Liebes … Er hätte dir schon vor langer, langer Zeit die Wahrheit sagen sollen. Er wollte dich nur beschützen. Wir beide wollten dich beschützen. Wir waren uns bloß nicht einig darüber, wie wir das am besten tun sollten.« Sie klang müde. Alt und müde. Cassie hatte Gram noch niemals so gehört.

»Welche Wahrheit?«, fragte sie.

Gram setzte sich wie früher auf die Kante von Cassies Bett. In ihrem Schoß lag einer der Pullover. »Deine Mutter«, begann sie behutsam, »war die Tochter des Nordwinds. Sie schloss einen Handel mit dem König der Eisbären, und jetzt, an deinem achtzehnten Geburtstag, kommt er dich holen.«

Cassie hörte ihren Puls entsetzlich laut in den Ohren dröhnen. Ihre Mutter, die Tochter des *Windes*? Das war doch bloß eine Geschichte.

»Du weißt, dass es wahr ist«, fuhr Gram fort. »Du hast ihn gesehen.«

Ja, sie hatte einen Bären gesehen, den größten, den es gab. Und er war in festes Eis hineingegangen. Aber das hieß doch nicht … Cassie schüttelte den Kopf. Warum tat ihre Großmutter das? Das war nicht witzig. Sie so zu necken, mit dem König der Eisbären, mit ihrer Mutter. Es war grausam. »Tu das nicht!«, sagte Cassie.

»Cassandra, es ist die Wahrheit«, wiederholte Gram. »Du weißt, ich habe die Station verlassen, weil dein Vater und ich einen Streit hatten. Ich war die ganze Zeit der Meinung, wir sollten dir die Wahrheit sagen.«

Grams Gesicht nahm einen feierlichen Ausdruck an. Ihre Augen blickten gütig und ernst zugleich. Die Hände strichen nervös über den Pullover, der in ihrem Schoß lag. Cassie starrte sie unverwandt an. Und einen kurzen, wundervollen, verrückten Moment lang dachte sie, *Was, wenn …*

Aber nein. Das konnte nicht einfach sein. Ihre Mutter war in einem Schneesturm umgekommen, kurz nach Cassies Geburt. Sie war nicht in irgendeiner Troll-Festung. Denn wenn doch … Wenn es doch so wäre, wenn auch nur die geringste *Möglichkeit* bestünde, dass Grams Geschichte stimmte und ihre Mutter irgendwo gefangen war, dann hätte Dad sie doch gerettet. Und Cassie hätte nicht mit dem Gefühl aufwachsen müssen, dass ein Stück von ihr fehlte.

»Du brauchst Zeit zum Nachdenken«, sagte Gram sanft. »Das verstehe ich. Es ist alles ziemlich viel auf einmal.« Sie tätschelte Cassies Schulter. »Ruh dich aus! In ein paar Stunden brechen wir auf.«

Und bevor Cassie erneut widersprechen konnte, ging sie aus dem Zimmer.

Cassie schleuderte den Rucksack in den Kleiderschrank und warf die Pullover achtlos auf die Kommode. Warum hatten Dad und Gram diese Lüge erfunden? Sie hatten sie doch sonst nie angelogen. Aber entweder belogen sie sie jetzt oder …

Mit brennenden Augen starrte Cassie heftig blinzelnd ihr Bett an. Vor vielen Jahren hatte Gram hier immer gesessen, ein scharfer Umriss im Dunkeln. Ihre Stimme war Cassie so vertraut gewesen wie ihr eigener Herzschlag. Gram hatte die Geschichte jedes Mal erzählt, wenn Dad sich nicht auf der Station befand. Und Cassie hatte immer gedacht, der Grund wäre, dass Dad keine Märchen mochte. Seine Vorstellung von einer Gutenachtgeschichte war eine völlig andere – zum Beispiel Shackletons Reise in die Antarktis. Und nun sollte sie glauben, er sei dagegen gewesen, dass Gram ihr die Wahrheit sagte?

Hätte sie doch bloß diesen Bären gefangen! Wäre ihr das gelungen, hätten sie Tests mit ihm machen, ihm eine Blutprobe entnehmen, ja, ihn sogar mit einem Chip ausstatten und seine Route verfolgen können. Sie hätte beweisen können, dass er nur ein ganz normaler Bär war.

Vielleicht konnte sie das immer noch. Wenn sie die beiden dazu brachte, ihr die Wahrheit zu sagen, hätten sie keinen Grund mehr, sie nach Fairbanks zu schicken.

Ohne weiter nachzudenken, schlich Cassie auf Zehenspitzen hinaus auf den Korridor und durchquerte das Labor. Die Leuchtstofflampen waren ausgeschaltet, aber die Computerbildschirme glommen grün. Aus Richtung Küche hörte sie gedämpfte Stimmen. Wenn sie schnell genug war, würde niemand merken, dass sie ihr Zimmer überhaupt verlassen hatte. Sie ging auf der anderen Seite aus dem Labor hinaus und schloss leise die Tür hinter sich. Dann schaltete sie das Licht im Hauptraum an.

Jemand rührte sich. »Aaah!«

Cassie erstarrte. Jeremy. Er war wieder mal an seinem Schreibtisch eingenickt. »Schlaf weiter«, flüsterte sie.

»Mmmpf«, murmelte er und schloss die Augen wieder.

Sie hielt den Atem an. Er war der Frischling hier – oder *Cheechako*, wie Max, der zu den Inuit gehörte, auf Inupiaq sagen würde. Jeremy hatten Dad und Gram bestimmt nichts erzählt. Wenn sie sich ganz normal verhielt, würde er keinen Verdacht schöpfen und ihren Vater nicht rufen. Langsam ging sie hinüber zu ihrem Schreibtisch und zog ihre Gore-Tex-Hosen an. Die Hosen raschelten, und Jeremys Augen öffneten sich wieder.

Er starrte Cassie an. »Wo willst du hin?«

»Ich muss was reparieren«, log sie. »Nichts Schlimmes.« Sie schob die Füße in ihre Mukluks, weiche, warme Pelzstiefel, und machte die Gamaschen darüber fest.

»Ich versteh nicht, wie du's da draußen aushältst«, meinte Jeremy. »In dieser öden Eiswüste. Naja, wenigstens kommst du ja jetzt hier weg, was?«

Ihre Finger zitterten, als sie die Gesichtsmaske aufsetzte. »Wer sagt das?«, fragte sie und versuchte, ihre Stimme ruhig und beiläufig klingen zu lassen. Sie zog die Kapuze über zwei Wollmützen – fast fertig. Ihre Eingeweide schienen alle im Chor zu schreien: S*chnell, beeil dich!*

»Der Typ mit dem Flugzeug, Max. Er meinte, du würdest studieren gehen.«

»Max redet zu viel«, erwiderte sie. »Ich gehe nirgendwohin.« Sie machte den Klettverschluss am Halsteil ihrer Kapuze zu und griff nach ihrer Notausrüstung. Das kleine Paket enthielt eine Taschenlampe, ihre Eisaxt, ein Paar Flanellhosen zum Wechseln und einige Essensrationen. So ausgestattet konnte sie das Packeis mehrere Tage lang absuchen, falls das nötig werden sollte.

»Nur, weil das hier alles ist, was du kennst, heißt das nicht, dass es nichts anderes gibt«, sagte Jeremy. »Wünschst du dir denn kein normales Leben? Du warst noch nie woanders. Du bist hier aufgewachsen, du hast hier Unterricht gehabt. Willst du denn gar nicht raus in die Welt, Leute in deinem Alter treffen, Dinge tun wie andere Menschen auch?«

Sie liebte das Eis. Sie liebte es, Bären aufzuspüren und zu verfolgen. »Das hier ist mein Zuhause«, sagte sie kurz.

»Ich dachte auch, ich könnte hier zu Hause sein. Weißt du, ich habe immer davon geträumt hierherzukommen, jahrelang. Aber jetzt … He, wie auch immer, Träume ändern sich. Daran ist nichts Falsches. Ich bewerbe mich gerade um eine nette, gemütliche Postdoktorandenstelle daheim in Los Angeles, an der UCLA.«

»Schön für dich«, erwiderte Cassie. Ihre Träume änderten sich nicht. Nichts und niemand – weder Dad noch Gram noch Max – konnte sie zwingen, ihr Leben hier zu verlassen. »Ich bin gleich wieder da«, sagte sie, öffnete die Innentür und schloss sie hinter sich.

Eine Sekunde lang rang sie mit sich selbst. Sollte sie hierbleiben und versuchen, Dad und Gram zur Vernunft zu bringen?

Aber Worte hatten schon zuvor nichts ausgerichtet. *Nein,* dachte sie, *wenn ich jetzt nichts tue, dann sitze ich in drei Stunden in einem Flugzeug nach Fairbanks.* Das konnte sie nicht zulassen. Sie öffnete die Außentür und trat hinaus in die Arktis.

Sofort versengte Kälte sie, schnitt in sie hinein wie mit Messern. Im Nu war ihre Gesichtsmaske gefroren. Tief atmete Cassie die bitterkalte Nachtluft ein. Sie fühlte sich spröde und scharf in ihrer Kehle an, als wäre sie voller Glassplitter. Genau das hatte sie gebraucht, um den Kopf frei zu kriegen. Die eisige Luft beruhigte sie, wie immer.

Cassie stand im Lichtkreis der Stationsleuchten, das Gesicht der blauen Finsternis zugewandt. Stille umgab sie. »König der Eisbären!«, rief sie hinaus in das Schweigen. »Ich komme, um dich zu finden! Hörst du mich?«

Sie wartete einen Augenblick, lauschte. Schnee wirbelte über ihre Füße. Sie wischte den Reif von der Schutzbrille und ließ ihren Blick suchend über die in Dunkel getauchten Eisfelder schweifen. Der Wind blies Schnee über die im Mondlicht glänzenden Schneewehen und Kämme. Blaue Schatten oszillierten über dem Eis.

Cassie schüttelte sich. Sie hatte doch wohl nicht ernsthaft erwartet, dieser angebliche König der Eisbären würde ihr antworten, oder? Das war einfach irre. *Kinnaq*, fiel ihr ein – das war Inupiaq für »Verrückte«.

Naja. Übermüdet, wie sie war, hatte sie (wenn auch nur einen Augenblick lang) tatsächlich geglaubt, es gäbe einen magischen Eisbären. Aber das bedeutete doch nicht gleich, dass sie übergeschnappt war. Sie hatte glauben wollen, dass Grams Geschichte stimmte und ihre Mutter noch am Leben war. Aber das machte sie noch lange nicht zu einer Verrückten. Sie würde den Bären finden und Gram, Dad und sich selbst beweisen, dass er ganz normal war. Entschlossen marschierte Cassie auf den Schuppen zu, in dem die Schneemobile standen –

– als sich über ihr plötzlich ein gewaltiger Schatten erhob.

Turmhoch ragte der riesige Bär über ihr auf. Sein Umriss löschte die Sterne aus. Sein Fell reflektierte das Licht der Station, und seine Silhouette schimmerte, als wäre er ein spirituelles Wesen, eine Gottheit der Inuit, ja, *Mashkuapeu* selbst, der Herr der Bären. Die Arktis kam ihr plötzlich winzig klein vor. Sie war in sich zusammengestürzt und bestand nur noch aus ihnen beiden – Cassie und dem Eisbären.

Der Bär öffnete seine Schnauze. Sie konnte weiße Fangzähne erkennen und eine schwarze Zunge. Eine gewaltige Pranke fuhr auf sie hinunter, und sie duckte sich weg. Im Augenwinkel sah sie, wie etwas Glitzerndes aus der Klaue des Eisbären tropfte. Als es in den Schnee fiel, drehte er sich einmal um sich selbst. Dann ließ er sich auf alle viere nieder und zog sich bis dorthin zurück, wo der Lichtkreis der Flutlichtlampen endete.

Cassie blickte nach unten, hinüber zu der Stelle, wo der Bär gestanden hatte. Schon begann eine dünne Schneedecke, seine Spur zu verwischen. In der Rundung eines Tatzenabdrucks lag eine silberne Nadel mit einem orangefarbenen Schaft – der Betäubungspfeil.

Kapitel Drei

Geografische Breite: 70° 49' 23" N
Geografische Länge: 152° 29' 25" W
Höhe: 3 m

DIE TÜR WAR NUR EIN PAAR SCHRITTE ENTFERNT. WENN SIE einen großen Satz machte, konnte sie sich nach drinnen retten, und festes Metall wäre zwischen ihr und dem Bären. Aber sie hatte ihn gerufen, und er war gekommen. Der Betäubungspfeil, den sie draußen im Meereis auf ihn abgeschossen hatte, lag vor ihr. Unmöglich, unerklärlich, aber er hatte ihn ihr zurückgebracht. Sie fühlte sich benommen und merkte, dass sie am ganzen Körper zitterte. Sie blickte auf und sah zu ihm hinüber.

Er war eine Ballung von Schatten am Rande des Lichtkreises der Station. Sie konnte den Umriss seiner Schnauze und die Rundung seiner Schultern erkennen. »Cassandra Dasent«, sagte er, seine Stimme ein sanftes Grollen.

Ihr Herz setzte aus.

Er sprach.

Sie schnappte nach Luft, ihr schwindelte. Der Bär hatte ihren Namen gesagt. Ganz sicher. Sie hatte es genau gehört. Er hatte ihren Namen gesagt. Aber echte Eisbären sprachen nicht. Sie konnten es nicht. Ihre Schnauze war nicht dafür geschaffen.

»Ich werde dir nicht wehtun«, sagte der Bär.

Er hatte nicht die richtigen Stimmbänder. Er konnte die Schnauze nicht bewegen wie ein Mensch seine Lippen. Seine

Zunge konnte keine Wörter formen. »Eisbären sprechen nicht«, sagte sie rundheraus. »Du bist nicht real.«

»Hab keine Angst«, sagte der Bär. Er trat in den Lichtzirkel hinein, den die Stationslampen bildeten. Automatisch machte sie einen Schritt rückwärts. Ihr Herz begann immer schneller zu pochen, während er auf sie zukam. Seine Tritte waren auf dem Eis nicht zu hören.

»Wach auf«, flüsterte sie zu sich selbst. »Schluss damit!« In ihren Handschuhen bohrte sich Cassie die Fingernägel in die Handballen, bis es schmerzte. Aber sie wachte nicht auf, und der Bär blieb, wo er war.

Direkt vor ihr stoppte er. Jetzt erst wurde sie seiner enormen Größe gewahr. Seine Schultern befanden sich auf einer Höhe mit ihren, und seine Schnauze … Auf allen vieren war er genauso groß wie sie. Auge in Auge standen sie sich gegenüber. »Du bist eine Halluzination«, sagte sie. Ihre Stimme klang dünn und brüchig. »Ein Trugbild, ein Phantom.«

»Nein. Das bin ich nicht.«

Sie duckte sich weg, als sie seinen warmen Atem auf ihrer gefrorenen Schutzmaske spürte. Oh Gott, das hatte sich verdammt echt angefühlt! Das konnte sie sich nicht eingebildet haben. »Ich glaube nicht an sprechende Bären«, sagte sie, ihre Stimme nur mehr ein Wispern.

»Du bist Gails Tochter«, sagte der Bär. Seine Stimme klang sanft, sogar freundlich.

»Du bist eine wissenschaftliche Unmöglichkeit«, sagte Cassie. Das konnte nicht wahr sein, dass sie das hier wirklich sah, wirklich hörte. Es gab Gesetze im Universum, und darin war kein Platz für sprechende Bären, besonders nicht für sprechende Bären, die den Namen ihrer Mutter kannten. Sie schluckte. Niemand hatte jemals so von ihr geredet, als Tochter ihrer Mutter.

»Du hast mich gerufen«, sagte der Bär. Immer noch sanft, doch auch unnachgiebig. »Ich beobachte dich schon seit langer Zeit. Ich habe gewartet, bis du kein Kind mehr warst, bis du von mir wusstest. Vor ein paar Stunden kanntest du mich noch nicht, aber jetzt hast du mich gerufen. Deine Familie hat dir gesagt, wer ich bin?« Das war eine Frage. Fast hätte sie diese in dem langsamen Rhythmus seiner Stimme überhört.

»Sie haben mir Märchen erzählt«, sagte sie und dachte an Gram.

Es war einmal vor langer, langer Zeit, da sagte der Nordwind zum König der Eisbären … Märchen und Lügen. Doch welches war die Lüge?

»Glaube sie, Geliebte!«

Geliebte?

»Nein«, sagte sie. Nein, sie würde sich das nicht länger anhören. Sie würde nichts davon glauben. Denn das würde bedeuten, Dad hätte sie angelogen. Es würde bedeuten, ihre Mutter hätte sie verschachert, noch bevor sie überhaupt geboren war.

Es zu glauben bedeutete aber auch, ihre Mutter war nicht umgekommen in dem Sturm, der in Barrow, Alaska, Häuser dem Erdboden gleichgemacht und halb Prudhoe Bay unter sich begraben hatte.

»Dann glaube eben deiner Familie nicht, doch traue wenigstens deinen eigenen Augen und Ohren.«

Ihre Augen sagten ihr, dass es sich bei ihm um einen *Ursus maritimus* handelte, einen Eisbären; ihre Ohren sagten ihr, dass er sprach. Cassie kniff die Augen fest zusammen. »Du existierst nicht.« Das war Selbstbetrug. Ihre Sinne spiegelten ihr etwas vor und ließen sie etwas glauben, das sie schon seit mehr als zehn Jahren nicht mehr glaubte: dass ihre Mutter noch lebte. Cassie öffnete die Augen. Der Bär war immer noch da.

»Ich bin dieser Eisbär«, sagte er, »Und du bist meine Braut.«

»Nein«, sagte sie – Nein zu ihm, Nein zu dem, was hier vorging, Nein zu allem.

Sein Gesichtsausdruck schien unergründlich. »Deine Mutter hat es versprochen.«

Das war grausam. Einfach nur grausam. »Meine Mutter ist tot. Sie kam in einem Schneesturm um, kurz nach meiner Geburt.« Cassie spürte, wie sich bei diesen Worten ihr Herz verkrampfte.

Einen Augenblick lang herrschte völlige Stille. Schnee umwirbelte sie beide – Cassie und den riesigen Eisbären –, als wären sie Figuren in einer überdimensionalen Schneekugel. »Das wünschst du dir also?«, fragte der Bär.

Mit einer Stimme so leise, dass sie beinahe nur im Inneren ihrer Gesichtsmaske zu hören war, antwortete Cassie: »Nein, natürlich nicht.« Ihr ganzes Leben lang hatte sie sich eine Mutter gewünscht. Da war eine leere Stelle in ihr, die nichts je hatte ausfüllen können. Vater nicht. Gram nicht. Max nicht. Und auch keines der anderen Mitglieder der Stationsmannschaft, wie viele auch gekommen und gegangen waren.

»Der Nordwind hat sie nicht getötet. Er hat sie zu den Trollen geblasen. Und das hat er sich selbst niemals verziehen.« Die Stimme des Eisbären klang wie ein dumpfes Grollen, das in jeder einzelnen Faser ihres Körpers widerhallte. Ein Teil von ihr wollte nichts lieber als ihm glauben. Aber das konnte sie nicht zulassen. Fakten waren Fakten. Vorbei war vorbei. Es spielte keine Rolle, wie sehr sie sich wünschte, es wäre anders. »Und ich bedaure, dass die Winde sie gefunden haben, obwohl ich mein Bestes tat, es zu verhindern.«

»Dein Bestes war nicht gut genug«, sagte sie. Sie kannte die Geschichte auswendig: *Bring mich zu meinem Geliebten, und verberge uns vor meinem Vater!* Falls das alles stimmte, dann hatte dieser Eisbär ihre Mutter im Stich gelassen. Denn hätte er sein Versprechen gehalten, hätte Cassie eine Mutter gehabt.

»Ich habe alles getan, was ich konnte.«

»Dein Versprechen ist ungültig«, sagte sie. »Du hast kein Recht, hier zu sein.«

»Das Versprechen gilt«, antwortete er mit derselben ruhigen Stimme, jener Stimme, die er eigentlich nicht haben dürfte. »Der Nordwind hätte sie niemals gefunden, wäre nicht sein Bruder gewesen.«

Er sprach von den Winden, als wären sie Wesen aus Fleisch und Blut. Wieder schloss sie die Augen. »Du hättest sie auch vor ihm verbergen müssen«, sagte sie. »Du hast versagt.«

»Es ist mir nicht gestattet, die Arktis zu verlassen. Ich habe Pflichten, die ich nicht beiseiteschieben konnte«, erklärte er. »Ich musste sie im Eis verstecken. Es tut mir leid.« Zum ersten Mal meinte sie, so etwas wie Gefühl in seinen Worten zu hören. Das war beinahe genauso verstörend wie die Worte selbst. Er glaubte, was er sagte. Er glaubte, dass ihre Mutter noch lebte.

»Eine Entschuldigung nützt gar nichts«, sagte Cassie. Sie versuchte, stark zu klingen, aber ihre Stimme spielte nicht mit und brach. Die schnellen, lauten Schläge ihres Herzens dröhnten wie Donner in ihren Ohren.

»Wenn ich es wiedergutmachen könnte – ich würde es tun.«

Würde er das? Konnte er das? »Würdest du sie aus der Gefangenschaft der ›Trolle‹ befreien?«

Sein großes Maul klappte auf und wieder zu, als ob ihre Frage ihn sprachlos gemacht hätte. Fast musste sie lächeln – es war ihr tatsächlich gelungen, ihn zu verblüffen. Sie hatte dieses Wesen, das ihre Welt auf den Kopf stellte, mit seinen eigenen Waffen geschlagen. »Du weißt nicht, was du da von mir verlangst«, sagte er endlich.

Oh doch! Sie wusste ganz genau, was sie von ihm verlangte: etwas Unmögliches. »Bring meine Mutter von den Toten zurück!« Sie sprach die Worte aus wie in Trance.

»Sie ist nicht tot.«

»Umso leichter für dich.«

»Ich habe Pflichten, die ich nicht vernachlässigen darf.«

Ohne nachzudenken, fügte Cassie hinzu: »Wenn du sie aus der Hand der Trolle befreist, werde ich deine Frau.«

Er schwieg eine kleine Ewigkeit lang. Hinter ihm flirrten Polarlichter über den nächtlichen Himmel. Das strahlend weiße Fell und die tiefschwarzen, unergründlichen Augen ließen ihn majestätisch und wild aussehen. Wind zerzauste seinen Pelz. »Ist das ein Versprechen?«, fragte er schließlich.

Plötzlich schien das alles kein Traum mehr zu sein. Es wirkte nicht mehr wie eine Halluzination. Es erschien real, überwältigend real. Sie legte eine Hand an die Wand des Stationsgebäudes, um das Gleichgewicht zu behalten. Ihre Finger waren trotz der Fäustlinge, die sie über den Handschuhen trug, taub vor Kälte. All ihr Zweifel zerbarst unter der Wucht der Worte, die sie ausgesprochen hatte. Ihre Mutter … *Meine Mutter lebt?* Und Cassie hatte die Möglichkeit, sie zu retten. Ihr Kopf ruckte herum. »Ja.«

»Setz dich auf meinen Rücken«, sagte der Bär und ging vor ihr auf die Knie. Sie starrte ihn an, während dieses »Ja« in ihrem Kopf widerhallte. Ja, das hatte sie gesagt. Ja, ihre Mutter war am Leben. Ja, Cassie würde sie retten.

»Ich werde dich nach Hause bringen«, sagte er.

Sie versuchte, in seinen unerforschlichen schwarzen Augen zu lesen, doch es gelang ihr nicht.

Ihre Kehle war ganz ausgetrocknet. Sie wollte etwas sagen, schluckte und versuchte es noch einmal. »Nach Hause?«

Er senkte sein massiges Haupt, und sie erschauerte. »Deine Mutter wird in die Arktis zurückgebracht werden, sobald du dein Versprechen eingelöst hast«, sagte er. »Gleich nach unserer Ankunft werde ich alle nötigen Vorkehrungen treffen.«

Wind peitschte auf Cassie ein. Eiskristalle bombardierten ihren Anorak. Sie nahm ein paar tiefe Züge eiskalter Luft, die wie Feuer in ihrer Lunge brannten, und versuchte zu nicken, als ob sie verstanden hätte.

»Setz dich auf meinen Rücken«, wiederholte der Bär.

Wenn ihre Mutter noch lebte, dann war sie seit vielen, vielen Jahren gefangen, und niemand war gekommen, um sie zu retten. Dad hatte sie nicht gerettet. Dad hatte behauptet, sie sei gestorben. Und er hatte das alles vor Cassie geheim gehalten.

Plötzlich wollte sie auf diesen Bären klettern und auf ihm so weit von der Station wegreiten wie nur irgend möglich. Sie legte eine Hand auf seinen Rücken, schwang ein Bein darüber und setzte sich fest hin. Oh Gott, sie saß auf einem Eisbären!

»Halte dich gut fest, Geliebte!«

Cassie packte das Fell in seinem Genick, und er trug sie fort. Fort von dem einzigen Ort auf der Welt, den sie bis jetzt als ihr Zuhause betrachtet hatte.

Kapitel Vier

Geografische Breite: 76° 03' 42" N
Geografische Länge: 150° 59' 11" W
Höhe: 1,52 m

MIT LANGEN SPRÜNGEN SETZTE DER BÄR DURCH DEN SCHNEE. Cassie krallte sich fest in das dichte Fell und biss die Zähne zusammen. Sie wurde ordentlich durchgeschüttelt. Wolken von Schnee stiebten hoch.

»Hast du Angst?«, rief der Bär ihr zu.

»Ganz und gar nicht.«

»Halte dich nur gut an meinem Fell fest, dann wird dir nichts geschehen«, gab er zurück.

Unmöglich eigentlich, aber er verschärfte das Tempo weiter. Alles verschwamm zu einer einzigen weißen Fläche, als das Meereis nur so unter ihnen vorbeiflog. Cassie kniff die Augen fest zusammen und machte sie wieder auf. *Denk nicht über den Bären nach,* sagte sie sich ein ums andere Mal. *Konzentriere dich einfach auf die Bewegung!*

Der Bär raste über das Eis. Schatten flogen vorbei wie lange, dunkle Blitze. Sterne dehnten sich zu Kometenschweifen, die ihre Bahn über den Himmel zogen wie in einer Zeitrafferaufnahme. Schneller und immer schneller. Cassie hatte das Gefühl zu fliegen. Sie war schneller als ein Schneemobil, schneller als Max' Twin Otter. Wind beutelte ihre Gesichtsmaske, und sie lachte laut auf. Am liebsten hätte sie aus voller Lunge geschrien. *Seht her! Ich bin schneller als der Wind! Schneller als der Schall! Schneller als das Licht!*

Ihr war, als wäre sie selbst *Licht*. Ein Polarlicht, das über den arktischen Himmel flirrte.

Weiter und weiter rannte der Bär.

Endlich, als die Sterne verblassten und der Himmel heller wurde, fielen sie in einen beruhigenden Rhythmus. Cassies Rucksack hüpfte und schlug in regelmäßigen Abständen schmerzhaft gegen ihre Schultern. Um sie herum herrschte tiefe Stille, einzig unterbrochen vom rauen Pfeifen des Windes.

Lange Zeit später hörte Cassie Eiskörnchen unter den Tatzen des Bären knirschen, ein ohrenbetäubend lautes Geräusch in der monumentalen Stille der Arktis. Sie streckte sich und massierte ihre steifen, schmerzenden Oberschenkel. Der Bär hatte das Tempo verlangsamt und trabte jetzt gemächlich über die schimmernd gefrorene See. Die Welt war ein Gemälde aus Streifen weißen und blauen Eises, in denen sich der Himmel und eine tief stehende, blasse Sonne spiegelten.

Cassie wand sich in ihrem Anorak, bis sie das GPS aus der Innentasche gefischt hatte. Sie schaltete das Gerät ein, und ein Signal leuchtete auf. Sie bewegte es vor und zurück, versuchte, eine klare Anzeige zu bekommen. Die Angabe des Längengrades schwankte wie wild: mal waren es 0°, mal 180°, als wäre sie direkt am Nordpol. Aber was noch schlimmer war: Der Breitengrad zeigte 91° an. Das ergab überhaupt keinen Sinn. Kein Satellit kreiste über einem Ort, der gar nicht existierte. Sie schüttelte das Gerät, doch die fehlerhafte Anzeige blieb dieselbe. Cassie starrte sie an, und ihr Herz begann zu rasen. Entweder hatte das GPS eine Fehlfunktion oder …

Oder das hier war der empirische Beweis dafür, dass das Unmögliche Realität war.

Cassie lehnte sich nach vorne und räusperte sich. »Entschuldige bitte. Wo sind wir?«

»Eine Meile nördlich des Nordpols«, kam die Antwort.

Offensichtlich war das GPS wirklich kaputt, und der Bär irrte sich. Oder er log. Aber sie brauchte weder das Gerät noch den Bären. Sie kannte mindestens ein halbes Dutzend sehr einfache

Möglichkeiten, um herauszufinden, wo Süden war. Dann musste sie nur noch in diese Richtung gehen, und sie würde die Station finden. Alles war unter Kontrolle. Mochte ja sein, dass sie tief im ewigen Eis steckte, aber sie lebte und fühlte sich gut. Ihr war noch nicht einmal kalt.

Das sollte es aber sein. Um den Rand ihrer Kapuze herum gefror ihr Atem zu Eiskristallen, doch ihr war ganz warm. In ihren Armbeugen spürte sie den Schweiß, ihr Nacken kribbelte unter den vielen Lagen Stoff. Das ergab keinen Sinn. Die Luft musste so kalt sein, dass man innerhalb von fünf Minuten schwere Erfrierungen bekam. Sie war ja auch kalt genug für eine Fata Morgana. Denn direkt vor sich erblickte Cassie das prächtigste Exemplar einer arktischen Luftspiegelung, das sie in ihrem Leben je gesehen hatte.

Blinzelnd betrachtete sie das Schloss, während der Bär mit ihr darauf zulief. Es war eine Fata Morgana von einzigartiger Schönheit. Türme ragten hoch über Cassie auf und schimmerten in vielfach gebrochenem Licht. Auf den Spitzen hatte Eis sich zu Formen verdichtet, die an wehende Banner erinnerten, erstarrt mitten in der Bewegung. Cassie wartete darauf, dass das Ganze auf seine natürliche Größe zusammenschrumpfte: zu einem ganz gewöhnlichen Bergrücken oder Eisgrat, den das Licht übergroß hatte erscheinen lassen.

Aber weder schrumpfte das Gebilde, noch dehnte es sich aus. Es glänzte im Licht der Sonne wie ein kostbares Juwel. Cassie spürte, wie sich ihr Magen zusammenzog. Das musste ein im Packeis eingefrorener Eisberg sein. Er war weiß wie Mondstein, während das ihn umgebende Meereis in einem brillanten Türkis erstrahlte. Aber sie hatte noch nie von einem Eisberg in so altem Packeis gehört, außer in der Nähe von Ellesmere, auf der anderen Seite von Kanada. Wieder studierte sie ihr GPS, doch das zeigte weiterhin seine sinnlosen Daten an. Selbst bei dem phänomenalen Tempo, das der Bär angeschlagen hatte, konnten sie doch nicht die tausenddreihundert Meilen bis zum Nordpol zurückgelegt haben. Oder etwa doch?

Nein. Das war schlicht und einfach nicht möglich. Es musste

eine andere Erklärung geben. Eine rationale, wissenschaftliche. Sie steckte das GPS in ihren Anorak zurück. Als sie wieder aufsah, erblickte sie vor sich eine Wand aus blauem Eis, die das schillernde Schloss umgab. »Oh«, entfuhr es ihr schwach. Sie legte den Kopf in den Nacken und ließ ihren Blick an den schlanken, bannergekrönten Türmen emporwandern, die sich hinter der Mauer erhoben.

»Willkommen in meinem Schloss«, sagte der Eisbär.

Das konnte nicht sein. Es gab kein Schloss in der Arktis. Das gesamte Gebiet war vom All aus mit Satellitenaufnahmen erfasst worden. Irgendjemandem wäre es bestimmt aufgefallen.

Es war, dachte Cassie, überirdisch schön.

Durch einen Torbogen aus blauem Eis trug der Bär sie in den Hof des Schlosses. Über ihr glitzerten kunstvoll gestaltete Türmchen und überhängende Bögen. Vor ihr befand sich eine wundervolle, beeindruckende Tür, ein mehr als sechs Meter hohes Gitter aus Kristallen. Sie klirrten und klingelten wie tausend Sektkelche bei einer Festrede, als die Flügel aufschwangen. Der Bär trug sie ins Innere des Schlosses.

Im Inneren angelangt, verschlug es ihr schier den Atem. Sie befand sich mitten in einem Regenbogen. Kronleuchter aus Millionen und Abermillionen kleinster Eissplitter übergossen die Eingangshalle mit einem Wirbel aus Farben. Die Wände waren über und über mit Eisfresken bedeckt, über die saphirblaue und smaragdgrüne Lichtpünktchen tanzten. An Säulen rankten sich rubinrote Eisrosen empor. GPS – vergessen. Unmöglichkeit – vergessen. Cassie nahm ihre Gesichtsmaske ab und schlug die Kapuze zurück. Merkwürdig: Ihre Wangen blieben warm. Sie schob die Schneebrille hoch und blinzelte in das Gefunkel. Noch niemals zuvor hatte sie etwas so Wunderschönes gesehen. Das konnte man sich nicht einbilden. Sie glitt vom Rücken des Bären und ging zu einer der Wände hinüber. Alles hier wirkte viel zu lebendig, zu plastisch, zu detailreich, um eine Sinnestäuschung zu sein. Sie streckte die Hand aus – und erstarrte nur wenige Zentimeter von der Wand entfernt mitten in der Bewegung.

Was, wenn es *doch nicht* real war?

»Wirst du jetzt meine Mutter befreien?«, fragte sie.

Der Bär stand hinter ihr. »Sobald wir unsere Eide geschworen haben, werde ich mich darum kümmern«, antwortete er. »Ich kann nicht auf direktem Weg mit den Trollen in Verbindung treten – sie befinden sich jenseits meines Gebietes –, aber ich werde die Botschaft dem Wind mitgeben.«

Cassie konnte ihre Augen nicht von der Eiswand abwenden, die in allen Farben des Regenbogens strahlte. »Eide?«, fragte sie.

»Schwörst du, Cassandra Dasent, bei der Sonne und dem Mond, der See und dem Himmel, der Erde und dem Eis, dass du meine geliebte Frau sein wirst, von diesem Moment an, bis dass deine Seele den Körper verlässt?«

Bis dass meine Seele den Körper verlässt. Bis ich sterbe, meint er. Seine geliebte Frau, bis zum Tod. Cassie schluckte hart. »Machen wir so unsere Abmachung gültig?«

»Ja.«

Es klang so sachlich. Ja, das wird unsere Abmachung gültig machen. Ja, das wird deine Mutter von den Toten zurückbringen.

Cassie holte tief Luft und legte ihre behandschuhte Hand an die Eiswand, die sich solide und real anfühlte. Und plötzlich konnte sie gar nicht mehr anders, als es zu glauben: Ihre Mutter lebte und würde bald gerettet sein. Sie musste nur dieses eine Wort sagen. So einfach war es, so leicht. »Ja, ich schwöre es.«

»Jetzt musst du den Schwur wiederholen«, sagte er.

Das schien schlimmer zu sein. Sie konnte ihn doch nicht wirklich zum Mann nehmen. In ein paar Jahren würde sie einen Wissenschaftler heiraten, irgendeinen Forscher, der die Arktis genauso liebte, wie Cassie selbst sie liebte. Manchmal träumte sie am helllichten Tag davon, wie sie ihre eigene Forschungsstation einrichtete, von der sie und ihr künftiger Ehemann gemeinsam zu Expeditionen aufbrächen. Oder vielleicht würde sie ja auch gar nicht heiraten. Vielleicht würde sie eine alte Dame werden, so wie Gram, und ein Dutzend Verehrer haben. Wie auch immer, die Frau eines sprechenden Bären würde sie jedenfalls nicht werden.

Aber es war ja keine echte Hochzeit. Es waren nur Worte. Sie musste sie nicht ernst meinen, sondern nur sagen, und dann würde ihr das gelingen, was niemandem – ihrem Vater nicht, ihrer Großmutter nicht, niemandem – bis jetzt gelungen war: Sie würde ihre Mutter zurückbringen! »Schwörst du …« Sie stockte. »Wie heißt du?« Sie drehte sich um und sah ihn an. Sein riesiger Kopf war nur Zentimeter von ihrer Schulter entfernt. Instinktiv fuhr sie zurück. Sie konnte das nicht tun. Er war … Sie wusste nicht, was: Magier oder Monster, Raubtier oder Retter.

»Du kannst mich Bär nennen«, sagte er.

»Bär«, wiederholte sie. Sie war im Begriff, ein Wesen zu heiraten, das einfach nur Bär hieß, um eine Frau zu retten, die sie nie gekannt hatte.

Und das war der Knackpunkt:

Cassie hatte ihre Mutter nie gekannt. Sie musste lediglich ein paar Worte sagen und könnte genau das ändern. Ihre Mutter würde wieder leben.

Sie blickte Bär fest in die schwarzen Augen und begann: »Schwörst du, Bär, bei der Sonne und dem Mond …« Wenn das hier vorüber war, würde sie von ihm verlangen, sie gehen zu lassen. Er wollte keine Frau, die ihn nicht wollte. Sie kannte Großmutters Geschichte ganz genau. Er hatte das selbst so zu ihrer Mutter gesagt. Ich will keine Braut, die nur aus Zwang die Meine wird. Er würde Cassies Bitte nicht ablehnen. Sie würde so schnell wieder von ihm geschieden sein, wie sie ihn geheiratet hatte. »… der See und dem Himmel …« Sie *konnte* sich doch von ihm scheiden lassen, oder? Sie stockte. In ihren Ohren dröhnte es.

»Der Erde und dem Eis«, soufflierte er.

»Der Erde und dem Eis«, sagte Cassie. Es war beinahe getan.

Was bedeutete es, den König der Eisbären zu heiraten? Sie warf einen schnellen Blick hinüber zur Tür – das Kristallgitter schimmerte wie tausend Sterne in einem Netz –, dann sah sie wieder den Bären an.

»Mein geliebter Mann zu sein von diesem Moment an, bis dass deine Seele den Körper verlässt«, ermunterte er sie.

»Und du wirst meine Mutter zurückholen?«, fragte sie.

»Ja«, sagte er. »Unsere Schwüre sind null und nichtig, falls ich versage.«

Cassie schloss die Augen. Sie musste das tun, für sich, für ihr vier Jahre altes Selbst, das aus vollem Herzen daran geglaubt hatte, Mami sei in einer Troll-Festung gefangen. »In Ordnung. Lass es uns zu Ende bringen. … mein geliebter Mann zu sein von diesem Moment an, bis dass deine Seele den Körper verlässt?«

»Ich schwöre es.«

Ihr war, als vernähme sie den Klang einer Glocke, aber sie hörte ihn nicht mit den Ohren. Sie hörte ihn in ihrem gesamten Inneren, so als würde er in ihrem Brustkorb widerhallen. Ihre Knie wurden weich wie Gummi.

»Hab keine Angst«, sagte er sanft. »Solange diese Mauern stehen, wird dir hier nichts Böses widerfahren.«

Mit geschlossenen Augen versuchte Cassie zu atmen. Sie hatte das Gefühl, als wäre nicht genug Sauerstoff in der Luft.

»Komm«, sagte er.

Sie öffnete die Augen und sah, wie der Bär die funkelnde Halle durchquerte. Eine Sekunde lang stand sie wie versteinert. Dann blickte sie über ihre Schulter noch einmal zurück auf die Welt da draußen, holte tief Luft und folgte ihm.

Der Gang weitete sich und mündete in einen leuchtend goldenen Bankettsaal, dessen facettierte Wände im Kerzenlicht der Kronleuchter dermaßen hell erstrahlten, dass Cassie Funken sprühen sah, wenn sie blinzelte. Die durchscheinende Decke des Raumes wölbte sich hoch empor wie die einer Kathedrale. Sie leuchtete im einfallenden Licht wie vielfarbiges, kostbares Bleiglas. Staunend blickte Cassie sich um. Wände und Decken waren mit fein gearbeiteten Vögeln und anderen Tieren verziert. Streben ragten auf, Gewölbebögen schwangen sich über Statuen hinweg. Eine Festtafel erstreckte sich über die ganze Länge der Halle. An ihren Enden standen, Thronen gleich, zwei prächtige Eisstühle. Es sah aus wie … Cassie versuchte, diesen Ort mit irgendetwas zu vergleichen, das sie kannte – und konnte es nicht. Es war, als wären an diesem Ort jeder einzelne herrliche Lichtstrahl und jede wunderschöne Eisform, die sie jemals gesehen hatte, um sie versammelt.

»Wir haben eine lange Reise hinter uns«, sagte der Bär, der plötzlich hinter ihr stand. Erschreckt fuhr Cassie herum. »Du musst hungrig sein.«

Sie wandte sich wieder der Halle zu. Der riesige Tisch, der in stiller Pracht gewartet hatte, präsentierte sich nun über und über mit Speisen beladen. Kaskaden von Obst ergossen sich aus kristallenen Eisschüsseln. Von blau-weißen Tellern stieg Dampf auf. Brot war zu Pyramiden aufgetürmt. Cassie roch den köstlichen Duft zahlloser Gewürze. »Ich verstehe das nicht«, sagte sie. Weder Kellner noch Köche waren zu sehen – hier war nichts, was das plötzliche Erscheinen eines Festmahls hätte erklären können.

»Das sind Speisen«, sagte der Eisbär freundlich, »wie du sie isst.«

Als wollte er ihr zeigen, wie das ging, verschlang er einen ganzen Laib Brot auf einmal. Sie schüttelte den Kopf. Dieser Vorgang passte so gar nicht zu seiner grimmigen Erscheinung. »Bären essen kein Brot«, sagte sie. »Du bist ein Fleischfresser.«

»Wir haben alle unsere Schwächen«, gab er zurück.

War das ein Witz? Besaß er so etwas wie Humor? Sie starrte ihn an. »Das kann nicht real sein.«

Er deutete mit der Schnauze auf einen der Throne. »Bitte sehr! Das ist deiner.«

Er trat ein paar Schritte zurück und gab ihr den Weg zu einem der Stühle frei. Ihrem Thron. Sie zog Handschuhe und Fäustlinge aus und berührte die gedrechselten Armlehnen aus Eis. »Er ist nicht kalt«, sagte sie. Sie befand sich in einem Schloss aus Eis. Entweder sollte ihr kalt sein, oder das Eis sollte schmelzen. Tatsächlich war ihr jedoch so warm, als befände sie sich im Inneren der Forschungsstation. »Es tropft nicht mal.«

»Es kann nicht schmelzen«, sagte er. »Nicht, solange ich hier bin. Ich lasse nicht zu, dass es schmilzt.«

Ruckartig riss sie ihre Hand zurück. »Was meinst du mit ›nicht zulassen‹? Eis fragt doch nicht um Erlaubnis.«

»Das gehört dazu, wenn man ein *Munaqsri* ist«, sagte er.

»Muu-naaks-rii«, wiederholte sie. Es klang wie ein Inupiag-Wort.

»Ja.«

»Ist das dein Ausdruck für ›sprechender Bär‹?«, fragte sie.

»Es bedeutet ›Hüter‹«, gab er zurück. »Wir sind die Bewahrer der Seelen. Jedes lebende Wesen braucht eine Seele, und jedes, das stirbt, lässt eine zurück. Die Munaqsri nehmen sich der Seelen an und übertragen sie.«

Wieder starrte Cassie ihn lange an.

»Die Fähigkeit, Moleküle zu verändern. Das ist eine der ›Kräfte‹ – ich habe kein besseres Wort dafür –, die die Natur uns gegeben hat, damit wir unsere Aufgabe erfüllen können«, erklärte er. »Draußen auf dem Eis benutze ich sie, um meine Bären zu erreichen. Hier drin verwende ich sie, um mein Heim zu gestalten, das Essen auf diesem Tisch, die Wärme in deinem Körper.«

Cassie war, als würde sie in einer Zentrifuge umhergewirbelt. Ihr wurde ganz schwindlig von dem funkelnden Licht der Kronleuchter, dem Duft der Gewürze, der Fremdheit dessen, was dieser Eisbär sagte. »Du überträgst Seelen«, wiederholte sie. »Andere wie du – andere Munaqsri – übertragen auch Seelen.«

»Wir sind die unsichtbaren Helfer des Lebens. Wir sorgen dafür, dass es fortbesteht«, sagte er.

»Wissenschaftler hätten euch sehen müssen«, widersprach sie. »Wie kann es sein, dass ihr Seelen übertragt, und keiner hat es je bemerkt? Wie kannst du hier in diesem Schloss sein, und keiner hat es je bemerkt? Wie kannst du ein sprechender Bär sein?« Sie verstummte, als sie merkte, wie ihre Stimme brach.

»Es gab schon immer Menschen, die uns gesehen haben«, sagte er. »Solche Sichtungen von Munaqsri waren die Quelle für viele eurer Geschichten. Hast du jemals von Werwölfen gehört oder von Meerjungfrauen? Von Sedna und dem Froschkönig? Von Horus und Sekhmet?«

»Das sind alles Geschichten, keine Wissenschaft«, gab Cassie zurück. Genau wie das Märchen vom König der Eisbären und der Tochter des Nordwinds.

»Du hast recht. Die Geschichten sind nicht ganz richtig«, sagte er. »Sedna zum Beispiel taucht in ihnen als Göttin in Gestalt einer Meerjungfrau auf, in Wahrheit ist sie aber die höchste Munaqsri des Nordpolarmeers. Sie ist das Oberhaupt aller Munaqsri in dieser Region, genauso, wie die Winde die Aufsicht über alle Munaqsri der Luft haben.« Er hielt inne. »Deine Familie hat dir nichts von alldem erklärt?«

»Es gibt keine Meerjungfrauen«, erwiderte Cassie. »Und ich glaube auch nicht an Magie.« Im selben Moment, da sie diese Worte sagte, wusste sie, dass das lächerlich war. Sie unterhielt sich gerade mit einem Bären, in seinem magischen Schloss, in einem Teil der Arktis, der gar nicht existieren konnte.

»Wir sind keine Magie«, sagte er. »Wir sind Teil der Natur. Wir sind der Mechanismus, durch den das Leben fortbesteht. Alles, was wir tun – Materie transformieren, uns mit hoher Geschwindigkeit bewegen, bevorstehende Geburten und Tode spüren –, gehört zu den Fähigkeiten, mit denen uns die Natur ausgestattet hat, damit wir in der Lage sind, Seelen von den sterbenden Geschöpfen zu den neugeborenen zu übertragen.«

»Ich glaube nicht an Seelen«, sagte sie, und versuchte, ihre Stimme so fest wie möglich klingen zu lassen. »Das Gehirn ist eine Ansammlung chemischer Reaktionen. Komplexe Neurochemie.«

»Wie du meinst«, sagte er milde.

Sie wünschte, sie wäre zu Hause, dort, wo sie hingehörte und wo die Dinge einen Sinn ergaben. Oder ergaben sie nur einen Sinn, weil Dad und Gram sie angelogen hatten? Würde die Welt immer noch einen Sinn ergeben, nachdem sie ihre Mutter wiedergetroffen hatte?

Da sie das Essen nicht anrührte, knurrte der Bär Richtung Tisch, und die Speisen verschwanden. Sie schmolzen und sammelten sich in einer vielfarbigen Wasserpfütze, die sich schließlich in ein fein gewebtes Tischtuch verwandelte, das die ganze Tafel bedeckte. Brot und Suppen verschwanden wie platzende Seifenblasen. Cassie wich zurück.

»Komm«, sagte der Bär. »Du musst müde sein nach unserer langen Reise. Ich zeige dir dein Schlafzimmer. Vielleicht solltest du dich eine Weile ausruhen. Ich werde unterdessen alle nötigen Vorkehrungen treffen, um deine Mutter zu befreien.«

Sie konnte sich nicht vorstellen, jetzt hier zu schlafen. Gleichwohl folgte sie dem Bären hinaus aus dem strahlenden Glanz des Bankettsaals in die blaue Stille, tiefer hinein in das Innere des Schlosses. Und wie an eine Rettungsleine klammerte sie sich an seine letzten Worte: *Vorkehrungen treffen, um deine Mutter zu befreien.*

Geräuschlos gingen die Bärenpfoten über das Eis. Stille umfing sie, als der Gang sich verengte und das Schloss dunkler wurde. In den Schatten zeichnete sich der Umriss ihres Begleiters ab. Riesig, unwirklich.

Kerzenlicht tanzte über Tiergesichter auf vergoldeten Wänden. Ausdruckslose, eisige Augen starrten Cassie an. Sie wich vor ihnen zurück. Ihre sämtlichen Instinkte rieten ihr lautstark, ins Licht zurückzulaufen. Tiefblaues Eis umgab sie von allen Seiten. Sie fühlte sich wie in einem Grab. Ob es ihrer Mutter in der Troll-Festung genauso ging? Sie stürzte zu Boden, und Trolle nahmen sie gefangen. Cassie versuchte, sich ihre Mutter in einer Festung vorzustellen. Es gelang ihr nicht. Wie war ihr Leben vorher gewesen? Wie war *ihre Mutter* gewesen? Cassie wünschte, sie könnte sich an sie erinnern. Sie würde ihr genauso fremd sein wie … wie der Bär. Plötzlich bekam die Vorstellung, ihre Mutter wiederzusehen, etwas furchtbar Erschreckendes.

Der Bär blieb am Fuß einer Treppe stehen. Bernsteinfarbenes Kerzenlicht leckte über sein Fell. Seine Augen waren unergründliche Schatten. In der Dunkelheit wirkte er wild und ungezähmt. »Du findest dein Schlafzimmer oben an der Treppe«, sagte er. »Du solltest dir eine Kerze mitnehmen.«

Sie nahm eine Kerze aus einem der Wandleuchter. Selbst das Wachs war aus Eis und wie alles andere auch trotzdem nicht kalt.

»Ich hoffe, du wirst dich hier wohlfühlen«, brummte der Bär.

Sie hatte nicht vor, lange genug zu bleiben, um sich wohl oder unwohl zu fühlen. Nur lange genug, um sicherzugehen, dass ihre Mutter frei war. Dann würde sie von ihm verlangen, sie zurückzubringen. Doch fürs Erste erwiderte sie nichts. Sie hielt einfach nur die Kerze umklammert und starrte ihn an.

Er zog sich zurück in die blaudunklen Schatten, dann war Cassie allein. Sie hob die Kerze höher, und das kleine Licht fiel schimmernd auf die Stufen. »Nur so lange, bis sie frei ist«, flüsterte sie. Ein frostiger Schauer überlief sie, obwohl es gar nicht kalt war.

Kapitel Fünf

Geografische Breite: 91°00' 00" N
Geografische Länge: unbestimmt
Höhe: 4,60 m

WIE DER BÄR GESAGT HATTE, FAND CASSIE AM ENDE DER Treppe ein Schlafzimmer. Sie stieß die Tür auf, eine dicke Scheibe undurchsichtigen, türkisfarbenen Eises, und hielt die Kerze hinein.

»Oh, wow!«, entfuhr es ihr.

Alles hier drin sah aus, als wäre es mit Diamanten übergossen: Schrank, Waschbecken, Tisch, Bett. Das Gewölbe des Himmelbetts schwang sich beinahe fünf Meter hoch in die Luft und bestand ganz aus schimmernden Eisrosen, miteinander verwoben wie Spitze. Die vier Bettpfosten waren wie Stoßzähne von Narwalen geformt.

Cassie legte ihre Hand an einen der sanft geschwungenen Bögen. Wie alles Eis in diesem Schloss, so fühlte auch er sich warm und trocken an, wie Holz. Auf dem Bett türmten sich hüfthohe Federmatratzen und ein Stapel Kissen, der ihr bis zum Kinn reichte.

Cassie trat in das Zimmer und stellte die Kerze auf einem Nachttisch ab. Dann nahm sie ihren Rucksack ab und öffnete den Schrank. Von einem einzelnen Kleiderbügel flatterte ihr ein Nachthemd entgegen. Cassie strich über das seidige Gewebe. War das für sie? Wieso sollte der Bär wollen, dass sie so etwas trug? Energisch schob sie diesen Gedanken beiseite, schloss die Schranktür und setzte sich auf den Rand des Bettes. Ihre Gedanken wanderten zu Grams Geschichte, der einzigen Verbindung zu ihrer Mutter, die es wirklich gab. *Es war einmal …* Alles, was sie über ihre Mutter wusste, stammte aus einem Märchen.

Sie lehnte sich in die Kissen zurück und versuchte, sich ihre Mutter vorzustellen, die Tochter des Nordwinds. Und ohne es zu wollen, schlief sie ein. Sie träumte von einer dunkelhaarigen Frau und einem Eisbären, die mitten in einem arktischen Schneegestöber einen Handel schlossen. Als Cassie genauer hinsah, bemerkte sie, dass die Frau ihr Gesicht hatte.

Einige Minuten oder Stunden später wurde Cassie von einem kratzenden Geräusch geweckt. Es war stockdunkel. Automatisch tastete sie nach ihrer Nachttischlampe. Plötzlich fielen ihr drei Dinge gleichzeitig ein: Sie war nicht zu Hause in ihrem Bett, sie hatte keine Streichhölzer für die Kerze, und ihre Taschenlampe steckte in ihrem Rucksack. Blitzschnell schoss sie hoch. »Wer ist da?«, fragte sie und lauschte angestrengt.

Nichts war zu hören.

Der Bär hatte gesagt, ihr würde innerhalb dieser Mauern kein Leid geschehen. Konnte sie ihm trauen? »Deine Fantasie geht mit dir durch«, sagte sie sich und ließ sich wieder in die Kissen fallen.

Die Matratze neben ihr sank ein.

Sie packte die Decke und sprang aus dem Bett. »Raus hier!«

»Hab keine Angst«, sagte eine unbekannte Stimme. Sie gehörte einem Mann.

Verdammt, hätte sie doch gleich ihre Taschenlampe geholt, als sie aufgewacht war! Ihr Herz pochte laut, während sie ihren Rücken gegen die Wand presste und sich Stück für Stück an ihr entlang Richtung Rucksack schob. Als sie das Waschbecken umrundete, berührte eine Hand ihren Arm. Sie stieß ihren Ellbogen nach hinten, so fest sie konnte und spürte, wie der Mann zusammenklappte. »Rühr mich nicht an!«, sagte sie.

»Ich will dir nicht wehtun«, keuchte er.

Sie bewegte sich weiter auf ihren Rucksack zu. Wo genau lag er? Sie dachte, es sei diese Ecke gewesen. Ihr Fuß stieß gegen etwas Festes – da war er. »Einen Mucks, und ein vier Meter großes

Raubtier hängt an deiner Kehle«, warnte sie den Eindringling. Sie ging auf die Knie und tastete nach ihren Sachen. Wo war der Bär? Warum hatte er diesen Fremden hier hereingelassen? Ihr fiel auf, dass sie eigentlich nur sehr wenig darüber wusste, warum der Bär sie überhaupt hier haben wollte.

»Hab keine Angst, Geliebte«, sagte die Stimme. »Das ist unsere Hochzeitsnacht.«

Oh Gott! »Du bist kein Eisbär«, sagte Cassie. »Dich habe ich nicht geheiratet.« Sie löste die oberste Klappe ihres Rucksacks.

»Ich bin Bär.«

»Er ist viel pelziger. Weniger menschlich.« Sie öffnete Schnalle um Schnalle. Plötzlich berührte ihre Hand etwas Hölzernes. *Besser als eine Taschenlampe,* dachte Cassie. Mit einem wölfischen Grinsen zog sie die Eisaxt aus ihrer Halterung, packte den Stiel und richtete sich auf. »Sehe ich etwa wie ein Idiot aus?«

»Du siehst wunderschön aus, sogar mit einer Axt in der Hand.«

Er konnte sie im Dunkeln sehen? Sie umklammerte die Axt fester. Ihr Herz hämmerte, aber es gelang ihr, mit ruhiger Stimme zu sprechen: »Ich stelle nur Chancengleichheit her.«

»Du kannst mir vertrauen. Ich bin nicht dein Feind. Und ganz tief in deinem Herzen weißt du das auch.«

»Einen Schritt näher, und ich schwöre, ich schlage zu.«

Er legte ihr eine Hand auf die Schulter. »Ich glaube nicht, dass du das tust.«

Cassie holte aus.

Sie spürte einen Windhauch – er hatte einen Satz rückwärts gemacht.

»Raus hier!«, forderte sie und schritt, die Axt hoch erhoben und zu allem entschlossen, durch die Dunkelheit auf ihn zu. Dann hörte sie, wie er den Rückzug antrat. Hörte, wie sich die Tür öffnete und wieder schloss. Das Herz schlug ihr bis zum Hals. Ihr Atem kam stoßweise. Immer noch ließ sie die Axt in ihren schweißnassen Händen nicht sinken. Ihre Hände waren schweißnass. Entsetzt und voller Scham, stellte Cassie fest, dass sie weinte.

Kapitel Sechs

Geografische Breite: 91°00'00" N
Geografische Länge: unbestimmt
Höhe: 4,60 m

ALS CASSIE AUFWACHTE, SPÜRTE SIE AM GANZEN KÖRPER Gänsehaut. »Dämliche Heizkörper«, murmelte sie. Wahrscheinlich hatte Owen wieder mal an seinem uralten Computer herumgebastelt, anstatt die Heizung zu reparieren. »Owen!«, rief sie laut. Sie streckte einen Arm aus und schlug gegen die Wand, die sich glatt und kühl anfühlte. Im Nu war sie hellwach. Sie war nicht auf der Station, fiel ihr ein, und Owen konnte sie nicht hören.

Sie setzte sich auf und tastete nach ihrer Taschenlampe. Die hatte sie auf dem Nachttisch deponiert, nachdem sie ihren unwillkommenen Besucher vertrieben hatte. Ihr Herz hämmerte so stark, dass ihre Hände zitterten, als sie die Lampe anknipste.

Cassie ließ den Lichtstrahl durch den Raum wandern. Er tanzte über das Eis. Als er über den Schrank glitt, leuchteten geschnitzte Seevögel auf, als wären sie mitten im Flug eingefroren. Cassie hatte den Schrank benutzt, um die Tür zu versperren. Es hatte funktioniert. Sie war allein und sicher inmitten all der kristallenen Schönheit.

Sie atmete hörbar aus. Ihre Schultern sackten herunter, und endlich schaltete auch ihr Herz ein paar Gänge zurück. Wie hatte sie bloß wieder einschlafen können? Irgendwo außerhalb dieses Zimmers war der Mann, der eine »Hochzeitsnacht« wollte. Irgendwo außerhalb dieses Zimmers war der Eisbär, den sie geheiratet hatte. Irgendwo außerhalb dieses Schlosses war ihre Mutter. Cassie konnte sich nicht entscheiden, welche dieser drei Tatsachen sie am erschreckendsten fand.

Aber ich werde mich auf keinen Fall hier drin verkriechen, dachte sie. Sie hatte sich noch niemals vor irgendjemandem versteckt und würde damit auch jetzt nicht anfangen.

Den Rücken gegen den Schrank gelehnt, stemmte sie sich mit ihrem ganzen Gewicht dagegen. Der Schrank knirschte über den eisigen Fußboden. Cassie schnaufte, als er die letzten Zentimeter zur Seite glitt. Sie fragte sich, ob der Mann das gehört hatte. Dann packte sie fest ihre Taschenlampe, wog sie in der Hand wie eine Waffe und trat hinaus auf den Gang.

Nichts geschah. Sie war allein.

Still und blau und wunderschön lag der kristallene Flur vor ihr. Als sie ihn mit ihrer Taschenlampe ableuchtete, sah sie verschiedene Türen, Schatten in den golden schimmernden Wänden. Was mochte sich wohl hinter ihnen befinden? Was machte ein – wie war das Wort? Munaqsri. Transportierte er wirklich Seelen? Waren die Zimmer etwa geheime Verstecke für Seelen?

Cassie machte einen Schritt auf die erste Tür zu und hielt wieder inne. Sie war nicht als Forscherin hier. *Denk an den Mann,* dachte sie. *Denk an den Eisbären. Denk an deine Mutter.* Sie musste den Bären finden und darauf bestehen, dass er sie nach Hause brachte. Sie warf einen Blick über die Schulter und eilte die Treppe hinunter.

Cassie fand den König der Eisbären im Festsaal. Als sie ihn erblickte, blieb sie unter der Tür stehen. Vor ihm lag eine Robbe auf dem Tisch. Seine Schnauze hatte rote Flecken, und die Tafel aus weißem Eis war mit leuchtend roten Blutspritzern übersät. Der Bär wischte sich mit der Tatze über die Schnauze, als ob ihm seine Tischmanieren peinlich wären. »Bitte entschuldige«, sagte er. »Ich dachte, du schläfst.« Geronnenes Blut bedeckte nicht nur seine Schnauze, sondern auch seine Pfoten. Cassie musste plötzlich an ihr eigenes Blut denken und daran, wie dünn ihre Haut war. Diese Reißzähne und Klauen konnten sie zerfetzen wie ein Stück Papier.

Statt auf seine kräftigen Kiefer konzentrierte sie sich auf die

Karibu-Skulptur in der Wandnische hinter ihm. »Vorhin«, sagte sie und zwang sich, ihre Stimme gleichförmig und fest klingen zu lassen, »ist ein Mann in mein Zimmer gekommen.«

»Ich weiß. Das war ich.«

»Du?« Sie wurde kreidebleich. Aber … sie war sich ganz sicher, dass der Eindringling ein Mann gewesen war – er hatte Hände gehabt.

»Ich wollte es dir ja erklären«, sagte er sanft. »Doch du hast mich mit einer Axt bedroht.«

Sie starrte ihn an, und er leckte sich ein wenig geronnenes Blut von der Schnauze. »Du kannst menschliche Gestalt annehmen? Wie, warum?«

»Ich wollte dich überraschen«, sagte er. »Erinnerst du dich: Ich habe dir erzählt, dass ich Materie verändern kann. Wir können die Gestalt der Spezies annehmen, die uns anvertraut ist. Oder auch eine andere. Es muss noch nicht einmal unsere ursprüngliche Gestalt sein. Ich bin nicht immer so, wie du mich jetzt hier vor dir siehst. Ich dachte, du würdest dich freuen.«

Freuen? »Du hast dich in einen Menschen verwandelt, und du bist in mein Bett gestiegen.«

»Es ist unser Bett«, sagte der Bärenkönig. »Mann und Frau teilen ein Bett.«

Sie betrachtete seine riesigen, blutverschmierten Pranken, und ihr wurde ganz schlecht. Mann und Frau. Nein. Sie würde nicht mit einem Fremden zusammen in einem Bett schlafen. Besonders nicht mit einem, der ein verzauberter Bär war.

Jede Faser ihres Körpers wollte aus dem Festsaal rennen. *Bleib ruhig!* ermahnte sie sich. »Ich habe meinen Teil der Abmachung erfüllt«, sagte sie. »Ich habe dich geheiratet. Und jetzt will ich die Scheidung.«

»Ich habe dir Angst gemacht«, sagte er. »Das tut mir leid. Es war nicht meine Absicht. Bitte, gib mir noch eine Chance! Ich werde überaus charmant sein.«

Sie sah ihn an. Getrocknetes Blut klebte in seinem Fell, und an seinem Maul hingen kleine Stückchen Robbenfleisch. »Und selbst wenn du der Casanova unter den Eisbären wärst«, sagte sie, »ich werde nicht hierbleiben.«

»Urteile nicht zu schnell über mich«, sagte der Bär. »Du bist doch eben erst angekommen.«

Cassie blickte auf die tote Robbe. Sie war nur noch eine blutige, zerfetzte Masse. Er fraß wie ein Eisbär und sprach wie ein Mensch. Sie konnte ihn nicht einschätzen. Er befand sich weit außerhalb all dessen, was im Bereich des Möglichen lag und was ihre Verstandeskraft beurteilen konnte.

»Du bist anders als alles, was ich jemals gekannt habe«, fuhr er fort. »Du bist Klarheit. Du bist Licht. Du bist Feuer. Ich komme aus einer Welt aus Eis.«

Sie fröstelte. Es hörte sich so an, als ob er wirklich meinte, was er sagte. Niemand hatte jemals auf ähnliche Weise mit ihr gesprochen. Sie spürte, wie sie aus dem Gleichgewicht geriet. »Oh?«, sagte sie. »Weißt du, was herauskommt, wenn man Feuer und Eis zusammenbringt?«

Er sah sie mit seinen undurchdringlichen Bärenaugen an. »Sag es mir!«

»Lauwarmes Wasser«, sagte Cassie. »Ich will nach Hause.«

»Ich brauche dich«, sagte er. »Ich brauche dich als meine Frau.«

Auch das hatte noch niemals jemand zu ihr gesagt. Sie schluckte. »Warum?«, fragte sie dann. »Warum ausgerechnet mich? Warum überhaupt eine menschliche Frau? Warum keine Bärin?«

»Weil ich keine Bärenkinder will«, antwortete er.

Einen Moment lang setzte Cassies Atem aus. Kinder.

»Nur die Kinder der Munaqsri können sich dafür entscheiden, unsere Macht anzunehmen und die Verantwortung, die damit verbunden ist. Und wir brauchen mehr Munaqsri mit menschlicher Intelligenz. Wir sind viel zu wenige. Unsere Gebiete sind zu groß. Wir verlieren zu viele Seelen, und Arten sterben aus.«

Sie wusste nicht, was er mit »Gebieten« meinte oder damit, dass Seelen verloren gingen. Aber es war ihr auch egal. »Du hast mich geheiratet, um für Nachwuchs zu sorgen?«

»Natürlich ist das nicht der einzige Grund – was ich über deine

Klarheit und dein Licht gesagt habe, ist wahr –, aber ja, unsere Kinder waren dabei eine ganz wesentliche Überlegung.« Er klang so ruhig. Sie konnte nicht glauben, wie ruhig. *Unsere* Kinder?

»Du willst einen menschlichen Brutkasten.« Erneut wurde Cassie übel. Sie umklammerte die Ecke der Festtafel. »Ohne mich. Absolutes Nein.«

»Du hast deine Zustimmung gegeben«, sagte er.

»Nicht zu Kindern.« Sie war noch nicht reif genug, um Mutter zu sein. Und Mutter von pelzigen Kindern schon gar nicht. »Du bist ein Bär. Du läufst ja noch nicht mal auf zwei Beinen.«

»Kann ich aber«, erinnerte er sie.

»Kinder waren nicht Teil der Abmachung«, beharrte sie. »Das Geschäft ist geplatzt.« Mit diesen Worten wandte sie sich schroff ab und verließ festen Schrittes die Halle.

Sie schaffte es gerade noch in den Flur. Dann gingen ihr die Nerven durch, und sie begann zu rennen, so schnell sie nur konnte.

Als sie unter dem Torbogen mit dem Kristallgitter hindurchkam, verlangsamte Cassie ihr Tempo. Sie konnte nicht den ganzen Weg nach Hause rennen. Das waren tausenddreihundert Meilen – tausenddreihundertundeine, falls man dem Bären Glauben schenken konnte. Aus eigener Kraft schaffte sie es nicht nach Hause. Der Bär musste sie zurückbringen.

Noch einmal betrachtete sie das Schloss. Seine hoch aufragenden Türme und eleganten Gewölbe glühten golden wie die Morgensonne. Ein Bildhauer hatte die eisigen Wände über und über mit zarten Girlanden aus Eisblumen geschmückt. Üppige Massen von Rosen umrankten die Bögen der Fenster, ihre Blütenblätter jedes einzeln aufs Feinste geschnitzt. All das war so schön, dass es wehtat. Cassie fühlte in sich einen Schmerz, den sie nicht beschreiben konnte.

Warum war solch ein wundervoller Ort nicht ohne Bären-Ehemann zu haben?

Sie ging weiter, bog um eine Ecke und erstarrte mitten in der Bewegung. »Oh, wow!«, entfuhr es ihr keuchend. Vor ihr lag ein riesiger, kunstvoll gestalteter Garten aus Eis. Hunderte von Skulpturen funkelten im flüssigen Gold der aufgehenden Sonne. Hecken und Blumen und Apfelbäume, Drachen und Meerjungfrauen und Einhörner. Mit angehaltenem Atem berührte Cassie ein Blatt an einem Rosenstrauch aus Eis. Auf den hauchdünn gefalteten Blütenblättern konnte sie sogar die einzelnen Äderchen erkennen.

Sie wanderte auf schmalen Wegen zwischen eisigen Greifen, gefrorenen Fontänen und Bäumen mit glitzernden Früchten hindurch, die aussahen wie Glas. Cassie duckte sich unter einem Spalier hindurch, das von eisigen Weinranken bedeckt war. Noch niemals hatte sie etwas Vergleichbares gesehen. Ein Garten Eden aus Eis. Wer mochte ihn geschaffen haben? Sie drehte sich nach dem Schloss um … und erblickte den König der Eisbären. Still stand er zwischen den Rosen, nur einen Schritt entfernt von ihr. Sie machte einen Satz rückwärts. »Tu das nie wieder!«

Er gab keine Antwort, und sie merkte, wie sich Schweiß in ihren Armbeugen ansammelte. Sie hob den Kopf und sah ihm direkt in die Augen.

»Ich hätte nicht gedacht, dass du zu denen gehörst, die aufgeben, bevor sie es überhaupt versucht haben«, sagte der Bärenkönig.

»Ich gebe nicht auf«, antwortete Cassie automatisch. Dann dachte sie einen Augenblick nach und wiederholte: »Ich gebe nicht auf.«

Er hatte am eigenen Leib erfahren, wie stur sie sein konnte. Sie hatte ihn so lange verfolgt, bis ihr beinahe der Sprit ausgegangen war, obwohl sie genau wusste, dass sie die Regeln der Station verletzte. Ihr war, als läge diese Verfolgungsjagd Jahrzehnte zurück.

»Es ist nicht leicht zu verkraften, wenn alles, was man kennt, auf den Kopf gestellt wird«, sagte er. »Ich werfe dir nicht vor, dass du nicht stark genug bist zu akzeptieren, was du hier gesehen hast, oder dass du nicht mutig genug bist, mehr sehen zu wollen.«

Cassie zuckte zusammen – zwei Beleidigungen in einem Atemzug. Sie ging nicht, weil sie schwach war oder feige. Oder etwa doch?

»Ich dachte, du wärst stark genug für all das. Es ist nicht deine Schuld, dass ich mich geirrt habe«, fuhr er fort.

Das war nicht ... Moment mal! »Willst du mich auf die Probe stellen?«

Er dachte einen Moment nach. »Ja«, sagte er schließlich.

»Glaubst du etwa, ich finde das witzig?«

»Ich glaube, dass du Angst hast.«

»Den Teufel hab ich.«

Schwerfällig tappte er zwischen den Büschen aus Eis auf sie zu. Als sein Fell einige Blätter streifte, begannen sie zu klirren und zu klingeln wie Kristall. Sie wich zurück und stieß gegen die Eisskulptur einer Meerjungfrau. »Ich kann dir eine ganz neue Welt zeigen«, sagte der Bärenkönig. »Ich bin in der Lage, Wunder zu vollbringen, die du dir nicht einmal vorstellen kannst. Wunder, von denen du noch nicht einmal weißt, dass sie überhaupt existieren. Wunder, die du jetzt noch gar nicht verstehen würdest.«

»Was ich verstehe, reicht mir schon«, erwiderte Cassie, wobei sie sich Zentimeter um Zentimeter um die Meerjungfrau herumschob, weg von ihm. »Du willst mich als Mutter für deine Kinder. Deine kleinen Bärenkinder.« Sie hörte selbst, wie sich ihre Stimme zu überschlagen begann, und verstummte. *Ich habe keine Angst,* wiederholte sie wie ein Mantra. *Ich. Habe. Keine. Angst.*

»Ich werde warten, bis du bereit dafür bist«, sagte er.

»Ich werde niemals bereit dafür sein.«

»Ich kann länger warten als niemals.«

Cassie fröstelte, und sie schlang die Arme um ihren Oberkörper, obwohl ihr gar nicht kalt war. Ihr Atem kondensierte zu kleinen Wölkchen, doch eigentlich war es hier draußen genauso warm wie im Inneren des Schlosses. Wie lange wollte er sie wohl hierbehalten? Wie lange war »länger als niemals«?

»Du hast nichts von mir zu befürchten«, sagte er behutsam.

»Dann bring mich nach Hause«. Nach Hause. Nach Hause zu einer Mutter, die sie nie gekannt, und einem Vater, der sie angelogen hatte.

»Du bist in eine größere Welt getreten, Cassie«, sagte er. »Warum willst du das so leichtfertig wegwerfen? Du hast noch kaum etwas von ihr gesehen.«

Unfreiwillig wanderte ihr Blick wieder hinüber zu dem Schloss mit den hohen Türmen aus Eis und den Efeuranken aus Kristall. Wenn das hier wirklich real war, wenn er real war, dann war alles, was sie von der Welt wusste – alles, was sie über Wissenschaft wusste und über die Regeln des Universums –, falsch. Ein Teil von ihr wollte jeden Quadratzentimeter dieses Ortes erkunden. Der andere wollte die Uhr zurückdrehen und den gestrigen Tag noch einmal von vorn beginnen.

Er tappte näher zu ihr heran, und diesmal wich sie nicht zurück. »Du kannst heimkehren in deine ›Forschungsstation‹ und so tun, als ob sich nichts verändert hätte. Aber die Dinge sind nicht mehr dieselben, und sie werden es auch niemals mehr sein. Du kannst nicht mehr auslöschen, was du hier erfahren hast. Deine Welt hat sich weitergedreht.«

Er hatte recht. Sie konnte nicht einfach zurückgehen und so tun, als ob dies alles hier nicht existierte. Vor allem nicht, wenn ihre Mutter dort wäre und das Gegenteil bewies. Sein Blick brannte sich in sie hinein, und sie musste wegsehen. Sonnenstrahlen tanzten durch den eisigen Garten. In ihrem Licht glänzten die Skulpturen zitronengelb und pink.

»Gefällt es dir?«, fragte er. In seiner Stimme lag ein merkwürdiges Zögern.

»Es ist wunderschön«, gab sie zu. »Beeindruckender Künstler, dieser Bildhauer.«

»Das Schloss selbst war schon fertig, bevor ich hier einzog«, sagte er. »So habe ich mich den Gärten gewidmet.«

Ein Eisbär, der ein Künstler war? Sie betrachtete die massigen Pfoten und konnte sich nicht vorstellen, wie er mit ihnen etwas so Schönes und Kunstvolles wie diese Eisskulpturen hatte schaffen können. Seine Tatzen waren gemacht, um Robben zu töten, nicht, um Rosen zu schnitzen.

»Ich erschaffe jeden Tag etwas, außer in der Wurfsaison, wenn die kleinen Eisbären geboren werden«, sagte er. »Wenn der Winter am härtesten ist, muss ich hinaus aufs Eis, in die Nähe der Geburtshöhlen. Meine Fähigkeiten als Munaqsri – die Gabe der Geschwindigkeit, die Gabe, eine bevorstehende Geburt oder einen bevorstehenden Tod wahrzunehmen, die Gabe, Materie verändern zu können – ermöglichen mir zwar, meine Aufgabe zu erfüllen, sie sind aber keine Erfolgsgarantie. Ich darf nicht riskieren, zu spät zu einer Geburt zu kommen, weil ich mit meinen Gärten beschäftigt bin.« Er zögerte, dann fügte er hinzu: »Oder Zeit mit dir verbringe.«

»Wenn es so weit ist, werde ich nicht mehr hier sein«, sagte sie, so fest sie konnte.

»Wir werden sehen«, sagte der König der Eisbären.

Kapitel Sieben

Geografische Breite: 91°00'00" N
Geografische Länge: unbestimmt
Höhe: 4,60 m

BEGLEITET VOM KLIMPERN UND KLINGELN EISIGER BLÄTTER ging der Bärenkönig zum Schloss zurück. »Du hast Fragen«, sagte er über die Schulter zu Cassie. »Ich habe Antworten. Wollen wir einen Handel schließen? Für jede Frage, die ich dir beantworte, bleibst du einen Tag in meinem Schloss.«

»Du machst gerne Geschäfte, nicht wahr?«, rief sie hinter ihm her. »Woher weiß ich, dass du dich an die Abmachung halten wirst? Woher weiß ich, dass meine Mutter wieder zu Hause ist?« Er bog um eine Ecke. »He, komm zurück!« Eilig lief sie ihm nach.

Der Bärenkönig erwartete sie vor der großen, von schimmernden Säulen flankierten Eingangstür. »Ein Munaqsri kann niemals ein Versprechen brechen«, sagte er. »So stellt die Natur sicher, dass wir unsere Aufgabe erfüllen. Das ist der Preis für unsere Macht.« Mit diesen Worten ging er hinein. Sie folgte ihm, und erneut umgaben sie irisierende Skulpturen. »Die Winde haben deine Mutter aufs Eis gebracht, während du schliefst«, sagte er. »Ich habe sie zur Forschungsstation getragen, bevor du aufgewacht bist.«

Sie hielt inne. Ihr stockte der Atem. Die Eisfresken an den Wänden verschwammen, und sie blinzelte heftig. Ihre Mutter war in der Station! Sie ging durch dieselben Räume, durch die Cassie gegangen war, saß in derselben Küche, putzte ihre Zähne in demselben Waschraum, tat all diese kleinen Dinge. Dinge, von denen Cassie sich nicht im Geringsten vorstellen konnte, dass ihre Mutter, dieses Fantasiewesen, sie ausführte. Schon beim bloßen Gedanken war Cassie, als hätte sich das Eis unter ihren Füßen aufgetan. »War sie … War alles in Ordnung mit ihr?«

»Es ging ihr gut.«

Cassie wollte noch mehr fragen: was er gesagt hatte und was sie gesagt hatte. Wie sie ausgesehen hatte, wie sie geklungen hatte. Aber ihre Kehle war wie zugeschnürt, und der Bär lief immer noch weiter, weg von ihr. »Wo gehst du hin?« Ihre Stimme brach.

Er sah über die Schulter. »Ich möchte dir zeigen, was du zurücklässt, wenn du nach Hause gehst. Komm!«

Cassie folgte ihm. Er führte sie eine blaue Wendeltreppe hinauf und in Zimmer, die aussahen, als wären sie aus Diamanten geschnitten. Sie sah ein Musikzimmer mit einem durchscheinenden Flügel und so vielen Violinen und Cellos, dass man damit ein ganzes Orchester hätte ausstatten können. Die Saiten der Violinen bestanden aus unglaublich feinen Eisfäden. Sie wandelte durch einen von bunt schillernden Kronleuchtern erhellten Korridor mit Wänden aus spiegelblankem Eis. In einem Salon standen von Raureif überzogene Sofas, und sie bewunderte ein Schachbrett mit geschnitzten Eisfiguren. Jede einzelne war in etwa so groß wie ihre Hand und stellte ein anderes Tier der Arktis dar.

Er hatte recht. Noch niemals zuvor hatte sie einen Ort wie diesen gesehen. Sie hatte sich nicht vorstellen können, dass so etwas überhaupt existierte. Was noch alles hatte sie sich nicht vorstellen können?

Ihre Mutter, zu Hause.

Vielleicht sollte ich mir doch ein wenig Zeit lassen, dachte sie, *nur ein paar Tage, um diesen Ort zu betrachten. Denk doch mal an all die Geheimnisse hier, all das Wissen! Ein Bär, der sich in einen Menschen verwandelt, Eis, das nicht schmilzt, ein verborgenes Schloss …* Jedes einzelne dieser Rätsel könnte sie jahrelang studieren. Und da war noch etwas: Welche Fortschritte könnte sie in der Erforschung der Eisbären erreichen, wie viele Fragen könnte sie ihm stellen, und wie viele Antworten könnte er ihr geben.

»Deine Mutter«, sagte sie, ihm die erstbeste Frage stellend, die ihr in den Sinn kam. »Ist sie auch ein Munaqsri, so wie du?«

»Nein.«

Cassie wandte sich ihm zu. Er saß neben einem gefrorenen Springbrunnen, in dessen vereiste Fontäne Fische geschnitzt waren, erstarrt mitten im Sprung.

»Mein Vater war ein Munaqsri«, fuhr er fort. »Er ist ein … Der einfachste Ausdruck dafür ist ›Aufseher‹. Munaqsri haben eine Hierarchie. Es gibt Munaqsri, die sich um die Seelen einer bestimmten Spezies kümmern, so wie ich es tue. Und dann gibt es die höherrangigen Munaqsri, denen alle Munaqsri einer bestimmten Region unterstellt sind, wie zum Beispiel die Wind-Munaqsri. Mein Vater ist verantwortlich für die Munaqsri einer Bergkette in Skandinavien. Ich habe ihn nicht mehr gesehen, seit ich mich um die Eisbären kümmere.«

Er wandte sein Gesicht ab, als studierte er die mitten im Sprudeln erstarrte Fontäne. Sie versuchte, sich vorzustellen, wie oder was er gewesen war, bevor er König der Eisbären wurde. »Du warst nicht immer ein Bär?«

»Das Kind eines Munaqsri muss sich ganz bewusst dafür entscheiden, diese Macht und Verantwortung anzunehmen«, sagte er. »Er oder sie wird dann von einem höheren Munaqsri einer bestimmten Spezies zugeteilt.«

»Also hast du dich bewusst entschieden, ein Munaqsri zu werden? Du hattest eine Wahl?« Sie konnte nicht sagen, warum sie diese Frage wichtig fand, aber es war so.

»Ich wurde gebraucht«, sagte er. »Alles auf der Welt – Bären, Vögel, Insekten, Flüsse, Meere – braucht einen eigenen Munaqsri, um fortbestehen zu können. Die meisten Arten haben sogar mehrere. Menschen, zum Beispiel, brauchen Hunderte. Und Käfer sogar noch viel mehr. Eisbären benötigen nur einen, weil ihre Population klein ist. Trotzdem sind wir zu wenige. Munaqsri haben nur selten Kinder, und die Welt braucht jeden einzelnen von uns, dringend.«

Das hörte sich nicht so an, als ob er wirklich eine Wahl gehabt hätte.

Mit leiser Stimme fuhr der Eisbärkönig fort: »Es stimmt, ich habe es meinem Vater tatsächlich übel genommen, dass er mir keine echte Wahl gelassen hat. Ein Munaqsri zu sein bedeutet … Wir halten die Welt am Laufen, aber wir sind nicht wirklich ein Teil von ihr.«

Das Leben auf einer Forschungsstation war auch nicht gerade ein normales. Cassie schüttelte den Kopf. Kaum zu glauben, aber sie empfand Mitgefühl für ihn. Konnte es wirklich sein, dass sie einige Dinge gemeinsam hatten?

»Du musst Hunger haben«, warf er abrupt ein, als hätte er zu viel geredet.

Auf einer anderen Wendeltreppe führte er sie wieder hinunter in den Bankettsaal, und auf sein Zeichen hin brachte die Tafel ein neues Festmahl hervor. Es ging auf wie eine Blume. Blütenknospen gleich entfalteten sich Schalen mit Früchten. Ein Stängel schoss in die Höhe, und an seiner Spitze erblühte ein Korb mit Brot und Gebäck. Er riss sich los und schwebte auf Cassie zu. Wie gebannt starrte sie ihn an und ging ein paar Schritte rückwärts.

»Hab keine Angst«, sagte der Bär. Er klang amüsiert.

Der Korb schüttelte sich, als wäre er ungeduldig, und die kleinen Gebäckstücke rollten umher. Cassie versteifte sich. Dann nahm sie ein Croissant. Sie hatte keine Angst. Sie hatte nur noch nie fliegende Speisen gegessen. Der Bär nahm sich mit seiner gewaltigen Pranke einen Muffin.

Behutsam ließ sich Cassie auf dem Eisthron nieder, der viel zu groß für sie war. Ihre Zehenspitzen berührten gerade so den Fußboden. Plötzlich wurde ihr bewusst, wie klein und machtlos sie inmitten all dieser makellosen Vollkommenheit war.

Von den Speisen stieg ein köstlicher Duft auf. Ihr Magen begann zu knurren. Das Wasser lief ihr im Munde zusammen, und sie leckte sich über die Lippen. Noch nie hatte sie so viel Essen auf einmal gesehen. Alles wirkte so köstlich. Im Stillen tadelte sie sich selbst. Das Unmögliche war geschehen, geschah *immer noch*, und ihre Reaktion darauf war *Hunger*. Vielleicht gewöhnte sie sich ja langsam an all die Merkwürdigkeiten. Oder zumindest tat ihr

Magen das. Sie langte nach einem dampfenden Teller mit Karotten in weißer Soße.

Stille breitete sich aus, nur unterbrochen vom Klirren und Klimpern der Speisen, die sich selbst servierten und dabei ab und zu aneinanderstießen. Cassie versuchte sich vorzustellen, wie sich ihre Mutter auf der Station an einen Esstisch setzte. Sie sah sie vor sich, in der Hand Cassies Lieblingstasse, während Owen Eierkuchen wendete, und sie sah sich selbst, vier Jahre alt, wie sie neben ihr am Tisch saß. Und wieder fingen ihre Augen an zu brennen.

Sie versuchte, sich eine Frage auszudenken, eine harmlose Frage, die ihr wenigstens ein klein bisschen Kontrolle zurückgab. Dann fragte sie so fröhlich und leichthin, wie sie nur irgend konnte: »Also. Wie warst du denn so als Bärenjunges?«

»Sehr menschlich«, sagte er trocken.

Fast musste sie lächeln. Er hatte wirklich Sinn für Humor.

»Meine Kindheit ...« Er hielt inne und betrachtete sie eingehend, als ob er seine Antwort sorgfältig abwägen müsste. »Meine Kindheit liegt schon viele Jahre zurück«, sagte er schließlich. »Ich bin älter, als ich aussehe. Einige Jahrhunderte älter.«

Einige Jahrhunderte? Sie versuchte, die Information zu verarbeiten. »Du wirkst aber nicht so.«

»Danke!«

Einige *Jahrhunderte*?

»Ich hatte eine schöne Kindheit, eine menschliche«, fuhr er fort.

Während Cassie sich den Teller füllte, erzählte er davon, wie er aufgewachsen war – abwechselnd in den Bergen seines Vaters und in Norwegen, der Heimat seiner Mutter. Seine Mutter, sagte er, sei eine ganz normale Menschenfrau gewesen und habe ihn großgezogen wie ein Menschenkind. Er hatte mit den anderen Kindern im Dorf gespielt und war von einem Lehrer unterrichtet worden. Seine Mutter hatte gehofft, er würde eine juristische Laufbahn einschlagen. Die Wochenenden hatte er bei seinem Vater verbracht, der ihn in all jenen Dingen unterwies, die nicht in den Büchern seines Lehrers standen. Von ihm hatte er viel über Magie gelernt und darüber, was es bedeutete, ein Munaqsri zu sein und seine Kräfte einzusetzen, um seine Aufgabe zu erfüllen.

»Jetzt bist du dran«, sagte er, als er geendet hatte.

»Was?« Cassie war verblüfft.

»Erzähle mir von deiner Kindheit«, sagte er.

Sie zögerte, aber ihr fiel keine Ausrede ein, warum sie das nicht erzählen sollte. Außerdem: Aus irgendeinem Grund, den sie gar nicht näher erforschen mochte, *wollte* sie darüber sprechen.

Sie erzählte ihm von Max und seinen Flugzeugen, von Großmutter und ihrer Geschichte und von Owen und seinem ganzen Technikkram. Sie berichtete ihm, wie sehr sich ihr Leben von dem von, sagen wir mal, Owens Nichte in Fairbanks unterschied, deren Leben aus Schminkzeug und Kino bestand.

»Als ich meinen ersten Film sah«, sagte Cassie, »da war ich vier. Es war während meines ersten Besuchs in Fairbanks, und ich bekam schreckliche Angst.«

»Was ist denn daran so merkwürdig?«

»Es war kein Horrorfilm. Es war *Mary Poppins.*« Als Julie Andrews zum ersten Mal an ihrem Schirm durch die Luft flog, hatte sie laut zu schreien angefangen, und Dad hatte ihr haufenweise Popcorn in den Mund gestopft, damit sie still war. »Ich beruhigte mich wieder, aber nur bis zu jener Stelle, wo die Kinder in ein Bild hineinspringen, das mit Kreide gemalt ist.« Sie hatte gedacht, der Gehweg hätte die Kinder verschluckt, und so lange geschrien, bis sie ganz heiser war.

Und so erzählten sie sich gegenseitig noch viele Geschichten, während sich Cassie Honigbrot, schmackhaft gewürzten Fisch und Himbeerkuchen schmecken ließ. Irgendwann wurden sie schließlich still.

Cassie begann unruhig auf ihrem Eisthron umherzurutschen. Sie hatte gar nicht so viel erzählen wollen. Aber mit ihm ließ es sich einfach gut reden. Es gefiel ihr nicht, dass sie sich so wohlfühlte. Er war ja eigentlich der König der Eisbären. Doch wie sie ihn jetzt so ansah, wirkte er eher wie ein übergroßes Kuscheltier oder der

Eisbär aus der Coca-Cola-Werbung. Unvermittelt stand sie auf. »Gibt es hier im Schloss noch mehr zu sehen?«

»Es besteht überhaupt kein Grund zur Eile«, erwiderte er. »Du hast noch eine ganze Woche Zeit.«

Sie runzelte die Stirn. »Was meinst du damit?«

»Du hast mir mindestens sieben Fragen gestellt. Also schuldest du mir mindestens sieben Tage«, sagte er. »Das ist zwar kein ganzes Leben, aber immerhin ein Anfang.«

»Dieser Abmachung habe ich niemals zugestimmt«, wandte Cassie ein.

Er kniff die Augen halb zusammen. »Du hast recht«, sagte er dann, und in seiner Stimme lag Verwunderung. »Das hast du nicht.«

Einen Moment lang sahen sich die beiden nur stumm an. Dann richtete der Bär seinen Blick auf die Tafel, und das Essen begann zu verschwinden. Cassie zuckte erschreckt zusammen, als ihr Teller wie eine Seifenblase zerplatzte. Ihr silbernes Besteck floss mit dem Eis zusammen. Das Tischtuch aus Raureif löste sich auf. »Bleib eine Woche«, sagte er, »und dann entscheide! Nur eine Woche. Du hast achtzehn Jahre lang auf deine Mutter gewartet. Warte noch eine Woche länger!«

Sie dachte an all die Erinnerungen, die sie eben mit ihm geteilt hatte, an all die Erlebnisse, die sie gehabt hatte, immer in dem Glauben, ihre Mutter sei tot und für alle Zeiten verschwunden. Und jetzt? Cassie wich dem Blick seiner funkelnden schwarzen Augen aus. Sie wollte über das alles nicht nachdenken. »Zeig mir noch mehr vom Schloss«, bat sie.

Er führte sie zu einem herrlichen Ballsaal mit Säulen, die sich zu hohen Bögen aufschwangen, und einer Decke, die sich zu einem blassen, wolkenlosen Himmel öffnete. Nordlichter waberten über ihn hin, und der tiefblaue Boden unter ihren Füßen spiegelte die leuchtenden Bänder in schimmernder Perfektion. Die Augen verzückt zum Himmel gerichtet, betrat Cassie den Saal, rutschte aus und plumpste auf den Hintern.

Der Bärenkönig kam in langen Sätzen zu ihr herübergesprungen. »Alles in Ordnung?«

»Ja, ist schon gut.« Ihr Steißbein schmerzte. Als er den Kopf senkte, um ihr zu helfen, zuckte sie instinktiv zurück. Dann stand sie ohne seine Hilfe auf.

»Ist mir nie aufgefallen, wie glatt es hier ist«, sagte er entschuldigend.

»Du hast ja auch Bärenpfoten«, erwiderte sie. »Ich brauche auf diesem Boden Steigeisen. Oder Schlittschuhe.« Vorsichtig schlitterte sie hinüber zu einer der großen Säulen. Durch die Bögen des Ballsaals konnte sie nach draußen in den Garten aus Eis sehen. Das Polarlicht spiegelte sich glitzernd und flimmernd auf den kunstvoll gestalteten Skulpturen. Der Anblick war atemberaubend schön.

Cassie kam eine Idee. Ohne lange darüber nachzudenken, ob es eine *gute* Idee war oder nicht, setzte sie sich hin, zog ihre Mukluks aus und wackelte unter drei Paar Socken mit den Zehen. Der Bärenkönig beugte sich über sie. »Bist du verletzt?«

Cassie zog sich an der Säule hoch, bis sie aufrecht stand. »Noch nicht.« Sie stieß sich ab und glitt im Schlittschuhschritt auf Socken quer durch den Ballsaal. Es war die perfekte Eisbahn. Jubelnd krachte sie gegen die Säule auf der anderen Seite und hielt sich an ihr fest. »Du bist dran!«, rief sie zum König der Eisbären hinüber.

Der wirkte völlig verblüfft.

Sie lachte laut auf. Schon ging es ihr besser. »Ist das etwa unter Eurer Würde, Königliche Bärenhoheit?«

»Munaqsri sind keine königlichen Hoheiten. Ich bin einfach nur Bär.« Und mit diesen Worten ließ er sich auf den Fußboden plumpsen und rutschte bäuchlings übers Eis. Dann vollführte er, alle viere weit von sich gestreckt, eine Kehrtwende, um anzuhalten. Lachend stieß sich Cassie von ihrer Säule ab, schlitterte in die Mitte des Raumes und prallte mit ihm zusammen.

»Huch, Verzeihung«, sagte sie und versuchte das Knäuel zu entwirren, das sie beide bildeten. Was hatte sie sich bloß dabei gedacht? Er war nicht ihr Freund. Er war ein magischer, seelenüberbringender Eisbär.

»Bleib stehen!«, wies er sie an.

Cassie versteifte sich, gehorchte aber. Sie hätte gar nicht erst mit so etwas anfangen sollen. Sie sollte längst auf dem Weg nach Hause sein, statt … Doch bevor sie den Gedanken zu Ende denken konnte, schubste Bär sie an, und sie schlitterte zum zweiten Mal quer durch den Saal, wild mit den Armen rudernd, um das Gleichgewicht zu halten.

Lachend hielt sie sich an einer Säule fest.

Sie blickte sich nach ihm um, plötzlich wieder ernst. Um eine Woche hatte er sie gebeten. War das denn wirklich ein so schrecklicher Preis für all die Wunder, die er ihr gezeigt hatte? »Eine Woche«, sagte sie. »Ich bleibe genau eine Woche.«

Kapitel Acht

Geografische Breite: 91°00'00" N
Geografische Länge: unbestimmt
Höhe: 4,60 m

AUS EINER WOCHE WURDEN ZWEI, DANN DREI, DANN VIER. Und während die Tage vergingen, fiel es Cassie zunehmend leichter, Gründe zu finden, um ihre Heimkehr zu verschieben und sich dem zu stellen, was auch immer (oder, genauer gesagt, wer auch immer) sie in der Forschungsstation erwarten würde. Sie hatte ihrem Vater bisher weder die rüde Art und Weise verziehen, auf die er sie nach Fairbanks hatte abschieben wollen, noch, wie er sie all die Jahre über belogen hatte. Und was ihre Mutter anging ... Cassie wollte sie sehen, ja. Doch jeden Morgen wachte sie auf und sagte sich: »Nur noch ein Tag, dann mache ich mich auf den Heimweg.« Und jede Nacht ging sie allein zu Bett und träumte von Bären und Eis.

Die Wochen kamen und gingen, und irgendwann hörte sie auf, an zu Hause zu denken. Eines Nachmittags, nachdem sie ihre Schnitzereien aus Eisrosen an den Säulen des Ballsaals vollendet hatten (wobei Bär schnitzte und Cassie die Anweisungen gab), lagen sie in der Mitte des riesigen Raumes auf dem Boden und bewunderten ihre kunstvolle Arbeit. »Wieso hat dieses Schloss überhaupt einen Ballsaal?«, fragte Cassie. »Hat jemals ein Bärenkönig ein Fest hier gegeben? Haben hier jemals Walrosse Walzer getanzt? Sag das zehnmal ganz schnell hintereinander: Walrosse Walzer getanzt.«

Bär erhob sich auf seine Hinterbeine. Wenn er so dastand, erinnerte er schon ein wenig an einen Menschen – abgesehen davon, dass er fast vier Meter groß war. Er streckte ihr eine Tatze hin. »Darf ich um diesen Tanz bitten?«

Cassie grinste. »Aber mit dem größten Vergnügen, Eure Königliche Bärenhoheit.« Sie legte ihre Hand in seine riesige Pfote, wo sie kaum zu sehen war. »Fall bloß nicht auf mich drauf«, ordnete sie an. Seine Schulter konnte sie mit der anderen Hand nicht erreichen, also entschied sie sich dafür, sie ihm auf den Unterarm zu legen. Tief versanken ihre Finger in dem cremig weißen Fell.

Bär führte sie in Kreisen behutsam durch den Ballsaal. Seine Tatze bedeckte ihren halben Rücken. Sie tanzten in völliger Stille. Drüben hinter dem Garten der Eisskulpturen glühte der Horizont in einem satten Bernsteingelb. Warmes Orange ergoss sich über das Eis. Es war ... Das Wort, das ihr von einer Sekunde zur anderen in den Sinn kam, lautete ›romantisch‹. Er drehte sie, und ihr wurde leicht schwindlig, obwohl sie fest auf sein Fell blickte.

Ich bin glücklich hier, wurde ihr plötzlich klar, und sie hatte mit einem Mal das Gefühl, am Rand einer Klippe zu stehen, hoch über dem Meer. »Wir brauchen Musik«, sagte sie, um diese Stimmung zu durchbrechen.

»Ich könnte für dich singen.«

»Du singst?«

»Nein.«

Sie lächelte breit. Er bog sie nach hinten. *Ich bin glücklich hier wegen Bär*, dachte sie. Sie erblickte das goldene Licht, und ihr kamen die Tränen. Er zog sie wieder nach oben. »Die Sonne«, sagte sie schnell, um das feuchte Schimmern in ihren Augen zu erklären.

»Es ist ihr letztes Licht«, sagte Bär.

Bestürzt stolperte Cassie über die eigenen Füße. Er gab ihr Halt. Wie hatte sie nur so lange hierbleiben können? Dachte ihr Vater womöglich, es sei ihr etwas zugestoßen? Und Gram? Und ihre Mutter? Sie schüttelte den Kopf. Sie wollte jetzt nicht an ihre Mutter denken, nicht, während das Licht verschwand. Sie hatte das schon immer geliebt: die letzten Strahlen der Sonne vor der langen Polarnacht.

»Komm mit mir«, sagte Bär. Er ließ sich auf alle viere nieder und trottete aus dem Ballsaal.

»Willst du es dir denn nicht ansehen?«, rief sie ihm nach.

»Willst du denn keine bessere Aussicht haben?«, rief er zurück.

Grinsend lief Cassie ihm nach. Sie war erst ein paarmal oben auf den Türmen gewesen. Bär mochte die engen, steilen Treppen nicht besonders. Einer seiner Vorgänger hatte sie für Menschen angelegt, nicht für Bären. Er fand es unangenehm, sich dort hinaufzuzwängen. Tagelang hatte sie ihn damit aufgezogen, aber heute spottete sie nicht darüber. Heute fühlte sich alles anders an. Vielleicht lag es daran, dass das Licht verschwand. Vielleicht lag es am Tanzen.

Bär quetschte sich in die enge Spirale und arbeitete sich Stück für Stück hinauf. Schließlich traten sie auf einen Balkon hinaus, und Cassie ging ganz nach vorn, an die kunstvoll geschwungene Brüstung. »Sei vorsichtig!«, warnte Bär.

Doch statt auf ihn zu hören, beugte sie sich über die Schranke aus Eis, soweit sie konnte. »Sieh doch nur«, meinte sie atemlos.

Vor ihr breitete sich die Arktis aus. Ganz in Gold und Silber getaucht, wirkte sie wie ein unermesslich großer Schatz. Darüber erstreckte sich, endlos weit und in einem leuchtenden Tiefblau, der Himmel. Längliche Fetzen rosafarbener Wolken verblassten nach und nach, schmolzen hinein in das dunkler und dunkler werdende Blau, sprenkelten das eisige Azur mit einem leicht helleren Ton.

»Dreh dich nicht um«, sagte er – und es war eine menschliche Stimme, die sprach. Weicher und dünner. Cassie hatte sie nur ein einziges Mal gehört, und doch erkannte sie sie sofort. Sie versteifte sich, ein kleiner Schauer lief ihr über den Rücken. Er legte seine Arme um ihre Taille. Sie legte ihre Hände auf seine, und es fühlte sich vollkommen natürlich an. Sie tat es, ohne überhaupt darüber nachzudenken. So standen sie, beide dem Horizont zugewandt, und sahen zu, wie der letzte Tropfen Gold in der Bläue verschwand. Dann gab er sie frei. Als sie sich umdrehte, war er wieder Bär.

»Bär …«, begann sie. Ihr Rücken fühlte sich auf einmal ganz

kalt an. Wind blies ihr die Haare ins Gesicht. Sie strich sich die Strähnen aus den Augen.

»Ich freue mich auf morgen«, sagte er. Es war derselbe Satz, den er jede Nacht zu ihr sagte, bevor er sie allein ließ.

Wo schlief er denn eigentlich? Sie hatte ihn nie danach gefragt. Vielleicht ging er ja hinaus aufs Eis oder in den Garten oder in einen der anderen glitzernden Räume. Er hatte einmal erwähnt, sie schliefe in seinem Zimmer. »Bleib!«, sagte sie.

Er schaute sie an. Cassie sah, wie sich das schwindende Licht des Abendhimmels in seinen schwarzen Bärenaugen spiegelte, und spürte, wie sie rot wurde. Die heutige Nacht war anders. Sie wollte einfach nicht, dass sie aufhörte. Das war alles. »Ich meine, du musst nicht gehen«, fuhr sie fort. »Es ist schon in Ordnung. Ich vertraue dir. Du kannst wieder in deinem Zimmer schlafen.« Dann fügte sie schnell noch hinzu: »Nur schlafen.«

Er musterte sie eine Weile schweigend. Cassie trat nervös von einem Fuß auf den anderen. Sie wünschte, sie könnte die Worte, die sie eben ausgesprochen hatte, wieder in ihren Mund zurückholen. Vielleicht hätte sie ein bisschen nachdenken sollen, bevor sie die Einladung aussprach. Alles würde sich verändern, wenn er blieb, das wusste sie. Aber sie schreckte davor zurück, genauer darüber nachzudenken, auf welche Weise.

»Wie du wünschst«, sagte er.

Er wartete, dass sie voranging. Sie musste an ihm vorbei, als sie den Balkon verließ. Dabei streifte sie ihn leicht, legte ihre Hand auf seinen Rücken und vergrub die Finger in seinem Fell. Das hatte sie schon tausendmal getan, doch jetzt zog sie ihre Hand wieder zurück. Er war nicht einfach bloß ein Bär. Sie dachte daran, wie er seine Arme um ihre Taille gelegt, wie sie seinen Atem in ihrem Nacken gespürt hatte. Zum ersten Mal seit jener ersten Nacht hatte er sich wieder in einen Menschen verwandelt.

Sie bat ihn, im Korridor vor dem Schlafzimmer zu warten, während sie sich auszog und in ihren Schlafanzug aus Baumwolle schlüpfte – und diesen dann gegen das seidene Nachthemd austauschte, das sie in ihrer ersten Nacht im Schrank gefunden hatte.

Sie redete sich ein, sie täte das nur aus reiner Höflichkeit – das Nachthemd war schließlich ein Geschenk gewesen –, und kroch unter die Bettdecke. »Fertig. Du kannst jetzt reinkommen.«

Der Eisbär tapste auf sanften Pfoten ins Zimmer.

Als er sich dem Nachttisch näherte, hüllte sich Cassie fest in ihre Bettdecke. Sie konnte es sich immer noch anders überlegen, das wusste sie. Wenn sie ihn bitten würde zu gehen, würde er es tun. Aber das fühlte sich feige an. Schließlich war das hier Bär. Und sie hatte ihn hierher eingeladen, weil er ihr Freund war. Freunde konnten sich sehr wohl ein Bett teilen.

Sie wünschte, sie hätte den Schlafanzug anbehalten.

Er blies die Kerze aus. Sie flackerte ein letztes Mal auf und erstarb mit dem typischen Duft wachsgesättigten Rauches.

Im Zimmer war es jetzt so dunkel, dass man die Finsternis beinahe mit Händen greifen konnte. Bär (nach der Art, wie die Matratze einsank, jetzt in menschlicher Gestalt) legte sich neben ihr ins Bett. Sie erinnerte sich noch gut an das letzte Mal, dass das geschehen war – in ihrer Hochzeitsnacht. »Wenn du mich anrührst, hole ich sofort wieder die Axt raus.«

Sie konnte ihn seufzen hören. »Ich würde dir nie wehtun. Jedenfalls nicht mit Absicht. Niemals. Das solltest du inzwischen wissen.«

»Ich schmecke nicht halb so gut wie eine Robbe.«

»Hm, an dir ist nicht genug Speck dran«, stimmte er zu.

Sie spürte, wie sich die Matratze bewegte, als er seine Schlafposition einnahm. Sie selbst lag flach auf dem Rücken, steif wie ein Eisblock. »Schnarch nicht!«

»Dein Wunsch ist mir Befehl.«

Sie schnaubte. »Wie süß.«

»Gute Nacht, Cassie.«

»Nacht.« Sie zog die Decke bis unters Kinn und hörte zu, wie er atmete. Es klang wie sanftes Meeresrauschen, wurde langsamer und langsamer. Schlief er wirklich ein? Sie stupste ihn an. »Bist du wach?«

»Jetzt schon.« Er rollte sich herum, und sie spürte, wie die Matratze sich in seine Richtung senkte. Vermutlich blickte er sie direkt an. Ihr ganzer Körper kribbelte wie Tausende von Ameisen. Naja, zumindest gab ein vier Meter großer Eisbär keinen vier Meter großen Menschen ab, sagte sie sich. Er war, wenn überhaupt, etwas mehr als zwei Meter groß.

»Rede mit mir«, sagte sie. »Erzähl mir eine Geschichte!«

»Wie du wünschst«, antwortete er. »Es war einmal ein kleines Känguru …«

Sie lächelte. »Känguru?«

»Ja, Känguru. Und dieses Känguru lebte …«

Cassie erstickte fast unter der Decke. Sie strampelte sich frei, und ihr Fuß traf etwas Festes. Ein Grunzen ertönte. Verschlafen blinzelte sie sich wach. Wände grunzten nicht. »Bär, bist du das?«

»Hmm.«

Sie stieß härter zu.

»Au!«

Geschah ihm recht. Er hatte sich in der Mitte des Bettes breitgemacht. Sie riss die Decke wieder hoch und rollte sich mit ihr auf den Kissen zusammen.

»Diebin«, schimpfte er und zog an der Decke.

Sie machte ein ärgerliches Geräusch in seine Richtung.

»Habe ich geschnarcht?«, fragte er.

»Du schnarchst nicht«, gab sie zu. Das war definitiv ein großer Pluspunkt.

»Du aber«, gab er zurück. »Es klingt wie das Schnurren einer Katze.«

Wieder strampelte sie die Decke weg. »Zu heiß«, meinte sie. »Ist schon Morgen?« Sie krabbelte aus dem Bett, fand ihre Taschenlampe und knipste sie an.

Hastiges Gewirbel, und Bär rollte in einem Knäuel aus Decken vom Bett. »Licht aus! Sofort!«, befahl er.

Cassie richtete die Taschenlampe auf das weiße Knäuel. »He, ich bin diejenige, die nicht gerne früh aufsteht«, sagte sie leichthin, während er weiter versuchte, sich vor ihr zu verstecken. »Bär? Was ist los?«

»Du darfst mich nicht sehen.«

Ihr fiel auf, dass sie ihn noch nie gesehen hatte. Zweimal hatte er sich verwandelt – gestern Nacht und in ihrer ersten Nacht im Schloss –, beide Male hatte sie ihn nicht gesehen. Die Taschenlampe fest umklammert, kletterte Cassie über das Bett in seine Richtung. Er lag auf dem Boden, begraben unter einem Haufen Decken. Nicht das kleinste Härchen war von ihm zu sehen. »Komm schon«, sagte sie. »Ich verspreche auch, dass ich nicht lache.«

»Du darfst mich nicht sehen!« Ein verschwommenes Wirbeln von Stoff, als er aufstand. Er sah aus wie ein altes Schlossgespenst. Er schlug ihr die Taschenlampe aus der Hand, und sie rollte unters Bett. »Du darfst niemals mein menschliches Gesicht sehen«, sagte er. »Versprich mir, dass du es nicht versuchen wirst!«

»Warum nicht?«

»Versprich es!«

Er klang ernst, verzweifelt sogar. Cassie konnte sich nicht erinnern, jemals einen derartigen Ton in seiner Stimme gehört zu haben. »Du hast ja schon so deine Eigenheiten«, meinte sie leichthin. »Dich in einen Riesenbären zu verwandeln, hat dir wohl noch nicht gereicht?« Er lachte kein bisschen.

Stattdessen bat er sie inständig: »Bitte, Geliebte! Wenn dir auch nur irgendetwas an mir liegt, dann sieh mich nicht an!«

Seit dem Tag, an dem sie sich begegnet waren, hatte er sie nicht mehr Geliebte genannt.

Sie hängte sich über den Rand des Bettes und angelte nach ihrer Taschenlampe. Als sie sie gefunden hatte, knipste sie sie aus, und der Raum fiel wieder in Dunkelheit zurück. »Bist du jetzt zufrieden?«, sagte sie, doch ihre Stimme zitterte. Sein Flehen hatte sie aus der Fassung gebracht. Ihr war, als hätte sie irgendein heiliges Verbot übertreten. Aber sie hatte sich doch gar nichts Böses dabei gedacht. Sie wollte ihn sich doch nur ansehen.

Bär schwieg.

Cassie wartete noch einen Augenblick. »Bär? Alles in Ordnung?«

»Ich muss gehen«, sagte er.

So verärgert konnte er doch gar nicht sein. »Ich wollte nicht …«, begann sie.

»Ein kleiner Bär kommt zur Welt«, sagte er. »Ich werde gebraucht.«

»Jetzt?« Es war noch nicht die richtige Zeit. Das Junge kam viel zu früh. »Du … kannst es fühlen?« Er hatte ihr vor längerer Zeit einmal davon erzählt, dass ein Munaqsri eine bevorstehende Geburt oder einen nahenden Tod spüren konnte. Und er hatte ihr auch erzählt, dass die Munaqsri sich gegenseitig herbeirufen konnten. Aber sie war noch niemals dabei gewesen, wenn das geschah. »Kann ich mitkommen?«

»Diese Aufgabe ist allein den Munaqsri vorbehalten.«

Cassie spürte einen Windhauch und hörte, wie sich die Tür öffnete. »Sehen wir uns zum Frühstück?«, rief sie.

Die Tür schlug zu. Im Zimmer wurde es kalt, und sie umschlang fröstelnd ihre Schultern.

Irgendwann in der darauffolgenden Nacht schlüpfte Bär zu Cassie ins Bett. Automatisch schmiegte sie sich an seinen warmen Körper, dachte gar nicht darüber nach, wie natürlich es sich anfühlte, das zu tun. »Hallo«, murmelte sie.

Er schwieg und vergrub sein Gesicht in ihrem Haar.

Während Cassie langsam wach wurde, fiel ihr auf, dass sie sich über ihn ärgerte. Er hatte sie allein gelassen. Ihr ganzer Tag war durcheinander gewesen. Es war ihr nichts anderes übrig geblieben, als getrocknete Früchte und Nüsse aus ihrem eigenen Vorrat zu essen. Ohne Bär konnte sie die Tafel nicht dazu bringen, dass sie etwas zu essen servierte. Und noch schlimmer: Sie hatte sich zum allerersten Mal seit ihrer Anwesenheit hier gelangweilt. Genauso war es in der Station, wenn ein Schneesturm tobte: nichts zu tun, einfach gar nichts.

Sein Atem ging unregelmäßig, gepresst. Cassie runzelte die Stirn und streckte die Hand nach seinem Gesicht aus. »Geht es dir gut?«, fragte sie. »Bist du krank?«

Seine Wange fühlte sich verschwitzt an. Blitzschnell zog sie ihre Hand zurück, als hätte sie sich verbrannt. »Bär, was ist los?«

»Ich bin zu spät gekommen«, sagte er. Seine Stimme zitterte. »Es war weit. Ich war zu spät.«

»Was meinst du mit ›zu spät‹?« Wenn sie ihn doch nur sehen könnte! Angestrengt starrte sie zu ihm hinüber, als könnte ihr Blick die Finsternis durchdringen. »Was ist passiert?«

»Ich hätte auf dem Eis sein sollen, auf Patrouille. Wäre ich in der Nähe gewesen, hätte ich dem Jungen rechtzeitig eine Seele bringen können. Nur eine Stunde früher, und alles wäre in Ordnung gewesen. Aber ich war viele Meilen zu spät.«

»Zu spät?« Sie versuchte zu verstehen. Hatte er die Geburt verpasst?

»Das Junge wurde tot geboren«, fuhr er fort. »Keine Seele, kein Leben.«

Sie konnte die Tränen in seiner Stimme hören. Wollte er, dass sie ihn tröstete? Zögernd umarmte sie ihn. »Ist ja gut«, sagte sie. »Ich bin ja hier.« Und hielt ihn ganz fest.

Kapitel Neun

Geografische Breite: 91°00'00" N
Geografische Länge: unbestimmt
Höhe: 4,60 m

IN DEN DUNKLEN TAGEN DES WINTERS PATROUILLIERTE BÄR über das Eis und wartete darauf, dass sein Gespür ihn zu einer Geburt rief. Cassie blieb unterdessen allein im Schloss. Sie wurde immer rastloser. Während seiner Abwesenheit durchstreifte sie den künstlichen Garten aus Eis, der im ewigen Licht der Sterne glänzte. Zur Wintersonnenwende kannte sie jede Hecke, jeden Baum, jede Pflanze und jede Figur in allen Einzelheiten.

Aus Eis geschnitzte Eulen starrten mit glasigen Augen, in denen sich Tausende von Sternen spiegelten, auf sie herab. Überall herrschte Stille wie in einem Museum. Cassie konnte das Eis unter ihren Tritten laut wie Silvesterknaller knirschen hören. Sie verspürte das dringende Bedürfnis, mit weit ausgebreiteten Armen durch die Gärten zu laufen und alle Bäume links und rechts des Weges zu zerschmettern – aber sie tat es nicht. Stattdessen trugen ihre Füße sie wie von selbst durch das Labyrinth durchscheinender Hecken in die Mitte des Gartens, wo ein Ring aus Rosenbüschen eine einzeln stehende Figur umgab, die neueste.

Es war Cassie: Mit ihrem langen Haar, den hohen Wangenknochen, den spitzen Ellenbogen stand sie dort in voller Lebensgröße. *Das ist das Herz des Gartens*, hatte Bär gesagt, nachdem er sie vollendet hatte.

Cassie betrachtete die Figur. Das eisige Haar war vom Wind zerzaust. Einzelne Strähnen hatten sich selbstständig gemacht und ringelten sich, ineinander verdreht, nach oben. Die Statue war ihr in allem täuschend ähnlich, bis hin zu den kurzen Wimpern und den kurz geschnittenen Fingernägeln. Ihr Zwilling hatte das Gesicht nach oben gewandt, als lachte er zu den Türmen des Schlosses hinauf oder noch höher, dem sternenfunkelnden Himmel entgegen. *Was in aller Welt will ich denn noch hier,* fragte Cassie sich. *Ich sollte auf einem Schneemobil sitzen, nicht auf einem Podest stehen.*

Wer spürte wohl jetzt die Bären auf? Dad? Owen? Scott nahm vermutlich Wetten entgegen, wie viele Eisbärenjunge geboren würden. Jeremy hatte wahrscheinlich inzwischen einen Lagerkoller.

Und ihre Mutter? Cassie konnte sich nicht vorstellen, was sie so machte. Nur ihr Bild tauchte vor Cassie auf, wie sie es von alten Fotos kannte, aber selbst dieser Erinnerung mangelte es an Details, der Farbe ihrer Augen zum Beispiel.

Cassie brach einen der perfekten Stängel ab. Die Eisrose fiel in ihre Hand. Abwesend drehte sie sie zwischen den Fingern hin und her. Die Blütenblätter fingen das Licht des Mondes ein, und an ihren Rändern leuchteten winzig kleine Mondregenbogen auf. Sie steckte sich die Rose hinters Ohr.

Sie hatte nie gewollt, dass das hier ein Dauerzustand wurde. Sie war Polarforscherin, nicht Königin der Eisbären. Was war bloß aus all ihren Plänen geworden? Bedeuteten die ihr denn nichts mehr? Bedeutete ihre Mutter ihr nichts mehr? Oder ihr Vater? Oder Gram? Oder Max und Owen? Wann hatte sie überhaupt aufgehört, an sie zu denken?

Cassie wandte sich ab und schritt energisch an den Rosenbüschen vorbei. Eis klingelte wie tausend Glöckchen. Schließlich blieb sie vor einem Apfelbaum stehen. Sie griff in seine Äste und kletterte nach oben. Eis knackte unter ihrem Gewicht. Die Rose fiel zu Boden und zersplitterte.

Von der Spitze des Baumes konnte sie weit hinaus in die Arktis sehen. Ein voller Mond tanzte tief und fett über die schimmernden, eisigen Grate. Wind wirbelte losen Schnee auf. Verwehungen formten sich und vergingen wieder unter dem tiefen Blau der Polarnacht.

Eine Silhouette tauchte auf – Bär kam über den Rand der Eisklippen. Dort draußen wirkte er unglaublich majestätisch. Sie sah zu, wie er mit großen Sätzen über die Eisschollen jagte. Sein Fell glänzte im Mondlicht, fast schien es zu glühen.

Bär galoppierte zum Schloss und verschwand in seinem Inneren. Endlich war er zu Hause. Cassie schwang sich die Äste hinunter, sprang von dem Baum, landete mit einem Knirschen auf dem Eis und lief ihm nach in den Festsaal. Er wartete an der Tafel auf sie. Von seinem Fell tropfte geschmolzenes Eis.

Cassie ließ sich auf ihren Thron fallen. »Was gibt es Neues vom Eis?«

»Es ist eisig«, sagte er würdevoll.

Cassie nahm sich einen gefrorenen Apfel. »Ich hatte einen perfekten Tag«, sagte sie, während sie die Frucht in die Luft warf und wieder auffing. »Aber das ist ja immer so.« Sie schleuderte den Apfel höher und fing ihn wieder auf. »Montag: perfekt.« Der Apfel flog in die Luft. »Dienstag: perfekt.« Sie fing ihn auf. »Mittwoch: perfekt.« Hochwerfen. »Donnerstag.« Auffangen. »Freitag. Was für ein Tag ist heute?«

»Ich verfolge den Lauf der Menschentage nicht.« Er deutete mit dem Kopf auf sie. »Geht es dir gut?«

Sie warf den Apfel zurück in die Schale. »Perfekt.«

»Du bist nicht glücklich«, stellte er fest.

»Doch, bin ich«, antwortete sie gereizt. Sie war die Königin des Eises, die Frau des Eisbären. Natürlich war sie vollkommen glücklich damit, jeden einzelnen finsteren Tag lang allein in einem Schloss aus Eis umherzuwandern. Vielleicht, wenn sie Bär davon überzeugen könnte, sie mitzunehmen. Aber das hatten sie alles schon durchgekaut. Allein konnte er reisen, ohne gesehen zu werden. Nahm er sie mit, ging er das Risiko ein, dass man ihn entdeckte. Und außerdem konnte sie ihm dort draußen genauso wenig von Nutzen sein wie hier im Schloss. Sie konnte ihm nicht dabei helfen, ein Munaqsri zu sein.

»Cassie, rede mit mir!«

»Ich weiß nicht, welche Farbe die Augen meiner Mutter haben.«

»Grün«, sagte er. »Wie deine.«

»Jetzt geht's mir schon viel besser.« Sie wollte, dass er ihr widersprach. Stattdessen brummte er den Tisch an. Ein Stängel schoss empor und entfaltete sich zu einem Glas. Roter Wein füllte den Kelch. Ein anderer Teil des Tisches wurde zu einem Teller. Dampf stieg hoch, als Essen auf ihm erschien. Ihr Lieblingsgericht: Hühnchen mit viel Weißweinsoße. Sie stocherte mit der Gabel darin herum. Er behandelte sie wie eine Königin. Wie konnte sie überhaupt nur daran denken, ihn zu verlassen?

Der Gedanke ließ sie innehalten. Dachte sie etwa *im Ernst* darüber nach, ihn zu verlassen? Bär niemals wiederzusehen? Nicht mehr seine Königin zu sein?

Bär ließ für sich selbst eine tote Robbe erscheinen und Brot dazu. Er hielt den Kadaver mit einer Tatze nieder und riss mit den Fängen Stücke heraus.

Sie wollte nicht gehen. Sie wollte nicht, dass sie ihn niemals wiedersah. Aber wollte sie denn bleiben? Was war mit ihrem Leben auf der Station? Warum konnte sie nicht beides haben? »Ich könnte forschen«, bot sie an.

Bär hob den Kopf. Seine Schnauze leuchtete rot von Robbenblut. Er sah aus wie ein Kind, das sich mit Lippenstift beschmiert hat. »Das kannst du nicht«, sagte er.

Verärgert deutete sie auf die Blutflecken. »Kannst du nicht essen, ohne dich vollzukleckern?«

»Ich habe einen großen Kopf.«

»Du bist ein Schmutzfink.«

»Alle Eisbären essen so.«

»Mir vergeht der Appetit, wenn ich dich so sehe.« Sie griff sich eine Stoffserviette und marschierte zu ihm hinüber.

»Tut mir leid«, sagte er zerknirscht. Sie wischte ihm das gerinnende Blut vom Maul, dann ging sie zurück auf ihren Platz.

Unter ihrem aufmerksamen Blick zerteilte er den Blubber so elegant wie möglich mit den Schneidezähnen und ließ das Blut auf den Boden tropfen, bevor er das Stück im Ganzen verschluckte. »Schon besser«, meinte Cassie. »Weißt du, wenn ich etwas zu tun hätte, würde ich mich nicht so über deine Tischmanieren aufregen. Da draußen gibt es eine ganze Menge zu erforschen. Du könntest mir erzählen, wie ihr Eisbären euch orientiert inmitten des Eises, das sich ständig verändert. Oder ich könnte diejenige sein, die endlich die Frage klärt, ob sich Eisbären zu Meeressäugetieren entwickeln.« Sie wäre etwas Ähnliches wie ein Mitglied der Forschungsstation auf Studienreise. Sie hatte ja ohnehin vorgehabt, ihr Studium an einem abgelegenen Ort zu absolvieren. Dann wäre er eben einfach noch ein bisschen abgelegener.

Bär meinte sanft: »Du kannst hier nicht als menschliche Wissenschaftlerin arbeiten. Niemand würde dir glauben. Was willst du ihnen denn erzählen? Dass deine Quelle ein sprechender Bär ist? Dass du in einem Eisschloss wohnst und dir niemals kalt wird?«

Cassie rührte in ihrer Soße herum. Während sie zusah, wie sich auf dem Eis langsam eine Pfütze aus Robbenblut bildete, dachte sie über ihre Zukunft nach. Sie war sich des Weges, den sie einschlagen würde, immer ganz sicher gewesen. Aber indem sie hiergeblieben war, hatte sie ihn aufgegeben und es noch nicht einmal bemerkt. Kein Wunder, dass sie so rastlos war. Sie hatte ihre Zukunft preisgegeben und wodurch noch mal ersetzt? Feinschmeckerküche und hübsche Skulpturen? Ihr Leben hier hatte überhaupt keinen Sinn.

Der Tisch absorbierte das Blut, und die rote Brühe verschwand wie durch einen Gully. Sie blickte auf ihr Hühnchen. »Hast du jemals einen Eisbären in einem Käfig gesehen?«, fragte sie. »Er läuft umher. Hin und wieder zurück. Den ganzen Tag lang: hin und wieder zurück. Er tritt eine Spur in den Käfigboden. Er hört nicht auf, um zu fressen. Er hört nicht auf, um zu schlafen. Er läuft einfach hin und her, bis er völlig verkümmert ist und stirbt.«

»So unglücklich bist du?«

Cassie war nicht imstande, ihm auf diese Frage zu antworten. Stattdessen blickte sie zu ihm auf. »Ich möchte nach Hause.«

Sie brauchte nicht lange, um ihre Abreise vorzubereiten. Bär sah von der Schlafzimmertür aus zu, wie sie ihre Habseligkeiten zusammenpackte. Um sie herum herrschte vollkommene Stille. Kein Wind, kein Knirschen im Eis, gar nichts. Es war, als hielte das ganze Schloss den Atem an.

»Hast du vor wiederzukommen?«, fragte Bär.

»Ich weiß nicht.« Sie brachte es nicht fertig, ihn anzusehen.

»Wie kannst du das nicht wissen?«

»Ich weiß es einfach nicht.« Sie wusste bloß eines: Der Gedanke hierzubleiben machte sie unglücklich. Und der Gedanke zu gehen ebenso.

»Und ich soll einfach abwarten wie ein liebes, kleines Kuscheltier, während du über unsere Zukunft entscheidest?«

Auf diese Frage hatte Cassie nichts zu erwidern. Stattdessen konzentrierte sie sich darauf, Baumwollsachen und Gore-Tex über die Kleidungsstücke zu ziehen, die sie bereits trug. Sie würde wieder in eine Welt hinausgehen, wo sie all diese Lagen Stoff brauchte, um nicht zu erfrieren. Ein Bild von sich selbst im Alter von acht Jahren erschien vor ihrem geistigen Auge. Damals hatte ihr Vater sie in so viel Vlies und Daunen eingepackt, dass sie ihre Arme nicht mehr bewegen konnte. Wenn sie in die Station zurückkehrte, würde sie ihn wiedersehen. Sie versuchte, sich das Gespräch vorzustellen. Wie würde sie ihm erklären, warum sie nicht früher zurückgekommen war?

Bär stieß ein tiefes, böses Brummen aus, bei dem sich Cassies Nackenhaare aufstellten. »Ich war ein Narr«, sagte er dann. »Ich habe geglaubt, dir liegt was an mir.«

Cassie zog mit gerunzelter Stirn den Reißverschluss an ihrem Anorak zu. »Es hat nichts mit dir zu tun, sondern mit mir.« Er war süß. Und witzig. Aber hier ging es nicht um ihn. Es ging um sie – darum, wer sie sein wollte, wie ihr Leben in Zukunft aussehen sollte.

»Natürlich hat es was ›mit mir zu tun‹«, erwiderte er. »Das ist mein Leben, von dem du da redest.«

»Und *meins* auch«, schnappte sie. »Du willst, dass ich meine Karriere aufgebe, meine Freunde, meine Familie. Eine Mutter, die ich noch nicht mal kenne.« Zugegeben, nach den ersten paar Wochen hatte sie ihre Mutter überhaupt nicht mehr vermisst. Rücksichtslos schob sie den Gedanken beiseite. »Das kann ich nicht tun.« Sie hatte so hart gearbeitet – nächtelang für Dads unangekündigte Tests gelernt, weite Ausflüge unternommen, um Bären aufzuspüren, ganze Wochenenden über Ausrüstungsteile geputzt. Und all das, um eines Tages ein vollwertiges Mitglied der Stationsbesatzung zu werden. Eine Zukunft, die sie einfach so weggeworfen hatte, um was noch mal zu tun? Die Gefährtin eines Bären zu sein? In einem künstlichen Garten aus Eis Spiele zu spielen? In einem Ballsaal umherzutanzen? Das reichte nicht.

»Du gehörst nicht mehr dorthin«, sagte Bär. »Es ist deine Vergangenheit. Du kannst nicht zurück. Dies hier ist jetzt dein Zuhause.«

Cassie schüttelte den Kopf. Sie ließ ihre Augen über das Bett mit den Eisrosen schweifen, über den Schrank mit den Seevögeln, über die schimmernden Wände und die goldene Tür. Inzwischen kannte sie jeden einzelnen kunstvollen Schwung des Eises, jede einzelne regenbogenfarbene Spiegelung in ihm. Sie liebte seinen schimmernden Glanz, den sanften Wind, der draußen wehte, die Erinnerungen, die sie nun mit alldem hier verbanden. *Aber es ist nicht Zuhause,* sagte sie nachdrücklich zu sich selbst. Das musste sie sich ein für alle Mal merken. Ihr Zuhause war die Station.

»Du gehörst zu mir«, sagte Bär. »Wir sind eins.«

»Nein, sind wir nicht. Du bist da draußen, tust, was ein Munaqsri tut. Und ich bin …« Sie fühlte sich wie ein Haustier, das er allein zurückließ, bis er Zeit hatte, wieder mit ihm zu spielen.

»Soll ich etwa zulassen, dass die jungen Eisbären tot geboren werden? Willst du das? Sollen ihre Seelen umherirren und bis hinters Ende der Welt driften? Ich habe Pflichten. Das weißt du ganz genau.«

»Ja, ich weiß!« Das hier war schon schwer genug, und er machte es nur noch schlimmer. Es erinnerte sie daran, wie sie hergekommen war – erpresst hatte man sie, mit einem Handel, den sie nicht ablehnen konnte. Aber das war nicht fair. Es war ihre eigene Idee gewesen, um ihre Mutter zu retten. Und danach hatte Cassie sich selbst *entschieden* zu bleiben. Zumindest hatte sie geglaubt, eine Wahl zu haben. Sie hatte ihm geglaubt, als er sagte, sie wäre keine Gefangene. Was, wenn … Er würde sie nicht zwingen, bei ihm zu bleiben. So war er einfach nicht. »Wenn ich dir wirklich etwas bedeute, dann lässt du mich gehen.«

Er wandte sich ab. »Geh!« Sie atmete hörbar aus. Ihr war nicht bewusst gewesen, dass sie die Luft angehalten hatte. »Ich werde hierbleiben und wie ein Bär im Zoo auf und ab laufen, bis du zu mir zurückkommst.«

Cassie ließ sich schwer auf das Bett fallen. Aller Ärger und alle Frustration flossen aus ihr heraus. »Ich wollte nicht …« Wollte was nicht? Gehen? Aber sie *wollte* gehen. Von Anfang an hatte sie vorgehabt zu gehen. Aber sie hatte ihm nie wehtun wollen. Und sie hatte nicht gewollt, dass es ihr etwas ausmachte, wenn sie ihm wehtat.

Bär seufzte. »Wenn du es wünschst, werde ich dich nach Hause bringen.«

Kapitel Zehn

Geografische Breite: 70° 49' 23" N
Geografische Länge: 152° 29' 25" W
Höhe: 3 m

SO HÄSSLICH HATTE CASSIE DIE STATION GAR NICHT IN Erinnerung gehabt. Der Bau hatte auf sie schon immer wie eine auf der Seite liegende Suppendose gewirkt, aber es war ihr nie aufgefallen, was für eine alte Suppendose es inzwischen war. Jahrzehntelang hatte Rost an den metallenen Wänden gefressen. Seine rotbraunen Flecken bedeckten die äußere Hülle wie Pockennarben. Die Wände der Schuppen sahen noch schlimmer aus. Der ganze Komplex passte überhaupt nicht in die unberührte Eiswüste. Nach all den langen Jahren, in denen sie wieder und wieder durch diese verwitterte, rostige Tür gegangen war, ohne sie auch nur wahrzunehmen, fühlte es sich jetzt sogar fremd an, sie zu sehen.

Sie glitt vom Rücken des Bären, ließ ihre Hand jedoch auf seinem Hals liegen. Er wandte den Kopf und blickte sie mit seinen seelenvollen Augen an. »Es sieht bloß anders aus, das ist alles«, beantwortete sie seine unausgesprochene Frage.

»Du bist anders«, sagte er. »Dieser Ort ist nicht mehr dein Zuhause.«

»Sei nicht melodramatisch«, gab sie zurück und nahm ihre Hand von seinem Hals. »Es ist so schon schwer genug.«

»Ich will auch nicht, dass es dir leichtfällt, mich zu verlassen.«

»Tut es nicht, also hör auf damit!« Er senkte den Kopf, und sie wandte sich erneut ihrer Betrachtung des Stationskomplexes zu. Reifenspuren einer Twin Otter führten vor dem Schuppen vorbei und liefen hinter die Station. Max war hier. Owen. Liam. Scott. Jeremy. Dad und … Mom. Jetzt, da sie Bär nicht mehr berührte, stach die Kälte trotz Maske wie mit Nadeln in ihre Wangen. Cassie schloss den Kragen ihrer Kapuze.

»Hast du Angst?«, fragte Bär sanft.

»Den Teufel hab ich«, antwortete Cassie. Nervös zu sein, weil sie gleich ihre Mutter treffen würde – wie lächerlich! Das hier sollte der schönste Tag ihres Lebens sein.

Aber ihre Füße wollten sich nicht bewegen. Sie bräuchte einfach bloß zur Tür zu gehen, sie zu öffnen, und da wäre sie – ihre Mutter. »Du könntest mitkommen«, sagte sie.

Schnee wirbelte still vor der Schwelle umher.

»Das willst du doch nicht wirklich«, sagte Bär schließlich.

Sie nickte. Sie wusste nicht, warum sie es überhaupt gesagt hatte.

»Wenn du die Stationsflagge hochziehst, komme ich zu dir«, sagte Bär.

Kein Nachdenken mehr, befahl sich Cassie. Es wurde Zeit, dass sie es hinter sich brachte. Sie schulterte ihren Rucksack und marschierte zielstrebig durch den hell erleuchteten Schnee. Als sie sich dem Eingang näherte, hörte sie das Summen des Generators – ein beruhigend vertrautes Geräusch, wie das freudige Winseln eines Hundes, wenn Frauchen nach Hause kommt. Sie ging langsamer. Direkt vor der Tür blieb sie stehen.

Hinter sich hörte sie Bär brummen: »Ich liebe dich.«

Plötzlich schien es einfacher, hineinzugehen, als draußen zu bleiben. Ohne Bär noch einmal anzusehen, stieß Cassie die Tür auf. Wie eine Woge traf sie der saure Geruch verschwitzter, schmutziger Körper, und sie taumelte zurück. Dann nahm sie sich zusammen, trat über die Schwelle und machte die Tür hinter sich zu. Flach durch ihre Gesichtsmaske atmend, öffnete sie die zweite.

Und war wieder zu Hause.

Cassie stand in der zweiten Tür und blinzelte. Ihre Augen mussten sich erst an die Explosion von Farben gewöhnen: orangefarbene Rettungswesten, rote Anoraks, leuchtend blaue Rucksäcke, grüne und violette Kletterseile. Ganz langsam, während sich die Farben zu vertrauten Formen verdichteten, entspannte sie sich. Haufen von Ausrüstung, Stapel von Akten, Rattennester achtlos hingeworfener Kleidungsstücke auf und unter den Tischen und Aktenschränken. Das Chaos kannte sie. Sie zog die Überkleidung aus. Aus Owens Werkstatt drangen Stimmen. Sie ließ ihren Rucksack und die Sachen auf ihrem Schreibtisch und ging zu der halb geöffneten Tür.

Es war eine sehr vertraute Szenerie: Max und Owen standen an der Werkbank und diskutierten halblaut über irgendein Maschinenteil. Cassie lehnte sich an den Türrahmen und sah eine Weile zu. Max und Owen. Ihre beiden Pseudo-Onkel. Früher hatte sie oft hier drin gespielt, während die beiden über irgendein Stück Metall fachsimpelten, genauso wie jetzt auch.

Ihre Lippen verzogen sich zu einem Grinsen. »Schöner Toaster«, sagte sie lässig.

Owen ließ die Schraubzwinge fallen.

»Du solltest etwas vorsichtiger mit diesem Werkzeug umgehen«, neckte sie. »Du musst es behandeln wie ein Baby.«

Max riss sich die Schutzbrille vom Kopf. Zum Vorschein kam das Gesicht eines Waschbären, bloß in vertauschten Farben. »Cassie? Mein Mädchen!« Er setzte über einen Sägebock und umarmte sie heftig. Max! Wie sie ihn vermisst hatte! Heftig erwiderte sie die Umarmung. »Sieh dich einer an, Cassie-Lassie!«

Owen runzelte die Stirn. »Cassie?«

»Ja, ich bin's. Leibhaftig. Schön, dich zu sehen.« Sie meinte es ernst. Es tat unheimlich gut, die beiden zu sehen, überraschend gut. Sie war so sehr mit ihren Eltern beschäftigt gewesen, dass sie gar nicht daran gedacht hatte, wie es sein würde, dem Rest ihrer Familie wiederzubegegnen. »Schön, wieder zu Hause zu sein.« Sie breitete die Arme aus und atmete den Geruch ihres Zuhauses ganz tief ein: schale, abgestandene Winterluft. Sie hustete.

»Cassie … Wir wussten nicht mal, ob du noch lebst, Mädchen«, sagte Max.

»Deine Mutter hat immer daran geglaubt«, sagte Owen.

Deine Mutter. Cassie spürte, wie ihr Herz einen Moment lang aussetzte. Bär hatte es getan. Ihre Mutter war hier. Am Leben und hier. Bis zu diesem Augenblick war Cassie nicht bewusst gewesen, dass irgendwo tief in ihrem Inneren noch immer ein versteckter Zweifel genagt hatte. Aber es aus Owens Mund zu hören, mit seiner nüchternen Stimme, hier in dieser ganz und gar unmagischen, gewöhnlichen Forschungsstation! Als ihr Herz wieder schlug, hörte es sich an wie das laute Dröhnen einer großen Kesselpauke. Sie zitterte, und ihre eigene Stimme klang weit entfernt. »Wo ist sie?«

Max grinste breit. »Komm mit, Cassie-Lassie!« Er legte seinen Arm um ihre Schultern und schob sie sanft zur Tür hinaus. »Ich möchte ihre Gesichter sehen, wenn du auftauchst.«

Cassie ließ sich von ihm führen. Ihr war, als schwebte sie über dem Boden. Sie sah kaum, wo sie hinlief. *Ihre* Gesichter. Plural. Max schob sie weiter, quer durch das Forschungslabor und in die Küche. Als sie den Raum betraten, ließ er sie los.

In der Küche befand sich nur eine einzige Person.

Ihr Vater saß am Tisch, den Kopf tief gebeugt über sein Notebook. Auf dem Herd hinter ihm köchelte etwas in einem Topf vor sich hin. Eine kleine Ewigkeit starrte sie ihn einfach nur an, und ihre Eingeweide krampften sich zusammen. Sie hätte unmöglich sagen können, was genau sie jetzt dachte oder fühlte.

Nach all der Zeit mit Bär wirkte ihr beinahe zwei Meter großer Vater klein und zerbrechlich. Sein Haar war von weißen Strähnen durchzogen, unter dem struppigen Holzfällerbart hing die Haut schlaff am Hals herab. Sie hatte vergessen, wie grau er inzwischen war. Während sie ihn weiter anstarrte, versuchte sie, diesen Mann mit dem Bild in ihrem Kopf in Einklang zu bringen. Wie hatte sie ihn jemals Furcht einflößend finden können? Sie wäre am liebsten zu ihm hinübergegangen und hätte ihm das Haar aus den Augen gestrichen. Er sah so … menschlich aus.

Max räusperte sich, und Dad blickte von seinen Papieren auf.
»Hi, Dad«, sagte Cassie.

Im ersten Moment war er vollkommen verblüfft, als ob sie vom Himmel mitten in die Küche gefallen wäre. Dann kam er wieder zu sich und schoss aus dem Stuhl hoch, der umkippte und hinter ihm zu Boden polterte. Zwei lange Schritte, und er war bei ihr, umarmte sie stürmisch. »Oh, mein kleines Mädchen!«

So hatte er sie schon jahrelang nicht mehr genannt. Cassie schluckte. »Wo ist Mom?« Das Wort schmeckte fremd auf ihrer Zunge.

Das Gesicht ihres Vaters verzog sich zu einem riesigen Lächeln. Sie immer noch an den Schultern haltend, rief er: »Gail! Gail, sie ist zu Hause!« Er drückte fest zu. »Gail!«

Hinter sich hörte sie schnelle Schritte auf dem Flur. Das war ihre Mutter. Sie rannte. Cassies Rückenmuskeln spannten sich an. Vor der Tür stoppten die Schritte, und ihr Vater ließ sie los. Aber Cassie war nicht imstande, sich umzudrehen. Es war, als wären ihre Füße am Linoleum des Küchenbodens festgeklebt. *Wovor hast du denn Angst?*, schalt sie sich selbst. *Dreh dich um.*

Nein, ich will nicht.

Hab dich nicht so. Dreh dich um, verdammt noch mal!

Sie drehte sich um, ganz, ganz langsam. Tresen, Schränke, Wand, Max, Owen … »Gail«, sagte Dad zu der Frau in der Tür. »Das ist Cassandra. Cassie, das ist deine Mutter.«

Grüne Augen. Eine Weile lang war das der einzige klare Gedanke, den Cassie fassen konnte. Sie starrte ihrer Mutter ins Gesicht, während ihr Gehirn im Kopf herumzuwirbeln schien wie ein Spiralnebel. Es stimmte: Sie hatte *wirklich* ihre Augen.

Aber damit hörten die Gemeinsamkeiten auch schon auf. Verglichen mit Cassie war Gail klein, höchstens einen Meter zweiundsiebzig. Und sie hatte schwarzes Haar, nicht rotes. Statt scharfer Wangenknochen hatte sie sanft gerundete, wie eine Babypuppe. Sie trug eine rote Bluse und Jeans. Nichts an ihr hatte Ähnlichkeit mit ihrer Tochter, außer den Augen.

»Mutter«, probierte Cassie das Wort.

Ihre Mutter schluckte und schüttelte die Hände aus, als wüsste sie nicht, was sie sonst mit ihnen tun sollte, als wäre sie überrascht, überhaupt Hände zu haben. »Du kannst mich Gail nennen, wenn du dich damit besser fühlst«, sagte sie mit zitternder Stimme.

Ihre Mutter war eine Fremde, die Gail hieß. »Gail«, sagte Cassie. Ihre Mutter beim Vornamen zu nennen, war ihr noch nie in den Sinn gekommen. Sie versuchte zu lächeln. »Gale, der Hagel, die Tochter des Nordwinds. Sehr witzig.«

Ihre Mutter strahlte sie mit einem Lächeln an, das aus einer Zahnpasta-Werbung hätte stammen können. »Nicht Gale, Gail. Das ist die Abkürzung für Abigail.« Cassie kam ein alberner Gedanke: Wo hatte ihre Mutter hier oben bloß diesen Lippenstift aufgetrieben? Er war so rot wie ein reifer Apfel und wirkte genauso unpassend wie Baumwoll-Jeans bei 50 Grad minus. »Aha«, sagte Cassie und starrte sie weiter an. Ihre Mutter wirkte viel kleiner, als sie sie sich in ihren Tagträumen ausgemalt hatte.

Das Lächeln verschwand, und Gail verdrehte verlegen die Hände ineinander. »Könnte ich ... Wäre es in Ordnung, wenn ich dich umarme?«

»Vielleicht«, sagte Cassie. Wäre es das? »Ja.«

Gail trat einen Schritt auf sie zu und streckte unbeholfen die Arme aus. Cassie ging ihr ebenfalls einen Schritt entgegen. Ihre Mutter roch nach Kiefernwald, nach Sturmwind. Ihre Arme fühlten sich knochig an. Cassie legte ihr die Hände auf die Schulterblätter. Sie umarmte eine Fremde. Jetzt, wo sie sich so nahe waren, spürte sie den tiefen Abgrund all der Jahre, jeder einzelnen Minute.

Mit sanfter Stimme sagte ihre Mutter: »Mein Baby. Mein kleines Mädchen.«

Und da brach etwas in Cassie entzwei. Sie konnte es direkt spüren. Es war, als gäbe eine schwer gebeugte Fichte nach einem langen Winter schließlich unter der Last des Eises nach. Und plötzlich waren ihre Wangen nass. Tränen überschwemmten ihre Augen, und sie konnte nichts mehr sehen. Cassie vergrub ihr

Gesicht an der grobknochigen Schulter ihrer nach Kiefernholz duftenden Mutter. Gails Arme begannen zu zittern. »Mein Baby, mein Baby.« Dann versagte ihr die Stimme. Sie weinte auch.

Nun musste es irgendwie weitergehen. Cassie hatte niemals über die erste Begegnung hinausgedacht. Doch jetzt, da dieser Moment vorbei war, wusste sie nicht, was sie zu dieser Frau sagen sollte, dieser Fremden, ihrer Mutter.

Owen – ausgerechnet Owen! – kam ihr zu Hilfe. Sie hatte nicht einmal bemerkt, dass er und Max immer noch im Raum waren. »Wie bist du … Wie bist du entkommen?«, fragte er.

Dankbar wandte Cassie sich ihm zu. »Ich bin nicht entkommen. Ich bat ihn, mich gehen zu lassen, und Bär hat mich nach Hause gebracht.«

»Einfach so?«, fragte Gail. Sie klang überrascht.

Cassie musste an Bär denken, draußen vor der Station. *Ich liebe dich,* hatte er gesagt. »Einfach so«, log sie.

»Aber das Versprechen eines Munaqsri kann nicht gebrochen werden–«, begann ihre Mutter.

»Das spielt keine Rolle«, schnitt Dad ihr das Wort ab. »Sie ist jetzt hier. Sie ist frei.«

Doch, es spielte sehr wohl eine Rolle. Das Versprechen eines Munaqsri. Ihre Mutter (Gail, korrigierte sie sich) hatte recht. Cassie hatte Eide geschworen, Versprechen gegeben. Einem Munaqsri. Wenn er gewollt hätte, hätte er dafür sorgen können, dass sie blieb. Er aber hatte sich entschieden, sie gehen zu lassen, obwohl er sie liebte – oder vielleicht, kam ihr urplötzlich in den Sinn, *weil* er sie liebte?

»Wir werden nicht zulassen, dass er dich jemals wieder mitnimmt«, versprach ihr Vater.

»Oh nein, so ist es nicht«, sagte Cassie schnell. »Er ist nicht so. Wir sind … Freunde«, schloss sie. Ein besseres Wort wollte ihr dafür einfach nicht einfallen. Bis zum Beginn der Wurfsaison war er ihr ständiger Gefährte gewesen. Sie hatten geredet und gelacht und jede Sekunde miteinander verbracht.

»Freunde? Du und das Monster, das dich von deiner Familie weggeholt hat? Du und das Monster, das dich monatelang von uns ferngehalten hat? Cassie, wir dachten, du seist tot!«

Cassie errötete. Sie hätte zumindest versuchen sollen, ihnen eine Nachricht zukommen zu lassen. Aber auf den Gedanken war sie überhaupt nicht gekommen. Es war ihre Schuld, dass sie sich solche Sorgen gemacht hatten. »Er ist kein Monster«, widersprach sie. *Ich liebe dich*, hatte er gesagt. *Hör auf, darüber nachzudenken!* Sie war hier, zusammen mit ihrer Mutter, ihrer *Mutter*, die lebte.

»Was du getan hast …«, sagte Gail. »Es war sehr mutig. Ich danke dir.«

Mit dem Wort »mutig« konnte Cassie nichts anfangen. Es hatte ihr gefallen in dem Schloss. Sie war im Ballsaal Schlittschuh gelaufen, hatte neue Skulpturen für den Garten aus Eis entworfen, beim Schach verloren. Ihre Mutter wartete darauf, dass sie etwas sagte. »Ich konnte dich doch nicht dort lassen.« Dort, in einer Troll-Festung. Es klang immer noch höchst unglaubhaft. Gail wedelte mit den Händen. Offensichtlich war ihr das alles ziemlich unangenehm. Sie hatte die Finger einer Debütantin, lang und schlank, tadellos gepflegte Nägel, zarte Haut. Die achtzehn Jahre, die sie unter Trollen verbracht hatte, schienen sie nicht sehr mitgenommen zu haben. »Was sind Trolle überhaupt?«, fragte Cassie. Es klang schroffer als beabsichtigt.

»Cassie, deine Mutter möchte nicht darüber sprechen«, sagte Dad.

Gail schüttelte den Kopf. »Ist schon gut, Laszlo.« Und zu Cassie: »Da waren wirklich Trolle, und ich war wirklich in ihrer Festung gefangen.«

Cassie wandte den Blick ab. Sie war nicht imstande, weiter in diese vertrauten und zugleich fremden grünen Augen zu sehen. Sie hatte nicht so barsch sein wollen, nicht zu ihr. Zu Dad vielleicht. Schließlich hatte er keinen Versuch unternommen, seine Frau aus dieser unsäglichen Festung zu befreien, sondern es Cassie überlassen, sie zu retten.

»Trolle sind … Das ist schwer zu erklären. Die Bezeichnung

wird ihnen nicht gerecht«, begann Gail. »Sie haben keine Gestalt, keinen festen Körper. Ihre Königin wählen sie unter denen aus, die am längsten in einer Gestalt verweilen können, aber dennoch …« Sie stockte. »Es ist eine Insel voller wilder Geister.«

»Wie hat Bär dich befreit?«, fragte Cassie. Bär hatte ihr nie davon erzählt. Sie hatte ihn nie danach gefragt. Im Gegenteil. Sie hatte jedes Thema, das auch nur im Entferntesten mit ihrer Mutter zu tun hatte, sorgfältig vermieden. Einschließlich Trollen und Winden. Jetzt wünschte sie, sie hätte ihn das alles gefragt.

Gail schüttelte den Kopf. »Ich weiß es nicht«, antwortete sie. »Eines Nachts ging ich schlafen, und als ich aufwachte, war ich draußen auf dem Eis, und der König der Eisbären trug mich nach Hause.«

Stille breitete sich in der Küche aus. Es war einfach unmöglich, die Stimme ihrer Großmutter nicht zu hören, während Cassie ihre Mutter ansah, die Tochter des Nordwinds, befreit aus der Festung der Trolle. *Und so trug der Bär die Tochter des Nordwinds zurück zu ihrem Menschenmann …*

Auf dem Herd spuckte ein Tiegel Soßenblasen, und der Brenner zischte. »Huch, die Bohnen!« Dad eilte hinüber. In Gails Gesicht blitzte Erleichterung auf. Die Ablenkung kam ihr sehr gelegen. Flink tauchte sie von Cassie weg und schob eine Schüssel unter dem Ellenbogen ihres Vaters durch, der die Bohnen hineingoss. Gail nahm den Tiegel, er die Schüssel – Tiegel in die Spüle, Schüssel auf den Tisch. Es wirkte wie ein gut einstudierter Tanz. Ein Tanz, der Cassie ausschloss.

Ihr fiel ein, wie sie mit Bär im Ballsaal getanzt hatte. Energisch schob sie die Erinnerung beiseite. »Wo ist Großmutter?«, fragte sie. »Ist sie wieder in Fairbanks?«

»Ich habe sie zurückgeflogen, so ungefähr einen Monat nachdem du verschwunden warst«, sagte Max. »So lange hat sie gewartet, ob du zurückkommst.«

Auch Gram hatte Cassie nie Kummer bereiten wollen. Da waren wohl jede Menge Entschuldigungen fällig.

»Cassie«, sagte Dad, »die anderen wissen nichts von … von alldem.«

Sie blinzelte. »Wie kann das sein?« Max und Owen wussten davon. Zugegeben, sie hatten Cassies Mutter schon vorher gekannt, und die anderen nicht. Aber trotzdem. Ihre Mutter war von den Toten zurückgekehrt. Das musste den anderen doch aufgefallen sein.

»Naja, eigentlich haben wir nur gesagt, dass wir *dachten*, sie wäre tot«, sagte Max genießerisch. »In Wahrheit lag sie im Koma, und niemand wusste, wer sie war, und eines Tages wachte sie auf. Als man sie aus dem Krankenhaus entließ, flog ich sie her, um deinen Vater zu überraschen.«

Cassie glotzte ihn verständnislos an. Das war die dümmste Geschichte, die sie jemals gehört hatte. »Und das haben die geglaubt? Was für eine Seifenoper habt ihr denn da abgekupfert?«

Max zuckte mit den Schultern. Er sah beleidigt aus.

»Wir hatten entschieden, es wäre am besten«, erklärte Dad, »wenn wir versuchen, ganz normal weiterzumachen. Um deiner Mutter willen.«

Bevor Cassie etwas erwidern konnte, kamen Scott und Liam, die beiden Wissenschaftler, in die Küche gestürzt. Cassie stellte schockiert fest, wie lange sie schon nicht mehr an die zwei gedacht hatte. So lange, dass sie fast vergessen hatte, wie sie überhaupt aussahen.

Scott sah sie als Erster und begann zu grinsen. »Cassie?« Er klopfte ihr auf den Rücken. »Schön, dich zu sehen. Alles klar bei dir? Was gibt's zum Abendessen?« Dann schwang er sich rittlings auf einen Stuhl und begann sich Bohnen in eine Schüssel zu schaufeln.

Liam schüttelte ihr die Hand. »Du hast eine tolle Saison verpasst. Wie findest du Fairbanks?«

Sie warf ihrem Vater einen schnellen Blick zu. Wenn er behauptet hatte, Gail läge im Koma, was hatte er dann über Cassie erzählt? »Ganz gut.« Dad nickte zustimmend.

Jeremy trampelte in den Raum. »Bei diesen Temperaturen gefriert ja sogar flüssiger Stickstoff.« Er zog sich die Handschuhe aus, warf sie auf den Tisch und machte sich über die Bohnen her. Mit vollem Mund nickte er Cassie beiläufig zu, als wäre sie nicht mal eben die ganze Wanderungssaison über weg gewesen. »Ich weiß, ich weiß«, murmelte er. »Ich bin immer noch hier.«

»Er schuldet mir noch drei Monate«, bemerkte Dad, während er Cassie eine gefüllte Schüssel reichte.

Den Mund immer noch voller halb zerkauter Bohnen, fuhr Jeremy fort: »Und dann nix wie weg aus diesem Gefrierschrank. Oh, Los Angeles, du warme, wunderbare Stadt. Ich werde mein Forscherauge auf die Dschungel des Amazonas richten.«

»In L.A. wirst du jammern, weil du Sonnenbrand hast, und im Dschungel wirst du schmelzen wie Butter in der Sonne«, neckte Gail und schenkte ihm ihr strahlendes Lächeln. Cassie spürte, wie sich ihr Herz plötzlich zusammenkrampfte. Die eigene Tochter war für ihre Mutter eine Fremde, und dieses Greenhorn, dieser *Cheechako*, der gar nicht zur Familie gehörte und einen Eisbären noch nicht mal im Zoo finden würde? Mit dem war sie ein Herz und eine Seele. Cassie rührte in ihren Bohnen herum. Sie hatte überhaupt keinen Hunger.

Jeremy fuchtelte mit seinem Löffel. »Lass dir das gesagt sein: Die Hölle besteht aus Eis. Ich hätte mir niemals Polarforschung aussuchen dürfen. Aber ich bin Manns genug, die Dinge zu ändern.«

Cassie suchte nach einem unverfänglichen Thema. »Also, wie geht es den Bären?«

Scotts Miene hellte sich auf. »Wir haben hundertsechsundzwanzig markiert. Zweiunddreißig mehr als die vom NPI.« Das National Polar Institute befand sich hundertfünfzig Meilen westlich von ihnen, nahe Prudhoe Bay, und war ihr ärgster Konkurrent. »Ein Glück, dass wir keine Erbsenzähler sind«, warf Max ein, während er sich hinsetzte und sich Reis und Bohnen nahm.

»Natürlich nicht«, entgegnete Cassie. »Bist du nur zu Besuch oder wieder Besatzungsmitglied?«

Max' Grinsen verbreiterte sich noch. »Wir haben den Zuschuss bekommen. Reicht für zwei Jahre.«

»Wir müssen ihn uns mit dem NPI und den Jungs in der

Tschuktschen-See teilen«, meinte Liam. »Aber Max ist wieder im Team, und Owen hat endlich eine bessere Ausstattung bekommen – brandneue Computer. Voll schick.«

Max war zurück! Sie hatten den Zuschuss bekommen! Und Cassie hatte das alles verpasst. »Das ist ja wunderbar!«, sagte sie so begeistert, wie es irgend ging. Das waren wirklich gute Neuigkeiten. Jahrelang hatte sie sich gewünscht, Max käme zurück. Sie lachte ihren früheren Babysitter an. »Wofür ist der Zuschuss?«

»Verhalten in den Geburtshöhlen«, beantwortete ihr Vater die Frage. »Alle fünf Eisbären-Nationen sind beteiligt, aber bei uns werden die Daten zusammenlaufen.«

»Laszlo hat uns so lange ins Eis rausgeschickt, um in den Geburtshöhlen rumzuschnüffeln, bis wir Max zurückbekommen haben. Mit Stirnlampen und so. Wäre genau dein Ding gewesen, Kleine«, sagte Scott. »Tut mir echt leid, dass du das verpasst hast.« Ihr tat es auch leid.

Jeremy schüttelte sich. »Was für ein Wahnsinn. Der blanke Selbstmord.«

»Immerhin bist du nicht gefressen worden«, warf Dad ein.

»Pures Glück«, meinte Jeremy. »Ich bin froh, dass wir damit fertig sind.«

All das hatte sie verpasst. Na, nun war sie ja zurück, und sie würde nie wieder etwas verpassen. Im Augenwinkel sah Cassie, wie Gail sich hinsetzte und eine Serviette in ihrem Schoß ausbreitete. *Ich bin wieder zu Hause,* dachte sie. *Und hier werde ich auch bleiben.*

Cassie fuhr aus dem Schlaf hoch. Was zur Hölle war das? »Bär?« Eine Frau schrie. Cassie brauchte ein paar Sekunden, bis ihr wieder einfiel, wo sie war. Und noch ein paar Sekunden, bis sie sich daran erinnerte, welche Frau sich außer ihr selbst noch auf der Station befand.

Es war ihre Mutter, die da schrie.

Cassie warf ihre Bettdecke beiseite und stürmte aus dem Zimmer. Gerade als sie vor der Tür zum Zimmer ihres Vaters ankam, gingen die Schreie in Schluchzen über. »Ist ja gut«, hörte sie ihren

Vater sagen. »Du bist ja hier. Du bist frei. Es ist vorbei. Alles ist gut. Sie werden dich nicht noch einmal holen.«

»Das weißt du nicht.« Die Stimme ihrer Mutter, gebrochen.

Cassie stieß die Tür auf. »Mom? Gail?« Sie blieb auf der Schwelle stehen. Ihre Mutter lag an der Schulter ihres Vaters und weinte.

Dad hob den Kopf. Auf seinem Gesicht lag ein so unverhohlen leidender Ausdruck, dass Cassie wegsehen musste. »Albtraum«, erklärte er. »Ist gleich vorbei. Geh wieder ins Bett!«

Cassie wandte sich zum Gehen. Sie *wollte* auch weg, denn sie wusste nicht, was sie tun sollte. Ihre Mutter weinte und ihr Vater sah so angeschlagen aus, so hilflos. Jede einzelne Falte in seinem Gesicht wirkte wie ein tiefer, dunkler Graben. Seine Augen sahen trübe und verquollen aus. »Bist du sicher?«, fragte sie.

»Geh nur.« Er vergrub sein Gesicht in Gails Haar, und Cassie begriff, dass er sie schon gar nicht mehr wahrnahm. Sie ging hinaus und schloss die Tür hinter sich. Auf dem Flur hielt sie noch einmal inne, vernahm ganz deutlich seine nächsten Worte.

»Derselbe Traum?«, fragte er.

Cassie konnte die Antwort nicht hören.

»Es ist meine Schuld«, fuhr er fort. »Ich habe dich im Stich gelassen. Ich hätte dich retten sollen. Es ist meine Schuld. Hasse mich, wenn du nicht anders kannst. Aber hab keine Angst! Du musst keine Angst mehr haben. Es ist vorbei. Es ist alles vorbei. Du bist zu Hause.«

Kapitel Elf

Geografische Breite: 70° 49' 23" N
Geografische Länge: 152° 29' 25" W
Höhe: 3 m

CASSIE STÜRZTE SICH MIT FEUEREIFER IN DIE AUSWERTUNG von Daten. Tagelang übertrug sie mehrere Tausend Längen- und Breitenangaben in winzig kleine Dreiecke auf einer topografischen Karte. Jedes dieser Dreiecke markierte eine Geburtshöhle. Am späten Abend des fünften Tages war sie fertig. Sie trat einen Schritt zurück, um ihre Arbeit zu begutachten, und zog die Nase kraus. Jeder hätte das machen können – ein Kind, ein Affe, Jeremy.

»Gut«, sagte ihr Vater, der hinter sie getreten war. »Wie viele haben wir?«

Cassie zählte. »Einundvierzig im östlichen Teil von Ellesmere, maximale Entfernung von der Küste zwölfeinhalb Meilen, weitere achtundzwanzig in einem Umkreis von fünf Meilen.« Bär könnte in diesem Augenblick dort sein und Seelen verteilen. »Und dreiundzwanzig auf Baffin Island, in der Nähe von Kap Adair.«

Ihr Vater notierte sich etwas. »Foxe Basin?«

»Bär hat inzwischen sicher etliche von ihnen besucht«, sinnierte Cassie halblaut.

Die Wurfsaison war auf ihrem Höhepunkt. Ob es Totgeburten gegeben hatte? Bestimmt einige. Falls er gerade in Karaskoje Morje war und einen Ruf in der Tschuktschen-See spürte, konnte er es vielleicht nicht mal in Super-Geschwindigkeit schaffen. Sie sah ihn vor sich, allein im Schloss, trauernd um die Bärenjungen, die er nicht hatte retten können.

Dad unterbrach seine Notizen. »Cassie, du musst nicht mehr über ihn nachgrübeln. Du bist hier sicher.«

Nicht das schon wieder. Sie rang sich ein Lächeln ab und sagte bemüht lässig: »Er ist nicht gefährlich. Er ist nett.« Und lustig. Und es macht Spaß mit ihm.

»Es ist eine ganz normale psychische Reaktion, dass Menschen sich mit ihren Entführern identifizieren«, entgegnete er. »Aber du bist jetzt wieder daheim. Und wir werden nicht zulassen, dass er dich noch einmal mitnimmt.«

Dad war so verbohrt. »Weißt du, was Bär mal gemacht hat? Ich bin mit Halsschmerzen aufgewacht, und er brachte mir Frühstück ans Bett.« Naja, eigentlich war es eher ein Festessen gewesen. Pfannkuchen, Waffeln, Müsli. Niemand hatte ihr jemals zuvor Frühstück ans Bett gebracht. »Und den restlichen Vormittag über hat er mir Geschichten erzählt, damit ich nicht reden musste und mich trotzdem nicht langweilte.« Ein paar davon hatte er ihr sogar *vorgespielt*. Sie hatte trotz der Halsschmerzen eine Menge gelacht. »Hört sich das denn wirklich so schrecklich an?« Seit sie in die Station zurückgekehrt war, hatte sie nicht mehr solchen Spaß gehabt.

»Das brauchst du mir alles nicht zu erzählen«, sagte ihr Vater. »Was auch immer geschehen ist, du bist jetzt in Sicherheit und bei Menschen, die dich lieben.«

Bär liebt mich auch, dachte sie und sagte laut: »Er ist kein Monster.«

Gail steckte den Kopf zur Tür herein. »Es ist nach Mitternacht«, sagte sie und lächelte ihr strahlendes Lächeln. »Würdet ihr beiden Workaholics jetzt bitte zu Bett gehen?«

»Na, wollen wir es für heute gut sein lassen?«, fragte Dad übertrieben freundlich, als hätte er ein Kind vor sich.

Cassie seufzte. Sie würde ihn ohnehin nicht überzeugen, auch wenn sie jetzt weiter mit ihm stritt. »In Ordnung.« Sie legte die Unterlagen auf den Schreibtisch und trottete hinter Dad und Gail her.

An der Schlafzimmertür blieb ihr Vater stehen. »Das war gute Arbeit heute, Cassie.«

Sie war sich da nicht so sicher. Bär tat mit einer einzigen Tour über das Eis mehr für die Eisbären, als sie es je könnte, selbst wenn sie ein ganzes Jahr lang Dreiecke in Karten eintrug.

»Nacht!«, sagte Gail. Sie versuchte nicht, Cassie zu umarmen oder ihr einen Kuss zu geben. Das hatten sie beide in stillschweigendem Einverständnis nach einigen verkrampften Versuchen in den ersten Nächten aufgegeben. Die Kluft zwischen ihnen war einfach zu groß.

Immerhin brachte Cassie ein halbherziges Winken zustande, während sie rückwärts in ihr Zimmer ging. Sie machte die Tür hinter sich zu. Die Stimmen ihrer Eltern verloren sich auf dem Gang, und dann schloss sich auch deren Tür.

Cassie ließ sich auf ihr Bett fallen. Gelbliches Neonlicht spiegelte sich in Fotos, die ihr jüngeres Ich an die rohe Betonwand geklebt hatte. Sie drehte sich auf den Bauch, um die verblichenen Aufnahmen von Schneewehen und Bergspitzen zu betrachten. Dann streckte sie die Hand aus und strich die zerknitterte Ecke an einem der Bilder glatt. Dort hatte sie hingekritzelt: »Lomonossow Ridge, 89° N«. Sie konnte sich noch gut an die Stelle erinnern: das wilde Durcheinander haushoher Eisblöcke, den unendlichen Himmel, die brennende Kälte. »Oh, Bär, was machst du jetzt gerade?«

Sie warf eine zusammengerollte Socke Richtung Lichtschalter, wo sie wirkungslos abprallte. Mit der dritten klappte es endlich. Im Dunkeln vermisste sie Bär noch viel mehr. Eigentlich sollte das nicht so sein. Sie war jetzt zu Hause, hatte ihr Leben zurück und ihre Mutter noch dazu. Wieso also war sie nicht glücklich?

Während Cassie sich unter ihrer Bettdecke unruhig von einer Seite auf die andere wälzte, wanderten ihre Gedanken zu dem Leben im Schloss, dessen sie niemals überdrüssig geworden war. Sie dachte an die Nachmittage, die sie mit Bär zusammen im Eisgarten verbracht hatte, an die Abende, an denen sie Schach gespielt hatten (auch wenn Bär drei von vier Partien gewann, weil Cassie niemals Plan B im Kopf hatte). Daran, wie sie spätnachts im Dunkeln heiße Schokolade getrunken und er Geschichten nur für sie erfunden hatte. Sie erinnerte sich daran, wie er das erste Mal gelacht hatte, als sie das Treppengeländer hinuntergerutscht war, und wie er über das erste totgeborene Bärenkind geweint hatte. Wie viele solcher Totgeburten hatte er inzwischen verkraften müssen, und dazu noch ganz allein? Wenn sie doch nur einen Weg finden könnte, um beides zu haben – mit ihm zusammen sein *und* den Eisbären helfen.

Cassie fuhr hoch – eine Idee braute sich in ihr zusammen. Sie konnte es deutlich spüren. Bär verpasste Geburten, weil er nicht wusste, wo und wann genau sie stattfinden würden. Sie dagegen hatte Zugriff auf die genauen Daten Hunderter trächtiger Bärinnen. Cassie warf ihre Bettdecke beiseite und rannte, so schnell sie konnte, in Owens Arbeitsraum. Dort angekommen, kletterte sie über Berge von Kisten und Maschinenteilen und arbeitete sich zu dem neuen Computer vor. Sie riss die Schutzhülle herunter und drückte den Einschaltknopf. Unruhig lief sie auf und ab, während das Gerät startete. Geburten fanden nicht zufällig statt. Sie ließen sich voraussagen – zumindest mit einer gewissen Wahrscheinlichkeit. Cassie setzte sich auf den Schreibtischstuhl und öffnete den Ordner mit den Daten für die trächtigen Weibchen.

»Lass mich das machen«, sagte plötzlich eine Stimme.

Cassie fuhr zusammen. Owen stand direkt neben ihr. Wie um alles in der Welt hatte er sie von den Schlafräumen aus gehört? »Hast du etwa ein Babyfon an diesem Ding?«

»Naja, du schwebst nicht gerade über den Boden wie eine Elfe.«

Sie machte ihm den Stuhl frei. »Bitte schön.« Er setzte sich, und sie sah ihm über die Schulter. »Ich möchte auf dem Arbeitsblatt mit den Daten für die Geburtshöhlen eine Extraspalte haben.« Owen fügte eine Spalte ein. »Hm. Okay. Jetzt gibst du eine Formel ein, die zum vorhandenen Datum für den Bezug der Höhle zwei Monate hinzuaddiert. Das ist ungefähr der Zeitraum bis zum Ende der Tragzeit.« Er tat es. »Kannst du die Seite ausdrucken?«, fragte sie.

»Schon in Arbeit.«

Der Drucker surrte, und Cassie beugte sich über das Gerät. »Das dauert aber.«

»Tintenstrahl. Finger weg!«

»Du denkst immer noch, ich kriege alles kaputt, stimmt's?«

Owen zuckte mit den Schultern.

»Ich bin doch kein Trampel.«

»Aber leicht erregbar.«

Sie riss das Blatt aus dem Drucker, bevor er fertig war, und verschmierte die Tinte. Unruhig hin- und herlaufend überprüfte sie alles. »Markiere die Spalte ›Voraussichtliche Geburt‹ und sortiere die Daten nach Datum und Ort. Datum zuerst. Bitte.«

Owen nahm die Änderungen vor und druckte alles noch einmal aus. Cassie schnappte sich die Blätter, hockte sich damit auf einen Stuhl, kaute auf ihrer Unterlippe und las. Konnte das funktionieren?

Owen räusperte sich. »Soweit ich weiß, deckt unser Fördergeld die Vorhersage von Geburten nicht ab«, sagte er. »Naja, letztendlich muss das dein Vater entscheiden. Aber ich bezweifle, dass wir an den Grundprämissen jetzt noch was ändern können.«

»Hm, hm.« Sie hörte kaum, was er sagte. Zwar gab es einige Überschneidungen bei Daten für weit auseinanderliegende Orte, aber ganz unmöglich schien es nicht zu sein. Wenn er eine Route nähme, die von der Hudson Bay weiter führte nach … Es wäre eine echte Herausforderung, die Route zu bestimmen und immer auf dem aktuellsten Stand zu halten, neue Informationen einzurechnen, während er bereits unterwegs war. Das müsste jemand mit viel Übung und Erfahrung machen …

Owen wartete, dass sie etwas erwiderte. Cassie lächelte ihn an. »Kannst du mir noch ein paar andere Dateien ausdrucken?«

Cassie rollte ihren Schlafsack und den sturmdichten Biwaksack zusammen und stopfte beide in das Fußteil ihres Rucksacks. Diesmal nahm sie für ihren Ausflug ins Eis die volle Expeditionsausrüstung mit. Sie fügte Päckchen mit gefriergetrocknetem Essen hinzu, Haferflocken, Nüsse und Trockenfrüchte. Falls ihr Plan aufging, würde sie Tag für Tag draußen auf dem Packeis sein – so, wie sie es immer gewollt hatte.

Während sie packte, wich ihr Vater ihr nicht von der Seite. Sein Gesicht glühte vor Zorn wie flüssige Lava. Er stieß ihr seinen Zeigefinger entgegen. »Du wirst nicht gehen. Und das ist mein letztes Wort.«

Cassie begutachtete ihren Sicherheitskocher und testete die Brennstoffpumpe. Sie würde sich nicht auf einen Streit mit ihm einlassen.

»Ich werde nicht tatenlos zusehen, wie du dein Leben ruinierst.«

»Das ist ganz allein meine Entscheidung.« Sie hielt ihre Stimme ruhig. Schließlich wusste sie nicht, wann sie ihren Vater wiedersehen würde. Sie wollte nicht im Zorn gehen.

Er packte sie am Arm. »Cassie, ich will doch nur dein Bestes.« Sie riss sich los, wandte ihm den Rücken zu und packte mit geübten Handgriffen weiter – schwere Gegenstände umwickelt mit Kleidung. »Ich weiß, ich treffe nicht die Entscheidungen, die du treffen würdest, aber …«

Roter Nagellack leuchtete auf, als Gail beschwörend die Hände hob. »Cassandra, du musst nicht gehen. Du hast mein Versprechen eingelöst. Er hat keine Macht mehr über dich.«

Cassie schüttelte energisch den Kopf. Sie ging nicht zurück wegen irgendwelcher Versprechen oder wegen Grams Geschichte oder um ihre Mutter zu retten. »Ich *will* zurück zu ihm«, sagte sie.

Wortlos überreichte ihr Owen einen Stapel ausgedruckter Datenblätter. Sie bedankte sich und packte sie ein. Als sie noch einmal über ihren Schreibtisch blickte, entdeckte sie einen Eisbohrer und steckte ihn in eine Seitentasche.

»Cassie.« Dad hatte die Stimme gesenkt. »Er ist noch nicht einmal ein Mensch. Du hast mir selbst erzählt, dass du nicht weißt, wie er aussieht, wenn er kein Bär ist. Du weißt nicht, was er ist.«

Sie würde *nicht* mit ihm streiten.

Wortlos marschierte sie quer durch das Labor ins Bad, schlug die Tür hinter sich zu und warf Zahnbürste, Deo und Shampoo in die Tasche. »Ich weiß ganz genau, was er ist«, sagte sie durch die geschlossene Tür. »Er ist Bär, und er ist mein Ehemann.« Sie durchforstete die Wandschränke, bis sie noch etwas Wichtiges gefunden hatte: Anti-Baby-Pillen. Sie stammten von einer Praktikantin, die vor Jeremy hier gearbeitet hatte. Cassie packte die Tabletten ein und zog den Reißverschluss zu.

Als sie die Tür wieder aufstieß, fuhr sie mit leiser Stimme fort: »Und übrigens, findest du nicht, dass das alles ein bisschen scheinheilig ist? Immerhin sagt es der Mann, der die Tochter des Nordwinds geheiratet hat.«

Dad klappte der Kiefer herunter. Er war sprachlos. Sie drängte sich an ihm vorbei. »Owen«, rief sie, »hast du irgendwo die restlichen Karten?«

»Einen Moment mal, junge Dame …« Dad lief ihr nach.

Max tauchte aus seinem Zimmer auf. »Was ist denn hier los? Cassie-Lassie?« Er folgte Cassie und ihrem Vater dorthin zurück, wo Gail immer noch stand. »Was tut sie denn da?«, fragte er.

»Ihre Zukunft ruinieren«, antwortete Dad.

»Meiner Bestimmung folgen«, korrigierte Cassie. Owen übergab ihr einen weiteren Packen Karten und trat nach einem schnellen Seitenblick auf ihren Vater sofort wieder den Rückzug an.

»Deine Zukunft liegt hier«, sagte der. »Hier hast du deine Familie. Deine Freunde. Du gibst alles auf, um bei diesem ›Ehemann‹ zu sein. Du gibst das College auf. Du gibst deine Ziele auf. Was ist mit deinen Plänen, eine professionelle Fährtenleserin zu werden? Du hast immer gesagt, dass du das willst.«

Cassie setzte ihre Mütze auf und zog den Reißverschluss ihres Anoraks zu. Ihre Armbeugen waren schweißnass. »Wie konnte ich nur glauben, du würdest es verstehen? Schließlich hast du deine Frau in einer Troll-Festung sitzen gelassen.«

»Verdammt noch mal, Cassie! Das hab ich doch für dich getan! Du warst gerade erst geboren. Ich musste dich beschützen. Ich konnte nicht einfach auf und davon bis zum Ende der Welt. Ich musste dir ein Vater sein!« Zur Bekräftigung seiner Worte hieb er mit der Faust auf den Tisch. Papierstapel verrutschten, und Owen fuhr vor Schreck zusammen. »Glaubst du etwa, das war eine leichte Entscheidung?«

Es war keine Entscheidung gewesen, sondern Feigheit. Warum sonst hatte er Cassie die ganzen Jahre über angelogen und es am Ende Gram überlassen, ihr alles zu erzählen? Scham war eine mächtige Antriebskraft. Sie wusste, er wünschte sich, er hätte Gail gerettet. Sie hatte das Bedauern in seiner Stimme gehört, in jener ersten Nacht nach ihrer Rückkehr, als sie ihre Eltern belauschte. Sie nahm den Rucksack auf die Schultern.

»Ich verbiete es dir.« Dad versperrte den Ausgang. »Du weißt ja gar nicht, was du tust.«

Cassie wandte sich ihrer Mutter zu. »Rede du mit ihm!«

»Aber ich …«, begann Gail.

»Die Geschichte wiederholt sich«, fuhr Cassie fort. »Dein Vater wollte auch nicht, dass du gehst.«

Verdutzt starrte Gail ihren Ehemann an.

»Das ist ganz und gar nicht dasselbe«, protestierte der. Aber Cassie konnte sehen, dass ihre Mutter sie sehr wohl verstand. Es *war* dasselbe. Während ihr Vater weiter tobte, betrachtete sie Gails Gesicht. Die Frau wachte jede Nacht schreiend auf, aus Angst, erneut eingesperrt zu werden. Würde sie zulassen, dass ihre eigene Tochter irgendwo gefangen gehalten wurde, gegen ihren Willen? Cassie kannte sie nicht gut genug, um sicher zu sein, aber sie wettete, dem war nicht so.

Gail bohrte ihre roten Fingernägel in den Arm ihres Mannes. »Lass sie gehen, Laszlo!«

Fassungslos drehte er sich zu ihr um. »Weißt du, was du da sagst? Du willst unser einziges Kind, *unser süßes kleines Mädchen*, der Gnade eines Bären ausliefern?«

Gail hob den Kopf. Sie hatte nicht die Absicht nachzugeben. Mit großen Augen starrte Max zwischen ihnen dreien hin und her, als beobachtete er ein hochspannendes Tischtennismatch. Owen hatte hinter der Tür zu seiner Werkstatt Deckung gesucht. Dad knickte zuerst ein. Er senkte den Blick und sagte: »Cassie, bitte tu das nicht! Es ist nicht sicher. Und klug ist es auch nicht. Du handelst wieder mal vorschnell. Warte noch eine Weile und entscheide dann! Verlass uns nicht so früh!«

Gail streckte eine Hand nach Cassie aus und ließ sie wieder sinken. »Cassandra ... Cassie ... Ich habe doch gerade erst angefangen, dich kennenzulernen.« Cassie blickte ihre Mutter an. Was sollte sie dazu sagen? Dass Zeit, egal wie lange sie noch hierblieb, nicht ausreichte, um all die verlorenen Jahre zu überbrücken? Das brachte sie nicht übers Herz. Es war besser, einfach zu gehen.

»Bleib bei uns!«, bat Dad. »Wir sind deine Familie. Dies ist dein Zuhause. Bitte, überleg es dir noch mal! Denk darüber nach, was du aufgibst!« Max hatte Tränen in den Augen, und auch Gail war dem Weinen nahe.

Cassie blickte sie an, einen nach dem anderen, und auch ihre Augen fingen an zu brennen. Schnell blinzelte sie die Tränen weg. »Sagt Großmutter, es tut mir leid, dass wir uns nicht gesehen haben.«

Dann ging sie schnell nach draußen, bevor sie es sich anders überlegen oder jemand sie aufhalten konnte. Stille fuhr auf sie nieder wie ein Donnerschlag, als sie die äußere Tür schloss. Cassie atmete tief durch, und die Kälte bohrte sich schmerzvoll in ihre Kehle. Dann tastete sie sich an der äußeren Begrenzung der Station bis zum Fahnenmast vor. Dort angekommen, zog sie inmitten der blendend weißen Finsternis eines arktischen Schneesturms das Sternenbanner hoch.

Kapitel Zwölf

Geografische Breite: 79° 48' 44" N
Geografische Länge: 153° 37' 58" W
Höhe: 2 m

BÄR TRUG SIE NORDWÄRTS, UND CASSIE SCHMIEGTE IHRE Wange in das weiche Fell an seinem Hals. Sie badete in seinem Duft – kuschelige Wärme und Meersalz –, während sie über das endlose Eis preschten. Über ihnen zwischen den Sternen spielte das Nordlicht. Sie erinnerte sich daran, wie Bär sie das erste Mal von der Station weggebracht hatte. Jetzt nahmen sie denselben Weg, doch diesmal wusste Cassie, was sie an seinem Ende erwartete. Oder zumindest hoffte sie, es zu wissen. Was, wenn Bär ihren Plan ablehnte?

Viele Stunden später erreichten sie das Schloss. Cassie sah die spitzen Türme im Licht des Mondes leuchten. Bär verlangsamte das Tempo. Eiskörnchen knirschten unter seinen Pfoten.

»Wir sind zu Hause«, sagte Cassie mit weicher Stimme.

Bär hielt inne, und Cassie wusste, dass er ihre Worte gehört hatte. Sie schlang die Arme um seinen mächtigen Hals und drückte ihn fest. Dann glitt sie von ihm herunter und ging durch das schimmernde Tor, ihre Hand auf seinem Rücken.

Sie führte ihn zum Bankettsaal. Dort angekommen, nahm sie ihren Rucksack von den Schultern, zog den Reißverschluss auf und begann Karten auf der langen Tafel aufzustapeln, Ordner und Notizbücher. Als sie eine der Karten aufrollte, stoben Eiskristalle hoch und setzten sich an ihr fest. »Würdest du dem Tisch bitte sagen, er soll die Sachen nicht auffressen?«

Bär richtete seinen Blick auf die Festtafel, und das Eis zog sich zurück. »Was ist das alles?«, fragte er.

Cassie holte tief Luft. Zeit herauszufinden, ob es hier eine Zukunft für sie gab. Egal, wie blumig sie Dad ihr Vorhaben geschildert hatte – Bär konnte all ihre Pläne zunichtemachen, ohne es überhaupt nur zu merken. Wenn er sich weigerte … *Ich werde ihn überzeugen müssen.* Sie deutete auf einen bestimmten Teil der Karte. »Hier ist die Küste. Und hier sind die diesjährigen Geburtshöhlen. Ein Bär pro Dreieck.« Sie klappte einen Ringordner auf. »Das hier ist ein Verzeichnis aller Daten zu den Geburtshöhlen und den voraussichtlichen Wurfterminen. Damit kann ich Routen für dich zusammenstellen. Wenn du denen folgst, führen sie dich jederzeit so nahe wie möglich an jene Orte, wo mit großer Wahrscheinlichkeit die nächsten Geburten stattfinden. Und das die ganze restliche Saison über. Modellrechnungen zur Ereignisvorhersage. Wir können sie nutzen, um deine Chancen zu erhöhen.«

Bär legte seine pelzige Stirn in Falten.

Cassie fuhr entschlossen fort. »Wenn ich genügend Datenpunkte habe, müsste ich am Ende sogar ziemlich genaue Vorhersagen machen können – natürlich innerhalb gewisser Bandbreiten.« Dank Owen hatte sie Ausdrucke der Daten aller Forschungsstationen, die mit ihrer kooperierten. Natürlich war es keine komplette Übersicht über die gesamte Eisbärenpopulation, aber es stellte einen Anfang dar. »Sieh mal«, sagte sie. »Ich habe hier schon einen vorläufigen Kurs ausgedruckt. Wir können ihn gleich morgen testen.«

Sie sah ihn an, wartete auf seine Reaktion, versuchte, irgendetwas aus seinen schwarzen Knopfaugen zu lesen.

»Du möchtest mit mir kommen, aufs Eis hinaus? Zu den Geburten?«

»Ich muss«, antwortete sie mit fester Stimme. »Wir müssen noch mehr Daten sammeln, damit es funktioniert. Und du kannst nicht beides tun. Außerdem würdest du auch gar nicht wissen, welche Daten wir brauchen.« Sie versuchte ein Grinsen. »Und du kannst keinen Stift halten.«

Er lachte, und das vertraute Grummeln spülte über sie hinweg wie eine sanfte, beglückende Welle. Dann wurde er wieder ernst. »Alle Munaqsri sind allein unterwegs. Wir müssen uns davor schützen, entdeckt zu werden.«

»Allen Munaqsri gehen Seelen verloren, weil sie nicht rechtzeitig an Ort und Stelle sind«, unterbrach sie ihn. »Das hast du mir selbst gesagt. Ich kann helfen. Vielleicht schaffen wir es nicht zu allen Geburten, aber wir können zumindest deine Chancen verbessern.«

Er nickte bedächtig.

Cassie spürte, wie die Verkrampfung aus ihren Schultern wich. Er wollte unbedingt so viele Bärenkinder retten wie nur irgend möglich. Er würde zustimmen. Zusammen konnten sie es schaffen.

»Bist du ganz sicher, dass du das tun möchtest?«, fragte er. »Es ist nicht ungefährlich. Wenn wir erst mal außerhalb dieser Mauern sind, kann ich dir mit meiner Magie nur helfen, wenn ich dich direkt berühre. Werden wir getrennt …«

»Ich habe meine Ausrüstung«, gab sie zurück und tätschelte ihren Rucksack. »Wenn es nötig ist, kann ich damit eine ganze Woche lang auf dem Eis überleben.« All ihr Training, ihre Fähigkeiten, ihre Ausbildung hatten sie hierher geführt. Sie würde den Eisbären ganz direkt helfen können, statt Formulare auszufüllen und Fördergelder aufzutreiben. *Wenn* er zustimmte.

Sein mächtiger Kopf pendelte hin und her, während er sorgfältig die Unterlagen studierte, die Daten und Karten, die Listen mit Zahlen. »Wenn das wirklich hilft, werden alle Eisbären dir sehr dankbar sein. Ich werde dir sehr dankbar sein.« Er lehnte seinen Kopf gegen ihren Bauch, und sie schlang die Arme um seinen Hals. Etwas unbeschwerter fügte er hinzu: »Trotzdem ist es ziemlich unnatürlich.«

»Sagt der sprechende Bär.«

Sein Fell bebte, als er wieder lachen musste. »Tagelang hatte ich niemanden, der mich neckt.«

»Die Auszeit ist vorbei«, antwortete sie. »Cassie ist wieder zu Hause.«

Ganz sanft sagte Bär: »Du kannst dir nicht vorstellen, wie glücklich mich das macht.«

Sie spürte, wie ihr die Hitze in die Wangen stieg. Ihr war zumute, als könnte sie zur Decke emporschweben. »Romantiker.«

Er legte eine Tatze über seine Nase und tat so, als wäre es ihm peinlich.

Cassie öffnete einen anderen Ordner. Sie wollte ihm alles zeigen. »Schau, das hier ist eine Liste aller aktuellen Markierungsnummern der Spezialabteilung für Eisbärenforschung der Weltnaturschutzunion.«

»Komm«, unterbrach sie Bär und stupste sie mit der Nase an. »Wir haben morgen einen langen Tag vor uns.«

Cassie grinste. Draußen auf dem Eis, gemeinsam. Sie legte den Ordner mit den Markierungsnummern zurück auf den Tisch und ging Seite an Seite mit Bär aus dem Saal, vorbei an den wundervollen Schnitzereien in tiefblauem Eis und die von Kerzenschein erleuchtete Treppe hinauf.

»Weißt du, für dich habe ich eine ganz besondere Nummer reservieren lassen: A505, Alaska.«

»A505«, wiederholte Bär.

»Ich glaube, die Marke würde dir gut stehen. Wie ein Ohrring.«

Sie zottelte sein Ohr. Immer wieder musste sie ihn anfassen. Sie konnte gar nicht damit aufhören. Es erinnerte sie daran, dass er real war. »Ganz zu schweigen von der grünen Tinte auf deinem Zahnfleisch. Sehr attraktiv.«

Wie immer wartete Bär auf dem Flur, während Cassie sich bettfertig machte. Als sie unter die Decke geschlüpft war, blies sie die Kerze aus, und alles versank in Dunkelheit. Ein leises Tapsen von Bärenpfoten und dann die Schritte eines Mannes. Die Matratze sank ein, als er sich neben ihr ins Bett legte.

Und zum ersten Mal seit fünf Nächten schlief sie wieder gut.

Cassie erwachte als Erste, die Wange an seine nackte, glatte, menschliche Brust geschmiegt, den Arm quer über seinem Bauch. Eine ganze Weile lag sie einfach nur so da und lauschte seinem

Atem, dem Atem ihres Ehemanns. Dann streckte sie im Dunkeln die Hand aus und berührte ganz vorsichtig sein Gesicht. Ihre Finger erkundeten die Form seines Kinns und verweilten auf seinen Lippen. Sie hatte ihn noch nie geküsst. Wie sich das wohl anfühlen mochte?

Auf einmal bewegte er sich. Blitzschnell zog sie ihre Hand weg und rollte sich auf ihre Seite des Bettes. »Bereit zur Patrouille?«

Die Bettdecke glitt zur Seite, die Matratze hob sich. Er stand auf.

»Wir gehen doch zusammen, oder?«, fragte sie.

Ein Windhauch strich über ihr Gesicht. Als er sprach, hatte er wieder seine tiefere Stimme, die Eisbärenstimme. »Aber natürlich, o furchtlose Führerin.«

Sie grinste.

Die Tür wurde geöffnet. Cassie wartete, bis sie mit einem leisen Klicken wieder zuging. Dann tastete sie nach ihrer Taschenlampe und machte Licht. Eilig zog sie ihre komplette Expeditionsausrüstung an – Gore-Tex-Hose, Mukluks, das volle Programm – und stieß zu Bär, der am vorderen Torbogen auf sie wartete. Wenig später jagte er bereits übers Eis dahin, Cassie auf seinem Rücken.

Vor ihnen breitete sich die Arktis aus, voll blauer Schatten und so endlos weit wie die Sahara. Cassie beugte sich tief über Bärs Hals. Wind peitschte ihr Gesicht. Herrlich. Überwältigend. Das war viel zu langsam. Sie schrie Bär einen Befehl ins Ohr, den Hundeschlittenführer verwendeten, um ihre Tiere anzutreiben: »Musch, musch, musch!«

»Sehr amüsant«, erwiderte er und schoss wie ein Pfeil davon. Sie jauchzte überrascht auf, als das tiefe Blau der Polarnacht sich ausdehnte und eins wurde mit Himmel und Eis. Ja! Sie flog! Cassie winkte dem Mittagsmond zu, der tief und fett über dem südlichen Horizont hing.

Bär setzte über einen Presseisrücken hinweg. Laut lachend krallte Cassie sich in seinem Pelz fest und umklammerte mit den Beinen ganz fest seine Körpermitte, um nicht herunterzufallen. Das war einfach herrlich! Sie hätten es schon vor Monaten tun sollen.

Mit zusammengekniffenen Augen spähte Cassie in die dunkle Weiße. An den Rändern ihrer Wahrnehmung leuchteten grüne und weiße Blitze auf, Nordlichter, deren Spiralen sich über den Himmel schlängelten. Den Legenden der Inuit zufolge waren es die tanzenden Geister der Verstorbenen. Kamen die verlorenen Seelen der Sterbenden, bei denen die Munaqsri nicht rechtzeitig eintrafen, um sie zu den Neugeborenen zu bringen, vielleicht dorthin? *Mach dich nicht lächerlich!*, ermahnte sie sich. Nordlichter wurden verursacht von elektrisch geladenen Sonnenpartikeln, die auf die höheren Schichten der Atmosphäre trafen, und nicht von herumirrenden Seelen. Die Seelen gingen. Sie hatte keine Ahnung, wohin verlorene Seelen gingen. Konnte schon sein, dass sie zu Nordlichtern wurden. Bär hatte mal gesagt, sie würden einfach entschwinden. Vielleicht hätte sie ja eines Tages genug Daten, um auch Routen zu sterbenden Bären festzulegen, so wie jetzt zu den Geburten? Wäre das nicht eine Idee? Aber sie sollte nicht zu voreilig sein. Jetzt musste sie erst einmal herausfinden, ob ihr Plan überhaupt funktionierte.

Die erste Route, die Cassie geplant hatte, führte hinunter zum Lancaster Sound, über die Hudson Bay und dann ostwärts in die Davis Strait. An der Mündung des Sounds schrie Bär ihr zu, er spüre einen Ruf. Cassie klammerte sich fest, als er mit langen Sprüngen durch Presseisrücken brach und über das knirschende Eis am Boden weiterjagte.

Dann bremste er ohne Vorwarnung ab, und Cassie wurde gegen seinen Hals geschleudert. »Moment«, sagte er zu ihr. »Beim ersten Mal lassen wir es ruhig angehen.« Cassie packte das Fell in seinem Nacken fester und öffnete den Mund, um zu fragen, was er damit meine.

Er ging in eine Schneewehe hinein.

Der umgebende Schnee löste sich auf wie ein Trugbild, und Cassie erschauerte, als er durch sie hindurchglitt. Sekunden später spürte sie feuchtwarme Luft auf ihrem Gesicht. Die obere Hälfte ihres Körpers befand sich im Inneren einer Bärenhöhle, der Rest war eingeschlossen in dem fest zusammengepappten Schnee. In völliger Dunkelheit lauschte sie dem Keuchen der Bärenmutter. Noch niemals war sie in freier Wildbahn einer Eisbärin so nahe gewesen, die gerade Junge bekam. Wahrscheinlich war das noch keinem Menschen vor ihr gelungen. Unglaublich, dachte sie. Es ist unmöglich.

Es ist die Macht eines Munaqsri. Das war der Grund, *warum* er diese Macht überhaupt besaß: um die Bären zu erreichen, während sie geboren wurden oder starben. All die Magie existierte, um diesen einen Augenblick möglich zu machen.

»Es ist so weit«, flüsterte Bär. »Das Junge kommt.«

»Ich kann nichts sehen«, flüsterte Cassie zurück. Doch plötzlich konnte sie. Sie sah Weiß: Fell und Eis. Wahrscheinlich hatte Bär etwas mit ihren Augen gemacht, ihren Körper auf dieselbe Weise verändert, wie er es tat, wenn er sie draußen auf dem Eis warm hielt.

Bär schob sich ganz langsam vorwärts und legte sein Gesicht an den Bauch der Bärin. Auch Cassie robbte sich näher heran. »Hast du die Seele?«, flüsterte sie.

»Schau her«, sagte Bär und öffnete seine Schnauze. Wie ein Wassertropfen fiel ein kleiner, dunkler Schatten heraus und versank in der riesigen pelzigen Masse. Cassie hielt den Atem an. Ein winzig kleiner Körper, das Junge, glitt aus dem Leib der Bärin heraus und begann sich zu winden und zu krümmen. Bär sagte mit leiser, liebevoller Stimme: »Und so bekommen wir unsere Babys.«

»Es ist … ein Wunder.« Sie fand kein anderes Wort dafür. Bär brachte Wunder hervor.

Das blinde Junge quäkte und kroch im mütterlichen Fell umher, während die Bärin es mit ihrer Zunge ableckte, die so groß war, dass das Kleine ganz darunter verschwand.

Leise zog Bär sich zurück. Wieder glitten sie durch festen Schnee. Cassie war, als müsste sie ersticken, und sie versuchte mit aller Kraft, Ruhe zu bewahren. *Bär würde mir niemals wehtun,* sagte sie zu sich selbst. Als sie wieder auftauchten, sog sie keuchend die frische Luft ein, während sie am ganzen Leibe zitterte. »Alles in Ordnung mit dir?«, fragte Bär.

»Die Nachtsicht ist toll«, meinte sie. »Das Durch-die-Wand-

Gehen aber schrecklich.« Sie nahm noch ein paar tiefe Atemzüge, um ihr rasendes Herz zu beruhigen.

Dann holte sie mit bebenden Händen ihr GPS hervor: Breite 63° 46' 05" N, Länge 80° 09' 32" W. Mit einem Stift vermerkte sie die Daten in einem Notizbuch und steckte alles zusammen wieder in die Innentasche ihres Anoraks. »Als Nächstes sollten wir nach Churchill. Es gibt da einige Bärinnen westlich der Hudson Bay, die bereits überfällig sind.«

»Wie du wünschst, o glorreiche Führerin.«

Sie prustete. »Reizend.«

»Bist du noch wach?«, fragte Cassie, als sie in dieser Nacht nebeneinanderlagen.

»Tritt mich nicht«, murmelte Bär in sein Kissen.

Sie lächelte und streckte im Dunkeln die Hand aus, um seine menschliche Schulter zu berühren. »Es wird funktionieren«, meinte sie. »Die Geburt dieses Jungen ist der Beweis.« Sie hatte einen Platz an diesem Ort, und nicht nur als Bärs Frau. Sie hatte hier eine Zukunft.

»Ja«, stimmte er zu. Sie spürte, wie er sich umdrehte. Vermutlich sah er sie direkt an.

»Wir sind jetzt ein Team«, stellte sie fest.

»Ja.«

Wieder streckte sie die Hand aus, und ihre Finger berührten seine glatte Wange. Einen Augenblick lang fragte sie sich, wie er wohl bei Licht aussehen mochte. Nicht, dass es eine Rolle spielte. Er war ihr Bär. Cassie rückte näher an ihn heran.

Still und reglos lag er neben ihr, wie ein Eisbär auf der Jagd nach Robben vor einem Eisloch. Doch ihr war mehr als jemals zuvor bewusst, wie menschlich er gerade in diesem Augenblick war. Sie spürte, dass er auf etwas wartete. Er sagte kein Wort. Cassie hob den Kopf, neigte sich in der Dunkelheit zu ihm hinüber und küsste ihn. Er bewegte sich keinen Millimeter, als hätte er Angst, sie wieder zu verscheuchen. Und erwiderte den Kuss, weich und süß.

Kapitel Dreizehn

Geografische Breite: 83° 35' 43" N
Geografische Länge: 123° 29' 10" O
Höhe: 1,20 m

ALS DAS LICHT IN DIE SÜDLICHE ARKTIS ZURÜCKKEHRTE, verbrachten Cassie und Bär mehr und mehr Zeit draußen auf dem Eis. Tag für Tag durchstreiften sie unter einem blau-lila-rosa Himmel die eisigen Weiten Alaskas, Kanadas, Sibiriens, Grönlands und Norwegens. Jeden Abend verfeinerte Cassie unter dem Blick der Eisskulpturen, die Bär geschnitzt hatte, ihre Karten und legte die Route für den nächsten Tag fest. Und jede Nacht küsste sie im Dunkeln ihren Ehemann, bis sie, in seine Arme gekuschelt, einschlief. Nie zuvor in ihrem Leben war sie glücklicher gewesen.

Eines Nachmittags, als sie sich gerade nördlich der Laptew-See befanden, sagte Bär: »Ich spüre einen Ruf.«

Cassie angelte nach ihren Unterlagen und wollte ihn nach der genauen Richtung fragen, doch dazu kam sie nicht mehr.

»Gut festhalten«, sagte er nur. »Die Zeit drängt.«

Kaum hatte sie die Arme um seinen mächtigen Hals geschlungen und sich auf seinem Rücken flach gemacht, da sprang er auch schon in Höchstgeschwindigkeit los. Vor ihnen erstreckte sich eine blaue Schwärze – der Ozean. Bär stürzte sich kopfüber in die dunklen Wellen. Sofort sog sich ihr Anorak mit Wasser voll. Es drang in ihre Gesichtsmaske ein, lief in die Kapuze. Doch statt eiskalt zu sein, fühlte es sich an wie laue Luft. Cassie grinste. Sie liebte Bärs Magie.

Dann brachen sie wieder durch die Wasseroberfläche, und Bär paddelte, Cassie auf dem Rücken, Richtung Küste. Nur Kopf und Schultern ragten aus dem Wasser, während sie sich an seinem nassen Fell festklammerte. Drüben angekommen, kletterte er auf das Packeis hinauf und lief los, so schnell er konnte.

Cassie vernahm das Brummen eines Helikopters.

Weit voraus auf dem Eis, inmitten einer Schneewolke, die von den Rotorblättern aufgewirbelt wurde, rannte ein einzelner Bär auf einen Eisrücken zu. Von seiner Flanke troff Blut.

»Festhalten!«, rief Bär. »Sie dürfen uns nicht sehen!«

Wieder packte Cassie sein Fell, so fest sie nur konnte, und Bär erhöhte noch einmal die Geschwindigkeit. Die Welt um sie herum zerfloss in Streifen von Weiß und Blau.

Für den Bruchteil einer Sekunde verlangsamte sich alles, und Cassie sah etwas Rotes über eine cremeweiße Fläche zucken, als Bär seine Zähne in die Kehle des verwundeten Artgenossen schlug. Bär zog kräftig, etwas Silbriges blitzte auf – und dann rasten sie schon wieder weiter.

Hinter ihnen brach der sterbende Eisbär zusammen, während der Hubschrauber landete und eine Wolke von Schnee aufwirbelte. Das alles nahm sie innerhalb der Zehntelsekunde wahr, bevor Bär mit ihr davonschoss.

»Bär, der Wilderer!«, schrie sie. »Du musst ihn aufhalten!«

Doch er verschwand mit ihr zwischen einigen Eisblöcken. Erst viele Meilen weiter nördlich machte er Halt. Als er endlich stehen blieb, schluckte er das silbrige Etwas – die Seele des toten Bären – in einem Stück hinunter.

Cassie war außer sich. »Dieser Bär hätte nicht sterben müssen! Wir hätten den Wilderer vertreiben können, und du hättest ihn heilen können mit deiner Magie.« Welch sinnlose Verschwendung! Dieses herrliche Tier. Wie hatte Bär das nur tun können? Er hatte diesen Bären, einen Artgenossen, einfach so sterben lassen!

»Ja«, sagte er einfach.

Sie schluckte die Worte hinunter, die ihr auf der Zunge lagen. Ja, er hätte den Bären retten können. »Du bist der Todesengel der Eisbären.«

»Es geht nicht anders. Wenn ich die Seele nicht an mich nehme, dann holt sie sich der Munaqsri einer anderen Art. Und wenn kein Munaqsri sie sich holt, dann ist die Seele für immer verloren. Wenn ich keine Seelen für die Neugeborenen habe, stirbt meine Art aus.«

Er hatte Cassie vor Unterkühlung bewahrt. Er hätte auch diesen Eisbären heilen können. Er könnte alle Bären heilen, jederzeit. Doch woher bekäme er dann die Seelen für die Bärenjungen? Sie würden tot geboren werden. Cassie schüttelte den Kopf. Ziemlich verzwickt, das Ganze. »Du weißt, welche Verantwortung ich trage.«

Ja, schon, doch das hier war das erste Mal, dass sie *diesen* Teil davon zu sehen bekommen hatte.

»Cassie?« In seiner Stimme schwang Besorgnis mit. »Ändert das hier irgendwas?«

Er hatte solch eine enorme Macht. Änderte das irgendwas?

Sie atmete tief durch. Es war sein Job. Er war dazu da, die Seelen zu überbringen, und nicht, um über Leben und Tod zu entscheiden. Das war es, worauf sie sich eingelassen hatte – die Erhaltung einer Art, nicht die Rettung einzelner Exemplare. Und war das denn wirklich ein so großer Unterschied zu dem, was ein Forscher tat – studieren und beobachten, ohne sich einzumischen?

Cassie lehnte sich nach vorn und legte ihre Wange an Bärs Hals. »Es ändert gar nichts«, sagte sie. »Du bist mein *Tuvaaqan*, mein Seelengefährte.« Sie hatte bisher noch keine Gelegenheit gehabt, dieses Inupiaq-Wort zu benutzen und schmeckte nun ganz bewusst seinen Klang, als sie es aussprach. »Wir sind ein Team. Richtig?«

Bär stupste ihre Hand mit seiner kühlen Nase an. »Wir sind ein Team, *Tuvaaqan*«, bestätigte er. »Ich liebe es, das alles mit dir teilen zu können. Ich habe es noch niemals zuvor mit jemandem geteilt. Danke!«

Sie warf ihm die Arme um den breiten, felligen Hals und sagte mit unendlich sanfter Stimme: »Weißt du, es gibt da noch etwas anderes, das wir noch niemals geteilt haben, mein liebster

Mann.« Ihr Herz klopfte schneller, als sie weitersprach. »Unsere Hochzeitsnacht steht noch aus.«

In der Dunkelheit des Schlafzimmers öffnete Cassie den Reißverschluss ihres Anoraks und zog die Gamaschen und Mukluks aus. Der vertraute Windhauch sagte ihr, dass auch Bär sich seines Felles entledigte. Er war nun ein Mann, das wusste sie. Grinsend blickte sie in die Finsternis hinein. Sie hatte erwartet, nervös zu sein, aber sie war es nicht. Schließlich war das Bär.

Sie zog ihre Gore-Tex-Hosen aus und die drei Paar Socken, die sie trug.

Dann ihren Wollpullover.

Dann ihr Baumwollhemd.

»Wie viele Sachen trägst du da eigentlich übereinander?«, fragte Bär mit seiner menschlichen Stimme.

»Es soll auch Geschöpfe geben, die keinen Blubber haben«, gab sie zurück, während sie sich einer Wollhose, der langen Männerunterhosen und ihrer Unterwäsche entledigte.

»Möchtest du mich rufen, wenn du fertig bist?«

»Süß.« An seinem Atem konnte sie hören, wo genau er war. Es gelang ihr, sich die Zehen nicht am Kleiderschrank oder dem Waschtisch anzustoßen, als sie zu ihm hinüberging. Als sie vor ihm stand, streckte sie ihre Hand aus und strich mit den Fingern sanft über sein Gesicht. Sie legte ihre Hand auf seine Wange und spürte, wie seine Wimpern ihre Haut liebkosten. Er blinzelte. Es war wie das Flattern von Schmetterlingsflügeln. Jetzt wurde sie doch ein wenig nervös. Zum ersten Mal war sie dankbar dafür, dass Bär auf Dunkelheit bestand. In der Dunkelheit konnte sie forsch sein. In der Dunkelheit konnte sie schön sein.

»Bist du sicher, dass du das wirklich willst?«, fragte Bär.

Es sah ihm so ähnlich, das zu fragen. Ihre ganze Nervosität löste sich augenblicklich in nichts auf, wie Zucker in Wasser, und sie lächelte durch die Dunkelheit zu ihm hinüber. »Ja«, sagte sie einfach und schlang die Arme um seinen Hals.

Sie legte den Kopf an seine Brust und spürte seinen Herzschlag, kraftvoll, sanft und regelmäßig wie die Wellen eines Ozeans. Als er sie liebevoll in seine Arme schloss, bedeckten seine Hände ihren halben Rücken, und sie konnte die Rundung seiner Schulterblätter fühlen. Sie schmiegte sich an seinen nackten Oberkörper. Er beugte sich zu ihr hinunter und küsste zärtlich ihren Hals.

Auf ihrer Haut begann es zu prickeln. Alle Gedanken flossen aus ihrem Kopf heraus, und sie spürte nur noch die Kühle des Zimmers, die Wärme seines Atems und die Berührung seiner Hände. Etwas anderes existierte nicht mehr.

Um sie herum versank das Eis in Schweigen.

Kapitel Vierzehn

Geografische Breite: 91° 00' 00" N
Geografische Länge: unbestimmt
Höhe: 4,60 m

CASSIE UMKLAMMERTE DIE KUNSTVOLL AUS EIS GESCHNITZTE Toilettenschüssel. Verdammt, nicht schon wieder! Seit mehr als drei Monaten suchten sie nun schon diese unregelmäßig wiederkehrenden Anfälle von Übelkeit heim. Jedes Mal, wenn sie dachte, es ginge ihr wieder gut, hoben sie erneut ihr hässliches … Uh-oh! Sie knirschte mit den Zähnen, als sich ihr Magen ein weiteres Mal umdrehte. In ihrem Mund breitete sich der Geschmack verfaulter Erdnüsse aus. Auf ihre Stirn trat kalter Schweiß.

Bär kam ins Badezimmer getappt. »Cassie, geht es dir gut?«

Sie spuckte in die Toilette. Ihre Kehle brannte. »Oooh!«

Cassie legte ihren Kopf auf den Rand der Kristallschüssel. Er fühlte sich glatt und kühl an. »Ich werde nie wieder was essen«, erklärte sie erschöpft. Es war ganz klar: Sie hatte zu viel von den magisch veränderten Speisen zu sich genommen. Ihr aufgeblähter Bauch drückte gegen den elastischen Bund ihrer Hose.

Bär stupste seine Nase gegen ihr feuchtes Haar. »Atme tief ein. Wenn du dich dagegen wehrst, wird es noch schlimmer.« Sie spürte seinen heißen Atem auf ihrer Kopfhaut. Es juckte.

»Lass mich in Ruhe!« Sie wedelte mit der Hand vor ihm in der Luft herum, als wollte sie eine lästige Fliege verscheuchen.

»Es wird bald vorbeigehen«, versicherte Bär.

»Das sollte es besser auch.« Oh, zu viel Bewegung! Ihre Innereien purzelten durcheinander, und wieder tastete sie nach der Toilette. Ihr Magen verkrampfte sich, als wollte er eine zweite Lunge gebären. Schließlich sackte Cassie völlig ausgepumpt nach hinten. »Kannst du nicht deine Magie anwenden? Meine kranken Moleküle umwandeln?«

»Ich habe nicht den Wunsch, mich einzumischen«, gab Bär zurück. »Dein Körper reagiert ganz natürlich.«

»Ja, fühlt sich an wie eine Lebensmittelvergiftung.«

Bär funkelte sie mit seinen glasschwarzen Augen an. »Du machst Witze. Dir muss doch klar sein, woher das kommt – die tägliche Übelkeit, die Veränderungen an deinem Körper.«

Cassie umklammerte den eisigen Rand der Toilettenschüssel. Wenn man es so betrachtete … Aber nein, sie hatte aufgepasst! Sie war doch nicht dumm. »Das kann nicht sein. Es ist nicht möglich.«

»Wegen des chemischen Ungleichgewichts?« Er ließ sich nieder, rollte sich um sie herum zusammen wie eine riesige Katze und legte den Kopf in ihren Schoß, als wollte er sie beruhigen. »Ich weiß. Ich hab das in Ordnung gebracht. Jetzt ist alles so, wie es sein soll.«

»Du hast es in Ordnung gebracht?« Cassie wurde schwindlig. Sie war … nein. Sie versuchte sich zu erinnern, wann sie ihre letzte Periode gehabt hatte. Es fiel ihr nicht ein.

»Es war ganz einfach. Ich musste bloß den Hormonspiegel angleichen«, fuhr Bär mit offensichtlichem Stolz in der Stimme fort. »Es war nicht schwerer, als es ist, deinen Körper warm zu halten oder dich vor dem Wasser der Arktis zu schützen.«

Cassie warf sich nach vorn und erbrach sich mit aller Kraft, als könnte sie so den Fötus aus sich herausschleudern. Bittere Galle kratzte in ihrem Hals, als sie erneut zurücksank. Von der Anstrengung tat ihr alles weh. Sie bohrte die Fingernägel in ihren gewölbten Bauch und hielt die Luft an, aber er wollte einfach nicht flacher werden. Er war fest wie ein Muskel.

Bär hatte sich von ihr zurückgezogen, als sie sich erbrechen musste. Jetzt stand er wieder neben ihr, und sein gewaltiger Schatten fiel auf sie. »Bist du etwa nicht glücklich?«

»Wie konntest du mir das antun?« Er hatte ganz bewusst ihre Molekülstruktur verändert, um sie zu schwängern. Ohne sie zu fragen. Ohne ihr irgendetwas davon zu sagen. »Dieses ›chemische Ungleichgewicht‹ war Absicht. Ich nehme die Pille.«

»Absicht? Du hast …? Aber wie …?« Aufgebracht schwenkte er seinen gesenkten Kopf hin und her. »Du wolltest es doch. Ich habe dich doch gefragt, ob du sicher bist. Und du hast gesagt, du wärst es. Ich dachte, du hättest verstanden.« Sie fühlte sich wie eine Ertrinkende. Seine Worte zogen sie in die Tiefe. »Du hast es von Anfang an gewusst: Ich muss Kinder haben. Das war mein Grund, mir eine Frau zu suchen. Es muss mehr von uns geben. Dieses Kind – ein zukünftiger Munaqsri – wird dringendst gebraucht.«

»Ich dachte, du …« Sie fühlte sich, als würden sämtliche Eingeweide in ihrem Inneren durcheinandergeschüttelt. »Ich dachte, du liebst mich. Um meinetwegen. Nicht wegen …«

»Und wie ich dich liebe«, gab er zurück. »Du bist meine *Tuvaaqan*, meine Frau, die Mutter meiner …«

»Du hast mich benutzt«, fiel sie ihm ins Wort. »Du hast mich nicht mal gefragt. Du hast mich einfach so ›in Ordnung gebracht‹.« Sie hatte ihm vertraut. Sie hatte geglaubt, sie beide wären ein Team.

Er tappte näher zu ihr. »Wir werden ein Baby haben«, sagte er. »Wir werden neues Leben in die Welt bringen. Siehst du denn nicht, wie wunderbar das ist?«

»Lass mich einfach allein.« Cassie stieß ihn mit beiden Händen gegen die pelzige Brust. Er ging rückwärts aus dem Badezimmer. Sie schlug ihm die Tür vor der Nase zu und drehte den Schlüssel um. Den Rücken gegen die Tür gelehnt, rutschte sie ganz langsam zu Boden. Wieder spürte sie, wie drohend eine neue Welle Übelkeit heranrollte. Am liebsten hätte sie sich sämtliche Innereien aus dem Körper gerissen, das Herz eingeschlossen.

»Ich liebe dich«, sagte Bär hinter der Tür.

Sie erbrach sich auf den Fußboden und blieb weinend sitzen.

Er musste es rückgängig machen. So einfach war das. Er konnte ihre Moleküle manipulieren. Er konnte wiedergutmachen, was er ihr angetan hatte. Eis knirschte unter Cassies Mukluks, als sie durch den Garten mit den Eisskulpturen schritt. Wenn er imstande war, ein »chemisches Ungleichgewicht« in Ordnung zu bringen und sie in der arktischen Kälte warm zu halten, dann konnte er auch dafür sorgen, dass in ihrem Körper alles wieder so wurde wie vorher.

Sie fand ihn zwischen den Rosensträuchern, das Gesicht der nie untergehenden Sonne zugewandt. Er drehte sich nicht um, als sie näher kam. Sie schluckte einen Kloß hinunter. Ja, er konnte das tun. Aber würde er es auch tun? Sie wusste es nicht. Ihr war, als hätte sich Bär, verborgen hinter den schwarzen Augen und dem cremefarbenen Fell, in einen Fremden verwandelt. Sie senkte den Blick und betrachtete die Rosen. In jedem einzelnen Blatt, jeder einzelnen Blüte, die im Licht der tief stehenden Sonne bernsteinfarben und violett glitzerten, leuchtete sein Spiegelbild.

»Du hast auf mich geschossen«, begann er. »Erinnerst du dich? Du hast mit deinem Betäubungsgewehr auf mich geschossen. Und ich habe dich trotzdem geheiratet. Hast du dich denn niemals gefragt, warum?«

Nein, hatte sie nicht. Bis jetzt.

»Weil du auf mich geschossen hast. Weil du mich gejagt hast, bevor du überhaupt wusstest, was ich bin, bevor ich es wagte, mich dir zu erkennen zu geben. Du warst so stur, so unbeirrbar, so stark. Ohne auch nur eine Sekunde nachzudenken, hast du dein Leben riskiert, um mich zu verfolgen. Und das alles für deine Arbeit, für deinen Vater, für seine Forschungsstation. Und für die Eisbären.« Sie starrte ihn an, aber er war noch nicht fertig. »Und dann? Dann warst du mutig genug, ein wildes Tier zu heiraten, um eine Frau zu retten, die du noch nie zuvor gesehen hattest. Du warst großherzig genug, dir Sorgen zu machen um eine ›Laune der Natur‹. Intelligent genug, um meine Partnerin zu sein, meine Teamkameradin, meine *Tuvaaqan*. Aus all diesen Gründen liebe ich dich. Nicht wegen deiner Eierstöcke oder deiner Chromosomen, sondern weil ich weiß, dass du die Frau auf der ganzen weiten Welt bist, die für mich bestimmt ist.«

Cassie hob die Hand und streckte sie nach ihm aus. Sie wollte ihre Finger in seinem Fell vergraben und ihr Gesicht gegen seinen Hals pressen. Aber nur Millimeter von seinem Körper entfernt hielt sie inne. Wie gern hätte sie ihm geglaubt. Auch sie hatte gedacht, er wäre ihr Gegenstück. Ihr *Tuvaaqan*. Vielleicht war er das sogar noch immer. Es konnte alles ein Missverständnis sein. »Wenn ich die Frau bin, die du liebst, dann entferne diese Kreatur aus mir«, sagte sie.

Er schüttelte seinen massigen Kopf. »Du weißt nicht, was du da von mir verlangst«, erwiderte er. »Das ist keine ›Kreatur‹.«

Wer konnte denn wissen, was für ein Ding da in ihr heranwuchs? Es war nicht menschlich. Es war zur Hälfte ein Munaqsri. Und dank Bärs »Eigenheiten« hatte sie überhaupt keine Ahnung, was das bedeutete. Sie schlang die Arme um ihren Körper. »Wie soll ich dir denn glauben? Du erlaubst mir ja nicht mal, dich anzusehen.« Zum ersten Mal in all den Monaten fragte sie sich, was er wohl in der Dunkelheit vor ihr verbergen mochte.

»Es ist ein Kind, und die Welt braucht es.« Er wandte sich zu ihr um. »Wenn du erst mal begriffen hast, wie wichtig dieses Kind ist, wirst du darüber genauso glücklich sein wie ich. Du musst mir vertrauen. Alles wird gut. Hab nur Geduld! Du wirst sehen.«

Cassie versuchte, etwas aus seinen unergründlichen Bärenaugen herauszulesen, aber alles, was sie darin sehen konnte, war ihr eigenes Spiegelbild, verzerrt wie ein umgekehrtes Stundenglas. »Wie schwanger bin ich?«

»Das Kind kommt im Herbst, nach der Tag- und Nachtgleiche.«

Er wusste es schon seit mindestens drei Monaten. *Monaten!* Er musste sie während der Wurfsaison der Eisbären »in Ordnung gebracht« haben, vielleicht sogar schon, als sie das erste Mal miteinander geschlafen hatten. Wieder fühlte sie Übelkeit in sich aufsteigen, und ihr wurde schwindlig. Er hatte sie angelogen. Er hatte sie benutzt.

»Du wirst eine Mutter sein«, sagte er. »Wir werden unser ganz eigenes Wunder erleben.«

Sie wusste nicht, wie das ging, Mutter sein. »Ich bin zu jung für ein Kind«, widersprach sie.

»Dann bin ich wohl zu alt?« Er sah hinaus auf die Eisfelder und fuhr mit leiser, trauriger Stimme fort: »Ich habe geglaubt, es würde dich genauso glücklich machen wie mich. Vielleicht habe ich mir etwas vorgemacht. Ich hatte gehofft, wenn es erst mal Realität wäre, in dir drin, dann würdest du glücklich sein.«

Sie *war* glücklich gewesen mit allem und genau so, wie es war. Oder wie sie gedacht hatte, dass es wäre. »Du hast dich geirrt.«

»Ich hatte nicht die Absicht, dich zu verletzen. Du weißt, das würde ich niemals tun. Ich bin nicht irgendein Monster, Cassie. Du kennst mich doch.«

Wind raschelte in den Eisblättern. Cassie erschauerte, und tief unten am Horizont zog die Sonne weiter ihre Bahn.

Du kennst mich doch. Cassie hatte die Bettdecke bis zum Kin hochgezogen und lauschte seinem Atem. Sie spürte einen stechenden Schmerz in ihrer Brust. Kannte sie ihn? Sie hatte es jedenfalls geglaubt. Aber jetzt ... Hatte er sie wirklich nur benutzt, oder war das alles ein Missverständnis, wie er gesagt hatte? War er der Mann, für den sie ihn hielt? War er überhaupt ein Mann?

Ihr Herz hämmerte ohrenbetäubend laut, als sie sich auf die Matratze kniete und mit der hohlen Hand ihre Taschenlampe abschirmte. Sie hatte ein Recht zu erfahren, wer er wirklich war und was da in ihr heranwuchs, oder etwa nicht?

Sie knipste das Licht an. Es glühte durch ihre Hand, tauchte sie in tiefes Rosa. Bär war jetzt ein Umriss im Halbdunkel. Sie sah, wie sich sein Brustkorb hob und senkte. Dann nahm sie all ihren Mut zusammen, richtete den Strahl der Taschenlampe gegen die Decke und nahm ihre Hand weg. Das Licht traf den eisigen Betthimmel und wurde tausendfach reflektiert. Regenbogen wirbelten über das Bett.

Und sie sah Bär.

Seine Haut war schwarz wie die eines Eisbären, und sein Haar cremeweiß. Die Taschenlampe zitterte in ihrer Hand, und der Lichtstrahl tanzte über seine Muskeln. Er war wunderschön. Er war so vollkommen und alterslos wie eine Skulptur von Michelangelo. Ihr stockte der Atem.

Er sah aus wie ein Engel. Oder ein Gott.

Sie wollte ihn berühren, seine vertraute Haut spüren, um sicherzugehen, dass dieses göttliche Wesen wirklich ihr Bär war. Nun, da sie ihren Willen hatte, wusste sie trotzdem nicht, was es bedeutete, dass er so wunderschön war. Ihn zu sehen, beantwortete keine einzige ihrer Fragen.

Sie wollte ihn ganz in sich aufnehmen, ihn mit Haut und Haar verschlingen. Sie wollte sich um ihn wickeln, ihn ganz mit sich selbst einhüllen. Sie wollte mit jedem Millimeter ihrer Haut fühlen, dass er real war. Sie beugte sich über ihn und streifte seine Lippen sanft mit den ihren. Bär schlug die Augen auf. »Cassie, nein!«

Cassie ließ die Taschenlampe fallen. Sie traf ihre Hüfte und rollte auf den Fußboden. Schatten breiteten sich über Bär aus, über das Bett, über den ganzen Raum. »Oh, Bär! Nicht!«

Die auf dem Boden liegende Taschenlampe warf gigantische Schatten an die Wände aus Eis. Bärs Schatten streckte sich, als er sich zu voller Größe aufrichtete. Cassie wich instinktiv zurück. Er sah aus wie ein zorniger Gott. »Ich habe dir verboten, mich jemals anzusehen. Du hättest mir vertrauen sollen!«

Sie rappelte sich auf die Knie hoch und stemmte die Hände in die Hüften. »*Dir* trauen?«

Seine Wut schien genauso schnell aus ihm herauszufließen, wie sie über ihn gekommen war. Er sank auf das Bett und barg sein Gesicht in den Händen. »Oh, Cassie!«

Verwirrt öffnete sie den Mund und schloss ihn wieder. Er schien wirklich völlig außer Fassung zu sein. Aber was war denn so schrecklich daran, dass sie ihn sich angesehen hatte? Er war wunderschön. Er war vollkommen.

»Cassie, meine Cassie!« Er hob den Kopf. Es sah aus, als wäre er den Tränen nahe. Was war bloß los? Zärtlich legte er ihr eine Hand auf die Wange. Der Blick in seinen Augen … Wow, sie sah ihm direkt in die Augen. Seine menschlichen Augen. Seine Hand fühlte sich warm und weich an auf ihrem Gesicht.

»Bär?«, fragte sie unsicher. Dieser verlorene, hilflose Blick in seinen Augen gefiel ihr nicht.

Sie spürte, wie sich feuchter Nebel auf ihre Haut legte, und strich sich automatisch über den Arm. Er war trocken. Bär nahm die Hand von ihrem Gesicht und legte sie auf ihre, fuhr mit dem Daumen über die Finger. Am Ringfinger hielt er inne. »Ich muss dich jetzt verlassen.«

Er musste *was*?

Sie hatte sich verhört, das war klar. Doch als sie den Ausdruck auf seinem Gesicht sah, krampfte sich ihr Herz zusammen. Sie hatte sich nicht verhört. Sie schüttelte den Kopf. Er durfte nicht gehen!

»Bitte, Cassie, hör mir zu«, begann er, bevor sie etwas sagen konnte. »Es war der Handel, um deine Mutter zu befreien. Du durftest niemals mein menschliches Antlitz sehen. Oder wissen, warum du es nicht sehen durftest. Cassie, es war der einzige Weg, deine Mutter zu retten. Und der einzige Weg, dich zu heiraten.«

»Du und deine blöden Geschäfte.« Sie versuchte, kühl und ärgerlich zu klingen, doch ihre Stimme verriet sie. »Hast du etwa geglaubt, ich kann Gedanken lesen?« Jetzt blinzelte sie heftig. Oh Gott, was hatte er da bloß versprochen? Was hatte er riskiert? Was hatte sie bloß getan?

Wie mit einer fremden Stimme fuhr Bär fort: »Alle Bande zwischen uns sind nun zerschnitten, und ich muss die Troll-Prinzessin heiraten.«

Sie packte ihn bei den Schultern und schüttelte ihn. »Du darfst nicht gehen«, flehte sie. Ihr war bewusst, dass sie weinte, und sie konnte nicht damit aufhören. Das hier war völlig absurd. Troll-Prinzessin! »Ich werde nicht zulassen, dass die Trolle dich holen!«

»Das ist meine Cassie.« Er vergrub seine Finger in ihrem Haar.

»Aber dagegen kannst du nichts tun. Ich muss mein Versprechen halten. Das ist der Preis dafür, ein Munaqsri zu sein.« Sie hörte ein Rascheln wie von Wind zwischen Blättern.

»Du darfst nicht gehen«, wiederholte sie, noch heftiger.

Er presste seine Lippen auf ihre Stirn. »Kümmere dich um unser Baby!«

»Ich lasse dich nicht gehen.« Der falsche Wind fuhr ihr ins Haar. Er fauchte zwischen ihnen hindurch und um sie herum.

»Wir haben keine Wahl«, sagte Bär. »Es hat bereits begonnen.«

Verflucht noch mal, nein! Sie würde das nicht zulassen! »Dann komme ich mit dir!«

»Das kannst du nicht.«

»Dann werde ich dir folgen.«

Er schüttelte traurig den Kopf. »Sie werden mich in die Festung östlich der Sonne und westlich des Mondes bringen. Dorthin kannst du mir nicht folgen. Sie ist außerhalb dieser Welt.«

»Ich werde dich finden.« Bettlaken flatterten und wogten um sie herum wie die Meeresbrandung.

Bär packte Cassie bei den Armen. »Nein! Das ist zu gefährlich!«

»Nicht für mich«, antwortete sie. »Schon vergessen, ich spüre Eisbären auf. Das ist mein Job.« Sie hatte ihn schon einmal verfolgt und würde es wieder tun.

Das Heulen des Windes schwoll zu einem Brüllen an, und Bär musste laut schreien, damit sie ihn hören konnte: »Du wirst unterwegs sterben! Versprich mir, dass du es nicht versuchst!«

»Ich werde dich finden!« Sie würde ihn nicht verlieren. Nicht jetzt. Nicht auf diese Art.

Immer schneller wirbelte der Wasser-Wind und schwemmte Bär vom Bett nach oben. Er hing in der Luft wie ein Engel, der zum Himmel auffährt. »Wenn du mich liebst, musst du mich gehen lassen. Bitte, Cassie, bring dich in Sicherheit, bring unser Kind in Sicherheit!«

Sie sprang auf die Füße und schlang ihre Arme um seine Taille. »Nein!«

»Cassie, versprich es mir! Denk an das Baby!«

Sie wollte kein Baby. Sie wollte ihn! Sie durfte ihn nicht verlieren! Bär wurde mit aller Macht nach oben gezogen und entglitt ihren Armen. Sie klammerte sich fest an seine Knie, doch der Wind hob ihn höher und höher. Sein Kopf erreichte den Betthimmel, und das Eis um ihn herum schmolz wie ein Sahnebaiser. Seine Schultern glitten hindurch, dann sein Oberkörper, seine Taille, seine Oberschenkel. Cassie stieß mit dem Kopf gegen den Betthimmel – festes Eis. »Nein! Komm zurück!« Seine Knie glitten ihr aus den Armen. Sie packte seine Knöchel. »Nein!«

Er verschwand durch den Betthimmel, und Cassie fiel. Sie prallte von der mit seidenen Laken bedeckten Matratze ab und knallte mit dem Kopf gegen einen Bettpfosten.

Alles wurde schwarz.

Zweiter Teil

Östlich der Sonne und westlich des Mondes

Kapitel Fünfzehn

Geografische Breite: 91° 00' 00" N
Geografische Länge: unbestimmt
Höhe: 4,60 m

ALS CASSIE AUFWACHTE, WAR IHR FURCHTBAR KALT. FRÖSTELND lag sie auf den seidenen Bettdecken und massierte die Beule an ihrem Hinterkopf. Ein paar Sekunden lang fragte sie sich, warum sie nicht zugedeckt war, wieso ihr kalt war, weshalb ihr Kopf schmerzte. Dann hörte sie das Tröpfeln. Sie lehnte sich über den Rand des Bettes, hob die Taschenlampe vom Fußboden auf und richtete ihren Strahl auf den Bettpfosten. Wasser glänzte im Lichtschein. Tropfen um Tropfen rann an der Eisspirale hinab. Der Betthimmel weinte. *Es kann nicht schmelzen. Nicht, solange ich hier bin.*

Bär war fort.

Das Bett schmolz.

»Oh nein!«, entfuhr es ihr.

Mit einem Satz sprang Cassie aus dem Bett. Ihre nackten Füße trafen auf blankes Eis. Kälte schoss ihr die Beine hinauf, und sie packte den Bettpfosten, um nicht hinzufallen. Er hatte sich in einen tropfenden Eiszapfen verwandelt. Sie riss die Hand zurück. Kalt! Cassie lief hinüber zu ihrem Rucksack und zog ihr Nachthemd aus. Schlaff sank es zu Boden, wo sich die kostbare Seide im Nu mit Schmelzwasser vollsog. Cassie hüllte sich in ihre Flanellunterwäsche und die Wollsachen. Sie hätte mit Erfrierungen aufwachen können *und* mit einer Gehirnerschütterung. *Ich hätte überhaupt nicht aufwachen können,* dachte sie.

Plötzlich gab es einen lauten Knall, als wäre irgendwo ein Gewehr abgefeuert worden – Eis brach. *Es klang, als käme es von einer der Wände,* dachte Cassie. Und dann hörte sie ein Geräusch, als würden Tausende von Fensterscheiben splittern.

Oh Gott, es war nicht nur das Schlafzimmer. Das ganze Schloss schmolz. Sie musste hier weg – weg aus diesem Zimmer, weg aus diesem Gebäude, hinaus in die Arktis.

Hinaus in die Arktis, aber … Ihr blieb keine Wahl. Sie musste weg hier, und zwar *jetzt gleich*. Ihr Herz raste, während sie ihre komplette Ausrüstung anzog: Anorak, Mukluks, Gamaschen. Ihr Rucksack stand immer bereit, vollgepackt für die Ausflüge mit Bär. Daher verstrichen nur wenige wertvolle Sekunden, während sie ihn auf den Rücken nahm. Doch mit jeder einzelnen von ihnen steigerte sich das Crescendo der Gewehrschüsse, mit denen das Eis brach. Sie zurrte den Rucksack fest und rannte hinaus auf den Korridor. Dort war es noch schlimmer. Risse schossen durch die Wände aus Eis. Ströme von Schmelzwasser rannen herab. *Lauf, lauf, lauf!,* schrie es in ihr. Cassie stolperte schlitternd den Korridor entlang. Das Licht der Taschenlampe glitt über tropfende Wände und Decken. Cassie packte das nasse Treppengeländer, bog ab und lief die Wendeltreppe hinunter, die sich in einen Wasserfall verwandelt hatte. Mit einem dumpfen Grollen erzitterte der Boden unter ihren Füßen. *Bitte, lass es nicht zusammenstürzen!,* flehte sie in Gedanken. Die Decke, die sich über ihr wölbte, und die Türme des Schlosses, die über ihr aufragten, bestanden aus Hunderten Tonnen von Eis. Am Fuß der Treppe hielt sie einen kurzen Moment inne, um ihr Gleichgewicht wiederzufinden, und rannte dann weiter durch den Bankettsaal.

Kronleuchter klirrten, als die Halle erbebte. Splitter fielen herab und landeten spritzend in zentimeterhohem Wasser. Eine Karibu-Skulptur kippte um. Überall fielen Eisbrocken von der Decke. Cassie schirmte ihr Gesicht ab. Ein Kronleuchter löste sich aus seiner Halterung. Als er auf den Boden stürzte, flogen Splitter umher wie Schrapnelle.

Cassie rannte durch das Wasser. *Schneller, schneller!* Ihr Rucksack hüpfte auf und ab. Fresken schälten sich von den Wänden, Statuen stürzten aus ihren Nischen herab. Sie duckte sich, wich den herunterfallenden Eisbrocken aus.

Stützpfeiler bebten. Säulen brachen auseinander. Über ihr liefen tiefe Risse durch die gewölbte Decke. Schwaden von Eisstaub lagen wie dichter Nebel in der Luft. Gerade sprintete sie auf das große Eingangstor mit dem Kristallgitter zu, als sich plötzlich der Fußboden unter ihr aufbäumte. Sie stolperte über die zahllosen Verwerfungen.

Das Tor zersplitterte, und ein Regen aus eisigen Dolchen ging auf sie nieder. Ihren Kopf schützend, stürzte Cassie hindurch. Eisspitzen bohrten sich ihr in Arme und Hals. Schreiend brach sie auf der anderen Seite aus dem Inferno hervor. Der Rucksack knallte gegen ihr Steißbein.

Draußen schmolz der Skulpturengarten. Gesichter zerrannen, Gliedmaßen fielen ab. Unterspült von den Wassermassen, stürzten die Figuren in sich zusammen. Cassie rannte zur äußeren Mauer. Sie stand nur noch zur Hälfte.

Es war, als risse ein gewaltiger Riese das Schloss entzwei. Türme fielen mit ohrenbetäubendem Krachen von den Mauern zu Boden. Es klang, als ob ein Gletscher kalbte. Die Erde bebte erneut, und Cassie fiel vornüber. *Los, beweg dich!*, befahl sie sich selbst. *Du musst weiter!* Schmelzwasser spritzte nach allen Seiten, als sie der Länge nach hinschlug. Während sie stolpernd wieder auf die Füße kam, stürzten die Mauern des Schlosses mit einem lauten Krachen in sich zusammen.

Mit letzter Kraft kämpfte sie sich über die Reste der äußeren, blauen Mauer. Da hörte sie plötzlich ein gewaltiges Rauschen hinter sich, als wäre ein Staudamm geöffnet worden. *Lauf!* Tosend ergoss sich ein gigantischer Wasserfall über die Brüstung und überflutete das, was von dem Skulpturengarten noch übrig war.

Schnee wirbelte und stürmte, schleuderte Cassie eisige Körner ins Gesicht, auf die Arme. Erneut bebte die Erde, und erneut wurde Cassie zu Boden geworfen. Eisbrocken regneten wie ein Meteoritenschauer auf sie herab. Auf allen vieren kroch sie weiter, atmete Schnee ein. Tränen strömten aus ihren Augen, während sie wieder und wieder von wütenden Eisschauern getroffen wurde.

Dann, ganz plötzlich, trat Stille ein.

Cassie lag zusammengerollt am Boden und keuchte, ihre Muskeln steinhart und verkrampft. Sie hörte das Geräusch fließenden Wassers. Eis klimperte. Sie versuchte die Augen zu öffnen, doch es gelang ihr nicht. Ihre Tränen hatten die Lider zugefroren.

Verdammt, sie musste etwas sehen! Was war passiert? Das Schloss, ihr Zuhause. War sie immer noch zu nahe dran? Sie konnte nicht fliehen, wenn sie nicht sah, wohin.

Cassie zog die Handschuhe aus, spuckte sich auf die Finger und rieb den warmen Speichel auf ihre Augenlider. Wimpern brachen ab. Ihre Hände wurden steif vor Kälte. Trotzdem rieb sie so lange, bis das Eis nachgab und sie die Augen öffnen konnte. Heftig blinzelnd steckte sie ihre halb gefrorenen Hände zurück in die Handschuhe und Fäustlinge.

Überall um sie herum war Weiß. Schnee hing in der Luft. Man konnte unmöglich sagen, wo die Erde aufhörte und der Himmel anfing. Die Welt war jeglicher Farbe beraubt, als ob sie in eine Schüssel mit Milch gefallen wäre. Cassie zurrte ihre Schneebrille fest, stand auf und blickte mit zusammengekniffenen Augen hinaus in den Whiteout. Wo war das Schloss? War es zerfallen? Und was war mit den Gärten? Langsam begann sich das Schneetreiben zu lichten.

Und die Eisbären kamen.

Einer nach dem anderen, tauchten sie wie Geistergestalten aus dem Schnee auf, schienen in der verschwommenen Luft dahinzutreiben. Einer lief ganz nahe an ihr vorbei – zu nahe. Fast hätte er sie gestreift. Cassie erstarrte vor Schreck. Beinahe hätte sie aufgeschrien, traute sich aber nicht. Überall tauchten Bären aus der Weiße auf, bis sie völlig von ihnen umringt war. Eingeschlossen.

Als sich das Schneetreiben legte, erblickte sie noch Hunderte mehr. Sie kamen aus allen Richtungen. Bald konnte sie auch den Garten wieder erkennen, der jetzt eine Wüste aus eisigen Graten war. Die Eisbären wanderten in den Trümmern umher, beschnupperten den Schnee, trampelten über die Reste hinweg. Cassie spürte einen Kloß im Hals und schluckte. All die schönen Skulpturen, die Bär gemacht hatte. Und dann sah sie, was von ihrem Zuhause übrig geblieben war.

Das Schloss war verschwunden. Die Strebepfeiler hatten sich in Eisblöcke verwandelt, die Mauern in Eisberge. Cassie begann zu zittern. Sie hätte zerquetscht werden können. Wäre sie nur ein paar Minuten später aufgewacht ... Wäre sie nur ein bisschen langsamer gelaufen ... Sie hätte tot sein können. *Solange diese Mauern stehen, wird dir hier nichts Böses widerfahren,* hatte Bär einmal zu ihr gesagt. Nun, die Mauern standen nicht mehr. Ihr Zuhause war zerstört.

Und Bär war fort.

Sie hatte ihn verloren. Sie hatte Bär tatsächlich verloren.

Cassie spürte, wie sich eisige Messer in ihre Eingeweide bohrten. Ihr Ehemann war fort, ihr Zuhause vernichtet. Sie befand sich tausenddreihundert Meilen nördlich der Station – umgeben von Eisbären.

Und es kamen immer noch mehr. Sie waren überall, so weit das Auge reichte. Cassie steckte zwischen Dutzenden von ihnen fest, bis zum Hals. Ihr Fell presste sich gegen sie, und ihr Atem, der nach toter Robbe roch, stank entsetzlich. Wohin sie auch blickte, überall wogten Rundungen von Hinterteilen wie die Wellen eines cremeweißen Ozeans. Sie ertrank in einem Meer von Raubtieren.

Langsam wurde ihr die Luft knapp. Bären versammelten sich nicht auf diese Weise. Es war nicht ihre Art. *Lauf weg!,* rieten ihre Instinkte Cassie. »Bleib ruhig!«, flüsterte sie vor sich hin.

Einer der Eisbären wandte ihr den Kopf zu. Seine Schnauze war nur wenige Zentimeter von ihrem Gesicht entfernt. Er stupste ihren Anorak mit seiner Nase an. Als er an ihrer Gesichtsmaske schnupperte, konnte sie seinen Atem spüren. »Friss mich nicht!«, bat sie. Ihre Stimme brach.

Doch den Klang ihrer Worte hatten auch andere Bären gehört. Sie wandten sich zu ihr um und starrten sie an.

Schauer krochen über Cassies Rücken.

Eins der Raubtiere schnaubte, und noch mehr von ihnen drehten sich um. Und noch mehr. Und noch mehr, bis die undurchdringlichen Blicke Hunderter pechschwarzer Augenpaare auf sie gerichtet waren. *Nicht bewegen,* dachte Cassie. *Einfach nicht bewegen.* Doch auf ihrer Haut kribbelte es, und ihre Füße setzten sich wie von allein in Bewegung. Jetzt sahen alle Eisbären sie an. Es mussten Tausende sein. Das Knirschen ihrer Mukluks verschmolz mit dem Atem der Raubtiere. *Nicht rennen,* dachte Cassie, doch ihre Füße wurden schneller und schneller. Die Menge der Bären teilte sich wie auf ein geheimnisvolles Kommando, während sie mit dem Rücken voran durch sie hindurchging, hinaus aus der erdrückenden Masse und auf das offene Eis. Dort angekommen, drehte sie sich um und rannte los, so schnell sie nur konnte. Der Rucksack schlug gegen ihren Rücken. Ein scharfer Wind blies ihr ins Gesicht. Mit aller Kraft lief sie über die gefrorenen Wellen gegen ihn an.

Und die Eisbären bildeten eine unnatürliche Herde und folgten ihr.

Kapitel Sechzehn

Geografische Breite: 88° 51' 42" N
Geografische Länge: 151° 25' 50" W
Höhe: 3 m

ÜBER IHR SPANNTE SICH EIN ZARTBLAUER, FAST WEISSER Himmel. Nicht ein einziger Vogel oder ein einziges Flugzeug waren weit und breit zu sehen. Cassie checkte ihr GPS: 88° 51' 42" N, 151° 25' 50" W. Seit fünf Tagen wanderte sie nun schon über den gefrorenen Ozean. Sie hätten sie längst finden müssen.

»Komm schon, Max«, flüsterte sie, während ihr Blick erneut suchend über den Himmel wanderte. »Rette mich!« Das Licht der tief hängenden, nie untergehenden Sonne stach in ihre Augenwinkel.

Warum war er nicht gekommen?

Gemächlich zog die Sonne weiter ihre Bahn am Horizont. Als sie ihren südlichsten Punkt passierte, wurde das blendende Weiß des Nachmittags noch intensiver. Immer noch trotteten Hunderte Eisbären hinter ihr her, vielleicht auch Tausende. Ein Kribbeln fuhr ihre Wirbelsäule hoch, als sie an diese stillen weißen Schatten dachte, die ihr folgten. Dad und sein Team mussten doch die Abwesenheit so vieler Eisbären inzwischen bemerkt und Max zu einem Erkundungsflug losgeschickt haben. Er musste doch den Signalen gefolgt sein, die die Halsbänder der Bären aussandten – oder auch nur dem eines einzigen, das hätte schon genügt. Es hätte ihn direkt zu ihr führen müssen.

Es wurde Abend, und die Sonne stand jetzt zu ihrer Rechten.

Leuchtende Eiskristalle bildeten eine glitzernde Korona um die Sonne und legten überall goldene Teppiche aus. Pudriger Dunst schränkte die Sicht noch weiter ein. Cassie zwang sich, ihre Konzentration ganz auf das Eis zu richten, das unmittelbar vor ihr lag. Doch wie sehr sie auch aufpasste, immer wieder übersah sie gefrorene Wellenkämme und stolperte. In der blendend weißen, ewigen Weite versagte das räumliche Sehen. Die wenigen Wimpern, die Cassie noch hatte, säumten als winzige Eiszapfen ihr Bild von der Welt. Auch ihre Nasenhaare waren vereist. Sie atmete durch die Nase aus, um sie etwas anzuwärmen. Ihre Gore-Tex-Hose raschelte, während sie sich vorwärtsschleppte, neben dem keuchenden Atmen der Eisbären das einzige Geräusch in der endlosen Leere.

Selbst wenn alle Halsbänder auf einmal ausgefallen waren – irgendjemand musste doch inzwischen das Verschwinden Hunderter von Eisbären bemerkt haben. Sie drängten sich meilenweit auf den umgebenden Eisfeldern, und doch hatte Cassie seit fünf Tagen nicht ein einziges Mal das Geräusch eines Motors gehört, weder aus der Richtung der Eastern Beaufort Research Station noch aus irgendeiner anderen.

Vielleicht dachten die ja alle, ihre Geräte hätten eine Fehlfunktion. Auf keiner der Stationen würde man das Risiko eingehen, aufgrund einer fehlerhaften Anzeige eine Twin Otter so weit nach Norden zu schicken. Und keine Besatzung würde einer anderen gegenüber zugeben, dass sie die Spuren so vieler Bären verloren hatte. Wahrscheinlich würde es noch Wochen dauern, bis Dad seinen Stolz hinunterschluckte und das National Polar Institute kontaktierte. Sie aber hatte nur Nahrungsmittelvorräte für eine Woche dabei, und davon waren fünf Tagesrationen bereits aufgebraucht. Wenn sie die restlichen Portionen des gefriergetrockneten Essens streckte, ihre Rationen halbierte, könnte sie noch weitere vier Tage auskommen, vielleicht fünf.

Verdammt, Dad sollte es besser wissen, dachte sie ärgerlich. Er wusste von den Munaqsri. Er wusste, dass Dinge geschehen konnten, die eigentlich unmöglich waren. Doch wenn er nicht bald ein Flugzeug schickte … Sie sog eiskalte Luft ein, die brennend in ihre

Lungen strömte. Sie durfte die Hoffnung nicht aufgeben. Irgendjemand würde schon kommen.

Zwei Tage wanderte Cassie weiter und erreichte schließlich den Lomonossow-Rücken. Immer noch kein Max. Immer noch kein Flugzeug. Immer noch keine Rettung. Sie kampierte im Schatten eisiger Monolithe, schräg stehender Eistürme und halb umgekippter Eissäulen und aß eine halbe Ration zu Abend.

Als sie am nächsten Morgen aus ihrem Schlafsack kletterte, würgte ihr Magen das Abendessen wieder hoch, und sie schlug schnell die Hände vor den Mund. Sie konnte es sich nicht leisten, die wertvollen Nährstoffe wieder zu erbrechen. Einiges spritzte zwischen ihren Fingern hervor. Dampfend landeten die körperwarmen Haferbreikleckse auf dem Eis. Cassie schluckte hart und presste die Lippen fest aufeinander. *Behalt es drin!*, befahl sie sich. *Komm schon, behalt es drin!*

Noch nie zuvor hatte ihr eigener Körper gegen sie gearbeitet. Ihr war, als würde er eine Art Sabotage von innen betreiben. Sie schluckte bittere Gallenflüssigkeit hinunter und drückte sich eine Handvoll Schnee gegen die Stirn. Jetzt, da ein Baby in ihr heranwuchs, brauchte sie mehr Nahrung, nicht weniger. Vielleicht blieb ihr nicht mal so viel Zeit wie gedacht. Wie hatte Bär ihr das nur antun können?

Zitternd stand Cassie auf und ließ ihren Blick über die eisige Ödnis schweifen. Die strahlte so hell in der Morgensonne, dass ihr die Augen tränten. Der Himmel erschreckend blau, der Horizont zitronengelb. Sie wischte ihre Hände, die im Nu eiskalt geworden waren, an der Hose ab und steckte sie wieder in die Handschuhe. Die Zunge klebte ihr am Gaumen, sie hatte einen ekligen Geschmack im Mund, und ihr war schwindlig. Ihre Wangen, ungeschützt der eisigen Kälte ausgesetzt, wurden langsam steif. Sie wärmte sie mit Hilfe der Fäustlinge an, bevor sie die steinhart gefrorene Gesichtsmaske aufsetzte. Dann fiel ihr auf, dass die Eisbären wieder da waren und sie mit ihren ausdruckslosen Blicken anstarrten. Sie befahl sich, die Tiere weiterhin zu ignorieren.

Als Cassie ihren Schlafsack in den Rucksack stopfte, knirschte es, und sie konnte ganz unten die Eisbröckchen fühlen, die hineingefallen waren. Hätte sie doch nur ein klein wenig von Bärs Wärmemagie! Sie musste an all ihre gemeinsamen Ausflüge übers Eis denken. Immer hatte sie die Kapuze unten und die Jacke offen lassen können, und der arktische Wind hatte sich auf ihrem Gesicht wie eine Sommerbrise angefühlt. Sie dachte an die Schneeballschlachten im Ballsaal des Schlosses. Bei denen hatte sie die Bälle mit bloßen Händen geformt, und sie waren nicht ein bisschen kalt geworden. *Hör auf damit!*, schalt sie sich selbst. Sie musste sich aufs Überleben konzentrieren. *Konzentrier dich! Sei stark! Geh weiter!* Je weiter sie es nach Süden schaffte, desto größer war die Chance, dass Max sie fand. An Bär konnte sie danach denken.

Cassie hievte sich den Rucksack auf ihre schmerzenden Schultern und zog den Hüftgurt fest. Heute musste sie ihre Route sehr sorgfältig wählen. Das Eis um sie herum war brüchig. Aus den Meerestiefen unter ihren Füßen konnte sie das dunkle Grollen der Gezeiten hören. Cassie wählte einen großen Eisblock aus und kletterte hinauf. Oben angekommen, suchte sie systematisch die Landschaft ab. Die Eisbedingungen blieben noch mindestens zehn Meilen weit so schlecht. Während sie den Himmel betrachtete, bewegte sie ganz automatisch ihre Gesichtsmuskulatur, damit sie nicht einfror. Wolken begannen das makellose, brillante Blau zu verunstalten. Ihre Unterseiten reflektierten die wechselnden Eisbedingungen: leuchtend weiß über dickem Eis, grau über dünnem.

Dann checkte Cassie den Horizont – und erschrak bis ins Mark. Wind peitschte ihr Gesicht, doch sie rührte sich nicht vom Fleck. Die Augen zu schmalen Schlitzen zusammengekniffen, starrte sie auf einen schmutzigen Fleck, der die Ferne verdunkelte. War das etwa …

Ja. Ja, war es.

Die Winde brachten einen Sturm.

Oh nein! Bitte nicht!

Vielleicht drehte er ab. Vielleicht irrte sie sich.

Nein, sie irrte sich nicht.

Ihr blieb nichts anderes übrig, als weiterzugehen. An vielen

Stellen bedeckten Haufen lockeren Schnees die gangbaren Pfade zwischen den Eistürmen. Oft musste sie einfach hindurchwaten und hoffen, sie würde das Knacken des Eises unter ihren Füßen noch rechtzeitig hören, um sich mit einem Sprung in Sicherheit zu bringen. Wann immer es möglich war, versuchte sie, auf dem blanken Eis zu bleiben, beständig nach dem verräterischen Quietschen und Knirschen unter ihr horchend. Nachdem sie über einen Haufen Trümmereis geklettert war, blickte sie noch einmal Richtung Süden. Die Wolken sahen jetzt aus wie eine wogende Masse aus Beulen und blauen Flecken. Der Sturm zog heran.

Cassie ließ ihren Blick über die Wüste aus geborstenem Eis wandern und fragte sich unwillkürlich, ob sie gerade ihrem eigenen Tod ins Auge sah. Grams Worte fielen ihr wieder ein: Da stürzte sich der Nordwind mit der Kraft von tausend Schneestürmen hinunter auf das Haus, in dem seine Tochter, ihr Mann und das Neugeborene lebten. Sie könnte von denselben Kräften hinweggefegt werden wie einst ihre Mutter.

Wäre sie doch nur vorgewarnt gewesen. Bärs Handel hatte dazu geführt, dass sie nun hier gestrandet war, allein, mitten im arktischen Packeis. Er hätte doch wissen müssen, dass sie irgendwann auf ihrem Weg in einen Sturm geraten würde. Wenn er eine Möglichkeit gefunden hätte, ihr die Wahrheit zumindest anzudeuten. Dann hätte er auch einen Weg gefunden, sie zu warnen. Oder hatte er es versucht, und sie hatte es nicht bemerkt? Während sie weiter durch das Eis ging, spielte sie in Gedanken alles noch einmal durch – und mit jeder Sekunde, die sie erneut durchlebte, vermisste sie ihn mehr, bis es sich nur noch anfühlte wie eine einzige große, schmerzende Wunde.

Zwei Stunden später heulte der Wind durch die Pressrücken und wirbelte Schnee in die Luft. Cassie wurde von Eispartikeln bombardiert. Bei jedem zweiten Schritt musste sie ihre Schutzbrille abwischen. Sie versuchte abzuschätzen, wie weit sie wohl gekommen war. Die Eisschicht, die sich um den Kragen ihres Anoraks gebildet hatte, machte es fast unmöglich, den Kopf zu drehen. *Nicht weit genug,* dachte sie.

Der Wind schleuderte immer mehr Eispartikel auf sie, und Cassie stolperte rückwärts. Die Arme schützend vors Gesicht gelegt, stemmte sie sich dem Sturm entgegen. Nur weg von den drohend aufragenden Eistürmen. Der Gedanke, unter einem besonders großen von ihnen Schutz zu suchen, schien verlockend. Aber um diese Gebilde herum war das Eis dünner. Wenn sie nicht ihr Ende im eisigen Wasser finden wollte, musste sie sich an die Stellen halten, wo es dick war. Der Schnee, den der Wind vor sich hertrieb, stach wie Moskitos. Die Sichtweite betrug fast null. Cassie kämpfte sich weiter durch die Trümmerlandschaft.

Plötzlich traf sie auf ebenes Eis. Sie lehnte sich gegen den Wind und watete auf die Fläche hinaus. Dann kniete sie sich hin und schob mit den Händen den frisch gefallenen Schnee beiseite, um das Basiseis erkennen zu können. Grün-blau-braun. Das schien altes, dickes Eis zu sein. *Bitte, lass es altes, dickes Eis sein!* »Es geht gleich los, Jungs«, rief sie den Eisbären mit bebender Stimme zu. »Besser, wir machen die Luken dicht.« In dem Schneegestöber konnte sie nur die Umrisse von etwa einem Dutzend der Tiere ausmachen. *Bitte, lass mich das hier überleben!*

Im Kampf gegen den Wind machte Cassie ihren Schlafsack fertig. Steif gefroren, wollte er sich erst nicht aufrollen lassen. Fluchend warf sie sich der Länge nach auf ihn und drückte ihn mit dem ganzen Gewicht ihres Körpers flach. Dann band sie ihn mit schmerzenden Händen mit Hilfe einiger überzähliger Gurte an ihrem Rucksack fest und verankerte die ganze Konstruktion mit einer Eisschraube.

Der Wind ließ einen Moment lang nach, und sie erblickte den Sturm. In Aussehen und Klang ähnelte er einem gigantischen Schwarm wütender Bienen. »Oh, Bär«, flüsterte sie, »wie konntest du mir das bloß antun?«

Die kochende Masse verschwand hinter einem Wall aus weißen Eisbrocken. Cassie wühlte sich in ihren Schlafsack hinein, so schnell sie konnte, und zog die Reißverschlüsse zu. Der Sturm kam immer näher. Er heulte wie eine Boeing 747. Cassie begann zu beten, und dann war er da.

Kapitel Siebzehn

Geografische Breite: 87° 58' 23" N
Geografische Länge: 150° 05' 12" W
Höhe: 2,45 m

DIE WELT BRACH AUSEINANDER.

Der Sturm malträtierte das Eis wie ein zorniger Gott. Er riss den Ozean auf und verschloss ihn krachend wieder. Eisplatten schoben sich über- und untereinander, reckten sich drohend dem schwarzen Himmel entgegen. Das Eis schrie.

Cassie lag fest eingehüllt in ihrem zerbrechlichen Kokon. Ihre Welt war pechschwarz, inmitten der unechten Nacht auf Schlafsackgröße geschrumpft. Das Eis unter ihr erbebte. Die Zähne fest zusammengebissen, rollte sie sich zu einer Kugel zusammen, als könnte sie so das Eis am Auseinanderbrechen hindern.

Ein gewaltiges Knirschen ertönte. Es klang, als würde der Meeresboden unter ihr von einem gigantischen Hobel abgeschliffen. Ihr Herz schlug bis zum Hals, kalter Schweiß drang aus allen Poren. Jede Sekunde konnte sich eine Spalte auftun, und Cassie würde auf Nimmerwiedersehen im Ozean versinken. Dad, Gail, Gram, sie alle würden niemals erfahren, was aus ihr geworden war.

Der Wind packte ihren Schlafsack, und Cassie schlitterte wie wild im Uhrzeigersinn um die einzige Eisschraube, die ihn hielt. Cassie rollte sich in dem engen Gebilde herum und packte die Seiten aus straffem Nylon, die im Sturm flatterten wie ein loses Segel. Eine wütende Bö fuhr unter sie und schleuderte sie hart aufs Eis. Bei dem Aufprall stieß sie sich erst den Ellenbogen an, dann das Knie, dann die Hüfte.

Mit dem zornigen Schrei einer Todesfee wechselte der Wind die Richtung. Wieder schlitterte Cassie in ihrem Kokon übers Eis. Diesmal jedoch gegen den Uhrzeigersinn. Die Eisschraube lockerte sich. Cassie schrie lautlos. Das Heulen des Sturms erstickte jedes andere Geräusch. Sie wand sich in der Enge ihres Schlafsacks. »Ich will hier raus! Bitte, lass mich raus!«, schrie sie und schluchzte hemmungslos.

Mitsamt ihrem winzigen Gefängnis wurde Cassie hin und her geschleudert. Jedes Mal holte sie sich irgendwo eine neue Beule. Draußen tobte ein Inferno.

Sekunden, Minuten, Stunden später zog der Sturm heulend nordwärts weiter. Stille legte sich über das Eis. Die Luft war voller Schnee. Cassie lag verrenkt in ihrem Schlafsack und wimmerte leise vor sich hin.

Sie fiel in einen unruhigen Schlaf. Sie träumte, sie wäre im Eis eingeschlossen. Bär wurde von mehr als zwei Meter großen Trollen gejagt, und sie konnte sich nicht von der Stelle rühren. Sie schrie, doch kein Laut drang aus ihrer Kehle. Einer der Trolle berührte Bär, der sich vor ihren Augen auflöste. Wieder schrie sie lautlos, dann stürzte der Troll sich auf sie – sein Gesicht eine groteske Maske aus sich bewegenden Schatten. Schreiend wachte sie auf, gebadet in Schweiß und Schwärze.

Raus! Sie musste hier raus! Cassie fummelte am Reißverschluss ihres Schlafsacks. Sie konnte nicht atmen, nicht denken. Raus, raus, raus! Kälte strömte hinein, während sie sich hinauskämpfte.

Sie kroch in eine surreale Weiße. Nichts war zu sehen: keine Farbe, kein Schatten, kein Boden, kein Himmel. »Hilfe! Hallo! Ist da jemand?«, rief sie aus Leibeskräften.

Doch sie war mutterseelenallein inmitten der falschen weißen Nacht. Cassie tastete den Boden um sich herum ab und fand den Gurt, mit dem sie sich an ihrem Rucksack festgebunden hatte. Sie befreite ihn von einer dicken Eisschicht und zog den Rucksack zu sich heran. Zumindest ihn hatte sie in dem Inferno nicht verloren. Wie einen Teddybären drückte sie ihn liebevoll an sich. Schnee stob in den Kragen ihrer Vliesjacke und begann zu schmelzen.

Diese eisigen Tropfen, die ihren Nacken hinunterrannen, überzeugten sie mehr als alles andere davon, noch am Leben zu sein. Ihr Lebenserhaltungstrieb setzte ein, und sie begann zu zittern. Schnell kroch sie zurück in den Schlafsack.

Mehrere Stunden lag sie einfach nur da und stellte sich vor, wie ihre Gelenke steif wurden und die Muskeln wie bei einer Toten erstarrten. Sie malte sich aus, wie sie selbst zu der Skulptur wurde, die Bär von ihr gemacht hatte. Als sie die Augen schloss, konnte sie ihn vor sich sehen. Er hatte sie am Ärmel gefasst und führte sie in die Mitte des Gartens. Lachend folgte sie ihm, bis sie endlich das erblickte, was er ihr zeigen wollte: ihre eigene Skulptur. Er hatte sie aus dem Gedächtnis für Cassie geschnitzt, als verspätetes Geburtstagsgeschenk, und sie glich ihr bis aufs Haar. Er sagte, sie sei das Herz des Gartens. Und dann sang er ihr ein Geburtstagsständchen. Ein Künstler war er wohl, ein Sänger nicht. Sie musste daran denken, wie sie in unbändiges Gelächter ausgebrochen war, und ihr kamen die Tränen.

Er hatte sie geliebt, oder?

Doch spielte das jetzt noch eine Rolle? Die Skulptur war fort. Bär war fort.

»Hör auf damit!«, sagte sie laut zu sich selbst. Es würde sie töten – der Hunger, die Erschöpfung, ihre eigenen Gedanken. Ihr war, als wäre der Sturm in ihr Innerstes eingedrungen und raste jetzt mit seiner ganzen zerstörerischen Kraft durch ihren Geist, durch ihr Herz, durch alles.

Energisch schob sie die Gedanken beiseite. Ganz still lag sie in ihrem Gefängnis und lauschte nur den Schlägen ihres Herzens. Sie klangen wie beständige Schritte, immer gleich weit entfernt.

Cassie vergaß die Zeit. Irgendwann forderte ihre Blase ihr Recht, und sie kroch nach draußen. Wieder umgab sie von allen Seiten der Whiteout. Schnee wirbelte ihr ins Gesicht. Die Sichtweite war immer noch null. Nicht mal ihre eigenen Füße konnte sie erkennen. Tastend arbeitete sie sich bis zum Ende ihres Schlafsacks vor und kauerte sich unter ihrem Anorak in den Schnee. Sie traute sich nicht, auch nur einen Schritt weiter von ihrer Behausung wegzugehen. Fast konnte sie die Stimme ihres Vaters hören. Wieder und wieder hatte er ihr eingeschärft, sich niemals in einem Whiteout zu bewegen. Sie hatte Geschichten von Leuten gehört, die in einem Whiteout nur fünf Schritte von ihrem Zelt verschollen waren. Und hier, in dieser undurchdringlichen Weiße, glaubte sie sie alle aufs Wort.

Nachdem Cassie in ihren Schlafsack zurückgeklettert war, lag sie da und lauschte dem Wind. Sie dachte über Bär nach. Wie erging es ihm in der Troll-Festung? Was machten die Trolle mit ihm? Gail hatte von ihrer Zeit dort immer noch schreckliche Albträume.

Er hatte so viel riskiert, um sie zu heiraten. Sie *musste* ihm etwas bedeutet haben. Cassie dachte daran, wie sie bis in die tiefe Nacht hinein geredet hatten, bis sie beide mitten im Satz eingeschlafen waren. Sie erinnerte sich, wie sie Seite an Seite an den Karten und Zahlen gefeilt und bessere Routen für ihre Patrouillen ausgesucht hatten. Sie dachte daran, wie er sie nachts im Arm gehalten, ihr Haar gestreichelt und ihr etwas ins Ohr geflüstert hatte. Jetzt war er ein Gefangener, genau wie ihre Mutter. Und alles nur, weil sie ein einziges Mal ihre Taschenlampe eingeschaltet hatte.

Stunden später checkte sie erneut die Lage. In mancher Hinsicht hatten sich die Bedingungen verbessert. Der Schneefall hatte so weit nachgelassen, dass sie einen roten Fleck erkennen konnte – ihren Rucksack. Das Ende ihres Schlafsacks konnte sie allerdings immer noch nicht ausmachen. Von ihrer Hüfte abwärts verschwand er im Weiß, als wäre er eine Geistererscheinung. In mancher Hinsicht hatte sich die Lage auch verschlechtert: Dünnerer Schnee reflektierte mehr Sonne. Das blendende Weiß schmerzte, und sie blinzelte ein paar Tränen weg. Ihre Augen fühlten sich an, als hätte jemand Sand hineingestreut – das erste Anzeichen für Schneeblindheit.

Sie kroch wieder zurück in den Schlafsack. *Gib es zu,* dachte sie, *dein Plan ist gescheitert.* Max hatte sie trotz der vielen Eisbären nicht gerettet. Und gerade jetzt, während sie in einem Whiteout gefangen saß, kam er ganz sicher nicht. Er hatte sie im Stich gelassen. Und ihr Vater ebenfalls. Genau wie er Gail im Stich gelassen hatte. Genau wie Bär es mit ihr getan hatte, indem er sie eine Meile nördlich des Nordpols allein zurückgelassen hatte. Oder wie sie selbst Bär im Stich gelassen hatte, indem sie trotz seiner inständigen Bitte, ihn niemals anzusehen, nicht darauf gehört hatte.

Der Blick in seinen Augen …

Sie *musste* dem Eis entkommen. Doch es gab kein Entrinnen.

Die nächst gelegene Insel hieß Ward Hunt Island auf 83° nördlicher Breite und 75° westlicher Länge. *Das ist viel zu weit,* flüsterte eine Stimme in ihrem Kopf. Zu viele Meilen und zu wenig Essen. Cassie spielte in Gedanken alle Möglichkeiten durch: Verhungern, Verdursten, Erfrieren, Ertrinken. Dann rollte sie sich zu einer Kugel zusammen und schlang die Arme fest um ihren Körper. »Oh, Bär«, flüsterte sie, »Es tut mir so leid.« Stunde um Stunde verging.

Kapitel Achtzehn

Geografische Breite: 87° 58' 23" N
Geografische Länge: 150° 05' 12" W
Höhe: 2,45 m

SCHLUSS MIT DEM WARTEN!

Schluss mit der Angst!

Schluss mit dem verdammten Whiteout! Sie würde *nicht* länger hier rumliegen und sich so lange mit Erinnerungen an Bär quälen, bis sie entweder wahnsinnig wurde oder starb. Ob er sie nun wissentlich verraten hatte oder nicht, es würde kein bisschen weiterhelfen, wenn sie hierblieb.

Sie war Polarforscherin, verdammt noch mal! Sie konnte das hier überleben. Sie hatte ihre Schutzbrille gegen die Schneeblindheit, und das GPS würde dafür sorgen, dass sie nicht im Kreis lief – zumindest so lange, wie die Batterien durchhielten. Ihre eigenen Fähigkeiten und alles, was sie bei ihrem Vater gelernt hatte, würden ihr helfen, hier rauszukommen. Selbst angesichts der Risiken war das immer noch ihre beste Überlebenschance. Sie musste weiter nach Süden gehen. Nur dann gab es vielleicht eine Möglichkeit, dass Max (oder irgendein anderer Pilot) sie entdeckte. Abgesehen davon verfügte sie nicht mehr über genügend Vorräte, um das Ende des Whiteouts abzuwarten. *Ich gehe los.* Mit diesem Gedanken legte Cassie im Inneren des Schlafsacks ihre volle Ausrüstung an, die Gelenke so steif wie trockenes Holz. Dann kletterte sie nach draußen.

Als sie aufstand, wurde ihr schwindlig. Ihre Knie gaben nach, und sie plumpste hart auf den Hintern. Sie war schwächer als gedacht. Die halben Rationen und die erzwungene Bewegungslosigkeit forderten ihren Tribut. Cassie wartete, bis ihr Blick wieder klar war. Die Sichtweite betrug allerhöchstens fünf Schritte. Im Zeitlupentempo wickelte sie eine extraleichte, lange Unterhose als zusätzlichen Schutz gegen das blendende Weiß um ihre Brille. Dann versuchte sie, ihren Schlafsack zusammenzurollen. Sie hatte ihn nass geschwitzt, und jetzt war er bretthart gefroren. Jede Biegung musste sie ihm mit aller Kraft abringen. Als sie ihn endlich zu einem unregelmäßigen Paket zusammengequetscht hatte, band sie ihn an ihrem Rucksack fest und hievte sich die Last auf den Rücken. Die Tragriemen schnitten ihr in die Schultern. Mit Fingern taub vor Kälte versuchte sie, den völlig vereisten Hüftgurt zu schließen. Beim dritten Mal gelang es ihr.

Sie stapfte los, hinein in die schneegeschwängerte Luft.

Minuten später plagten sie heftige Magenschmerzen, und sie war bis auf die Knochen durchgefroren. Die trockene Luft saugte die Feuchtigkeit von ihrem Mund, in den Wangen unter der eisverkrusteten Gesichtsmaske spürte sie das Prickeln einer beginnenden Erfrierung. Sie sollte nicht in einem Whiteout unterwegs sein. Nur Idioten machten so was. *Kinnaq,* flüsterte die Stimme in ihrem Kopf, Verrückte.

Doch wenn sie jetzt aufgab, mitten im Trümmereis, dann würde Max sie niemals finden, nicht mal, wenn der Whiteout vorüber war. Sie musste unbedingt auf flaches Eis, wenn er sie retten sollte. *Ich muss zumindest versuchen, ihm die Möglichkeit zu geben, mich zu finden,* dachte sie. *Das ist klug,* bestärkte sie sich weiter, *und nicht verrückt.* Aufgeben war etwas für Verrückte. Wie sie Bär einmal gesagt hatte: Sie gehörte nicht zu denen, die aufgaben.

Cassie ging weiter, beständig auf das vertraute Geräusch brechenden Eises lauschend. Langsam – ganz, ganz langsam – löste der Whiteout sich auf. Hin und wieder erhaschte sie einen flüchtigen Blick auf die Bären. Sie waren immer noch da, folgten ihr. *Sollen sie doch.* Cassie hatte nicht mehr die Kraft, sich vor ihnen zu fürchten. Den Blick immer nur auf den nächsten Schritt gerichtet, schleppte sie sich über das Eis. Als sie nach einer Weile wieder aufblickte, konnte sie fünfzig Schritte weit sehen. Jenseits dieser Marke blieb die Welt vom Schnee verschluckt.

Der Sturm hatte das Meereis entlang der Ränder der einzelnen Schollen auseinandergerissen. Nun präsentierte es sich kreuz und quer von Rinnen durchzogen, flussähnlichen Spalten, aus denen dichter Dunst aufstieg. Neue Pressrücken waren entstanden, ehemals vorhandene im Meer versunken. Fassungslos starrte Cassie auf die Landschaft, die sie umgab. So große Zerstörungen hatte sie nicht erwartet. Aus purem Glück hatte sie eine stabile Scholle gefunden. Ein paar Schritte weiter, und … Sehr viel Glück.

Sie brauchte einige Minuten, um genügend Mut zum Weitergehen zu fassen. Ein weiter Schritt über eine Wasserrinne brachte sie auf stärker gebrochenes Eis. In einigen Rinnen war das Wasser bereits wieder gefroren und bildete glatte Straßen. Einer von ihnen folgte Cassie, beständig Ausschau haltend nach der mausgrauen Farbe, die dünnes Eis anzeigte. Unter ihrem Gewicht bog sich die Eisdecke durch, und sie kraxelte weiter, während sie hinter ihr auseinanderbrach.

Eisschollen hoben und senkten sich wie die Rücken von Seekühen. Aus der Tiefe drangen knirschende Geräusche nach oben. Es fiel ihr unglaublich schwer, konzentriert zu bleiben. Bär war nicht hier, um sie vor dem Erfrieren oder Ertrinken zu retten. Sie musste sich selbst helfen. »Tritt bloß nicht daneben«, flüsterte sie.

Kälte drang ihr bis ins Mark. Ihr Blut floss nur noch träge durch die Adern. Sie setzte einen Fuß vor, und eine Eisscholle kippte hoch. Cassie warf sich nach vorne und packte die aufragende Spitze. Ihre Füße rutschten weg. Sie baumelte über schwarzem Wasser in der Luft.

Die Eisbären schauten aufmerksam zu.

Cassie zog die Beine an, und die Eisscholle kippte wieder nach unten. Sie hechtete zur nächsten Scholle. Ihre Beine klatschten spritzend ins Wasser, während die Scholle sich in die entgegengesetzte Richtung neigte. Ein Adrenalinstoß schoss durch ihren

Körper, und scharfkantiges Eis zerschnitt ihre Gore-Tex-Hose, als sie sich mit einem gewaltigen Ruck aus den Wellen zog.

Sie zwang sich aufzustehen. Die Kälte ... sie brannte wie Feuer, schnitt wie mit Messern. In ihrem Kopf hörte Cassie die Stimme ihres Vaters Anweisungen schreien. Cassie warf ihren Rucksack ab. Sie ließ sich in den Schnee fallen und rollte sich wild hin und her, als ob sie ein Feuer löschen wollte. Der Schnee absorbierte das Wasser. Ihre Hosenbeine knirschten, als die äußere Schicht gefror.

Sie musste in Bewegung bleiben. *Wenn du dich bewegst, trocknet es,* sagte die Stimme ihres Vaters. Unkontrolliert zitternd hob Cassie ihren Rucksack hoch und schleppte sich weiter über das trügerische Eis. Wind pfiff mitten durch sie hindurch. Sie wünschte, sie wäre im Schloss und das hier alles vorüber. Nein, sie wünschte, es hätte niemals begonnen. Sie hätte alles dafür gegeben, alles dafür getan, damit die Dinge wieder so wurden wie vorher. *Bär, wo bist du?* Sie vermisste ihn so sehr, dass der Schmerz ihren Magen zusammenpresste wie eine große Faust. Oder war es die Kälte? Oder der Hunger?

Sie vermisste Bär mit jeder einzelnen Zelle ihres Körpers. Es spielte keine Rolle, was er für sie empfand. Ob er sie liebte oder nicht, es änderte nichts daran, was sie für ihn fühlte. Sie liebte ihn. Unabhängig davon, ob er sie liebte. Hätte sie das doch nur früher begriffen! Dann hätte sie niemals diese Taschenlampe angeknipst. Und sie wäre jetzt mit ihm zusammen.

Meile um Meile ging sie weiter, Stunde um Stunde. Bald hüllte eine dicke Schicht Schnee sie wie ein Mantel ein. Ihre Schutzmaske formte den Umriss ihres Gesichts nach, klebte auf ihrer Haut. Anorak und Hose waren von einer schimmernden Eisschicht bedeckt. Ein großes Stück davon hatte sich um den Rand ihre Kapuze gelegt. Rinnsale von Eiswasser rannen an ihrem Hals hinunter. Selbst zwischen dem Futter ihres Anoraks und den Sachen, die sie darunter trug, hatte sich eine Eiskruste gebildet. Sie fühlte sich, als steckte sie in einer Zwangsjacke. Dicker Raureif bedeckte ihre Brille. Eisige Kälte fraß sich in ihre Gelenke. Jede

Bewegung schmerzte. *Die Hölle,* dachte sie, *hat rein gar nichts mit Feuer zu tun. Jeremy hat recht: Die Hölle besteht aus Eis.*

Sie konnte bereits Erfrierungen haben, das war ihr klar. Sie konnte bald tot sein. Erfroren. Getötet vom Eis, das sie so liebte. Trotzdem ging sie weiter und weiter, doch eher aus Gewohnheit jetzt, als dass es eine bewusste Entscheidung war. Sie bahnte sich ihren Weg durch das eisige Chaos, diese Ausgeburt des Sturms und des Mondes, der die Gezeiten bestimmte. Hügel warfen im Licht der tief stehenden Sonne lange Schatten, und die Flächen zwischen ihnen waren dunkelblau und kalt. Dort zitterte sie noch mehr. Sie konnte an nichts anderes mehr denken als daran, wie kalt ihr war. Und an Bär. Immer wieder an Bär.

Plötzlich erblickte sie weiter vorn einen Fleck, der warm und golden leuchtete. Sie versuchte, darauf zuzulaufen, so schnell sie konnte. Ihr leerer Magen krampfte sich zusammen. Sie presste die Hände auf den Bauch, verlor das Gleichgewicht und fiel nach vorne. Sie wollte sich noch abfangen, aber ihre Arme bewegten sich wie in Zeitlupe. Sie hatte sie noch nicht mal halb oben, als sie auch schon der Länge nach hinschlug.

Sie musste wieder aufstehen, in Bewegung bleiben. *In Bewegung bleiben.*

Still zu liegen bedeutete den sicheren Tod. Wie oft hatte Dad ihr das eingeschärft?

Aus dem Eis tief unter ihr ertönte das vertraute Knirschen. Es klang wie die Stimme eines Geistes, ein müdes, trauriges Murmeln. Cassie stellte sich vor, dass es zu ihr sprach, aber sie konnte die einzelnen Worte nicht verstehen. Den Rucksack auf dem Rücken mit sich schleppend wie eine Schildkröte ihren Panzer, kroch sie vorwärts. Ihre Ellenbogen bebten. Zentimeter um Zentimeter schob sie sich weiter über die gefrorenen Wellen.

Genug, dachte sie. Hier war das Eis flach genug. Jetzt konnte sie endlich ausruhen. So lang hingestreckt würde sie aus der Luft, aus Max' Flugzeug, besser zu erkennen sein, als wenn sie aufrecht stand. Es machte Sinn, sich genau hier hinzulegen. Sie schloss die Augen. Rette mich, Max. Dad. Bär. *Bär.*

Eine Stimme in ihrem Kopf flüsterte, dass er nicht kommen würde. Dass sie ihn niemals wiedersehen würde. Sie wollte weinen, doch dazu hatte sie keine Kraft mehr.

Weicher Schnee deckte sie zu.

Cassie badete in Wärme. Weiche Kissen umgaben sie. Es war dunkel wie im Mutterleib. Sie kuschelte sich in die weichen Polster, drückte sie gegen ihre Wange. Die Schutzmaske wurde fest gegen ihr Gesicht gepresst. Halb aufgetaut, klebte das nasse Vlies auf ihrer Haut. Es juckte fürchterlich, und Cassie wollte sich die Maske mitsamt der Haut herunterreißen. Sie kroch tiefer hinein in die weichen Kissen. Endlich würde sie es bequem haben, und die blöde Gesichtsmaske würde nicht …

Ein Krampf durchfuhr ihr linkes Bein.

Das weckte sie halb. Ihr Oberschenkel war eingeklemmt, lag in einem merkwürdigen Winkel zwischen den engen Kissen. Sie wälzte sich herum und schnüffelte: saurer Schweiß. *Noch nicht tot,* dachte sie vage. Aber vielleicht bald. Sie drehte leicht den Kopf, sodass der Rand ihrer Brille nicht mehr schmerzhaft auf die Wangenknochen drückte, und driftete wieder weg.

Sie träumte von Bär. Er lag in seiner Eisbärengestalt neben ihr. Sein warmes Fell drückte gegen ihren Körper, und sein heißer Atem traf ihre Wange. Wieder wachte Cassie auf. Benommen blinzelte sie in die warme Dunkelheit.

Eine Erkenntnis durchfuhr sie: Sie war nicht tot. Am liebsten hätte sie geweint oder geschrien. Sie war nicht tot! Gott sei Dank. Gott sei Dank!

Sie versuchte, sich zu bewegen. Ihre Muskulatur funktionierte noch. Als sie gegen die Kissen drückte, sanken ihre Hände zehn Zentimeter tief darin ein. Doch wegen der dicken Schicht aus Fäustlingen, Handschuhen und Innenfutter, in denen sie steckten, konnte sie die Art des Materials nicht fühlen.

Die Kissen atmeten.

Erschrocken fuhr Cassie zurück, und durch die plötzliche Bewegung drehte sich ihr Magen um. Die ganze Welt schien über ihr zusammenzustürzen, sie unter sich zu begraben, als wäre sie wieder in ihrem Schlafsack im Sturm gefangen. »Lasst mich raus!«, schrie sie, stieß ihre Ellenbogen mitten in das warme Dunkel und versuchte, sich nach oben zu kämpfen.

Schließlich gelang es ihr, sich aus der pelzigen Masse herauszuwinden. Sie tauchte auf und fand sich in einem Meer von Eisbären wieder: schlafende Eisbären, so weit ihr Blick in dem nebligen Weiß reichte. Schwärze trübte ihre Augen und zog sich wieder zurück. Der Schwindelanfall ging vorüber, aber die Bären waren immer noch da. »Großer Gott!«, murmelte Cassie.

Beim Klang ihrer Stimme hoben einige von ihnen den Kopf. Sie schluckte. Ein weiteres Dutzend Bären wandte sich ihr zu und blickte sie ausdruckslos an. Und dann bewegte sich die Masse aus unzähligen Tieren – nicht Kissen –, als wäre sie ein einziges Wesen, und gab Cassie frei. Ihre Beine begannen vor Kälte zu zittern, und der Wind biss gnadenlos zu.

Sie hatten sie warm gehalten, während sie schlief. Die Bären hatten ihr das Leben gerettet. »Großer Gott!«, murmelte sie noch einmal, und dann gaben ihre Knie nach. Sofort schlossen die Bären sie wieder ein, um sie sanft zu stützen, als sie zu Boden glitt.

Cassie wandte den Kopf – und fand sich Nase an Nase mit einem der Raubtiere wieder. Schnaubend schnüffelte es an ihr. Sie schielte zu ihm hoch. »Ihr seid doch bloß normale Bären«, sagte sie dann. »Ihr habt doch überhaupt keine Magie.« Sie verstand es nicht. Der Nebel in ihrem Kopf wollte sich einfach nicht lichten. Sie konnte keinen einzigen klaren Gedanken fassen. Warum hatten die Bären sie gerettet?

Ein anderer Bär stupste sie mit der Schnauze an.

»Was? Friss mich nicht!«, lallte sie undeutlich. Sie lehnte sich nach hinten und spürte den Körper eines zweiten Tieres. Es stieß sie sanft in den Rücken. »Was wollt ihr?« Ein weiterer Stoß. Sollte sie aufstehen? Cassie versuchte, ihr Gehirn einzuschalten. Träumte sie etwa? Es fühlte sich nicht so an. Die Schmerzen waren zu stark. Stöhnend kämpfte sie sich auf die Füße.

Hatte Bär die Tiere geschickt, um sie zu retten?

Die Menge teilte sich und gab den Blick auf Cassies Rucksack frei.

»Ich kann nicht«, sagte sie. Tränen brannten in ihren Augen. Zu spät. Die Bären konnten ihr nicht mehr helfen. Sie hatte keine Kraft mehr zum Weitergehen. »Ich bin müde. Ich habe Hunger.« Sie machte Kaubewegungen. »Versteht ihr? Hunger?« Sie machte saugende Geräusche.

Eine Bärin drehte sich willig auf den Rücken und entblößte vier runde Brustwarzen. Cassie leckte sich über die aufgesprungenen Lippen. Das Tier räkelte sich behaglich, drehte den Kopf und sah sie auffordernd an. Cassie sackte eher zu Boden, als dass sie sich bewusst auf alle viere niederließ, und kroch zu ihr hinüber. Sie blickten sich an, und die Bärin schloss friedlich ihre Augen.

Cassie zog einen Fäustling aus und nahm die Gesichtsmaske ab. Dann atmete sie tief durch und berührte eine der Warzen. Sie fühlte sich so dick und fest an wie ein menschlicher Daumen. Cassie drückte sie zusammen, und Milch quoll hervor – Leben. Die Bärin machte keinerlei Anstalten, sie zu zerfleischen. Im Gegenteil: Sie rührte sich nicht mal. Cassie beugte sich vor und streckte ihre Zunge aus wie ein Kätzchen. Dann drückte sie zu, und die ölige, nach Robbe schmeckende Flüssigkeit ergoss sich in ihren Mund. Die Milch war so reichhaltig und dick, dass sie ihr fast im Hals stecken blieb.

Cassie schaffte drei Schlucke, dann musste sie ausruhen. Den Kopf gegen den Bauch der Bärin gelehnt, driftete sie weg. Ein paar Sekunden später wachte sie wieder auf und trank noch mehr Milch. So ging es immer weiter – trinken, schlafen, trinken, schlafen –, bis sie endlich wieder das Gefühl hatte, ein Mensch zu sein.

Ich werde leben, dachte sie, während sie sich an die Bärenmutter kuschelte. Selbst von jenem Ort hinter dem Ende der Welt aus hatte Bär einen Weg gefunden, sie zu retten. *Und irgendwie,* dachte sie, *werde ich auch einen Weg finden, ihn zu retten.*

Kapitel Neunzehn

Geografische Breite: 84° 42' 08" N
Geografische Länge: 74° 23' 06" W
Höhe: 1 m

DIE AUGEN SCHÜTZEND ZUSAMMENGEKNIFFEN GEGEN DAS grelle Licht, suchte Cassie das immer weicher werdende Eis ab. Die Sonne schien jetzt vierundzwanzig Stunden am Tag, und überall bildeten sich Tümpel aus Schmelzwasser. Das konstante Tröpfeln hörte sich an, als tickte irgendwo eine Uhr. Drei Wochen lang war sie jetzt schon mit den Bären unterwegs, Richtung Ward Hunt Island. Sie hatte nur Rast gemacht, um Bärenmilch zu trinken und die Stücke von Robbenfleisch und Fisch zu essen, die die Tiere ihr brachten. Oft hatte ein Bär sie getragen, während sie schlief, damit sie keine Zeit verlor. Aber es hatte nicht gereicht.

Ich werde es nicht schaffen, dachte Cassie.

Sie versuchte, die Angst nicht zu beachten, die sich wie ein harter Knoten in ihrem Brustkorb festgesetzt hatte. Unter den Lagen von Flanell und Wolle rann Schweiß ihren Nacken hinunter und verursachte ein stechendes Prickeln auf ihrer Haut. Überall splitterte das Eis. Eisschlamm drängte sich in anderthalb Meter breiten Spalten und erzeugte bei jeder Bewegung ein schmatzendes Geräusch. Über ihr kreisten Lummen und Möwen. Die Vögel tauchten in den immer breiter werdenden Wasserrinnen nach Fisch. Sie würde nicht rechtzeitig festes Land erreichen, bevor sich das Eis von der Küste zurückzog. *Ich werde es nicht schaffen,* flüsterte die Stimme in ihrem Kopf unablässig. *Ich werde es nicht schaffen.*

Der Sommer kam.

Das Gesicht einem Streifen dünnen Eises zugewandt, stieg Cassie auf den Rücken eines der Bären. Wie auf Schneeschuhen lief er mit seinen riesigen Tatzen über das graugrüne Eis, das im Rhythmus der Wellen unter ihnen schwankte, während Cassie mit angehaltenem Atem Ausschau nach neuen Rissen und Spalten hielt. Sie blieb nun die ganze Zeit über auf seinem Rücken. Und so zogen sie gemeinsam über das dünne Eis und trotteten an vereisten Rinnen entlang.

Fünf Tage später erreichten Cassie und die Bären das Ende der Eisfläche.

Vor ihnen tanzten Bruchstücke von Eis auf den Wellen, die sich immer weiter auflösten, bis sie einen halb gefrorenen Brei bildeten, der auf und ab wogte. Und dahinter war nur noch offenes Meer. Meilen um Meilen erstreckte sich der Ozean zwischen ihr und dem Festland.

Cassie starrte aufs Wasser. Es war vorbei. Sie kam zu spät. Sie saß auf dem Packeis fest. All ihre großartigen Pläne, das Ende der Welt zu erreichen ... Das einzige Ende, das sie erreicht hatte, war das Ende des Eises.

Eis und Wasser glitzerten im Licht der Sonne wie Gold und Juwelen. Heftig blinzelnd betrachtete Cassie die tanzenden Wellen. Sie wusste, dass man in der Kälte nicht weinen durfte. Das hatte ihr Vater sie schon vor Jahren gelehrt. *Und hat er dich auch gelehrt aufzugeben?*, fragte eine Stimme tief in ihr drin. Sollte das etwa so was wie eine Familientradition werden, dieses ewige Scheitern? Sollte niemals einer von ihnen die Troll-Festung erreichen? Wie der Vater, so die Tochter?

»Krieg dich wieder ein«, flüsterte Cassie. »Noch bist du nicht tot.«

Ihr blieben mehrere Möglichkeiten: Max konnte immer noch kommen. Oder ... eine zweite fiel ihr nicht ein.

Inständig auf eine Inspiration oder ein Wunder hoffend, ließ sie ihren Blick über die Armee von Eisbären schweifen. Zwischen ihnen streunte ein Polarfuchs umher, ein Winzling unter Riesen.

Der hat es gut, dachte sie. Leicht, wie er war, musste er sich auf dünnem Eis überhaupt keine Sorgen machen. Wäre sie nur so klein wie dieser Fuchs, dann könnten die Bären sie vielleicht schwimmend übers Meer tragen, ohne dass sie Gefahr lief, völlig durchnässt zu werden. Cassie betrachtete das schwarze, glitzernde Wasser und erschauerte. Ihr Vater hatte solches Wasser immer Todeswasser genannt: Wenn sie hineingeriet, würden innerhalb von fünfzehn Minuten ihre Muskeln steif werden, sie würde das Bewusstsein verlieren und sterben. So, wie die Dinge standen, ohne einen Munaqsri, der sie wärmen konnte, würde sie bei dem Versuch zu schwimmen im eiskalten Wasser umkommen.

Also musste sie einen anderen Munaqsri finden. Problem gelöst.

Sie schnaubte verächtlich. Als ob das so einfach wäre. Milliarden von Menschen lebten ihr Leben, ohne jemals einen von ihnen zu Gesicht zu bekommen. Die meisten wussten nicht einmal, dass Munaqsri überhaupt existierten. Ihr selbst war natürlich inzwischen klar, dass es diese Wesen wirklich gab, auch wenn sie sich viel zu schnell bewegten, als dass sie sie hätte sehen können. Doch wenn sie nicht zufällig von einer unmittelbar bevorstehenden Geburt wusste oder einem Tod …

Die Antwort kam so plötzlich, dass sie beinahe laut aufgeschrien hätte. Wäre sie anwesend, wenn ein Lebewesen starb … Cassie glitt vom Rücken des Eisbären herunter und heftete ihren Blick auf den Polarfuchs. Seit Wochen hatte sie beobachtet, dass er und seine Artgenossen den Eisbären folgten wie Hunde einer Schafherde. Polarfüchse waren Aasfresser. Sie lebten von dem, was die großen Raubtiere von ihrer Beute übrig ließen. Aber hier waren enorm viele Bären, und so wurde alles ratzekahl aufgefressen. Für die Füchse blieb nur sehr, sehr wenig. Fast wäre ihr das Herz aus der Brust gesprungen, so schnell hämmerte es auf einmal.

Irgendwo auf dem Eis hinter ihnen musste es einen Polarfuchs geben, der kurz vorm Verhungern war.

»Wir kehren um«, sagte sie und klopfte dem Bären auf die Schulter. »Na los! Wir gehen den Weg zurück, den wir gekommen sind.« Wenn sie einen anderen Munaqsri fand, könnte er ihr helfen, das Eis zu verlassen. Besser noch: Er könnte sie zu Bär bringen!

Cassie stapfte durch ihre Eisbärenarmee Richtung Norden. Die Bären tappten unentschlossen umher und blickten sie aus ihren schwarzen, unergründlichen Augen an. Im Vorbeigehen streichelte Cassie den Tieren über das Fell und versuchte, sie zu beruhigen. »Ich werde ihn retten«, sagte sie. »Ich bringe euch euren König zurück. Ich verspreche es.«

Fünf Stunden später machte sie einen kleinen, schmutzig weißen Schatten aus, der vor dem Hintergrund aus blau-weißem Eis fast gelblich wirkte. Loser Schnee wirbelte in kleinen Wolken um ihn herum. Als sie sich näherte, hob der Schatten den Kopf. Ein alter Polarfuchs. Er war so abgemagert, dass sie durch sein Fell hindurch sämtliche Rippen zählen konnte. *Armer Kerl,* dachte sie. Hätten sich die Eisbären nicht in solch einer Masse zusammengerottet, hätte er bestimmt noch ein Jahr länger leben können. Doch er war nicht imstande gewesen, mit so vielen von ihnen um das Futter zu konkurrieren.

Cassie warf ihren Rucksack ab und kniete sich neben den Fuchs auf das Eis. Er senkte den Kopf, legte ihn flach auf den Boden und schloss die Augen. Seine Rippen hoben und senkten sich stoßweise. Sein Atem ging schwer, ein raues Gerassel gegen das Fauchen des Windes.

Hinter sich hörte Cassie das leise Schnaufen der Bären, die sie durch den Raureif auf ihrer Brille nur verschwommen in den Augenwinkeln erkennen konnte. »Nur noch eine kleine Weile«, versprach sie ihnen.

Und dann wäre sie runter vom Eis und auf ihrem Weg zu Bär – falls das hier funktionierte.

Es *musste* funktionieren. Der Fuchs-Munaqsri würde kommen, oder?

Niemand würde kommen, wenn ein Eisbär starb, dachte sie. Diese Seelen würden … Sie wusste nicht, was mit diesen Seelen geschehen würde. Aber wenn es niemanden mehr gab, der sie zu den Neugeborenen brachte, dann würden die Eisbären, diese wundervollen Geschöpfe, innerhalb einer Generation aussterben. Keine Seele, kein Leben.

Bär hatte das Überleben seiner ganzen Art aufs Spiel gesetzt, um sie zu heiraten. Er hatte darauf vertraut, dass sie seinen einzigen Wunsch respektierte. Und sie hatte es nicht getan. Cassie umfing ihren Bauch. Selbst durch all die Lagen an Kleidung hindurch konnte sie die leichte Wölbung fühlen. Das, was er getan hatte, rechtfertigte auf gar keinen Fall den Schaden, den sie selbst all diesen herrlichen Tieren zugefügt hatte, wenn auch völlig ohne Absicht. Sie musste um jeden Preis zu Bär gelangen.

Der Fuchs erschauerte. Seine Rippen sanken ein, tiefer und tiefer ins Fell, als ob sich etwas zusammenfaltete, und hoben sich nicht mehr. »Munaqsri!« rief Cassie.

Nichts zu sehen.

»Munaqsri der Füchse! Ich muss mit dir sprechen, im Namen des Munaqsri der Eisbären!« Er musste hier irgendwo sein. Es gab keinen Plan B.

»Du kennst den Eisbären?«, fragte eine Stimme. Und plötzlich erblickte sie neben dem Körper des toten Tieres einen zweiten Polarfuchs. Er machte einen Buckel wie eine wütende Katze, und sein Fell sträubte sich in alle Richtungen. »Dann sag ihm, dass er schuld ist am Elend meiner Füchse! Seine Bären rotten sich zusammen, und meine Füchse hungern.« Knurrend zog er die Lefzen zurück, und scharfe Fangzähne funkelten im Sonnenlicht. »Ich werde meine Beschwerde dem Oberhaupt der Arktis-Munaqsri unterbreiten.« Mit seinem dichten weißen Pelz und der zierlichen Schnauze sah der Polarfuchs eher aus wie eine Kreuzung zwischen einem Pekinesen und einer Perserkatze. Er wirkte nicht gerade sehr bedrohlich. Und doch verfügte dieses wütende Fellknäuel über die Kräfte eines Munaqsri.

Cassie rappelte sich auf die Füße. »Warte! Hör mir zu! Bär, der Eisbär-Munaqsri, er steckt in Schwierigkeiten. Ich brauche deine Hilfe. Du musst mich zur Festung der Trolle bringen, so schnell du kannst. Sie liegt östlich der Sonne und westlich des Mondes.«

Ihre Worte zeigten umgehend Wirkung. Im Bruchteil einer Sekunde verwandelte sich die Wut des Polarfuchses in pure Verzweiflung. »Er hat seine Bären im Stich gelassen? Oh, meine armen, armen Füchse!« Er legte den Kopf in den Nacken und stieß ein lautes Heulen aus. »Sie werden verhungern! Niemand ist je von dort zurückgekommen. Er ist fort, für immer!«

Das laute Gejammer schnitt Cassie ins Herz wie ein Messer. »Doch, er wird zurückkommen!«, schrie sie. Ihre Mutter war auch zurückgekommen. Wenn es Bär gelungen war, Gail zu befreien, dann konnte Cassie auch Bär retten. Sie würde ihn zurückbringen. Sie würde alles wieder geradebiegen. »Ich kann ihn zurückbringen!«

Das Geheule erstarb so schnell, wie es begonnen hatte. Dann starrte der Fuchs-Munaqsri Cassie eine ganze Weile stumm an. »Wer bist du?«, fragte er schließlich.

»Cassie Dasent.« Auf seinem Fuchsgesicht erschien ein Ausdruck, den sie nicht deuten konnte. Seine Stimmung war innerhalb von dreißig Sekunden schon von wütend über verzweifelt in nachdenklich umgeschlagen. Bitte, lass ihn mir helfen!

»Du bist kein Munaqsri.«

»Ich bin die Frau des Eisbären.«

»Interessante Wahl.«

Cassie knirschte mit den Zähnen. Verspottete er sie jetzt etwa auch noch? Ihr Ehemann wurde von Trollen gequält. Eisbären und Polarfüchse waren vom Aussterben bedroht. Und sie selbst saß hier auf dem Eis fest, war mindestens im vierten Monat schwanger, und der Sommer nahte mit Riesenschritten. »Ich hab mich nicht von jenseits des Nordpols bis hierher durchgeschlagen, um mich von einem Plüschbeutel beleidigen zu lassen«, schnappte sie. »Du hast die Wahl, Fluffy: Entweder du hilfst mir und damit auch deinen Füchsen, oder du hilfst mir nicht und siehst zu, wie sie sterben.«

Fluffy leckte sich über die Nase. Cassie hielt die Luft an. Entweder war sie zu dem launischen Munaqsri durchgedrungen, oder sie hatte ihn sich endgültig zum Feind gemacht.

»Ich kann dich nicht dorthin bringen«, sagte er schließlich. »Die Festung befindet sich östlich der Sonne und westlich des Mondes. Das liegt außerhalb meines Gebiets. Ich kann das Eis nicht verlassen. Für die Füchse des Festlands ist ein anderer Munaqsri verantwortlich.«

»Dann hilf mir, einen anderen Munaqsri zu finden.« Es musste doch einen geben, der von Eis über Wasser auf festes Land gelangen konnte. Eilig suchte sie Himmel, Eis und Meer ab.

Weit draußen auf dem Ozean hob ein Narwal sein gedrehtes Horn aus dem Wasser. Gleich darauf tauchte langsam und würdevoll ein zweiter auf, und beide kreuzten ihre einzigartigen Waffen wie in einem uralten Ritual. »Ruf einen Wal«, bat Cassie.

»Ein Wal wird dir nicht helfen«, erwiderte der Fuchs. »Du bist kein Munaqsri, und das Schicksal der Eisbären oder meiner Füchse ist denen völlig egal.«

Das werden wir ja sehen, dachte Cassie und schulterte ihren Rucksack. »Tu's einfach, Fluffy! Bitte!«

Das Wasser zu ihren Füßen begann zu brodeln. Aufgeschreckte Seevögel erhoben sich kreischend in die Lüfte und verdunkelten einen Moment lang mit ihren Körpern den Himmel. »Er kommt«, sagte der Fuchs.

Cassie strauchelte, als die Wogen mit voller Wucht auf das Eis trafen. Nur Zentimeter von der Kante entfernt tauchte eine dunkle Rundung aus dem Wasser auf, groß wie ein Unterseeboot. Sie stieg und stieg, wurde größer und größer. Gebannt blickte Cassie auf das Wasser. Der Grönlandwal hob sein Maul aus dem strudelnden Element. Im Inneren seines gewaltigen, offenen Schlundes konnte Cassie die Barten sehen. Algen, Krebse und Seegras hingen in den riesigen, plattenförmigen Gebilden aus Fischbein, von denen Unmengen Wasser tropften. Kein normaler Wal wurde derart groß.

Der Koloss klappte sein Maul zu, und Wellen schwappten über das Eis. Stolpernd wich Cassie zurück, als sich das kalte Wasser über ihre Mukluks ergoss. Hinter ihr tat sich krachend ein neuer

Spalt auf. Sie blickte über die Schulter und sah, wie er sich durch die starke Bewegung der See schnell erweiterte. Schulter an Schulter warteten ihre Eisbären zu beiden Seiten des Risses – ihre herrlichen Eisbären. Der Anblick gab Cassie Kraft.

»Ich brauche deine Hilfe«, sagte sie zu dem Wal.

»Du bist kein Munaqsri.« Seine Stimme dröhnte wie eine riesige Pauke. Jede einzelne Silbe hallte in Cassies Ohren wider und ließ sie zusammenzucken.

»Mein Mann ist einer«, erwiderte sie. »Er ist der Eisbären-Munaqsri.«

Wie ein gewaltiges Monster aus einer uralten Legende stieg der Grönlandwal höher aus den Wellen und donnerte: »Das mag wohl sein. Doch du bist keiner. Wir haben nichts miteinander zu schaffen.«

Durch das Eis ging ein Ruck wie bei einem Erdbeben.

Gischt und Wind peitschten Cassie ins Gesicht. Sie stellte sich möglichst breitbeinig hin, um das Gleichgewicht nicht zu verlieren, und umklammerte die Tragriemen ihres Rucksacks. Ihr wurde klar, dass es ihm völlig egal war, ob sie ertrank. Den Blick fest auf ihn geheftet, erwiderte sie: »Ich bin an ihn gebunden. Wir haben Eide geschworen.«

»Wir alle sind durch unsere Versprechen gebunden«, deklamierte der Wal.

Cassie strich sich das Haar aus der Stirn und sah blinzelnd zu ihm hinauf. Seine riesige Gestalt löschte die Sonne aus. »Bitte! Du musst mir helfen, zur Festung der Trolle zu kommen.«

»Nichts Lebendes gelangt jemals dorthin.«

»Dann bring mich wenigstens über das Meer«, bat sie inständig. »Nur bis zur Küste. Von dort werde ich den Weg selbst finden. Aber bitte, hilf mir vom Eis herunter!«

»Ich helfe keinem Menschen.«

»Die Bären werden alle sterben, wenn ich ihren Munaqsri nicht rette«, flehte Cassie. Sie durfte nicht scheitern, denn dann würden ihre geliebten Eisbären für immer von der Erde verschwinden. »Hilf mir! Bitte! Um ihretwillen.«

Der Grönlandwal ließ sich gegen das mürbe Eis treiben, und Cassie ruderte wild mit den Armen, als es erneut heftig zu schwanken begann. »Was gehen mich die Bären an!«

Aber es musste doch irgendetwas geben, das ihm am Herzen lag! Fieberhaft überlegte sie. Und dann hatte sie eine Eingebung. »Ich trage das Kind des Bären in mir. Einen von euch. Einen zukünftigen Munaqsri.«

Der Wal stieß eine gewaltige Fontäne aus. Schreiend hob Cassie die Hände mit den dicken Handschuhen über den Kopf und duckte sich, als Ströme von eiskaltem Meerwasser auf sie herabregneten. »Du setzt das Leben eines Munaqsri aufs Spiel«, dröhnte der Wal. »Das kann nicht gestattet werden.«

Neben ihr fauchte der Fuchs und knurrte verärgert: »Du trägst die Zukunft einer ganzen Art in dir und unternimmst dieses Wagnis? Du scheinst den Tod zu suchen.«

Oh nein! Sie hatte es noch schlimmer gemacht. »Aber ich muss …«

»Ich kann auf keinen Fall zulassen, dass du einen zukünftigen Munaqsri in Gefahr bringst«, donnerte der Wal.

»Und ich auch nicht«, stimmte Fluffy zu.

»Du musst auf dem Eis bleiben. Da gehörst du hin«, verkündete der Wal. Und mit diesen Worten tauchte er ab und türmte eine riesige Woge hinter sich auf.

Cassie stolperte eilig rückwärts, um der nächsten kalten Dusche zu entgehen. »Wenn ich hierbleibe, werde ich sterben!«, schrie sie ihm nach.

Sie würde sterben, die Eisbären ebenso, die Füchse auch. Und Bär würde auf ewig gefangen sein an jenem Ort, dessen Bilder Gail jede Nacht schreiend hochschrecken ließen.

»Die Bären werden sich um dich kümmern, bis das Kind geboren ist«, sagte Fluffy. »Und wenn es erwachsen ist, werden sie einen neuen König haben. Meine Füchse werden leben, und alles wird so sein, wie es soll.«

Sie schüttelte den Kopf. Ihre Kehle war wie zugeschnürt. Sie musste es irgendwie schaffen, dass der Wal ihr half. Sie konnte diese Chance nicht sinnlos verstreichen lassen. Es gab nur die eine. »Grönlandwal!«, schrie sie in die Wellen. Konnte er sie noch hören? Bitte, lass ihn mich hören! Immer noch zeigten schäumende, glitzernde Wellen seinen Weg an, und Cassie rief mit aller Kraft der Tiefe zu: »Du willst, dass dieses kostbare Kind lebt? Dann sorge dafür, dass seine Mutter lebt!«

Dann rannte sie los und stürzte sich kopfüber in den Arktischen Ozean.

Kapitel Zwanzig

Geografische Breite: 84° 10' 46" N
Geografische Länge: 74° 22' 53" W
Höhe: -9,75 m

EISIGE KÄLTE VERSENGTE CASSIES HAUT. MESSER SCHNITTEN ihr ins Fleisch, drangen durch bis auf die Knochen. Sie strampelte, trat um sich. In zehn Meter Tiefe warf sie ihren Rucksack ab. Er sank ins Bodenlose.

Ich werde nicht sterben, dachte sie. *Das ist nicht das Ende.* Sie sah die Wasseroberfläche: goldgrün. Mit aller Kraft schwamm sie darauf zu.

Sie konnte ihre Hände nicht spüren.

Sie hatte keine Arme.

Keine Beine.

War völlig gefühllos, brannte wie eine Fackel.

Ihre Lungen kreischten.

Goldgrün verwandelte sich in Schwarz.

Fünfzehn Minuten. Todeswasser.

Sterben tat weh.

Und auch wieder nicht.

Strömungen umhüllten Cassie wie ein wässriger Kokon. Sie wurde durch Schwärme silberner Fische und durchscheinender Quallen getragen. Dorsche umkreisten sie, und Kammquallen streiften sie sanft mit ihren regenbogenfarbenen Flimmerhärchen. Licht – Grün – hing im Wasser wie Staub in der Luft.

Sie blickte nach unten: Ein Garten leuchtend orangefarbener Seesterne zwischen goldenen Seeanemonen breitete sich unter ihr aus. War das das Paradies? Kleine Hummer krochen über Steine. Spinnenbeinige Krabben huschten auf der Suche nach einem Versteck in wehenden, weichen Strängen von Algen taumelnd über schlammige Stellen. Sie blickte nach oben: Belugas tummelten sich im grünlichen Licht und erfüllten das Wasser mit ihrem Zwitschern und Pfeifen. Sie sah ihnen zu, wie sie über ihr schwammen und sangen. In keinem Paradies gab es Hummer und fröhlich trällernde Belugas. Und in einer Hölle wäre es noch viel seltsamer. Cassie lächelte und schmeckte Salz. Sie war unter Wasser. Und lebte.

Wie war das möglich? Sie hatte gehofft, der Wal-Munaqsri würde sie retten, aber sie konnte ihn nirgendwo sehen. Er hätte sie berühren müssen, um ihr zu helfen. Doch merkwürdigerweise spürte sie überhaupt keine Berührung. Wer also hielt sie am Leben? Und warm? Und nahm ihr die Schmerzen? »Hallo? Ist da jemand?«, fragte sie gurgelnd.

Die Gezeiten trugen sie durch Stränge von Algen, weiche grüne Bänder, die sie sanft streiften. Wie ein endloser verwilderter Rasen bedeckten sie nicht nur das lose Eis über ihrem Kopf, sondern auch den kompletten Meeresboden. Cassie betrachtete Schwärme von Krill, die wie dichte Staubwolken im Wasser trieben. »Hallo? Kann einer von euch sprechen?«

Keine Antwort von den winzigen Garnelen. Sie musste sich also nicht mit den beinah mikroskopisch kleinen Wesen unterhalten. Bei dem Gedanken daran lachte sie fast. Plötzlich verdunkelte sich die See. Cassie sah nach oben: Der gewaltige Schatten des Grönlandwals hatte sich vor die Sonne geschoben. Er sah aus, als könnte er ihr Universum verschlingen. Entsetzt schrak Cassie vor der lebenden Sonnenfinsternis zurück, und mit einem Mal wurde ihr bewusst, wie wenig sie hierhergehörte. Sie war nur noch am Leben, weil jemand anders es so wollte. Was, wenn dieses Wesen seine Meinung änderte? Der Wal zog über sie hinweg, und hinter ihm flutete wieder Sonnenlicht ins Wasser.

Keine Sekunde länger wollte sie hier unten bleiben. Energisch schwamm sie dem Licht entgegen.

Eine heftige Strömung traf sie, und Cassie wurde zur Seite geworfen. Die Kapuze glitt ihr vom Kopf, ihr Haar wirbelte im Wasser. Sie versuchte es noch einmal, jetzt jedoch auf diagonalem Weg.

Ein Schwarm Fische umschloss sie. Dorsche, ihre silbernen Leiber glitzernde Streifen im schräg einfallenden Sonnenlicht. Sie konnte ihre Arme nicht bewegen, ohne sie zu schlagen. Die Fische stießen Cassies Körper mit den Köpfen an, drängten sie nach unten und trieben sie durchs Wasser vorwärts. Cassie schlug wie wild um sich, und der Schwarm stob auseinander.

Als das Wasser klarer wurde, nahm sie einen schemenhaften Umriss wahr – Korallen. Eine ganze Stadt aus Kalkskeletten ragte vom schlammigen Grund des Meeres empor. Zwischen ihnen wimmelte es nur so von Fischen. Auf seine Weise war dieses Gebilde aus lebenden Wolkenkratzern genauso großartig wie Bärs Schloss.

Jemand lachte. Cassie wirbelte herum und rief: »Wer ist da?« Im Grunde konnte es jedes Geschöpf gewesen sein, von den rosafarbenen Krustentieren bis hin zu den Kammquallen.

Es war eine Meerjungfrau.

Sie saß auf einem salzüberkrusteten Felsen und lachte Ströme von Luftblasen. Ihr Schwanz war über und über mit Fischschuppen bedeckt. Weiter oben, in Höhe des Bauchnabels, gingen sie in silbrig glänzende Menschenhaut über, die sich sanft kräuselte.

Ohne nachzudenken, entfuhr es Cassie: »Du bist ein Fabelwesen.«

Das Lachen der Meerjungfrau wurde wilder und rauer. Es klang jetzt wie Meeresbrandung.

Dorsche knabberten an den Haaren aus Seetang, die den Kopf des Geschöpfes umwehten wie Schlangen das Haupt der Medusa. Cassie bemerkte, dass die Meerjungfrau keine Finger hatte, und eine Erinnerung blitzte auf, eine Erinnerung an eine Geschichte, die die Einheimischen erzählten. Sie musste jenes Wesen vor sich haben, um das sich die Legenden von Sedna rankten, die Wasserfrau der Inuit, deren Vater ihr die Finger abgehackt hatte. »Du bist Sedna«, sagte Cassie. Es musste Monate her sein, dass Bär ihr vom Oberhaupt der Munaqsri des Arktischen Ozeans erzählt hatte.

Mit einem blitzschnellen Schlag ihrer Schwanzflosse schoss die Meerjungfrau auf sie zu. Cassie riss instinktiv die Arme vors Gesicht. Das Wesen umkreiste sie in einem Wirbel von Luftblasen. »Ich habe auch schon von dir gehört«, sagte Sedna. »Du bist das Mädchen, das man gezwungen hat, den Eisbären zu heiraten, um seine Mutter aus der Festung der Trolle zu befreien.«

»Niemand hat mich gezwungen«, gab Cassie zurück. »Es war meine freie Entscheidung.« Genau wie sie sich entschieden hatte, Bär zu retten, egal, ob er sie liebte oder nicht. »Ich muss die Festung erreichen, die östlich der Sonne und westlich des Mondes liegt. Wirst du mir helfen?«

»Der Wal sagt, du trägst einen zukünftigen Munaqsri unter dem Herzen.« Die Meerjungfrau schwamm schneller. Ein wahrer Zyklon von Luftblasen hüllte Cassie ein.

Sie presste die Hände auf ihren gewölbten Bauch. Im Moment war es nur ein Fötus. »Das Kind ist noch gar nicht geboren, und vielleicht will es ja überhaupt kein Munaqsri sein. Aber Bär lebt. Noch. Bitte, hilf mir! Und wenn schon nicht um meinetwillen, dann den Eisbären zuliebe.«

»Landbewohner«, meinte die Meerjungfrau abfällig und umkreiste sie ungerührt weiter. Ihr Schwanz peitschte das Wasser.

Cassie versuchte, ihr mit den Augen zu folgen, aber Sedna war jetzt so schnell, dass ihr Umriss verschwamm. »Es sind beinahe Meeressäugetiere«, sagte Cassie. Diese Theorie war umstritten, doch ihr Vater hatte eine wissenschaftliche Arbeit zu dem Thema verfasst. Vielleicht konnte die Hüterin des Meeres sich ja mit dieser Erklärung anfreunden. »Blubber, wasserabweisendes Fell, stromlinienförmige Ohren, Schwimmhäute zwischen den Zehen. Sie sind auf dem besten Weg, Meeresbewohner zu werden.« Bitte, lass sie das glauben!

Wieder lachte die Meerjungfrau ihr Wasserblasenlachen.

»Ich helfe dir doch schon die ganze Zeit«, sagte sie. »Du bist noch nicht ertrunken.«

Sie schwamm schneller und schneller. Cassie wurde schwindlig. Sie kniff die Augen zusammen, doch der Schwindel blieb. Schließlich öffnete sie die Augen wieder. »Aber ich MUSS Bär finden!«, schrie sie. Ein Tornado von Luftblasen wirbelte um sie herum. Cassie war komplett eingeschlossen, gefangen wie ein Fisch im Netz. Sie schwamm auf die Luftblasen zu, wurde zurückgeworfen in die Mitte, konnte nichts mehr sehen. »Warte!« Die Meerjungfrau verwischte zu einem grün-silbernen Streifen.

Der Wirbelsturm zog sich auseinander. Cassie sah ihn durchs Wasser wandern wie eine von diesen magischen Spielzeugspiralen. »Still, Kind«, erwiderte Sedna. »Vertraue den Munaqsri! Wir wollen das Beste für unsere Welt, wie alle anderen Geschöpfe auch.«

»Die Trolle nicht«, rief Cassie laut durch die Blasen. »Die wollen nicht ›das Beste‹. Sie wollen, dass die Eisbären aussterben!«

»Niemand weiß, was die Trolle wollen«, entgegnete die Meerjungfrau. »Du musst zu Großvater Wald gehen. Er weiß am besten, wie dir zu helfen ist.«

»Wer ist das?«, fragte Cassie ungeduldig. »Wie kann ich ihn finden?«

Der Wirbelsturm brach zusammen. Luftblasen trafen ihre Haut. Schreiend trat sie um sich. Die Blasen wurden zusammengedrückt, und Cassie flog durchs Wasser. Wie Farbe aus einer Tube spritzt, schoss sie die Spirale des Zyklons entlang. Das wütende Brüllen des nassen Elements erstickte ihre Schreie, während sie durch den langen Tunnel sauste. Gerade als sie dachte, es würde niemals enden, bäumte sich die See unter ihr auf, und der Blasensturm spuckte sie aus. Sie stieß durch die Wasseroberfläche. Sonnenlicht blendete sie. Mit einem lauten »Woaaa!« flog Cassie auf den Strand.

Kapitel Einundzwanzig

Geografische Breite: 68° 32' 12" N
Geografische Länge: 89° 49' 33" W
Höhe: 0,6 m

UNSANFT LANDETE CASSIE AUF IHREM STEISSBEIN. »AU! Au!« Die Arme schützend vor dem Gesicht, schlitterte sie ein Stück den Strand entlang und krachte in eine Schneedüne. Dort blieb sie mit verdrehten Gliedmaßen liegen. Sie war in den Arktischen Ozean getaucht und hatte überlebt.

Cassie schloss die Augen und atmete tief ein. Die Luft schmeckte köstlich nach Salz und Sonne und Erde. Cassie drehte den Kopf. Neben ihr lag ihr Rucksack, das Nylon an drei Stellen eingerissen, das Gestell zu einem unförmigen S verbogen. Doch sonst war er trocken und unversehrt.

Behutsam entwirrte sie ihre Glieder und testete die Gelenke – nichts gebrochen. Nur eine Menge Schürfwunden. Sie stemmte sich in eine sitzende Position hoch und schaute sich um. So weit das Auge reichte von Gletschern abgeschliffene Steine. Dazwischen abwechselnd Schneefelder und sanft gewellte, endlose Flächen, über die der Wind fegte. Sie befand sich in der Tundra.

Etwas Braunes huschte über ihre Mukluks. Sie riss die Füße zurück.

»Ich bin hier«, sagte eine Stimme.

»Wo? Wer spricht da?« Sie ließ ihren Blick über Felsen, Meer und Himmel schweifen.

Das braune Etwas schoss an ihr vorbei, flitzte von Felsbrocken zu Felsbrocken. Plötzlich machte es Halt, und sie erkannte ein kugelrundes braunes Nagetier. Es thronte auf dem Stein wie ein kleiner Fußball mit Fell. Ein Lemming. Cassie musste grinsen. Sedna hatte versprochen, ihr zu helfen. Aber dass diese Hilfe in Gestalt eines magischen Nagers daherkommen würde, hatte Cassie nicht erwartet. Sie stellte sich vor, wie sie Bär davon erzählte. Er würde tagelang lachen.

»Komm schon«, sagte der Lemming. »Heb mich auf! Wir müssen los. Ich habe nämlich auch meine Verpflichtungen, weißt du.« Kaum hatte Cassie den Lemming sicher in beiden Händen, sauste sie auch schon mit der Geschwindigkeit eines Munaqsri über die Tundra. Die Welt flog vorbei wie ein Film im Schnellvorlauf. Bruchstückhaft nahm sie Bilder und Geräusche der Landschaften wahr, die sie durchquerten. Alles veränderte sich rasend schnell. Über ihr zogen Gänse dahin, Vogelstimmen erschallten über grasigen Ebenen. In sanften Kuhlen blühten rosa Steinbrech und weiße Heide. Mohnblumen sprenkelten Schneefelder mit roten Tupfen. Sie war sehr schnell Richtung Süden unterwegs, während der Sommer immer weiter nach Norden wanderte.

Spät in der sonnenhellen Nacht machten sie halt. »Ich spüre einen Ruf«, sagte der Lemming. »Schlage hier dein Lager auf! Ich komme wieder.« Und bevor sie protestieren konnte, war er verschwunden.

Ihre einzige Verbindung zu Bär. Weg war sie.

Cassie schluckte hart. *Er kommt zurück,* machte sie sich selber Mut. *Er hat gesagt, er kommt zurück.* Und Sedna hatte gemeint, sie solle Vertrauen haben. Cassie befahl sich, ganz ruhig zu bleiben, und schaute sich um. Sie hatte die Strauchtundra hinter sich gelassen und befand sich jetzt schon tief in der Flachmoortundra. Cassie begann sich mit großen Schritten einen Weg zwischen den menschenkopfgroßen Grasbüscheln zu suchen. Prall gefüllt mit brackigem Wasser würden sie platzen, wenn sie darauf trat. Um heil durch das Minenfeld zu gelangen, musste sie waten wie ein Storch. Sie stellte sich vor, wie sie Bär davon berichtete: Sie würde durch den Festsaal staksen wie durch eine Moorgraswiese, und er sein tiefes, grollendes Lachen lachen. Er würde ihr Hühnchen in Weißweinsoße servieren, und sie würde ihm erzählen, wie sie in der Tundra zum Abendessen Flechten von den Steinen gekratzt hatte. Sie würde ihm sagen, wie sehr sie ihn vermisst hatte, und er entgegnen, dass er sie liebe und ihr nie hatte wehtun wollen …

Aber alle Entschuldigungen dieser Welt konnten nicht ungeschehen machen, was passiert war. Cassie legte die Hände auf ihren Bauch. Selbst wenn sie Bär finden sollte … Alles würde anders sein. Sie schluckte. Sie wollte nicht einfach nur Bär zurückhaben, sondern das Leben mit ihm, so, wie es vorher gewesen war.

Cassie schlug ihr Lager zwischen einigen Grasbüscheln auf. Am Himmel spielten die blassen Bänder von Polarlichtern Fangen miteinander, während die Sonne langsam am Horizont ihre Bahn zog. Sie schlief ein und träumte von Bär. Schließlich erwachte sie in der Überzeugung, er liege neben ihr, so wie sonst immer. Dann wurde ihr klar, dass er nicht da war, und sie hätte beinahe losgeheult.

Zu ihrer großen Erleichterung kehrte kurz darauf der Lemming zurück. Wieder rasten sie gemeinsam über die Tundra. Als sie das nächste Mal anhielten, war alles voller Wollgras. Tausende von Blüten, die aussahen wie Pusteblumen, überzogen die nördliche Steppe wie feiner weißer Nebel. Cassie nahm ihr GPS zur Hand. Nach dem Tauchgang im Polarmeer hätte es eigentlich tot sein müssen, doch zu ihrer Überraschung blinkte die Anzeige auf. Sie neigte das Gerät so lange, bis sie die Zahlen problemlos lesen konnte. Geografische Breite: 66° 58'08" N, Geografische Länge: 110° 02'13" W. Wow! Sie hatte in weniger als zwei Tagen Hunderte von Meilen zurückgelegt. Wenn das so weiterging, wäre sie im Handumdrehen im borealen Nadelwald. »Ich danke dir«, sagte sie zu dem Lemming. Niemals hätte sie gedacht, dass ihr Retter ein Nagetier sein würde.

»Die Eule wird dich jagen«, sagte der Lemming. »Es macht ihr Spaß.«

»Welche Eule?« Cassie suchte den Himmel ab. Sie sah nichts … Doch, Moment! In nördlicher Richtung konnte sie einen weißen

Klecks erkennen. Geräuschlos glitt die Schneeeule über der Tundra dahin. Ihr Federkleid wirkte wie eine kleine Wolke am Himmel. Cassie sah, wie sie sich fallen ließ – sie stürzte sich geradewegs auf den Lemming. »Pass auf!«, schrie sie, als die Klauen des Vogels sich um den winzigen Nager schlossen.

Doch der Lemming blieb ganz ruhig, und die Eule gab ihn wieder frei. Dann schwebte sie einige Meter weiter und landete inmitten des Wollgrases. »Erst lädst du mich zum Spielen ein«, beschwerte sie sich, »und dann läufst du nicht mal weg. Wo bleibt denn da der Sportsgeist?«

Cassie atmete erleichtert aus. Es war der Eulen-Munaqsri, und die beiden kannten sich ganz offensichtlich. Cassie würde ihr Transportmittel also nicht verlieren.

»Ich habe dich nicht eingeladen, *mich* zu jagen«, sagte der Lemming mit seinem piepsigen Stimmchen. »Ich habe dich eingeladen, *für sie* zu jagen.« Er deutete auf Cassie. »Sie ist auf dem Weg zu Großvater Wald. Es handelt sich um die Frau des Eisbären.«

Die Eule drehte ihren Kopf um hundertachtzig Grad. »Verstehe. Und das Kind ist seins?«

Cassie schlang schützend die Arme um ihren Bauch. In der warmen Sonne hatte sie ihren Anorak und die Wollkleidung ausgezogen. Die Wölbung zeichnete sich deutlich unter ihren Flanellsachen ab. Schon mehr als vier Monate jetzt.

»Ich muss Bär finden«, sagte sie mit lauter Stimme. »Großvater Wald muss mir helfen.«

Die Eule musterte sie noch einen Moment lang. »Natürlich wird er dir helfen«, antwortete sie dann. »Du kannst dich auf ihn verlassen. Er wird wissen, was das Beste ist. Was möchtest du essen?«

Vor Erleichterung gaben Cassies Knie nach. Die Eule hatte nicht die Absicht, sich mit ihr zu streiten, und sie würde etwas zu essen bekommen. Essen! Sie wollte am liebsten Schokoladenkuchen und Berge von Hamburgern und Dads Bohnen und Max' Eierkuchen mit Würstchen. Doch stattdessen überlegte sie, was wohl auf einer Riedgraswiese leben mochte. Dad pflegte Lemminge als »wildes Fast Food« zu bezeichnen. Nach einem kurzen

Seitenblick auf den Lemming-Munaqsri schlug sie unsicher vor: »Kaninchen?«

Die Eule schwang sich in die Luft und flog davon. Ein paar Minuten später kehrte sie zurück und kreiste in geringer Höhe über dem Boden. Ihre Federn streiften Blumen. Blütenblätter flogen umher wie Konfetti. Cassie, die sich auf die Spitze eines kleinen Hügels gestellt hatte, um besser sehen zu können, bemerkte, wie das Gras vor dem Vogel in Bewegung geriet. Ihre Schwingen mehr als anderthalb Meter ausgebreitet, trieb die Eule Kaninchen zusammen. Eine Unmenge von Kaninchen. Höflich fragte sie Cassie: »Möchtest du gern selbst eins töten, oder darf ich?«

Cassie spürte einen Stich des Bedauerns für die Hasen, die von einer Supereule gejagt wurden. Die Eule indes schien sich großartig zu amüsieren. »Bitte sehr. Tu dir nur keinen Zwang an!« Geschickt tötete die Eule eines der Tiere, während Cassie ihren Kocher aufstellte.

Sekunden später tauchte neben dem toten Kaninchen ein Hase auf. Der Neuankömmling hoppelte aufgeregt umher. »Gemeines Raubtier!«, schrie er. »Gib sofort die Seele heraus, die du gestohlen hast!«

Die Eule sträubte ihr Federkleid und schüttelte sich. »Du warst nicht hier, um Anspruch auf die Seele zu erheben. Ergo gehört sie mir. Oder wäre es dir etwa lieber, wenn sie verloren ginge? Besser, sie wird eine Eule.«

»Jetzt bin ich aber hier!«, schrie der Hasen-Munaqsri. »Gib sie sofort zurück!«

»Wie du wünschst.« Die Eule öffnete den Schnabel. Ein kleiner heller Nebelstreif schwebte über den Gräsern davon – die Seele. Der Hase lief ihr nach, und sie verschmolz mit ihm.

Die Eule ließ den Körper des toten Kaninchens neben dem Kocher fallen. »Danke«, sagte Cassie. »Tut mir leid, dass ich dich in Schwierigkeiten gebracht habe.«

Die Eule zuckte mit den Schultern – ein wahres Kunststück bei all den Federn. »Der Hase hat kein bisschen Humor.«

Der Hasen-Munaqsri kam zurück. »Widerliche Raubtiere.«

Dann richtete er seinen zornigen Blick auf Cassie. »Du bist doch ein Allesfresser. Warum musst du ausgerechnet meine Hasen essen?«

»Such mir wilden Tofu, dann esse ich den«, bot Cassie an.

Die Eule gluckste. Wild vor sich hin schimpfend, verschwand der Hase zwischen den Grasbüscheln.

Cassie lächelte. Wie seltsam, dass sie jetzt mit sprechenden Vögeln und Nagetieren Späße machen konnte. Es war Monate her, dass Bär gesagt hatte, er würde ihr eine Welt voller ungeahnter Wunder zeigen. Und tatsächlich hatte sie sich niemals vorstellen können, mit einem magischen Lemming, einer magischen Eule und einem magischen Hasen hier draußen in der Tundra zu sein.

»Sind wir bald da?«, fragte sie den Lemming.

»Ich bringe dich bis an die Grenze meines Gebietes«, erwiderte er. »Und die Eule wird dafür sorgen, dass dich ein anderer Führer bis in den Wald bringt. Spätestens morgen Nachmittag wirst du bei Großvater Wald sein.«

Cassies Herz machte einen Sprung. Morgen schon! Morgen konnte sie Bär wiedersehen! Endlich, nach dem Eis und dem Meer und der Tundra. Sie fuhr sich mit den Fingern durchs Haar, und kleine Stückchen Schmutz lösten sich von ihrer Kopfhaut. Hoffentlich würde er sich nicht an ihrem strengen Geruch stören. Sie lachte laut auf und schüttelte den Kopf. Ihr Haar flatterte umher wie eine dicke Wolke aus verfilzter roter Wolle. »Bär, ich komme!« Sie würde ihn nach Hause holen.

Und dann? Cassie berührte ihren Bauch. Sie wusste es nicht.

Kapitel Zweiundzwanzig

Geografische Breite: 64° 04' 50" N
Geografische Länge: 124° 56' 02" W
Höhe: 390 m

SIE WÜRDE EINEN FÜHRER TREFFEN, HATTE DER LEMMING gesagt, bevor er sie verließ. Doch Cassie sah hier niemanden, der danach aussah. Sie war allein am Fuß des Hügels, dessen unteren Teil unzählige Fichten bedeckten. Weiter oben versperrte ein Espenhain die Sicht auf die Spitze. Scharen von Vögeln flatterten umher, in der Luft lag ein Hauch von Immergrün. »Hallo?«, rief sie. Welche Art Geschöpf sollte sie hier wohl treffen? Nagetier? Vogel? Moskito?

Eine der Espen auf halbem Weg zur Spitze des Hügels erschauerte. Alle Bäume dieser Art erbebten, wenn ein Windstoß sie traf. Was hatte ihr Dad sie doch gleich gelehrt: Der wissenschaftliche Name dieser Pflanzen lautete *Populus tremuloides* – Zitterpappeln. Doch dieser Baum war der einzige im Hain, der sich bewegte. Sie stieg zu ihm hinauf. An seinem Stamm, so dick wie ihr Arm, schälte sich die Rinde in blassgrünen Fetzen ab. In ungleichen Abständen ragten dünne Äste aus ihm hervor.

Der Baum zitterte heftiger, als führte er einen Bauchtanz auf.

Und dann begann er plötzlich zu lachen. Oder, um genauer zu sein, ein Mädchen, das oben in den Ästen saß, lachte. Cassie musste blinzeln – die Sonne stand direkt hinter dem Baum. Im Gegenlicht sah die Gestalt seltsam grünlich aus.

»Hallooo!« Das Mädchen winkte ihr zu, schwang sich von

den Ästen und landete leichtfüßig auf dem Boden. »Ich bin die Espe.«

Cassie blickte die schlanke Gestalt verwundert an. Sie war *tatsächlich* grün. Übereinanderliegende Blätter bedeckten ihre Haut wie ein Schuppenpanzer. Ihre Haare glichen Zweigen. »Bist du der Espen-Munaqsri?«, fragte Cassie.

»Ja«, antwortete das Mädchen. Ihre hohe, flötende Stimme klang fröhlich.

»Du bist ein Baum.«

Wieder lachte das Mädchen. »Ja!«

Sie hatte schon Merkwürdigeres gesehen als das, entschied Cassie. Oder vielleicht doch nicht? Sie versuchte sich vorzustellen, wie sie dieses Geschöpf Owen und Max beschrieb. Die beiden würden ihr niemals glauben. Gail vielleicht. Wenn Cassie dieses Mal zur Station zurückkam, hätten sie und ihre Mutter womöglich endlich etwas, worüber sie miteinander reden konnten.

Cassie folgte der Espe auf die Spitze des Hügels, und die Aussicht, die sich ihr von dort oben bot, löschte alle anderen Gedanken aus. »Wow«, flüsterte sie überwältigt. Weit in der Ferne sah sie hohe Berge, die Mackenzies. Dunkelviolett, durchsetzt mit weißen Bändern von Gletschereis, krönte das Gebirge den Horizont wie ein kostbares Diadem. Max hatte sich immer gewünscht, mit seiner Twin Otter einmal in die Mackenzies zu fliegen. Jetzt verstand sie, weshalb. Flüsse durchzogen das Vorgebirge, gigantische Felswände ragten auf. Und erst das Grün ... Dichte, hohe Fichtenwälder bedeckten den größten Teil der Landschaft, die sich über Hunderte von Meilen zwischen ihr und dem Vorgebirge erstreckte. Vor diesem dunkelgrünen Hintergrund hoben sich hell leuchtend das blasse Grün von Lärchen und die schlanken Stämme von Espen ab.

»In diesen Wäldern wohnt Großvater Wald«, sagte das Baummädchen. »Wir reiten zu ihm.«

»Reiten? Worauf denn?«, fragte Cassie.

Doch die Espe schien sie nicht weiter zu beachten. Stattdessen zeigte sie auf etwas und sagte: »Der da gefällt mir.« Als Cassie mit den Augen ihrem ausgestreckten Arm folgte, erblickte sie ganz in der Nähe ein Karibu, ein junges Männchen. Es stand mit dem Rücken zu ihnen. Sein Winterfell hatte es zum größten Teil bereits verloren. Reste davon hingen von seinem kräftigen Hals und dem breiten Rücken wie alte Lappen. Das Tier senkte den Kopf und begann sein Geweih gegen die Äste des Unterholzes zu schlagen. Das entstehende Geräusch klang, als würde ein ganzes Dutzend Trommeln zugleich bearbeitet, und verschluckte das Gezwitscher der Vögel. Nachdem das Karibu-Männchen sich ausgetobt hatte, hob es den Kopf. Die Enden des Geweihs hatten sich rot verfärbt. Cassie konnte die Lerchen und Nachtigallen wieder hören. Pfeilschnell schoss das Baummädchen zu ihm hinüber.

Cassie folgte ihr grinsend. Das war ja sogar noch besser, als mit einem Lemming zu reisen. Das Espenmädchen sprang auf den Rücken des Tieres und bedeutete Cassie, es ihr gleichzutun. Cassie packte die Mähne und zog sich hinauf. Die Größe ihres Rucksacks zwang sie, sich nach vorne gegen den Hals zu lehnen. Rückenwirbel bohrten sich in ihre Beine.

»Lauf!«, befahl die Espe.

Die restlichen Tiere der Herde stoben auseinander, als er losgaloppierte. Seine Sehnen gaben bei jeder Bewegung das für Karibus typische Klicken von sich, als würde ein Gummiband schnipsen. Cassie wurde auf dem knochigen Rücken wild hin und her geschleudert, während das Karibu unter Espes Einfluss die Geschwindigkeit eines Munaqsri erreichte.

Deutlich bemerkte sie jenen Moment, als sie die Taiga verließen und in den borealen Nadelwald eintraten: Schlagartig veränderte sich das Licht. Sie waren plötzlich von Schatten umgeben – die großen Koniferen sperrten die Sonne aus. Das Karibu setzte über umgestürzte Bäume hinweg, unter seinen Tritten knirschten Nadeln. Fichten bildeten dunkelgrüne Schwaden, hier und da gesprenkelt vom aufblitzenden Weiß einer Espe. Endlich, endlich. Gleich würde sie bei Großvater Wald sein!

Die Espe schrie ein Kommando, und das Karibu blieb stehen. Cassie wurde gegen seinen Hals geschleudert und quetschte sich den Bauch. »Aua!« Sie rutschte zurück hinter die knochig vorstehenden Schulterblätter. »Warum haben wir …«, begann sie und verstummte.

Vor ihr stand ein schmuckes kleines Häuschen geduckt zwischen den Fichten. Es sah aus, als wäre es selbst ein Teil der Bäume, denn deren Rinde ging nahtlos über in das Holz der Wände. Dick bemooste Steine bildeten das Dach. Cassie lächelte – das Häuschen wirkte geradezu wie eine Verkörperung des Begriffs »malerisch«. Wilde Rosen umrankten voll Anmut Tür und Fenster. In der Luft lag ein Duft von Rosmarin und Minze. Rauch ringelte sich einladend aus dem Schornstein. Durch das dichte Farnkraut, das den winzigen Hof bedeckte, führte ein Weg aus einzelnen breiten Steinplatten zum Eingang. Cassie glitt vom Rücken des Karibus herunter, und das Tier trottete weg.

Sie öffnete das hölzerne Gartentor und setzte ihren Fuß auf die erste Steinplatte. Ein vielstimmiges Vogelgezwitscher ertönte. Das Baummädchen hüpfte lachend an ihr vorbei den Pfad entlang. Jeder Stein sang anders unter ihren Füßen. Das Ganze klang wie ein Xylophon aus Vogelstimmen. Cassie probierte den nächsten Stein. Auch der sang für sie. Grinsend ging sie den Pfad hinunter bis zur Tür.

Sie konnte frisches Brot riechen. Ganz tief sog sie den köstlichen Duft ein.

Das Baummädchen riss die Tür auf und stürmte in das Häuschen. Cassie blieb im Durchgang stehen. Sie kniff die Augen zusammen, und ihre Pupillen weiteten sich, denn da drin war es ziemlich dunkel. Aber auch behaglich und gemütlich wie in einer Bärenhöhle. Ihre Augen brauchten einige Sekunden, um sich an die Dunkelheit zu gewöhnen. Dann erblickte sie den Hausherrn.

Gebeugt und verknorzelt ähnelte der Mann einer uralten Schwarzfichte. Bewaffnet mit einem Besen, wuselte er in der winzigen Hütte umher und fegte Schmutz aus den Ecken und von der Decke, wobei er leise vor sich hin murmelte. Staub hing in der Luft wie dunstiger Morgennebel. Das Baummädchen umarmte ihn stürmisch. »Gleich, gleich, Liebes«, sagte er und tätschelte abwesend ihre Schulter. »Für unseren Gast muss doch alles perfekt sein.«

Großvater Wald. Cassie hätte es am liebsten laut herausgeschrien. Oder -gesungen. Ihr war, als wäre sie Bär jetzt ganz nahe. Fast konnte sie schon sein Fell unter ihren Händen spüren und seinen leicht nach Robbe riechenden Atem schmecken. Sie räusperte sich.

Der Hausherr klatschte in die Hände. »Unser Gast!« Jedes einzelne seiner zahllosen Fältchen schien zu lachen. »Bitte, komm herein. Komm!« Geschäftig trippelte er um sie herum, während sie sich bückte und durch die Tür trat.

Die winzige Küche war voller Schränke und Schubladen, alle über und über bedeckt mit Schnitzereien von Kaninchen und Eichhörnchen. Hölzerne Teller, Schüsseln und Krüge stapelten sich auf Regalbrettern. Es gab sogar ein Waschbecken mit einem hölzernen Wasserhahn. Die einzigen Gegenstände aus Metall waren ein schmiedeeiserner Ofen und ein altmodischer Teekessel. Einige Ecken der Küche lagen im Schatten verborgen. Durch eine offen stehende Tür konnte Cassie einen kleinen, gemütlichen Wohnraum erkennen, und hinter einer der drei anderen Türen befand sich ein Schlafzimmer. Dieses Häuschen war so ganz anders als Bärs Schloss mit seinem weiträumigen Ballsaal, den Säulengängen und den Wendeltreppen. Trotzdem gefiel es ihr. Es strahlte Wärme und Geborgenheit aus – eine willkommene Abwechslung nach dem ewigen Eis und der endlosen Tundra. »Bist du Großvater Wald?«

Der alte Mann wackelte mit dem Kopf. »Gefällt es dir?«

Er meint wohl den Wald, vermutete Cassie. »Es ist wunderschön hier.«

Der Alte strahlte. »Du musst unbedingt die Gegend um den Aberdeen Lake sehen. Herrliche Weißfichten. Und die Peacock Hills. Die gehören zu meinen schönsten Arbeiten. Ja, du musst unbedingt eine Rundreise machen! Du solltest mal meine Espenhaine sehen. Und die Flussufer mit den Balsampappeln. Die Flüsse gehören natürlich nicht zu meinem Gebiet, aber … naja … die Ufer schon!«

»Es tut mir leid, aber …«

»Oh, und du musst die Weiden sehen! Die Auen mit den Weidendickichten!« In seinem Überschwang begann er von einem Bein aufs andere zu hüpfen. Er erinnerte Cassie an einen Weihnachtself. Oder den Weihnachtsmann höchstpersönlich.

»Beim nächsten Mal bestimmt«, versprach sie und lächelte fröhlich. Sein Enthusiasmus war wirklich ansteckend. Man musste ihn einfach mögen. »Ich bin überzeugt, du leistest hervorragende Arbeit.«

»Es ist eine überaus edle Berufung.« Für einen kurzen Moment nahmen seine Augen einen ernsten Ausdruck an. »Wir Munaqsri sorgen dafür, dass die Welt ihren Gang geht.« Und dann strahlte er wieder übers ganze Gesicht. »Komm, setz dich!«, sagte er und tätschelte ihre Hand. Er führte Cassie in eine leere Ecke des Raumes und klopfte mit seinem Besen auf den Boden. Im Nu spross genau an dieser Stelle eine Baumwurzel empor, deren oberes Ende sich auf seinen Befehl hin zu einem Brett abflachte. Er veränderte die Form des Holzes genauso leicht, wie Bär Eis bearbeiten konnte. Sie musste an die herrlichen Gärten und die wunderschönen Skulpturen denken – die nun alle zerstört waren. Aber sie würden ja bald wieder zu Hause sein. Der Wald-Munaqsri tätschelte den Wurzelstuhl. »Bitte, lass mich dir etwas zu essen holen. Du musst am Verhungern sein.«

Er eilte in die Küche, und Cassies Magen begann erwartungsvoll zu grummeln. »Vielen Dank, aber dafür habe ich keine Zeit. Du hast nämlich recht. Mit den Munaqsri, meine ich. Ohne Bär werden die Eisbären innerhalb einer Generation aussterben.«

Großvater Wald trippelte hierhin und dorthin, stellte sich auf die Zehenspitzen und durchsuchte seine Schränke. »Wir haben hier im Wald alle möglichen Köstlichkeiten. Frische Farnwedel? Pinienkerne?« Er häufte Beeren, die jetzt gar nicht wuchsen, und merkwürdig geformte Blätter auf ein Tablett.

Ich lasse mich nicht ablenken von meinem Ziel. Nicht jetzt, wo ich ihm schon so nahe bin, dachte Cassie entschlossen. Obwohl – der Gedanke an Essen war sehr verführerisch. Seit dem Kaninchen am

Vortag hatte sie nichts mehr zu sich genommen. »Ich habe gehört, du könntest mir helfen, zur Festung der Trolle zu gelangen.«

Der Alte öffnete den eisernen Ofen, und der Duft von frischem Brot wallte durch den Raum. Er hob einen knusprigen Laib heraus, und ihr Magen schrie laut auf. »Ruh dich zuerst ein wenig aus! Und dann reden wir über deinen Eisbären.«

Frisches Brot. Das Wasser lief ihr im Mund zusammen. Was konnte es denn schon schaden? Und wäre es nicht besser, Bärs Rettung mit vollem Magen in Angriff zu nehmen? Nach allem, was sie wusste, waren es bis zur Festung viele Tausend Meilen, und sie würde die Kraft brauchen. Dringlichkeit kämpfte mit Hunger, und Hunger gewann. Cassie nahm ihren Rucksack ab und lehnte ihn gegen eine Wand. Dann setzte sie sich auf den Wurzelstuhl. Er fühlte sich solide an, wie ganz normales Holz, obwohl eben erst gewachsen. Der Alte überreichte ihr das Tablett. Sie fragte sich, warum er die Speisen nicht auf ebenso magische Weise erzeugt hatte wie den Stuhl. Dann biss sie herzhaft in das Brot und verlor sogleich jegliches Interesse an dieser Frage.

Es schmeckte nach Honig und schmolz im Mund. Mit drei großen Bissen schlang sie es hinunter. »Das ist ja köstlich.« Einige der Blätter schmeckten nach Kopfsalat, andere nach Minze, und wieder andere nach Nuss. »Vielen Dank!«

Ihr Gastgeber lächelte sie liebevoll an. »Du bist die Frau des Eisbären. Wir kümmern uns um unseresgleichen.«

Cassie lächelte zurück. Die Eule hatte gesagt, sie könne sich auf Großvater Wald verlassen. Und das stimmte auch. Jetzt musste sie sich keine Sorgen mehr machen. Dank der Hilfe von Sedna und Fluffy und Lemming und Espe würden sie und Bär bald zu Hause sein. »Wie weit ist es denn noch bis zur Festung?«, fragte sie, als sie alles aufgegessen hatte.

»Tee?«, fragte Großvater Wald zurück und tippte mit dem Finger an die Wurzel. Cassie musste ein Stück zur Seite rutschen, als ein grüner Trieb neben ihr aus der Rinde spross. Er entrollte sich, und seine Spitze schwoll zu einer Knolle an. Die wurde dicker und dicker, bis es aussah, als würde sie jeden Moment platzen. Grüne

Hüllblätter schälten sich ab, und die Knolle öffnete sich wie eine Tulpe. Vom Grund der Blüte breitete sich Farbe aus, helles Rosa. Es wurde dunkler und dunkler, bis die Blüte schließlich in einem satten Rot leuchtete. Cassie war hingerissen und lachte vor Freude laut auf. Das hier war pure Magie – es hätte von Bär sein können. Der Wald-Munaqsri schnippte die Blütenbasis an, und der grüne Trieb löste sich in nichts auf. Er nahm den Kessel vom Herd und goss Tee in die Blüte. Dann reichte er sie Cassie. Die Blütenblätter fühlten sich warm und weich an. »Der wird dir schmecken«, sagte der Alte mit einem Lächeln. »Eine Spezialmischung. Für dich extra stark.«

Als sie den Blütenbecher an die Lippen hob, stieg ihr würziger, heißer Dampf in die Nase. Sie nahm einen kleinen Schluck. Der Tee schmeckte nach Kräutern und Kiefer. Sofort fühlte sie sich ruhiger. »Nochmals vielen Dank!«

»Ich habe dir ein Bett zurechtgemacht«, fuhr Großvater Wald fort. »Du musst dich mal richtig ausschlafen.«

Cassie schüttelte sich. »Nein, nein.« Ihre Zunge fühlte sich ganz dick an.

»So nahe dran.« Sie stand auf, und ihre Knie gaben nach. Großvater Wald nahm ihr die Blütentasse aus der Hand und stellte sie auf den Wurzelstuhl. Dann nahm er behutsam ihren Arm und führte Cassie zu einer der Türen. »Wenn du etwas brauchst, musst du nur rufen«, sagte er. »Die Bäume haben nämlich Ohren, weißt du?«

Das Baummädchen, das in einer Ecke der Hütte saß, kicherte – ein schrilles Geräusch. Es schabte durch Cassies Gehirn wie Eisenspäne. Ihr wurde schwindlig. Sie schüttelte den Kopf, um ihn wieder klar zu kriegen.

Der Alte führte sie in einen grünen Raum, in dem ein weiches Daunenbett stand. Cassie runzelte die Stirn. Sie wollte nicht schlafen. Sie wollte zu Bär. »Nein, nicht schlafen«, lallte sie undeutlich. Das Denken fiel ihr schwer. *Das kommt von dem Tee,* dachte sie benebelt. Aber er war doch so ein netter alter Mann. »Bär sehen wenn aufwache?« Sie versuchte, Großvater Wald in die Augen zu sehen, doch ihre Lider waren schwer wie Blei, und sie sank auf das Bett.

Er tätschelte ihren Arm. »Schlaf gut, meine Liebe. Und mach dir bitte keine Sorgen. Alles wird gut. Du wirst sehen.«

Aus einem Impuls heraus umarmte Cassie das Hutzelmännchen.

»Jaja, Liebes«, wiederholte er »Du wirst sehen.«

Kapitel Dreiundzwanzig

Geografische Breite: 63° 54' 53" N
Geografische Länge: 125° 24' 07" W
Höhe: 397 m

»AU, AU, AU!« VORSICHTIG LÖSTE CASSIE IHRE LANGEN Unterhosen von den Beinen – schmutzverkrustet und schweißdurchtränkt klebten sie an ihr wie eine zweite Haut. Es war, als würde man ein Heftpflaster abreißen. Sie schnitt eine schmerzvolle Grimasse. Ihr Gesicht und ihr Körper waren übersät mit zahllosen blutverkrusteten Schrammen zwischen blauen, violetten und gelben Flecken. Wie reizend! Sie stellte die Dusche an. Wasser sprudelte aus einer Felsspalte und floss zwischen einigen Wurzeln am Boden wieder ab. Cassie zuckte zusammen, als sie sich unter den eiskalten Wasserstrahl stellte.

Schlamm tropfte ihr von den Beinen und färbte das ablaufende Wasser braun. Großvater Wald hatte gesagt, sie würde im Badezimmerschrank neue Kleidung finden. Also wusch sie ihre gesamte Unterwäsche und auch alle langen Unterhosen. Abgesehen von dem Tee, der sie außer Gefecht gesetzt – ihr gleichzeitig aber, das musste sie zugeben, auch zu dem lange entbehrten, erholsamen Schlaf verholfen hatte –, erwies sich ihr Gastgeber als äußerst zuvorkommend. Sie fühlte sich wie ein Hotelgast oder, genauer gesagt, wie sich ein Hotelgast ihrer Vorstellung nach fühlen musste, denn sie war noch niemals in einem Hotel gewesen. Cassie schäumte ihren Körper mit einer Seife ein, die nach Kiefernnadeln duftete. Ah, wie sie das vermisst hatte! Dann widmete sie sich gründlich ihrer verfilzten Mähne. Grasbüschel landeten mit einem leisen Plopp auf dem Boden der Dusche. Eins davon war sogar Seegras.

Dunkle Tropfen klatschten gegen die Wände, als sie ihre nassen Haare kräftig ausschüttelte. *Großvater Wald sollte heiliggesprochen werden,* dachte sie. Endlich fühlte sie sich wieder wie ein Mensch. Wenn das hier vorüber war, würde sie Bär als Erstes darum bitten, ein neues Badezimmer aus dem Eis zu erschaffen. Sie stellte sich vor, wie sie gemeinsam das Schloss Stück für Stück wieder neu erbauten.

Wohlig die Glieder streckend, gab Cassie sich ganz diesem wunderschönen Tagtraum und dem prickelnden Gefühl frischen Wassers hin. Bis sie ein leichtes Flattern in der Bauchgegend verspürte.

Ihre Hände fuhren zu ihrem sanft gewölbten Leib. Sie spürte das Flattern ein zweites Mal. Es war, als wäre ein Schwarm winziger Vögel in ihren Eingeweiden gefangen. Ihre Knie gaben nach, und sie musste sich an der Wand abstützen.

Oh nein! Nein, nein! Wie konnte sie bloß schwanger sein? An die raue Rinde geschmiegt, kauerte sie in der Dusche. Wasser strömte über sie hin. Das klatschnasse Haar klebte auf ihrer Haut. Sie war noch gar nicht bereit, Mutter zu werden!

Bis jetzt hatte sie es vermieden, allzu viel über das Thema nachzudenken. Doch das Baby wartete nicht, bis sie sich mit dem Gedanken angefreundet hatte. Mit jedem Tag ging es seiner Geburt einen Schritt weiter entgegen.

Cassie zwang sich zu einem tiefen, langen Atemzug. Sie musste Ruhe bewahren. Bär würde ihr helfen. Sie würde nicht damit allein sein. Er würde wissen, wie man mit einem Baby umging – einem Munaqsri-Baby. Wenn sie und Bär erst einmal wieder zusammen waren, konnten sie sich dieser Aufgabe gemeinsam stellen.

Entschlossen richtete Cassie sich auf und trocknete sich mit einem Handtuch aus kunstvoll ineinander verwobenen Farnwedeln ab. Es zerfiel auf ihrer Haut. Sie musste nur rechtzeitig Bär finden, und alles würde gut werden. Mit der Hilfe von Großvater Wald würde alles gut werden.

Sie nahm die frischen Sachen aus dem Schrank und faltete sie auseinander. Zum Vorschein kam ein Trachtenkleid. Es bestand aus einem blattgrünen Oberteil und einem formlosen rindenbraunen Rock. Baumwollunterwäsche fiel auf den Boden. Cassie starrte das Kleid an. Niemand, der vorhatte, den borealen Nadelwald zu durchqueren, würde ein Trachtenkleid tragen. Sie durchsuchte den Schrank nach anderen Sachen. Doch sie fand lediglich puppenhafte Schläppchen. Die waren noch schlimmer als das Kleid – sie würden auf dem Weg durch den Wald nach wenigen Schritten auseinanderfallen. Was hatte sich Großvater Wald nur dabei gedacht?

Cassie warf einen Blick auf ihre nassen Sachen, die sie zum Trocknen über einen Zweig gehängt hatte. Ihr blieb keine Wahl. Wenn sie nicht nackt umherlaufen wollte, würde sie das Kleid anziehen müssen. Sie schlüpfte hinein und sah stirnrunzelnd an sich hinab. »Lächerlich«, sagte sie laut.

Dann zog sie ihre alten Mukluks an und ging nach draußen. Dort fand sie Großvater Wald, bis zur Hüfte in Farnkraut stehend. Als sie auf einen der singenden Steine trat, hob er den Kopf und strahlte sie an. »Gut geschlafen?«

»Vollkommen ausgeruht und fertig zum Abmarsch«, verkündete Cassie. »Danke für deine Gastfreundschaft.« Sie hatte beschlossen, das Kleid mit keinem Wort zu erwähnen. Wahrscheinlich hatte er gar nichts anderes da. Und seine Zwergenhosen wären ihr viel zu klein. Sie sollte nicht undankbar sein nach allem, was er für sie und Bär getan hatte.

Er verzog das Gesicht, bis es aussah wie eine alte Backpflaume. »Jetzt nicht!«

Sie hatte gespürt, wie sich das Baby bewegte. Sie wollte keine Minute länger warten. »Warum nicht?«

Großvater Wald wies auf den von Farnwedeln bedeckten Hof. »Der Farn steht kurz vor dem Aussamen.«

Sie sollte wegen des Farns warten? Sie hatte doch nicht die gesamte Arktis durchquert, um sich jetzt von so etwas aufhalten zu lassen. »Bär wartet auf mich«, erwiderte sie.

»Der Farn kann nicht warten«, gab er zurück.

Zähneknirschend rief Cassie sich ins Gedächtnis, dass er sie mit Essen und Kleidung versorgt hatte. Ein wenig Arbeit auf dem Hof schien ein fairer Preis dafür zu sein. »Also gut«, sagte sie bemüht freundlich. »Ich werde dir helfen.«

Er lächelte, und die Fältchen um seine Augen ließen ihn wieder aussehen wie den Weihnachtsmann. Dann kniete er sich hin und zeigte ihr, wie sie die Samen von der Unterseite der Farnwedel ernten, sie über den Hof verteilen und mit einer Schicht weicher Kiefernnadeln bedecken musste. Er benahm sich wie ein Kind, das seinem Freund ein neues Spielzeug vorführt. »Schwerkraft und Wind können das ebenso gut«, meinte Cassie.

»Du bist ja so naiv«, gab er liebevoll zurück. »Das ist wirklich charmant.«

Cassie runzelte verärgert die Stirn. »Wenn das hier erledigt ist, gehen wir zu Bär.« Dann beugte sie sich über die Farne und begann, mit ihren kurzen Fingernägeln die Samen von der Unterseite der Wedel zu kratzen und sie auf leeren Stellen im Hof zu verstreuen.

»So ist es gut«, murmelte Großvater Wald und ließ sie nicht aus den Augen.

Es war genauso sinnlos, wie Herbstlaub von den Bäumen zu pflücken. Cassie kratzte und streute, kratzte und streute, so schnell sie konnte. Bär wartete auf sie. Cassie sah ihn vor sich, wie er in einem Käfig auf und ab lief, während die Trolle ihm Stöcke in den Leib stießen und über ihn lachten. Sie hasste die Vorstellung, dass er gefangen und hilflos war. Sie kratzte immer schneller und riss die zarten Wedel in Fetzen.

Großvater Wald dagegen pfiff fröhlich vor sich hin. Bedächtig beugte er sich über jeden Farn, nahm jedes Samenkorn einzeln ab, betrachtete es eingehend im Licht der schräg stehenden Sonne, ließ seinen Blick über den ganzen Hof schweifen und legte es dann behutsam an seinen Platz. Cassie hätte ihn am liebsten durchgeschüttelt. Sie musste sich auf die Zunge beißen, um ihn nicht laut anzuschreien, er solle sich gefälligst beeilen.

Mittagszeit und Abendessen vergingen, und Cassie arbeitete

immer noch. Großvater Wald kam und ging, wackelte davon, um den Geschäften eines Munaqsri nachzugehen (oder, dachte sie, um sich eine oder zwei Stunden lang am Ellenbogen zu kratzen). Während sie stöhnend ihren Rücken durchdrückte, schnupperte er an den Rosen, die die Fenster der Hütte umrankten, und bog jedes einzelne Blütenblatt zurück, bis sich die Blüten voll entfaltet hatten. Der alte Mann, dachte Cassie, war ein Kinnaq, ein Irrer. Doch solange er sie zu Bär brachte, war ihr das ziemlich egal. Sie beendete ihre Arbeit. »Können wir jetzt endlich gehen?«

Großvater Wald arrangierte die Blütenblätter wie ein Künstler. »Alle Samen verteilt?«

Sie ließ ihren Blick über den Hof schweifen. »Ja.«

Er deutete auf den Wald. »Und die dort?«

Cassie schaute sich um. Hinter dem Gartenzaun erstreckte sich endlos der Nadelwald. »Das soll wohl ein Scherz sein.«

Er ließ sie einfach stehen.

Cassie spürte, wie sich das Kind in ihr bewegte, und legte automatisch die Hände über ihren Bauch. Wenn sie kooperierte, dann würde ihr dieser *Kinnaq* helfen, Bär zu finden. Sedna hatte gesagt, er würde ihr helfen. Sogar die Eule hatte gemeint, Cassie könne sich auf ihn verlassen, er wisse, was am besten zu tun sei.

Zum ersten Mal fragte sie sich, was genau wohl mit »das Beste« gemeint sein mochte.

Sie ging zurück zum Häuschen. Still und friedlich stand es da, wie gemalt, und die nie untergehende Sonne übergoss sein Dach mit warmem, bronzefarbenem Licht. Cassie wollte auf keinen Fall eine weitere Nacht ohne Bär verbringen. Großvater Wald musste das einfach einsehen.

Entschlossen betrat sie die Hütte und durchquerte die Küche. Sie fand ihren Gastgeber faulenzend in einem hölzernen Schaukelstuhl im Wohnzimmer. Als sie hereinkam, sah er auf. »Schon fertig?«

»Ich will meinen Mann zurück«, sagte Cassie.

»Und ich will meinen Tee«, erwiderte er. »Komm, wir trinken

zusammen Tee und reden.« Er schlurfte in die Küche und nahm den Kessel vom Herd.

»Bär braucht Hilfe«, sagte Cassie so gleichmütig, wie sie konnte. Bärs Rettung war wichtiger als Tee oder Farne oder Duschen oder Schlafen. Bärs Rettung war wichtiger als alles andere auf der Welt. Sie folgte Großvater Wald in die Küche. »Es ist nicht so, dass ich deine Gastfreundschaft nicht zu schätzen wüsste. Aber jede Sekunde, die Bär länger in der Troll-Festung bleibt, ist eine zu viel. Bitte, versuch doch, mich zu verstehen!«

Er goss zwei Tassen Tee ein. »Möchtest du nicht doch einen?«

Cassie hätte vor Frust am liebsten geschrien. Stattdessen biss sie die Zähne zusammen und versuchte zu lächeln. »Wenn ich es nicht besser wüsste, würde ich denken, du versuchst ganz bewusst, mich aufzuhalten.«

Er wackelte zu einem Wurzelstuhl, setzte sich hin und rührte in seinem Tee. Ohne sie anzusehen, erklärte er: »Du kannst nicht reisen mit dem Kind in deinem Bauch. Das Risiko ist zu groß.«

Cassie erstarrte. Sie musste sich verhört haben. »Wie bitte?«

»Tut mir leid, dass ich dich enttäuschen muss.«

Cassie war fassungslos. Sie schnappte zweimal nach Luft, bis sie schließlich herausbrachte: »Das verstehe ich nicht. Du musst mir helfen. Es ist doch deine Pflicht, mir zu helfen. Die Meerjungfrau hat gesagt, Munaqsri seien da, um das Gute zu tun. Ihr seid da, um zu tun, was das Beste ist.«

»Ich will ja auch nur das Beste. Und daher kann ich dir nicht gestatten, das Leben eines zukünftigen Hüters aufs Spiel zu setzen.« Wie er so auf seinem Stuhl thronte, die Füße über dem Boden baumelnd, sah er aus wie ein altes, verschrumpeltes Kind.

Cassie ballte die Hände zu Fäusten. »Das Risiko ist mir egal. Ich muss es einfach versuchen!« Ihr Vater hatte es nicht versucht, und was war passiert? Sie war ohne Mutter aufgewachsen, und Gail schrie im Schlaf.

Sein faltiges Gesichtchen verdunkelte sich. »Es ist gefährlich.«

»Ich muss das tun, für Bär.« Entschlossen ging sie ins Gästezimmer und kam mit ihrem Rucksack zurück. »Ich *muss.*« Etwas anderes stand überhaupt nicht zur Debatte.

Knochen krachten, als Großvater Wald sich erhob. »Es tut mir leid, aber ich muss darauf bestehen.«

»Du. Aha! Und welche Armee?« Sie ging entschlossen zur Tür.

Mit leiser, trauriger Stimme erwiderte er: »Ich brauche keine Armee.« Eine blitzschnelle Handbewegung zu den Wänden, und auf seinen Befehl hin schossen Triebe hervor, krochen auf Cassie zu und schlangen sich um ihre Handgelenke. Cassie schrie laut auf. Weinranken zogen sich fest um ihre Arme und kletterten an ihr hoch bis unter die Achseln. Dann wickelten sie sich um ihren Oberkörper, und sie wurde hochgehoben. Sie strampelte mit den Füßen in der Luft, wand und krümmte sich im Griff der Ranken. »Lass mich runter!«

»Das werde ich«, sagte Großvater Wald. »Sobald du eingesehen hast, dass du hierbleiben musst, bis das Baby geboren ist. Dein Kind wird dringend gebraucht.« Seine Stimme klang so ruhig, dass Cassie ein frostiger Schauer über den Rücken lief. »Es gibt nicht genügend Munaqsri, und Munaqsri halten die Welt am Laufen. Bitte, versuch doch, das zu verstehen! Es ist nur zum Besten.«

Cassie wehrte sich erneut mit aller Kraft, aber sie hing in den Weinranken wie eine Strohpuppe – Arme ausgebreitet, Füße in der Luft, Kopf zwischen den Dachsparren. »Das kannst du nicht tun! Du darfst mich nicht hier festhalten!«

Er nahm seinen Tee. »Sobald du zur Vernunft gekommen bist, kannst du wieder runter.« Und mit diesen Worten ging er zur Tür und öffnete sie.

»Wo gehst du hin?« Sie warf sich herum und trat wie wild mit den Füßen um sich. »Komm zurück! Lass mich hier nicht so hängen!«

Großvater Wald nahm ein Schlückchen von seinem Tee, ging aus dem Zimmer und machte die Tür hinter sich zu.

Cassie hing zappelnd in der Luft, sinnlos um sich tretend. »Komm zurück!«

Der letzte singende Stein ertönte, das Gartentor kreischte in den Angeln, und dann war er fort. In den Wald.

Cassie zog rhythmisch die Beine an und versuchte zu schwingen. Es klappte. Sie pendelte vor und zurück, vor und zurück, immer schneller.

Doch die Weinranken spürten die ungewöhnliche Bewegung. Sie zogen sich fester zusammen, und Cassies Kopf krachte gegen die Decke. Sie fluchte. Sedna, der Lemming, die Eule, die Espe … Hatten sie gewusst, dass Großvater Wald sie gefangen nehmen würde? Hatten sie sie bewusst in die Irre geführt? Oder hatte sie, Cassie, die Munaqsri missverstehen *wollen*?

Sie zerrte an den Weinranken. Die Schlingen wickelten sich fester um ihre Handgelenke. Wenn sie sich nicht entspannte, würden sie ihr das Blut abschnüren. Keuchend hing sie in der Luft. *Oh, Bär, ich werde einen Weg finden!*

Lässig im Kreis schwingend, baumelte sie von der lebenden Decke.

Cassie hörte, wie Großvater Wald seinen Morgentee aufsetzte. Ohne den Kopf zu heben, sagte sie: »Lass mich runter! Ich muss zur Toilette.«

»Vögel und Eichhörnchen benutzen auch keine Toilette. Störe mich nicht!« Er goss sich Tee ein. Das plätschernde Geräusch verschlimmerte den Drang, und sie kniff die Beine fest zusammen.

Sofort zogen sich die Ranken enger und banden sie aneinander. »Es sei denn«, sagte er hoffnungsvoll, »du hast dich entschlossen zu bleiben?«

Cassie wand sich im Griff der Ranken und schrie ihm jeden einzelnen Fluch entgegen, den sie kannte.

»Welch gemeine Ausdrucksweise für ein Kind«, sagte er milde und verließ die Hütte.

Einige Minuten später hörte Cassie auf, sich zu wehren. Es tat zu weh. Ihr Körpergewicht zerrte an den Armgelenken; sie fühlte sich, als hätte man sie gekreuzigt. Tränen traten ihr in die Augen, aber sie blinzelte sie weg. Diese Genugtuung würde sie ihm nicht verschaffen. Er würde sie nicht unterkriegen – und auch nicht das Eis, nicht die See, nicht die Tundra und erst recht nicht dieser verdammte Wald.

Sie begann ihre Finger zwischen die Weinranken zu bohren. Die reagierten sofort. Sie teilten sich und wickelten jeden Finger einzeln ein. Nun konnte sie ihre Hand nicht mehr gebrauchen. Cassie krümmte sich, und die Ranken verdickten sich. »Oh Gott!«, flüsterte sie. Panik stieg in ihr hoch – sie konnte nichts dagegen tun. Je wilder sie um sich schlug, desto mehr Ranken schoben sich über die ersten. Im Nu steckte sie vom Hals bis zu den Füßen in einem starren Kokon aus Rinde.

Bald würde der Weinstock sie gänzlich verschlungen haben, und sie wäre eingeschlossen wie damals im Eissturm in ihrem Schlafsack. Furchtbare Angst schnürte ihr die Kehle zu. »Ich kann das nicht«, wisperte sie. »Ich kann nicht. Ich kann nicht.«

Alles konnte sie ertragen, aber nicht das: gefangen sein, vollkommen hilflos, ohne Kontrolle über ihren eigenen Körper. Sie atmete tief durch, kämpfte die Angst nieder. Ihre Rippen drückten gegen das Holz. Sie nahm einen weiteren Atemzug, und die Ranken reagierten, pressten alle Luft aus ihr heraus. Cassie wusste sich nicht mehr zu helfen und bettelte: »Bitte, zerquetscht mich nicht! Bitte, bitte!«

Die Ranken gaben einen Zentimeter nach, und sie nahm schnelle, winzige Atemzüge. Sie rief sich ins Gedächtnis, dass sie immer noch denken und reden konnte, dass der Wein weder ihren Geist noch ihre Zunge einschnüren konnte. Bei der Vorstellung, wie sich die Ranken um ihre Zunge wickelten, erbebte sie heftig. Die feste Umklammerung des Kokons milderte das Beben zu einem leichten Schaudern ab. Sie hatte nicht gewusst, dass Großvater Wald über solch große Macht verfügte. Obwohl sie es hätte wissen *können* – Bär besaß diese Macht ja auch. Aber Bär setzte sie niemals auf diese Weise ein. Als sie gehen wollte, hatte er sie gehen lassen.

Nur ein einziges Mal hatte er ihr gegenüber ohne ihre Zustimmung von seinen Kräften Gebrauch gemacht.

Zum hundertsten Mal ließ Cassie das Gespräch in ihrem Kopf ablaufen. Bär hatte darauf bestanden, es sei ein Missverständnis gewesen. Er habe gehofft, sagte er, dass sie selbst genauso glücklich darüber sei wie er, wenn sie erst einmal verstanden habe, wie wichtig ein Munaqsri-Kind sei. Jetzt, nachdem sie am eigenen Leib erfahren hatte, wie die anderen Munaqsri darauf reagierten, dass sie einen von ihnen unter dem Herzen trug, konnte sie es endlich glauben. Er hatte sie nicht hintergehen oder benutzen oder verraten wollen. Vielleicht hatte er sich selbst etwas vorgemacht, aber er hatte ihr nicht wehtun wollen.

Neun Stunden später hörte Cassie das Lied der Steine. Der Kokon, der jetzt so dick war wie drei Körper und die ganze Zeit vollkommen reglos von der Decke gehangen hatte, drehte sich so, dass sie mit dem Rücken zur Tür baumelte. Als diese geöffnet wurde, fiel ein Streifen Sonnenlicht unter ihr auf den Fußboden. »Großvater Wald?«

»Ja, mein Kind. Wie geht es dir?«

Cassie tat alles weh, und sie schwitzte höllisch in ihrer hölzernen Schale. Ihre Rippen schmerzten, ihre Blase platzte fast, ihre Haut juckte. Und er besaß die Frechheit, sie zu fragen, wie es ihr ging? Er traute sich, sie »mein Kind« zu nennen, als wäre er irgendein frommer, gütiger Priester? Sie war kein Kind, und seins schon gar nicht. »Du musst mich gehen lassen.«

Er schloss die Tür, und der Lichtstreifen erlosch. »Es tut mir leid«, antwortete er, »aber du lässt mir keine Wahl.« Sie hörte das Schlurfen seiner Füße auf dem Boden. Sehen konnte sie ihn nicht, denn sie hing mit steifem Hals von der Decke, den geschnitzten Schränken zugewandt.

»Du machst einen Fehler«, sagte sie.

Großvater Wald humpelte durch ihr Blickfeld und stellte einen Topf auf den Herd. »Du bist stur und leichtsinnig. Das seid ihr Jungen oft. Und solange das so ist, ist es an uns Älteren, dafür zu sorgen, dass euer selbstsüchtiges Verhalten keine bleibenden Schäden anrichtet. Du riskierst das Leben eines Munaqsri, und das kann nicht zugelassen werden.«

»Aber Bär ist auch ein Munaqsri!« Warum wollte das denn niemand verstehen? Sie war doch auf ihrer Seite, versuchte, einem von ihnen zu helfen! Cassie zwang sich, ihre Stimme ruhig und normal klingen zu lassen. »Wenn du mich hierbehältst, sind die Eisbären dem Tod geweiht.«

Mitleid huschte über sein Gesicht. »Der Bär ist fort«, sagte er sanft. »Ich weiß, das ist schwer zu akzeptieren, aber er ist jetzt jenseits dieser Welt. Er könnte genauso gut tot sein.«

»Er ist aber nicht tot!« Cassie zuckte und zappelte, und die Ranken zogen sich wieder fester zusammen.

»Du musst jetzt an das Kind denken. Und die Eisbären werden sowieso aussterben«, fuhr er fort. »Du musst seinen Verlust akzeptieren und …«

»Das werde ich nicht tun. Er ist nicht tot!« Alles, aber nicht tot. Ihr Verstand weigerte sich, das zu denken. Es war eine Lüge. Bär war gefangen, wartete darauf, dass jemand kam, um ihn zu retten. Genau wie ihre Mutter vor all den Jahren.

»Etwas heiße Suppe wird dir guttun. Möhren, Kartoffeln, Zwiebeln.« Großvater Wald nahm Gemüse aus einem Schrank. »Tomaten. Wenn du ihn wirklich liebst, musst du ihn loslassen.«

»Er hat mir sein Wort gegeben«, erwiderte sie. »Bis meine Seele meinen Körper verlässt.« Ein Munaqsri konnte ein einmal gegebenes Versprechen nicht brechen. Richtig? Es sei denn, es wurde im Gegenzug etwas anderes versprochen. Cassie erinnerte sich an die Geschichte ihrer Großmutter: Die Tochter des Nordwinds hatte dem Versprechen ihres Vaters ihr eigenes entgegengesetzt. Cassie spürte, wie Verzweiflung sie einhüllte und fester zusammenpresste als die Weinranken.

Großvater Wald schälte und schnitt das Gemüse und warf es in den Topf. »Hat dein Bär das denn gewollt? Dass du den Tod suchst und den deines Kindes? Niemand war jemals östlich der Sonne und westlich des Mondes.«

»Das stimmt nicht«, widersprach Cassie. Gail war dort gewesen. Der Nordwind hatte sie hingeblasen. Der Nordwind … Cassie verfluchte sich. Wäre sie doch zum Nordwind gegangen. Er hätte sie zu Bär bringen können. Wie dumm sie doch war! *Jetzt* hatte sie einen Plan. Jetzt, wo sie hier in dieser Hütte hing wie ein gefangener Hase.

»Nein, mein Kind. Jeder Versuch, zu dieser Festung zu gelangen, ist zum Scheitern verurteilt. Es ist das Beste für dich, wenn du hierbleibst. Das hätte der Bär auch gewollt.«

Versprich mir, dass du es nicht versuchst! »Das hat er doch nicht ernst gemeint!« Wenn du mich liebst, musst du mich gehen lassen! »Er will kein Gefangener der Trolle sein. Er will bei mir sein!« Sie war selbst überrascht, wie stark diese Überzeugung war. Wenn es hart auf hart ging, glaubte sie ihm, dass er sie liebte. Die Erkenntnis traf sie wie ein Blitz.

»Manchmal stoßen auch den Guten schlimme Dinge zu.« Großvater Wald schöpfte Suppe in eine Schüssel. Er trug sie hinüber zu Cassie, und auf seinen Befehl hin hob sich der Fußboden, bis er sich auf Augenhöhe mit ihr befand. Ein würziger Duft stieg ihr in die Nase. Ihr Magen, dieser Verräter, begann vernehmlich zu knurren. »Alles wird sich zum Besten wenden«, sagte Großvater Wald. »Du wirst sehen.« Er hielt ihr einen vollen Löffel an die Lippen. »Mach den Mund auf! Du musst bei Kräften bleiben.« Die Spucke lief ihr im Mund zusammen. »Komm schon«, beharrte er. »Für das Baby.«

Cassie spuckte ihm ins Gesicht.

»Närrisches Kind.« Er wischte sich den Schleim von der Wange. »Es ist doch nur zu deinem eigenen Besten.«

»Ich hoffe, es gibt einen Waldbrand«, fuhr sie ihn an. Sie würde keine Angst zeigen.

»Du wirst so lange hier oben hängen bleiben, bis du zur Vernunft gekommen bist.« Eine Handbewegung, und der Fußboden senkte sich wieder, während die Ranken erneut ihre Arme einschnürten und sie ruckartig nach oben zogen. Cassie biss sich auf die Zunge, um nicht zu schreien. Ihre Arme schmerzten so stark, dass es ihr die Tränen in die Augen trieb. Sie blinzelte sie weg.

Großvater Wald wandte ihr den Rücken zu und goss den Inhalt der Schüssel zurück in den Topf.

»Eines Tages«, sagte er, »wirst du mir dankbar sein.«

Dann ließ er sie allein.

Irgendwann während der sonnenhellen Nacht machte Cassie sich nass. Sie spürte, wie die warme Flüssigkeit an ihren Schenkeln hinunterrann und sich an ihren Knien sammelte, wo die Weinranken einen engen Ring bildeten. Sie presste die Augen zusammen und versuchte, an alles Mögliche zu denken, außer daran, wo sie sich jetzt befand. Sie dachte an die Station. Dad, Gram, Max. Cassie war immer davon ausgegangen, dass sie alle bei ihr sein würden, wenn sie ihr erstes Kind bekam. Sie sah sich selbst als kleines Kind, umgeben von Wissenschaftlern und Schneemobilen. Sie war so glücklich gewesen.

Am nächsten Morgen schaute sie zu, wie Großvater Wald in der Küche herumhantierte und sich Frühstück machte. Sie hoffte inständig, die Spiegeleier würden nach Urin schmecken. Doch als er ihr ein paar Happen davon brachte, aß sie sie. »Braves Mädchen«, gluckste er und goss ihr etwas Wasser in den Mund. Das meiste davon spritzte daneben, rann ihren Hals hinunter und versickerte zwischen den Weinranken. »Du bist bereit, mit mir zu kooperieren?«, fragte er.

»Ich möchte nicht halb verhungert sein, wenn ich aufbreche, um Bär zu retten«, gab sie zurück.

Er runzelte die Stirn. »Vielleicht brauchst du noch einen Tag. Dann wirst du das sicher anders sehen.«

»Verlass dich nicht darauf!«

Wieder ließ er sie allein, und sie baumelte für den Rest des Tages tatenlos von der Decke. Es war schwer, nicht zu verzweifeln. Schwerer, als sie jemals für möglich gehalten hätte. Sie dachte an ihre Mutter, die achtzehn Jahre lang eine Gefangene der Trolle gewesen war. Kein Wunder, dass Gail unter Albträumen litt. Im Gegenteil. Es glich einem Wunder, dass sie nach allem, was sie durchgemacht hatte, noch einigermaßen bei Verstand war.

Am Abend kam Großvater Wald wieder zu ihr. Sie hörte nur, wie sich die Tür hinter ihr öffnete. Umdrehen konnte sie sich nicht.

»Du bist böse«, sagte sie rundheraus.

»Stimmt nicht, mein Kind. Dein Wohlergehen liegt mir sehr am Herzen.« Auf seinen Befehl lockerten sich die Weinranken und ließen sie los. Cassie stürzte zu Boden. Dort blieb sie liegen, die Wange gegen das harte Holz gepresst. Sie hörte, wie sich der Munaqsri neben sie kniete. »Es schmerzt mich, dich so zu sehen«, sagte er. »Bitte, so nimm doch endlich Vernunft an! Tu, was ich von dir verlange, und dein Aufenthalt hier wird äußerst angenehm sein. Du wirst mein Gast sein.«

Auf zitternden Armen stemmte Cassie sich hoch. Sie würgte, und ihre Oberschenkel klebten aneinander. Blut schoss in ihre tauben Finger. Ihr Blick traf seinen.

Großvater Wald hatte Tränen in den Augen. »Ich bin kein grausamer Mann«, sagte er. »Ich will nur das Beste für dich und dein Kind. Bitte, hör auf, gegen mich zu kämpfen! Ich bin nicht dein Feind.«

Urplötzlich rappelte Cassie sich hoch und versuchte, die Tür zu erreichen. Ihre Beine versagten ihr den Dienst. Sie warf sich in den Durchgang, doch die Ranken zogen sie zurück wie einen Hund an der Leine. Erneut sackte sie zusammen.

Der Weinstock hielt sie am Boden fest. Großvater Wald schnalzte mit der Zunge. »Dann also noch einen Tag.« Er stieg über sie hinweg. Kurz darauf öffnete sich die Schlafzimmertür und schloss sich wieder.

Allein, fest an den Boden genagelt, schaute sie zu, wie die Schatten der Fensterläden über den Fußboden krochen. »Oh, Bär«, flüsterte sie leise. Wie sollte sie ihn denn jetzt retten? Und wer würde sie retten? Wenn sie noch einen Tag länger in diesen Weinranken aushalten musste, würde sie den Verstand verlieren. Alles andere hätte sie ertragen können – jede Art von Schmerz, jede Art von Herausforderung –, aber nicht diese entsetzliche Hilflosigkeit. »Es tut mir leid.«

Sie musste unbedingt diese Ranken loswerden.

Ein Stimmchen begann in ihrem Kopf zu wispern. Wenn sie erst einmal frei wäre, könnte sie das Vertrauen von Großvater Wald gewinnen, ihn einlullen, in Sicherheit wiegen. Und dann, wenn er es am wenigsten erwartete, könnte sie fliehen. Sie versuchte, sich einzureden, das sei ein guter Plan, und keine Ausrede.

Trotzdem fühlte es sich an wie Verrat. Verrat an ihrem Ehemann, Verrat an ihrem Vater und, vor allem, Verrat an ihrer Mutter. Schon der bloße Gedanke daran machte sie krank. Doch ihre Gelenke kreischten vor Schmerz, und ihre Muskeln brannten wie Feuer.

Sie hörte Großvater Wald in die Küche kommen. Er stieg über sie hinweg und setzte den Kessel auf.

»Gut«, krächzte sie. »Du hast gewonnen.«

Er strahlte sie an wie eine Trickfilmfigur. »Gebt sie frei!«

Die Weinranken zogen sich zurück, und dieses Mal versuchte Cassie nicht, wegzulaufen. Stattdessen blieb sie regungslos auf dem Boden liegen und redete sich ein, das sei alles Teil ihres Plans. Doch im Grunde wollte sie einfach nur weinen.

Kapitel Vierundzwanzig

Geografische Breite: 63° 54' 53" N
Geografische Länge: 125° 24' 07" W
Höhe: 397 m

CASSIE BISS SICH SO HEFTIG AUF DIE WANGE, DASS SIE BLUT schmeckte. *Lammfromm*, dachte sie und versuchte sich zu konzentrieren. *Besiegt*. Nur unter allergrößter Anstrengung konnte sie sich zwingen, den Blick zu senken, der so voller Zorn war, dass er beinahe ein Loch in den Holzfußboden brannte.

Großvater Wald dagegen strahlte übers ganze Gesicht. »Braves Mädchen.«

Wie konnte jemand Bär für ein Monster halten? Das hier war eins. Und zwar ein echtes.

Er hielt ihr einen Besen hin, und sie nahm ihn gehorsam entgegen. Am liebsten hätte sie das Ding kurz und klein geschlagen. Letzte Nacht, nach ihrer Kapitulation, hatte er ihr einfach etwas zu essen gegeben und sie schlafen lassen. Heute Morgen jedoch hatte er sie mit einem Haufen Anweisungen begrüßt. *Werde eine gute Mutter*, hatte er gesagt. *Werde die Frau, die Bär sich gewünscht hätte.*

Er irrte sich. Bär liebte sie so, wie sie war. Sie würde nicht zulassen, dass dieser Gnom ihre Gedanken vergiftete. Sie mochte einmal an Bär gezweifelt haben, aber das war vorbei, für immer.

Großvater Wald war nur halb so groß wie sie. Daher konnte er ihren Kopf nicht erreichen und tätschelte stattdessen ihren Ellenbogen. Cassie umklammerte den Besenstiel so fest, dass ihre Knöchel weiß wurden. *Nur, bis er sich in Sicherheit wiegt*, sagte sie sich. *Wenn ich ihn erst mal davon überzeugt habe, dass er gewonnen hat, werde ich weglaufen.*

»Sei deinem Kind ein gutes Vorbild«, fuhr er fort und ging hinaus in den Garten zu seinen Farnen. Einen kurzen Moment lang flutete Sonnenlicht in die Küche. Staubwolken tanzten in den goldenen Strahlen. Dann klappte die Tür zu, und sie war wieder gefangen. Ihre Eingeweide schrien auf. Sie wollte zu Bär. *Sofort.*

Halt dich an den Plan, ermahnte sie sich und begann wie wild zu fegen. Staubwolken wirbelten hoch, während sie mit dem Besen regelrecht auf den Fußboden eindrosch, nach Spinnweben schlug. »Weg! Weg! Weg! Zur Hölle mit euch!«

In der Tür stand Großvater Wald und nieste.

Cassie erstarrte mitten in der Bewegung.

»Ziemlich energisch«, meinte er trocken.

Cassie fiel der Besen aus der Hand, und er polterte zu Boden. Einen Augenblick lang starrte sie ihn stumm an. Naja, »lammfromm« zu sein, war vielleicht nicht gerade ihre Stärke. Sie schluckte und setzte ein gezwungenes Lächeln auf. Bald würde sie frei sein.

Drei Nächte später, die Mitternachtssonne lugte durch die Fensterläden, schlich Cassie auf Zehenspitzen durch das Schlafzimmer. Sie fand ihren Rucksack, kniete sich daneben und stopfte die Mukluks und all ihre anderen Sachen hinein. Sie durfte sich nicht das kleinste Geräusch erlauben. Unendlich langsam hob sie das Bündel auf die Schultern und schlüpfte, so leise sie nur konnte, aus dem Zimmer.

In der dusteren Küche angekommen, blieb sie stehen und lauschte gespannt wie ein aufgeschrecktes Reh. Ihr Herz schlug bis zum Hals. Ihr Atem hörte sich in der nächtlichen Stille an wie Sturmesrauschen. Großvater Wald schnarchte friedlich.

Barfuß schlich Cassie Schritt für Schritt durch die Küche, immer auf der Hut vor den Schlingen der Weinranken, die überall unter den Schränken und Stühlen zusammengerollt und reglos wie schlafende Schlangen herumlagen. Sie legte die Hand auf den Türknopf.

Ohne Vorwarnung umschloss das Holz ihre Hand. Cassie verbiss sich einen Schrei und drehte und zog an dem Knopf. Rinde begann zu wuchern, umschloss ihr Handgelenk. Sie schlug mit der freien Hand danach. Die Rinde wuchs über ihren Unterarm. Sie puhlte sie ab. Die Rinde hüllte ihren Ellenbogen ein. Großvater Wald schnarchte friedlich vor sich hin.

Oh nein! Bitte nicht! Die Beine fest in den Boden gestemmt, zog Cassie mit aller Kraft an der Tür.

Sie durfte sich nicht wieder einsperren lassen. Sie griff hinter sich. Ihre Eisaxt war mit Gurten an der Außenseite des Rucksacks befestigt. Wenn sie die erreichen könnte … Sie zerrte mit der linken Hand an den Riemen, während das Holz ihren rechten Arm hochwanderte.

Mit einem ohrenbetäubend lauten Klicken öffneten sich die Schnallen. Es kümmerte sie nicht – das Holz bedeckte jetzt schon ihre gesamte rechte Schulter. Cassie holte aus und hoffte, gut gezielt zu haben.

Dann hieb sie die Axt ins Holz.

Großvater Wald fuhr schreiend hoch.

Cassie rutschte der Axtstiel aus der Hand. Sie bekam ihn gerade noch zu fassen, bevor die Axt auf den Boden polterte. Er war aufgewacht!

Er kam in die Küche gestürzt. *Schnell, schnell, schnell!* Cassie hackte auf das Holz ein, dass die Splitter nur so flogen.

Weinranken regten sich. Großvater Wald schrie. Cassie zerrte mit aller Kraft an ihrem holzummantelten Arm. Es nützte nichts. Sie schlug mit der Axt auf das Holz ein, während sich Ranken um ihren Körper wanden und sich an ihrem linken Arm hinaufzuschlängeln begannen, dem mit der Axt. Sie schüttelte sie ab und versetzte der Tür einen weiteren kräftigen Hieb. Holz splitterte. Sonnenlicht filterte durch die entstandenen Ritzen. Es gelang ihr, die rechte Hand freizubekommen.

Die Ranken schnürten ihren linken Arm am Ellenbogen ab. Cassie schrie auf, als ein Krampf durch ihre Muskeln fuhr. Ihre Hand öffnete sich. Die Axt fiel zu Boden. Sie bückte sich nach ihr. Ranken umschlangen ihren Rücken.

Wieder baumelte sie in der Luft.

»Ich kann fühlen, wie es blutet«, sagte Großvater Wald zärtlich. Cassie erschauerte. Ranken ringelten sich um ihre Beine. Da hing sie, drehte sich langsam um die eigene Achse und sah zu, wie Großvater Wald die Kerben streichelte, die ihre Axt ins Holz geschlagen hatte. »Wie konntest du das nur tun? Hast du denn gar kein Herz?«

Hass spülte über sie hinweg, und sie erwiderte nichts.

Großvater Wald befahl dem Wein, ihre Sachen zu verschlingen.

Durch die Fensterläden konnte Cassie in der Küche hören, wie er draußen liebevoll mit seinen Farnen sprach. Vor Verzweiflung hätte sie am liebsten in das Fensterbrett gebissen. Dass er es dieses Mal nicht für nötig befunden hatte, sie ganz in einen Weinrankenkokon einzuwickeln, ließ sie die Aussichtslosigkeit ihrer Lage nur umso deutlicher spüren. Sie ging in der Küche auf und ab wie ein Tiger im Käfig. Der hölzerne Fußboden fühlte sich warm unter ihren Füßen an, als wollte er sie daran erinnern, dass das Häuschen lebte. Als ob sie das jemals vergessen könnte! Wie eine Amöbe hatte der Wein alle ihre Sachen verschluckt, die Mukluks eingeschlossen. Das würde sie wohl kaum jemals vergessen. Wie sollte sie denn ohne jede Ausrüstung und ohne jeden Vorrat an Nahrungsmitteln aus einem lebenden Gefängnis entfliehen, dessen Wärter eine magische Kreatur war?

Auf der Suche nach ihren Sachen probierte Cassie alle Schränke und Schubladen, in der Küche, im Wohnzimmer, in den beiden Schlafzimmern, im Bad. Doch die Schubladen wollten nicht aufgehen, und die Schränke benahmen sich, als wären sie aus massivem Holz. Das ganze Häuschen schien aus einem einzigen Baum gehauen zu sein. Alles darin – Möbel, Einbauten, Wände – wuchs aus dem Fußboden. Sie ging zurück in die Küche. Es musste doch hier drin *irgendetwas* geben, das ihr nützlich sein könnte.

Als Cassie an der Tür des Schränkchens unter dem Ausguss zog, ging diese zu ihrer großen Überraschung auf. Nach einem schnellen Seitenblick auf die Weinranken (die jetzt wieder schliefen wie zusammengerollte Schlangen) und in Richtung Fenster (Großvater Wald war direkt da draußen, genau auf der anderen Seite, und summte ein irisches Volkslied) kniete sie sich hin und spähte hinein.

In dem Schränkchen befanden sich ausschließlich Putzmittel. Ihr Mut sank. »Raffiniert«, sagte sie zu den Fensterläden. Er musste damit gerechnet haben, dass sie alles durchsuchen würde. Er hatte gewollt, dass sie das hier fand.

In der Hoffnung, wie durch ein Wunder vielleicht doch noch etwas Brauchbares zu finden, inspizierte Cassie das Schränkchen von oben bis unten. Sie nahm Scheuermilch heraus, Putzmittel, Reinigungstücher – bis schließlich nur noch das Abflussrohr selbst übrig blieb. Es kam ihr merkwürdig vor, dass die Hütte ganz normale Abflussrohre hatte und ein mächtiger Munaqsri ganz alltägliche Reinigungsmittel verwendete. Hätte er das nicht alles mit Hilfe seiner magischen Kräfte erledigen können? Oder zog er es vor, sie dafür nicht einzusetzen?

Cassie schüttelte den Kopf. Irgendwie seltsam, dass sie jetzt an einem Punkt angekommen war, an dem sie Abflussrohre und Haushaltsreiniger überraschender fand als Magie.

Ihre Gedanken wanderten zurück zu jenem Tag, an dem sie Bär das erste Mal getroffen hatte.

Sie kniff die Augen fest zusammen. *Denk nicht daran! Konzentriere dich nur auf deine Flucht!* Sie setzte sich auf die Fersen und nahm das Schränkchen ein zweites Mal in Augenschein. Nicht einen einzigen Riss konnte sie in dem Holz entdecken, auch nicht den kleinsten. Nicht einmal eine Büroklammer konnte man hier verstecken, geschweige denn einen Rucksack. Sie würde weglaufen müssen, so, wie sie war, barfuß und ohne jede Ausrüstung. Aber Dad würde ihr helfen. Er hatte sie auf solche Situationen vorbereitet, sie gelehrt, von der Natur zu leben. Sie konnte Beeren essen, Vogeleier und Baumrinde. Sie würde ihr Bestes tun, um Parasiten, Durchfall und all die anderen bösen Überraschungen zu vermeiden, die Mutter Natur bereithielt. Sie würde nur aus fließenden Gewässern trinken. Doch zuallererst musste sie aus dieser Hütte raus.

Sie stand auf und sah sich um. Der einzige Teil des Häuschens, den sie noch nicht untersucht hatte, waren die Weinstöcke selbst. Cassie nahm all ihren Mut zusammen und stupste sie mit dem Finger an. Die Pflanzen blieben genauso reglos wie ein Baum. Vorsichtig nahm sie eine der Ranken zwischen Daumen und Zeigefinger und hielt sie auf Armeslänge von sich weg. Die Ranke baumelte leblos herab wie ein Gartenschlauch. Etwas mutiger jetzt, rollte Cassie sie auseinander und verfolgte sie bis zu ihrem Ursprung.

Die Ranken wuchsen aus dem Fußboden, aus den Wänden und der Decke. Eine nach der anderen zog sie auseinander, quer durch den Raum, bis auf die andere Seite des Herdes. Es gab keine Stelle, die sie nicht erreichen konnten. Solange Cassie hier drin eingesperrt war, würde es ihr niemals gelingen, ihnen zu entkommen – oder dem Türknopf.

Sie musste wieder zu ihrem ursprünglichen Plan zurückkehren: Großvater Wald in Sicherheit wiegen und ihm genügend Vertrauen einflößen, damit er sie hinaus in den Garten ließ. Von dort … Sie spähte durch die Holzläden hinüber zu den Bäumen jenseits des Gartenzauns. Wenn sie es schaffte, außer Reichweite der Weinranken zu gelangen, könnte sie im Wald verschwinden.

Doch es konnte Wochen dauern, bis ihr das gelang. Oder Monate. Oder ewig, aber daran wollte sie gar nicht erst denken.

Sie konnte das tun. Es war ja nicht so, dass sie sich vor harter Arbeit fürchtete. Sie kniete sich noch einmal vor das Schränkchen unter dem Ausguss, riss ein Päckchen mit Schwämmen auf und begann den Küchenfußboden zu schrubben.

Drei Stunden später tat ihr alles weh, Knie, Rücken und Schultern. Sie schwitzte, und ihr Magen brannte wie ein Hochofen. Cassie setzte sich auf, rieb sich den Nacken und blickte sich um. Aus irgendeinem unerfindlichen Grund war ihr die Küche während des Schrubbens größer vorgekommen.

Sie musste mehr Geduld haben, als sie jemals bei ihrer Suche nach den Eisbären gebraucht hatte. Sie musste sich Zentimeter um Zentimeter an ihre Freiheit herantasten. Als sie mit Schwamm und Seife (natürlich die Sorte mit Kiefernnadelduft) ins Wohnzimmer ging, musste sie an ihre Mutter denken, die jahrelang in der Troll-Festung überlebt hatte. Sie wünschte, sie hätte sich von Gail mehr darüber erzählen lassen. Sie wünschte sich, sie hätte überhaupt mehr mit ihr geredet, über reale Dinge, über »Gefühlsdinge«, anstatt immer nur über die Alltagsroutine in der Station. Sie nahm sich selbst das Versprechen ab, dieses Versäumnis eines Tages gut zu machen – falls sie jemals von hier wegkam. Dann ließ sie sich behutsam wieder auf alle viere nieder und stöhnte gepeinigt auf, als ihr ein Stich durch den Rücken fuhr.

Großvater Wald schwebte wie ein finsterer Schatten im Türrahmen. »Gutes Mädchen«, sagte er.

Kapitel Fünfundzwanzig

Geografische Breite: 63° 54' 53" N
Geografische Länge: 125° 24' 07" W
Höhe: 396,5 m

DER LANGE NACHMITTAG DES SOMMERS GING DAHIN. ALS DIE Herbst-Tagundnachtgleiche näher rückte, erschienen die Sterne früher am Himmel, die Sonne ging später auf, und Nordlichter wogten über dem borealen Nadelwald wie ein sich schließender Theatervorhang.

Cassie presste die Wange gegen die Fensterläden und spähte hinaus. Oben konnte sie ein kleines Stückchen Himmel sehen. Als sie die Arme um ihren vorgewölbten Bauch schlang, spürte sie, wie die Haut sich bei der Bewegung des Babys verschob. Bär hatte gesagt, die Niederkunft würde im Herbst stattfinden. Ihr blieb kaum noch Zeit.

Während sie zusah, wie das Stückchen Himmel sich aufhellte und von Tiefblau nach Hellrosa verfärbte, musste sie alle Kraft zusammennehmen, um nicht zu schreien.

Den ganzen Sommer hatte sie mit sinnloser Hausarbeit vergeudet. Sie war sicher, dass Großvater Wald seiner Hütte hätte befehlen können, diese Dinge von selbst zu erledigen. Sein Vertrauen in menschengemachte Abflussrohre und ganz normale Putzmittel war eine wirklich seltsame Marotte. Als hätte er vergessen, dass die Kräfte eines Munaqsri auch solch ganz alltäglichen Dinge beeinflussen konnten. Aber sie hatte alles getan, ohne sich zu beschweren. Und trotzdem war sie immer noch eingesperrt in diesem hölzernen Käfig und der Rettung von Bär nicht einen einzigen Schritt näher gekommen.

Cassie trat vom Fenster zurück, wobei sie sorgfältig darauf achtete, keine der Weinranken zu verletzen. Großvater Wald würde es spüren. Seit vier Monaten machte sie sich jetzt nun schon Gedanken darüber, was er alles denken und spüren mochte, und immer noch hatte sich keine Gelegenheit zur Flucht ergeben. Wie so oft in diesen Tagen musste sie an ihre Mutter in der Troll-Festung denken. Sie selbst wachte jetzt auch ab und an mitten in der Nacht schreiend auf. Nur kam niemand, um sie zu trösten.

»Hallooo, kleine Mutter!«

Cassie lugte durch die Fensterläden. Draußen am Tor stand das Espenmädchen und schwenkte ihre Armzweige über dem Kopf, als würde sie ein Flugzeug zur Landung einweisen.

Oh, nicht schon wieder!

Die Espe hüpfte den Pfad der singenden Steine entlang. »Sag Großvater Wald, dass ich hier bin!«

Die Espe kam jeden Morgen, ohne Ausnahme, doch heute hatte Großvater Wald noch andere Besucher. Baum-Menschen aus dem südlichen Teil des Nördlichen Nadelwaldes waren zur Hütte gekommen, um Anordnung und Farbe des Herbstlaubs mit ihm zu besprechen, als wären sie Künstler, die an einer riesigen Gemäldeausstellung teilnehmen wollten. »Er sagte, er kann dich heute nicht empfangen«, erwiderte Cassie durch die geschlossenen Fensterläden hindurch.

Die gelben Augen zornig funkelnd, die scharfen grünen Zähne entblößt, raste das Baummädchen auf das Fenster zu und zischte Cassie böse an. Innerhalb einer Sekunde hatte sie sich von einem kindlichen Baumgeist in ein kleines Raubtier verwandelt. Cassie zuckte instinktiv vom Fenster zurück. Von einem Augenblick zum nächsten brach die Espe in lautes Gejammer aus. »Oh, meine armen Espen! Sie leiden! Es sind die Fichten. Ihre Wurzeln breiten sich aus – sie stehlen meinen Espen die Erde!«

»Tut mir leid«, sagte Cassie und musterte sie durch die Fensterläden hindurch. Wie niedlich das Baummädchen auch aussehen mochte, es handelte sich nicht um ein Kind. Sein munteres, unschuldiges Getue war bloß Heuchelei, genau wie die Weihnachtsmann-Nummer von Großvater Wald.

Die Espe kreischte los. Ihre Blätter standen ab, ihre Augen verdrehten sich, und der Mund in ihrem Rindengesicht weitete sich zu einem klaffenden Spalt. »Er muss mitkommen und es sich ansehen! Die Fichten drängen meine Espen zurück in die Täler. Meine Espen verlieren ihren Platz auf den Spitzen der Berge. Sie hungern nach Sonnenlicht!« Ihr stockförmiger Körper bebte. »Du musst mich zu ihm lassen!« Mit voller Wucht warf sie sich gegen das Fenster und krallte ihre Hände in die Läden.

Schnell wich Cassie zurück. »Ich sage ihm, dass du hier bist.«

Die Espe, jetzt wieder ganz grünes Kind, strahlte übers ganze Gesicht. »Prima.«

Cassie flüchtete ins Wohnzimmer. Phosphoreszierendes Moos warf einen matten grünlichen Schein auf die Wände. Offene Flammen, hatte Großvater Wald gesagt, machten seine Gäste nervös. Die Besucher, sechs Birken, hatten in dem hölzernen Fußboden Wurzeln geschlagen und leuchteten in dem moosigen Licht kränklich grün.

Vorsichtig stieg Cassie über ihre Wurzeln hinweg und berichtete Großvater Wald flüsternd von der Espe. Er schnitt eine Grimasse – ein ziemlich merkwürdiger Anblick bei einem Weihnachtsmann. »Kannst du ihr bitte sagen ›Jetzt nicht‹?«

»Du weißt doch, wie sie ist«, wandte Cassie ein.

»Oje«, stöhnte er. »Ich sollte gehen.«

»Das ist nicht akzeptabel.« Einer der Birkenmänner schüttelte seinen Kopf, dass die Blätter raschelten. Eine andere Birke runzelte verärgert die Stirn und sagte: »Wir sind weit gereist.« Und eine dritte rief laut: »Wir haben wichtige Entscheidungen zu treffen.«

»Ach, herrje«, sagte Großvater Wald. »Cassie, mein Kind, kannst du sie nicht beruhigen?«

Zuerst wollte Cassie sich weigern, hielt dann aber sofort inne. Das war vielleicht ihre Chance. Wenn sie das verrückte Baummädchen irgendwie benutzen konnte … Ihr Herz begann wie wild zu hämmern. Als sie sprach, versuchte sie, so gelassen wie möglich zu klingen. »Ich könnte sie überreden, mir die Fichten zu zeigen. Ihr sagen, dass ich dir alles berichte.«

Er dachte nach. »Sie kann doch sicher ein paar Minuten …«

»Noch ein paar Sekunden, und sie kommt hier reingestürmt«, unterbrach ihn Cassie. »Mir wäre es auch lieber, wenn ich nicht so weit laufen müsste, das verstehst du vielleicht«, fuhr sie fort und tätschelte zur Bekräftigung ihrer Worte ihren dicken Bauch. »Aber wenn es dir helfen würde …«

»Lass die Menschenfrau gehen«, mischte sich eine der Birkenfrauen ein. Eine andere Birke sagte: »Ja, lasst uns hiermit weitermachen.« Und wieder eine andere: »Bitte, unsere Zeit ist begrenzt.«

Großvater Wald gab sich geschlagen. »Also gut. Dann geh.« Als er seine Hand hob, um ihr mit einem Wink zu bedeuten, dass sie entlassen war, tippte eine der Birken sein Knie an und sagte: »Was diesen Gelbton betrifft …«

»Goldtöne sind besser, findet ihr nicht auch?«, erwiderte Großvater Wald.

Cassie ging zurück in die Küche. Sie war ganz sicher, er würde seine Meinung ändern. Es konnte nur noch Sekunden dauern, bis er seinen Fehler erkannte. Ihre Hand zitterte, als sie sie an den Türknopf legte. Die ganze Zeit über hatte er sich immer benommen wie festes Holz.

Sie packte den Knopf, drehte ihn, zog. Die Tür schwang auf, und Cassie fiel nach draußen. Ihre Knie bebten. Gegen den Türrahmen gelehnt, sog sie in vollen Zügen den frischen Sauerstoff ein. Die Luft schmeckte nach Fichten und Erde, nach Schatten und Sonnenlicht.

»Kleine Mutter, hast du ihn mitgebracht?«

Cassie hörte kaum, was die Espe sagte. Sie ging Richtung Gartentor. Braune, verwelkte Farnwedel strichen über ihre Haut. Unter den nackten Füßen spürte sie das weiche Knistern warmer Fichtennadeln.

Lauf!, flüsterte eine Stimme in ihrem Kopf, *lauf!*

»Kleine Mutter?« In der Stimme der Espe lag ein gefährlicher Unterton. Sie stampfte mit einem Fußzweig auf, und Cassie wandte ihr wieder ihre volle Aufmerksamkeit zu. Wenn ihre Flucht gelingen sollte, musste sie die Espe unbedingt friedlich stimmen.

»Er hat mich gebeten, es mir an seiner Stelle anzusehen«, erklärte sie. »Und dann soll ich ihm berichten.«

»Wir wollen nur das, was uns rechtmäßig zusteht«, sagte die Espe, nun wieder mit honigsüßer Stimme. »Es ist einfach nicht fair. Andere Bäume haben viel bessere, hellere Standorte.« Cassie öffnete das Gartentor. Mit zitternden Beinen ging sie hindurch, während die Espe fortfuhr: »Einige Bäume wachsen sogar so weit oben, dass sie mit den Winden sprechen können. Aber Espen nie. Das ist überhaupt nicht fair, sondern eine himmelschreiende Ungerechtigkeit.«

Gleich hinter dem Gartenzaun begann der Wald, dunkel und dicht wie in uralten Zeiten. Vertrocknete Farnwedel bedeckten den Boden. Über Cassie bildeten Blätter und Äste ein undurchdringliches Dickicht, das kaum einen Lichtstrahl hindurchließ. Sie konnte sich in dieser Finsternis hoffnungslos verirren. Sie konnte verschwinden.

Cassie sah zurück zur Hütte. Unschuldig wie ein Pfefferkuchenhäuschen stand sie da und glühte im warmen Rosa des anbrechenden Morgens. Durch die Fensterläden war das Auf und Ab der Birkenstimmen zu hören. Großvater Wald konnte jede Sekunde aus dem Haus gestürmt kommen, um sie zurückzuholen. Ihr Herz schlug schnell wie Kolibriflügel. Trotzdem zwang sie sich, nicht loszurennen. Vielleicht beobachtete er sie ja vom Fenster aus. Stattdessen ging sie gemessenen Schrittes in den Wald hinein, bis die Schatten sie verschluckten.

Neben ihr her hüpfte die Espe, nun wieder ganz kleines Mädchen. »Na, was meinst du?«

Cassie wusste, sie bildete es sich nur ein, doch sie hatte das Gefühl, als würden die Bäume sich zu ihr neigen, sie bedrängen, sie ersticken. Während sie sich durch das dichte Unterholz zwängte, vermisste sie schmerzlich die Weite des offenen Packeises. Dort draußen konnte sich ihre Seele weit öffnen – doch hier, hier fühlte sie sich eingesperrt, bekam sogar Platzangst. Gefiltert durch das dichte Dach immergrüner Zweige, war das Licht in diesem Wald unterwassergrün. Überall zwischen den Stämmen wucherten Farne und Schachtelhalme. Sie stieg über Wurzeln und braunblättrige Büsche.

»Hörst du mir überhaupt zu?«, wollte die Espe wissen.

Nein, das tat sie nicht. »Ihr wollt weiter nach oben, zum Licht?«

»Ja!« Die gelben Augen der Espe blitzten. »Einige Bäume, die ganz oben wachsen, können mit den Winden sprechen. Ist das etwa zu viel verlangt? Ein Platz, wo man gehört wird?«

Cassie blickte über die Schulter. Die Hütte war nicht mehr zu sehen. Höchste Zeit loszurennen. Sie hatte keine Ahnung, wie lange es noch dauern würde, bis Großvater Wald seinen Fehler bemerkte. Aber wenn das geschah, dann musste sie ein ganzes Stück außer Reichweite seiner Weinranken sein. Die Arme liebevoll um ihren gerundeten Bauch gelegt, fiel sie in einen leichten Trab. Spitze Steine bohrten sich in ihre nackten Füße.

»Nicht so schnell, kleine Mutter.«

»Wir müssen die Fichten erreichen!«, keuchte Cassie. »Du willst doch, dass ich sie möglichst schnell sehe, oder nicht?« Sobald sie weit genug von der Hütte entfernt waren, würde sie die Espe ablenken und sie irgendwie abhängen. Immer wieder blieb ihr Rock an Büschen hängen oder wickelte sich um ihre Fußgelenke. Schließlich bückte sie sich, machte ihn los und raffte ihn hoch bis zu den Hüften. Dann lief sie weiter, schneller.

Die Espe eilte ihr nach. »Aber das ist die falsche Richtung!«, kreischte sie laut. »Meine Espen wachsen im Osten! Bleib stehen, kleine Mutter!« Ihre schrille Stimme bohrte sich in den Wind.

Über ihnen erschauerten die Fichtennadeln.

Die Hände schützend auf ihren Bauch gepresst, duckte sich Cassie unter einem tief hängenden Ast durch. Er schlug gegen ihre Stirn, und ein stechender Schmerz durchzuckte ihren Kopf.

Sie presste eine Hand auf die Stelle. Blut oder Schweiß? Es fühlte sich jedenfalls feucht an.

Vor ihr schmolz die Rinde der Bäume und floss ineinander wie flüssiges Metall.

Cassie warf sich nach links. Eine zweite Wand aus Rinde blockierte ihren Weg. Sie wandte sich um. Rinde verschloss alle Lücken zwischen den Bäumen. Gefangen! Stolpernd kam Cassie zum Stehen. Sie war von allen Seiten eingeschlossen. Der Wald hatte einen festen Ring um sie gebildet. Sie wirbelte herum.

Das Baummädchen hockte oben in den Ästen und blickte auf sie herunter. »Ich sagte *Osten*!«

Dann vernahm Cassie ein entsetzliches, splitterndes Geräusch. Wie vom Blitz getroffen, teilte sich die Baumwand und fiel auseinander. In der Lücke stand Großvater Wald.

Cassie wich zurück, bis sie an die Wand aus Rinde stieß.

»Du enttäuschst mich«, sagte er milde. »Ich dachte, wir hätten eine Abmachung. Schließlich ist es in deinem eigenen Interesse, dass ich dich beschütze.«

»Ich war nicht ... Ich meine, ich wollte nicht ...« Cassie war den Tränen nahe. Monate vergeudet!

»Oh, mein Kind, dir muss doch klar sein, dass es keinen Zweck hat. Du kannst nicht im Wald vor dem Wald weglaufen. Wie du auch dem Meer nicht entkommen kannst, wenn du mitten drin bist.«

»Ich wollte nicht weglaufen«, log Cassie. »Ich war verwirrt. Und dann bewegten sich plötzlich die Bäume, und ich bekam Angst. Deshalb bin ich so gerannt.«

Großvater Wald schnalzte zweifelnd mit der Zunge. »Komm! Komm jetzt!«

Die Espe schwang sich von ihrem Ast und landete federnd auf dem Teppich aus weichen Nadeln. »Es ist meine Schuld. Sie wollte mir schnell helfen, und da hat sie den falschen Weg genommen.«

Cassie starrte sie an. Die verrückte Espe kam ihr unabsichtlich zu Hilfe.

»Ist das wahr?«, fragte Großvater Wald.

Das Baummädchen zuckte mit den Schultern. Seine Stimme nahm einen angewiderten Tonfall an. »Sie ist bloß ein dummes Kind.«

Bitte, bitte, glaub es!, dachte Cassie in seine Richtung. Laut sagte sie: »Die Espe war so aufgeregt. Da wollte ich mich beeilen. Ich wollte dir bloß helfen. Du bist wie ein echter Vater zu mir gewesen.« Bei den letzten Worten musste sie sich fast übergeben.

Sein runzliges Gesicht entspannte sich. Er nickte. Er wusste, wie aufdringlich das Baummädchen sein konnte, oder etwa nicht? Er konnte verstehen, dass sie einen dazu bringen konnte loszurennen, oder nicht? Cassie wagte kaum zu atmen. »Vergib mir, mein Kind, dass ich an dir gezweifelt habe«, sagte er. »Komm zurück zur Hütte.« Lächelnd schlang er den Arm um ihre Taille. Sie versuchte, sich nicht zu versteifen.

Das Baummädchen sträubte sich. »Aber meine Espen!«

Er legte den anderen Arm um die Espe. »Und du kommst auch mit. Dann können wir in Ruhe über alles reden.«

Mit diesen Worten schob er seine beiden Schützlinge vor sich her, durch den Spalt in der hölzernen Wand, den er geschaffen hatte. Cassie blickte über ihre Schulter und sah, wie die Baumwand langsam wieder zu einzelnen Fichten wurde. Sie erschauerte. »Kalt?«, fragte Großvater Wald.

»Mir geht es gut«, erwiderte Cassie. »Ich werde der Espe eine Tasse Tee machen. Das wird sie beruhigen.« Als die Hütte in Sichtweite kam, machte sie sich aus seinem Arm los und ging entschlossenen Schrittes die singenden Steine entlang zur Tür. Der Weg spielte eine fröhliche Melodie für sie. Cassie trat ein, und hinter ihr fiel mit einem Klicken der Riegel ins Schloss. Sie zwang sich, sich nicht umzudrehen.

Die Birken waren fort. Cassie stieg über die Furchen, die ihre Wurzeln im Fußboden hinterlassen hatten, trug den Teekessel zum Ausguss und füllte mit zitternden Händen Wasser hinein. Ihre Gedanken wirbelten im Kreis. Sie hatte nicht gewusst, dass er die Bäume auch aus der Entfernung kontrollieren konnte. Bär hatte außerhalb seines Zuhauses nur auf die Dinge Einfluss, die er direkt berührte. *Aber Sedna konnte so etwas,* fiel Cassie ein. Die Meerjungfrau hatte Cassie gerettet, ohne sie zu berühren. Und Großvater Wald war ein Oberaufseher, genau wie sie.

Wie sollte sie ihm bloß jemals entkommen, wenn er solche Macht besaß? Wie konnte sie dem Wald entfliehen, wenn sie sich mitten darin befand? Welcher Teil des Waldes war nicht Wald? Der Kessel lief über, und Wasser rann in den Ausguss.

»Cassie, das Wasser«, ermahnte sie Großvater Wald, indem er die Hütte betrat. »Die Quelle ist nicht unerschöpflich.« Mechanisch drehte sie den Wasserhahn zu und starrte ihn dann eine Weile regungslos an.

Wasser. Wasser war nicht Teil des Waldes. Was hatte Großvater Wald gesagt? *Die Flüsse gehören nicht zu meinem Gebiet.* Und plötzlich wusste sie, wie sie entkommen konnte. Sie brauchte einen Fluss, einen Strom, einen Sumpf. Ja, ein Sumpf wäre perfekt. Der Munaqsri würde nicht imstande sein, die gesamte Uferlänge auf einmal im Auge zu behalten. Sie konnte ihn in der Mitte abhängen und das Moor an einer unerwarteten Stelle wieder verlassen. Doch wie sollte sie jemals in eins gelangen? Großvater Wald würde sie nie wieder nach draußen lassen und in die Nähe von Wasser schon gar nicht. Welche Ausrede würde ihr helfen, in die Nähe eines Gewässers zu kommen?

Die Espe stieß ein Kreischen aus.

»Cassie, den Tee bitte«, sagte Großvater Wald.

Cassie setzte den Kessel auf. Einige Minuten später begann er zu pfeifen. Während sie dampfendes Wasser in eine Tasse goss, nahm eine Idee Gestalt an. Großvater Wald brauchte Wasser für seinen Spezialtee.

Sie trug die Tasse zu ihm hinüber, damit er sie der Espe reichen konnte. Er konzentrierte sich einen Moment auf den Tee, bevor er das Baummädchen ermunterte, ihn zu trinken. Ein paar Schlucke später wirkte es schon wesentlich ruhiger. Großvater Wald warf Cassie einen dankbaren Blick zu. »Nett von dir.«

Cassie lächelte liebenswürdig.

Als Großvater Wald sich am nächsten Morgen ins Wohnzimmer zurückgezogen hatte, traf Cassie die nötigen Vorkehrungen. Nachdem sie einen Blick über die Schulter geworfen hatte, um sicherzugehen, dass sie wirklich allein in der Küche war, begann sie, Schlamm, kleine Holzstückchen und Steinchen in den Wasserhahn zu stopfen. Ab und an half sie mit dem Besenstiel nach. Immer mehr von der Masse rammte sie den Wasserhahn hinauf, bis die Mischung einen harten, zementartigen Propfen bildete. Währenddessen lauschte sie aufmerksam, ob draußen die verräterische Xylophon-Musik der singenden Steine erklang.

Das Baummädchen würde ganz sicher wieder auftauchen. Cassie hatte die beiden am Tag zuvor belauscht. Großvater Wald hatte die Espe nur beruhigt. Ihr Problem war noch nicht gelöst. Sie würde bestimmt wiederkommen.

Als Cassie den Wasserhahn fest verschlossen hatte, richtete sie sich auf und drückte den Rücken durch. Ihr Bauch sackte nach unten. »He, Kleines, was treibst du denn da?« Sie presste die Hände auf die Wölbung. Es fühlte sich tatsächlich an, als wäre darin etwas ein Stück nach unten gerutscht. Ihr Herz schlug schneller. Sie hatte doch noch Zeit, oder? Die Geburt konnte auf keinen Fall hier stattfinden. Keine Ärzte, keine Schwestern, kein Krankenhaus. Kein Max, um sie nach Fairbanks zu bringen. Nur Großvater Wald und seine verrückten Bäume. Sie schloss die Augen. Die Welt drehte sich. *Oh Gott, bitte nicht jetzt! Nicht hier!*

Sie konnte nicht zulassen, dass ihr Baby bei Großvater Wald zu Welt kam. Es würde aufwachsen wie im Gefängnis. Das durfte nicht geschehen.

»Hallo, kleine Mutter!«, erklang es von draußen.

»Hilf mir«, flüsterte Cassie ihrem Bauch zu. Dann rief sie durch die Fensterläden: »Tut mir ja so leid, das mit den Fichten!«

Mit einer Stimme, die mehrere Oktaven zu hoch war, quiekte das Espenmädchen: »Was ist mit den Fichten?«

»Großvater Wald hat ihnen das ganze Vorgebirge der Mackenzies zugesprochen«, antwortete Cassie. »Er hat es gestern Abend entschieden. Hat er es dir denn nicht gesagt?«

Ihre Worte zeigten genau die erwartete Wirkung. Die Espe ging hoch wie eine Bombe. Sie stieß ein irres Kreischen aus und warf ihren stockartigen Körper mit aller Kraft gegen die Tür, die mit einem gewaltigen Krachen aufsprang.

Großvater Wald kam in die Küche gestürzt.

Die Espe kreischte so laut, dass der ganze Wald erzitterte.

»Cassie, schnell, den Tee!«, rief Großvater Wald. »Sie ist ja völlig außer sich!«

Cassie rannte zum Wasserkessel. Er war passenderweise (und nicht ohne Absicht) vollkommen leer. Sie trug ihn zum Ausguss. Dort angekommen, warf sie einen Blick über die Schulter. Großvater Wald hatte ihr den Rücken zugewandt und redete händeringend auf das völlig hysterische Baummädchen ein. Die Espe wirbelte wie von Sinnen im Zimmer umher, zerkratzte das Holz der Wände, zerfetzte Blätter. Cassie legte den Hebel der Spüle um. »Der Wasserhahn ist verstopft!«

»Dann reparier ihn!«, schrie Großvater Wald.

Cassie öffnete das Schränkchen unter dem Ausguss und hockte sich davor. Den Wasserhahn hatte sie mit einem Stopfen verschlossen, um zu verhindern, dass er tröpfelte, doch das wahre Problem mit den Rohren bestand hier unten. Sie würde sie nicht reparieren, nicht nach all der Mühe, die sie sich gegeben hatte, um sie kaputt zu machen. Dieses eine Mal würde Großvater Walds Vorliebe für menschengemachte Dinge zu ihrem Vorteil ausschlagen. Liebevoll tätschelte sie die Putzmittel. »Sieht nicht gut aus«, sagte sie laut und zog sich am Waschtisch hoch. »Ich versuche es im Badezimmer.«

»Beeil dich!« Sie konnte seine Stimme kaum noch hören in all dem Gekreische, das die Espe veranstaltete. Für einen Baum war ihre Lungenkapazität ziemlich beeindruckend. Cassie hielt sich die Ohren zu und watschelte schwerfällig ins Bad.

»Auch nichts!«, rief sie einige Augenblicke später. »Die Quelle muss versiegt sein!« Sie kam in die Küche zurück.

Großvater Wald war den Tränen nahe. »Sie braucht ihren Tee!«

Cassie nahm einen Krug vom Regal. Jetzt kam der letzte Schritt. Sie murmelte ein stilles Gebet. Das Herz klopfte ihr bis zum Hals. Dann sagte sie: »Ich könnte etwas Wasser holen. Wo ist ein Bach?«

»Eine Viertelmeile nördlich von hier.« Er deutete mit dem Finger in die genannte Richtung. »Geh!«

Und Cassie ging.

Die Bäume hielten sie nicht auf.

Kapitel Sechsundzwanzig

Geografische Breite: 63° 55' 02" N
Geografische Länge: 125° 24' 08" W
Höhe: 395 m

DEN KRUG FEST GEGEN IHRE BRUST GEPRESST, RANNTE CASSIE und rannte. Ein Teppich aus weichen Nadeln dämpfte ihre Schritte. Sie atmete schwer. Ihre Ohren dröhnten. Das Baby trat mit seinen kleinen Füßchen von innen gegen ihren Bauch, als würde es mitrennen. »Schön da drin bleiben«, keuchte Cassie. »Wir schaffen es. Bleib nur schön da drin.« Die Bänder dehnten sich, während ihr Bauch auf und ab hüpfte.

Dann hörte sie den Fluss. Er gurgelte wie ein Ertrinkender.

Cassie sprang über eine Wurzel und landete auf weichem Federmoos. Ihre Füße rutschten weg. Haltsuchend grapschte sie nach einem Ast, bekam einen zwischen die Finger und hielt sich fest. Dann erst fiel ihr ein, dass es ein Feind sein könnte. Blitzschnell ließ sie ihn wieder los, und er schnippte zurück.

Je näher sie dem Fluss kam, desto weicher wurde der Untergrund. Cassie sank immer tiefer ein. Schlamm saugte an ihren Füßen und verlangsamte ihren Schritt. Endlich konnte sie den Wasserlauf erkennen. Oh nein! Er war viel zu schmal! Dort würde sie nicht sicher sein. In diesem Flüsschen konnte Großvater Wald sie immer noch erreichen. Balsampappeln und Erlen neigten sich weit übers Wasser, Farne und Schachtelhalme wucherten hinein. Cassie bahnte sich ihren Weg hindurch und platschte ins Wasser.

Weiter und weiter lief sie mit nackten Füßen auf nassen Steinen durch den Bach. Sie bohrten sich schmerzhaft in ihre Fußsohlen, und Cassie biss die Zähne zusammen. Winzige Stromschnellen umspülten ihre Zehen. *Bitte, lass ihn in einen Fluss münden!*

Ein Farnwedel rollte sich auf. Ihre Eingeweide zogen sich zusammen. *Er weiß Bescheid.* Büsche raschelten, Schachtelhalme schlugen gegen ihre Knöchel. Zweige streckten sich und kratzten über ihre Haut. Wie konnte er es so schnell erfahren haben?

Oben in den Baumwipfeln hörte sie rote Eichhörnchen keckern – Spione.

Bäume schwenkten dünne Äste hin und her wie Tintenfischtentakel. Sie trat sie weg und stieß sich den Zeh an einem Stein an. Stöhnend verlangsamte sie ihren Schritt. Zweige verhakten sich in ihren Haaren. Das hier war ihre einzige Chance. Sie musste es *jetzt* schaffen, sonst war alles vorbei. Mit aller Kraft riss sie sich los. Ganze Büschel von Haaren blieben in den Zweigen hängen, während sie weiter flussabwärts platschte.

Schatten fielen auf den Bach. Cassie blickte nach oben und sah, wie Äste und Zweige sich zu einem Netz verflochten. Sie warf den Krug gegen den Baum, der zurückwich. Sie duckte sich darunter durch. Ihr Rock verhakte sich in einem Weidendickicht. Sie hörte den Stoff reißen.

»Kleine Mutter, warte!« Wild die Arme schwenkend, sprintete das Baummädchen durch die Fichten auf sie zu. Und Großvater Wald war bestimmt gleich hinter ihr.

Ihren hüpfenden Bauch haltend, stürmte Cassie vorwärts, sprang kleine Miniaturkaskaden hinunter. Wasser, Steine und Zweige spritzten unter ihren Füßen nach allen Seiten.

Sie musste schneller laufen – für Bär, für Dad, für Gail, für das Kind, das sie in sich trug. »Bleib stehen!« Über Büsche und Wurzeln springend, raste die Espe am Ufer neben ihr her. Sie streckte ihre stockartigen Arme nach Cassie aus. »Es ist zu gefährlich!«

Cassie wich dem Griff des Baummädchens aus, stolperte über ein paar lose Steine und fiel hin. Ihre Hände schrammten über Fels. Sie hielt ihren Bauch fest und rappelte sich wieder hoch.

In der Entfernung hörte sie ein Donnern, das immer lauter wurde.

»Nein, nein, nein«, schrie die Espe. »Gefahr! Du musst stehen bleiben!« Ihre Stimme klomm höher und höher, bis sie schließlich nur noch ein hohes Kreischen war. »Halt!«

Cassie hörte jetzt ganz deutlich einen Wasserfall. Und plötzlich sah sie ihn zwischen den Fichten. Blau und wild und wunderschön rauschte er mitten durch den Wald: der Fluss!

Zweige schlugen nach ihr. Sie hielt die Arme schützend vors Gesicht und rannte weiter. Vor ihr zwängte sich das Flüsschen zwischen einigen großen Felsbrocken hindurch und stürzte spritzend und schäumend drei Meter in die Tiefe, hinein in das strudelnde Wasser des Flusses. Auf einem dieser Felsen hockte Großvater Wald und wartete auf sie.

Cassie senkte den Kopf wie ein Stier beim Angriff. Ihr Widersacher war jetzt nur noch zehn Schritte entfernt. Als sie sich in die Lücke zwischen den Felsen warf, begann er auf sie einzureden wie auf ein ungezogenes Kind. »Nein, Cassie. Nein«, sagte er streng. »Du wirst dir wehtun. Du wirst deinem Baby wehtun.«

Noch fünf Schritte.

Er streckte ihr seine knorrige Hand entgegen. »Du musst mir vertrauen. Ich verspreche dir, dass du bei mir in Sicherheit bist. Ich werde mich um dich kümmern. Ich werde dein Kind wie mein eigenes aufziehen.«

Gleich war sie bei ihm.

»Denk an dein Baby! Es verkörpert die Zukunft«, fuhr er fort. »Sei ein braves Mädchen! Nimm meine Hand! Komm mit mir nach Hause!«

Jetzt war sie direkt neben ihm. »Den Teufel werde ich tun!«, schrie sie, duckte sich unter seiner Hand hindurch und schlitterte den Felsen hinab. Die Espe kraxelte ihr nach, wollte sie aufhalten. »Nicht, kleine Mutter!« Ihre Finger krallten sich in Cassies Arme wie die Klauen eines Raubvogels.

Cassie rollte über die Felsen abwärts und stürzte mit den Füßen voran ins Wasser. Sie prallte auf die scharfen Steine am Grund des

Flusses und überschlug sich. Das Gesicht schmerzvoll verzogen, sog sie zischend Luft ein. Der Wasserfall pladderte ihr ins Genick. Sie konnte die Espe schreien hören.

Als sie sich aufrichtete, strömte Wasser über ihre Schultern und den Bauch hinunter. Ihre Füße pochten. Blut färbte das Wasser rot, verwirbelte sich und wurde von den strudelnden Wellen davongetragen.

»Oh, bitte, komm zurück!«, rief die Espe, jetzt wieder mit ihrer Kleinmädchenstimme.

Cassie stemmte sich gegen die tosenden Wellen und hob einen Fuß an. Sofort wurde er von einem Strudel gepackt. Mit aller Kraft setzte sie ihn wieder auf den Boden und klemmte ihn zwischen die Steine. Sie hob den anderen Fuß. Der schwere, nasse Rock klatschte ihr gegen die Beine. Das Wasser wurde tiefer. Sie hob die Arme. Die Kälte griff mit nassen Fingern nach ihrem Bauch. Sie schnappte nach Luft.

Endlich hatte sie die Mitte des Flusses erreicht. Die Lippen entschlossen zusammengepresst, den Blick über die Wölbung ihres Bauches fest auf ihre Füße geheftet, watete Cassie weiter. Flussabwärts. Drüben am Ufer liefen die Espe und Großvater Wald neben ihr her und beschworen sie unentwegt zurückzukommen. Nach einer Weile hörten ihre Füße auf zu bluten. Lachse schossen wie silberne Pfeile durch das glasklare Wasser. Sie konnte nur hoffen, dass Großvater Wald keine freundschaftlichen Beziehungen zu ihrem Munaqsri pflegte. Wie lange würde es dauern, bis auch der Fluss ihr Feind war?

Plötzlich wurde es still am Ufer. Sie warf einen schnellen Blick hinüber. Weder Großvater Wald noch die Espe waren zu sehen. Die Füße fest zwischen den Steinen verankert, den Körper gegen die Strömung gestemmt, die von hinten gegen sie drückte, ließ Cassie ihren Blick über die Bäume wandern. War das nur Einbildung, oder beobachtete der Wald sie tatsächlich? Sie brachte ein grimmiges Lächeln zustande.

Dann bahnte sie sich ihren Weg zu einem großen Stein in der Mitte des Flusses und zog sich aus dem Wasser wie ein gestrandeter Wal. Das Baby in ihr krümmte sich protestierend. Sie lehnte sich auf einem Ellenbogen zurück und strich mit der anderen Hand sanft über ihren gewölbten Leib. »Zuerst ausruhen. Dann Phase zwei«, sagte sie liebevoll zu ihrem Kind.

Einen Sumpf zu finden sollte nicht allzu schwierig werden. Im Gegenteil. Im Nördlichen Nadelwald war es schwerer, *keinen* zu finden, denn gerade jetzt, im Herbst, bildeten sich praktisch überall morastige Stellen. Cassie rieb sich die schmerzenden Hüften. Hier draußen in der kühlen Luft hatte sie überall Gänsehaut.

Das Entscheidende kam erst nach dem Sumpf. Sie wusste genau, wo sie hinwollte. Was hatte die Espe gesagt? *Einige Bäume, die ganz oben wachsen, können zu den Winden sprechen.* Cassie dachte an das Mackenzie-Gebirge. Sie hatte es in der Ferne gesehen, als sie aus der Tundra kam. Aber der Weg dorthin …

Halt! Immer schön eins nach dem anderen. Zuerst musste sie einen Sumpf finden und ihre Verfolger loswerden. Cassie glitt von dem Felsen herunter. Nach dem Aufenthalt in der kühlen Luft fühlte sich das Wasser fast warm an. Sie watete um den Felsen herum flussabwärts und ging in die Knie, bis die Wellen ihre Schultern umspülten. Dann hob sie die Beine an. Ihr gewölbter Bauch hielt den Körper über Wasser, und so trug sie der Fluss davon.

»Charmant«, sagte Cassie, halb zu sich selbst, halb zu dem Sumpf. Dichter Dunst stieg von faulenden Farnen und Baumstämmen auf. Selbst in der Hölle konnte die Luft nicht feuchter sein. Oder schlechter riechen. Sie zog die Nase kraus. Der Sumpf verströmte den widerlich süßlichen Duft verrottender Pflanzen. »Wessen brillante Idee war das denn eigentlich?«, fragte sie laut.

Cassie watete durch den übel riechenden Modder, der sich zwischen ihren Zehen hindurchquetschte und über ihre Füße sickerte wie geschmolzener Teer. Sie trat auf einen Haufen verfaulter Blätter und sank bis zu den Knien ein. Der Sumpf schmatzte, als sie ihren Fuß herauszog. Sie schnitt eine Grimasse. Es war beinahe unmöglich, tiefe Stellen zu erkennen. Ein falscher Schritt, und sie würde im Schlamm versinken.

Cassie ließ ihren Blick über das Moor schweifen. Hier und da krallten sich verkrüppelte Fichten im Matsch fest wie kranke Vogelscheuchen auf einem längst verlassenen Acker. *Wurzeln brauchen festen Boden*, dachte sie. *Um die Bäume herum wird der Schlamm flacher sein.* Doch vielleicht gehörten diese hier zum Einflussbereich von Großvater Wald? Das Risiko wollte sie nicht eingehen. Aber ebenso wenig wollte sie in dem bodenlosen Morast versinken.

Während sie hin und her überlegte, senkten sich Wolken von Moskitos auf sie herab, ergossen sich wie Regentropfen auf ihre ungeschützte Haut. »Blutsaugende Mistviecher«, schimpfte sie und schlug nach ihnen. »Das wird ja immer besser.« Sie fragte sich, ob ihre hektischen Bewegungen wohl die Aufmerksamkeit des Moskito-Munaqsri erregten. *Alles hier kann ein Feind sein,* dachte sie und hielt inne. Dann kam ihr eine Idee. Sie riss einen kräftigen Schössling aus dem Schlamm. Damit konnte sie gleichzeitig die Moskitos wegwedeln und die Tiefe des Morasts vor sich testen. Mit Hilfe dieses provisorischen Gehstocks kämpfte sie sich langsam vorwärts. Sank er weniger als zwei Fußbreit ein, watete sie weiter in die gleiche Richtung. Sank er mehr als zwei Fußbreit ein, ging sie woanders lang. Die Stellen, wo schwarzes Wasser glitzerte, versuchte sie gar nicht erst, denn dort wuchsen lila Orchideen und Kannenpflanzen und markierten eine bodenlose Tiefe. Cassie umging sie in weitem Bogen, immer die Angst im Nacken, sie könnte im Kreis laufen. Sie vermisste ihr GPS.

Als die untergehende Sonne ihren blutroten Schein über den Horizont ergoss, vermisste sie auch ihre Wasserflasche, sogar noch mehr als das GPS. Sie befeuchtete ihre Lippen und schmeckte Schlamm. Ihre Kehle fühlte sich trocken an wie Sandpapier. Das Baby krümmte sich, und sie spürte seinen Ellenbogen an ihren Rippen. »Tut mir leid«, sagte sie und tätschelte ihren Bauch. »Es ist nicht sauber.« Im schwindenden Licht sah das Sumpfwasser aus wie Schokoladensirup.

Irgendwann konnte sie nicht mehr weiter, weil die länger werdenden Schatten es unmöglich machten, zwischen harmlosen Tümpeln und bodenlosen Wasserlöchern zu unterscheiden. Als der Gürtel des Orion aus dem tiefen Blau des Firmaments zu leuchten begann, rollte sie sich auf einem Moosfleckchen zusammen. Stunden später wachte sie auf und stellte fest, dass sie zehn Zentimeter tief eingesunken war.

Mit Hilfe ihres Gehstocks zog sie sich aus dem Morast. Der Schlamm juckte auf der Haut, und ihre Haare waren völlig verklebt. Als sie den Rücken durchstreckte, glitt moosiger Matsch von ihren Schultern.

Cassie betrachtete die modrigen Tümpel etwas genauer. *Weißt du eigentlich, wie viele Bakterien in diesem Wasser leben?*, hörte sie ihren Vater fragen. *Was kann denn ein kleines Schlückchen schon schaden?*, widersprach sie ihm in Gedanken. Ihre Zunge war dick angeschwollen, und wenn sie schluckte, schmerzte ihre Kehle. Ein verdorbener Magen war immer noch besser als Austrocknen. Flüssigkeitsmangel würde sie schneller töten.

Cassie ging in die Knie und fuhr mit der Hand durch eine der leicht bräunlich gefärbten Pfützen. Wasserkäfer stoben auseinander. In den kleinen Wellen, die sie erzeugten, tanzten Algen.

Sie versuchte sich vorzustellen, es wäre Eistee – Farbe und Konsistenz waren sehr ähnlich. Sie schöpfte ein bisschen in ihre Hand und nahm einen Schluck. Die Flüssigkeit lief ihr Kinn hinunter. »Oh! Äaah!«, entfuhr es ihr. Das Zeug schmeckte widerlich, wie ungeklärtes Abwasser. Cassie hatte zwar noch nie welches probiert, aber genauso stellte sie es sich vor. Sie wischte sich mit einem schlammigen Ärmel über den Mund. Ihr Baby brauchte das Wasser.

Gegen Mittag trank sie ein zweites Mal davon und dann noch einmal am Abend. Bald dachte sie nur noch an Wasser und hatte Schwierigkeiten, sich auf irgendetwas anderes zu konzentrieren. *Stock einstechen, Schritt vorwärts, Stock einstechen, Schritt vorwärts, Stock einstechen, Schritt vorwärts,* wiederholte sie gebetsmühlenartig in Gedanken.

Als die Sonne zum zweiten Mal über dem Sumpf unterging, fand sie eine Stelle mit Moltebeeren. Sie sank im Schlamm neben einem der Büsche auf die Knie, riss die fetten gelben Früchte von den Zweigen und stopfte sie händeweise in den Mund. Die prallen Beeren explodierten auf ihrer Zunge wie kleine Feuerwerkskörper. Der Saft, scharf wie Schnaps, rann brennend ihre Kehle hinunter. Alles schmeckte nach Schlamm, aber das kümmerte sie nicht. Sie aß weiter, bis die Sträucher völlig kahl waren. Dann schlief sie neben ihnen ein.

Kurz vor Morgengrauen wachte sie auf, weil ihre Füße kribbelten. Im Halbschlaf langte sie über ihren gewölbten Bauch, um sie zu massieren. Sie fühlten sich feuchtkalt an, und unter der Schlammschicht war die Haut ganz rot. Cassie musste bald trockenes Land finden.

Noch einmal suchte sie die Sträucher nach Beeren ab, fand aber nur ganze drei. Offensichtlich war sie am Abend zuvor überaus gründlich gewesen. Außerdem hatte sie Magenschmerzen. Sie packte ihren provisorischen Wanderstock und schleppte sich weiter.

Eine Wand aus Fichten tauchte vor Cassie auf. Schlank und kerzengerade ragten die Bäume empor. Schwer auf ihren Stock gestützt, stolperte sie auf tauben Füßen in diese Richtung. Erst sank ihr Gehstock fünfzehn Zentimeter ein, dann zehn, dann fünf. Weiche Fichtennadeln lösten den Teppich aus Torfmoos ab. Farne und Bärlapp verdrängten Orchideen. Fünf Schritte von der nächsten Weißfichte entfernt hielt sie zweifelnd inne. Schlamm tropfte überall von ihrer Kleidung und bedeckte den Boden mit unregelmäßigen Flecken. Zwischen den Bäumen konnten sich unzählige Spione verbergen. Es war sogar möglich, dass Großvater Wald höchstpersönlich hier auf sie wartete.

Ach was, sagte sie sich. Er würde sie gar nicht erkennen, so schlammverkrustet, wie sie war. Und selbst wenn, würde ihn der Gestank, den sie verströmte, glatt umhauen. Ganz langsam und unter großen Schmerzen begann sie einen Hügel hinaufzuklettern, raus aus dem Sumpf. Fichtennadeln knirschten leise unter ihrem Tritt, blieben an ihren Fußsohlen hängen.

Oben angelangt, ließ sich Cassie erschöpft auf einen umgestürzten Baumstamm sinken. Dunkles Fichtengrün, durchbrochen von buntem Herbstlaub, erstreckte sich über Meilen und Abermeilen, bedeckte das ganze Vorgebirge. Den Horizont säumten hohe Berge, deren Silhouette sich scharf gegen die Sonne abzeichnete. Wunderschön, wie sie dort honiggolden leuchteten, hier und da gesprenkelt von weißen Schneefeldern. Es fiel ihr trotzdem schwer, diesen herrlichen Anblick zu genießen, denn ihr Körper war nur noch ein einziger Schmerz.

Cassie nahm einige Farnwedel, bückte sich schwerfällig über ihren dicken Bauch und begann sich den Schlamm von den Beinen zu wischen. Ihre Füße waren eiskalt und geschwollen. Irgendwann kam die Haut zum Vorschein. Sie hatte eine wächserne Farbe angenommen, über und über bedeckt mit dunkelroten Flecken. Als sie sie berührte, fühlte sie sich schwammig an, wie nasses, weiches Moos. »Entzückend«, sagte Cassie laut und mit beißendem Spott in der Stimme. So gut sie konnte, wischte sie ihre Füße trocken. Eigentlich sollte sie in diesem Zustand keinen Schritt mehr tun, das wusste sie. Aber je länger sie an einem Ort blieb, desto größer wurde die Wahrscheinlichkeit, dass Großvater Wald sie fand.

Ächzend stand sie wieder auf. Das Baby stieß mit dem Knie (oder dem Ellenbogen?) gegen die Bauchdecke. »Keine Angst. Ich gebe nicht auf«, sagte sie zu ihm. »Ich werde dafür sorgen, dass du in Freiheit zur Welt kommst.«

Dann bahnte sie sich mit Hilfe ihres Gehstocks einen Weg über Steine und Wurzeln, den Hügel hinunter. Hier und da fiel der Hang steil ab. An diesen Stellen musste sie Serpentinen laufen, um nicht abzustürzen. Unter sich sah sie das blaue Band eines Flusses im Sonnenlicht glitzern. Wenn es sein musste, sagte sie sich, lief sie von Sumpf zu Sumpf, von Fluss zu Fluss durch die Wälder des Vorgebirges. Nur langsam musste es sein, denn mehr als Schlurfen konnte sie kaum noch.

Endlich erreichte sie den Fuß des Hügels. Ihre Füße fühlten sich wie Holzklötze an. Ab hier begann das Terrain wieder anzusteigen, und sie kroch nur noch vorwärts. Alles tat weh. Über ihr raschelte etwas. Wind oder Munaqsri? Eichhörnchen oder Spion? Mit klopfendem Herzen suchte sie die Bäume ab. Nichts zu sehen.

Cassie sank gegen den Stamm einer Fichte. »Ich hasse das«, sagte sie laut zu dem Baum. »Nur, damit du es weißt: Ich hasse das.« Wieder beugte sie sich schwerfällig über ihren dicken Bauch, um ihre Füße zu begutachten. Die waren jetzt über und über mit Blasen bedeckt und brannten wie Feuer. Cassie zupfte Nadeln und Schmutz von den Stellen, wo sich die Blasen geöffnet hatten und das rohe Fleisch zum Vorschein kam. Weiter konnte sie nichts tun, lediglich hoffen, dass das Ganze sich nicht zu einem Wundbrand ausweitete. Ihre Bauchdecke schlug Wellen, als sich das Baby krümmte und wand wie ein Küken, das aus seiner Schale will. Es mochte anscheinend das Bücken nicht. »Nur noch ein kleines Weilchen«, sagte Cassie, als sie sich wieder aufrichtete. »Wir schaffen das.«

Humpelnd und nur durch pure Willenskraft schaffte sie eine weitere Meile, bevor es zu regnen begann. Sie kraxelte gerade den nächsten Hügel hinauf, da hörte sie die Tropfen, noch bevor sie sie spürte. Immer schneller trommelten sie auf das dichte Dach aus Fichtenzweigen. Pappeln begannen zu zittern. Dann brach der Regen durch. Cassie hob ihr Gesicht, und Wasser pladderte auf sie nieder. Getrockneter Schlamm löste sich von ihrer Haut und rann in braunen Bächen den Hals hinunter. Sie fing die Regentropfen mit der Hand und dem weit geöffneten Mund auf und trank, soviel sie konnte. Regen ergoss sich in Strömen auf den Waldboden. Der Nadelteppich unter ihren Füßen wurde glatt wie Schmierseife. So schnell sie konnte, flüchtete Cassie in den Schutz einer umgestürzten Fichte. Dort kauerte sie sich zusammen, während der Wolkenbruch den Wald einweichte.

Ein kaltes Bächlein rann ununterbrochen ihren Rücken hinunter, und Cassie fröstelte. Sie presste sich fest gegen die kühle Rinde und stellte sich vor, dass das Kind in ihr ebenfalls fror. Ob sie ihm wohl schadete, während sie hier draußen unterwegs war? Und als Nächstes fragte sie sich, seit wann sie sich eigentlich Sorgen um das Baby machte. Sie konnte sich an keinen genauen Zeitpunkt erinnern. Irgendwie war es Stück für Stück gekommen, mit jedem Tritt, jedem Schluckauf, jeder Bewegung, die sie in sich spürte.

Cassie rollte sich zu einer Kugel zusammen, legte den Kopf auf eine Wurzel und schlang die Arme um ihren Leib, als könnte sie so das Baby besser schützen. Wasser sammelte sich unter ihr. Nasses Haar lag kalt auf ihrem Nacken. Sie fiel in einen unruhigen Schlaf und träumte von Bär. Und von Gram. Und von einem Kind mit riesengroßen Augen und aufgeblähtem Bauch. Es starrte sie stumm an, so lange, bis Cassie mit einem Schlag aufwachte.

Sie war heiß und zitterte am ganzen Körper. Mühsam setzte sie sich auf. Wasser tropfte auf sie herab. Außerhalb ihres provisorischen Unterschlupfs nieselte es. Cassie krabbelte hinaus und kam taumelnd auf die Füße.

Alles drehte sich – sie war zu schnell aufgestanden. Sie schloss die Augen und legte eine Hand auf die Stirn – heiß. Sie hatte Fieber. Früher hatte sich dann immer Gram um sie gekümmert.

Sie öffnete die Augen und hielt nach ihrer Großmutter Ausschau.

»Gram, ich fühl mich nicht gut.« Unbeholfen stolperte sie vorwärts. Die Worte waren ein unverständliches Gebrabbel. Ihre Ohren dröhnten, und ihr Blick verschwamm. Ihr war, als wäre sie unter Wasser. »Gram?«

Gram war ein weißer Bär. Dann wurde sie zu einem hungernden Kind mit Augen so groß wie Großvater Walds Teetassen. Cassie streckte die Arme nach ihm aus.

Das Bär-Kind lief weg.

Cassie rannte hinter ihm her. Ihr Kopf dröhnte, und ihre Füße pochten vor Schmerz. Sie sah, wie sich feine weiße Linien über den Wald legten. Ein dunkler Blitz zuckte vorbei.

Cassie presste die Hände gegen die Stirn. Sie wollte das Pulsieren in ihrem Kopf überholen. Schneller und schneller rannte sie, raste wie blind durch die Bäume.

Sie sah den Abhang nicht.

Sie sah die Felsen nicht.

Sie fiel. Gegen scharfe Steine prallend, sich mehrfach überschlagend, stürzte sie den Steilhang hinunter. Stechender Schmerz durchbohrte sie wie eine Lanze. Schreiend rollte sie weiter.

Am Fuß des Hügels schlug sie hart auf und blieb reglos liegen. Neben ihr gurgelte ein Fluss. Ihre Hand hing schlaff im Wasser. *Nass,* dachte sie noch. Dann verlor sie das Bewusstsein.

Fiebrige Träume hüllten sie ein: Blut und Hitze und schneidende Kälte. Als die Träume verschwanden und das Fieber nachließ, weckten die Schmerzen sie auf. Sie lag verdreht auf mehreren Steinen. Ihre Haut war eine einzige Wunde. In ihren Ohren rauschte es. Ihr war schwindlig. Ihr Magen … Sie krümmte sich und schnappte nach Luft. Ihre Eingeweide krampften sich zusammen.

Oh, was hab ich nur getan! Bitte, bitte, sei nicht tot!

Cassie versuchte sich aufzusetzen. Sie bekam nicht genug Luft. *Bitte, lebe! Lebe, verdammt noch mal!*

Als sie sich bewegte, spülte eine schwarze Woge über ihre Augen, und sie musste sich übergeben. Bei jedem Würgen fuhr ein scharfer Schmerz durch ihren Körper wie ein Messer. Mühsam hob sie ihre zitternde Hand an den Mund. Und dann sah sie das Blut. Sie spreizte die Finger. Leuchtendes, scharlachrotes Blut. Sonst nichts. Ihre ganze Welt versank in Blut.

Sie erbrach Blut.

Cassie schloss die Augen. Immer noch alles rot. Sie erbebte. Ihr war klar, was das bedeutete. Sie war verletzt und mutterseelenallein. Sie hatte nicht nur ihr Kind getötet, sondern auch sich selbst.

Dritter Teil

Auf dem Rücken des Nordwinds

Kapitel Siebenundzwanzig

Geografische Breite: 63° 48' 11" N
Geografische Länge: 126° 02' 38" W
Höhe: 337,7 m

CASSIE ERTRANK. SIE HIELT IHREN HALS UMKLAMMERT, EIN gestrandeter Fisch, der an der Luft erstickte. Ein Schatten fiel über sie. Mühsam richtete sie ihren Blick darauf.

Der Schatten sah aus wie ein junger Inuit-Mann.

Doch das ergab überhaupt keinen Sinn. Sie war allein, lag einsam im Sterben. Nur sie. Und ihr ungeborenes Kind, ihr Baby, das nun niemals das Licht der Welt erblicken würde. »Es tut mir leid, leid, leid«, wisperte sie tonlos und presste die Augen zusammen.

Als sie sie wieder öffnete, war der Mann immer noch da. Stumm und reglos stand er auf den Felsen über ihr und wartete. Und plötzlich verstand sie: Er wartete darauf, dass sie starb. »Munaqsri«, kam es rasselnd aus ihrem Mund.

Er fuhr zusammen, verlor auf dem glatten Stein den Halt und schlitterte einige Meter nach unten, bevor er sich wieder gefangen hatte. Kiesel rollten weg und trafen Cassie, die schmerzhaft zusammenzuckte.

»Du kannst mich sehen? Ich dachte, du wärst …«, begann er. »Du weißt, was ich bin?«

Ja, sie wusste es. Er war der Menschen-Munaqsri. Er war hier, um ihre Seele mitzunehmen. Nun, das würde sie ihm nicht gestatten. Er war ein Munaqsri – er konnte Moleküle manipulieren.

Er konnte sie retten! »Mach mich gesund!«, verlangte sie hustend. Blut spritzte auf sein Hosenbein.

Die Stirn gerunzelt, betrachtete der Mann zuerst die roten Punkte und dann Cassie. »Wenn du weißt, was ich bin, dann weißt du auch, dass ich nicht hier bin, um dich gesund zu machen.«

Mit schwacher Hand tätschelte sie sein Fußgelenk. »Du kannst es«, beharrte sie. Er hatte die Macht dazu. »Tu es!«

»Es tut mir leid, aber du liegst im Sterben«, widersprach er sanft.

»… sterbe … nicht.« Nicht, wenn er sie retten konnte. Sie versuchte mit allerletzter Kraft, ihn noch einmal zu berühren, und spuckte wieder Blut.

Er beugte sich über sie und legte eine Hand an ihren Hals, fühlte ihren Puls. »Du hast einen außerordentlich starken Willen.« Er nahm seine Hand weg. »Du musst loslassen. Dein Körper ist zu stark beschädigt, um sich selbst zu heilen. Du musst fürchterliche Schmerzen haben.« Er klang beinahe gütig. »Ich muss jetzt deine Seele an mich nehmen.«

Für den Bruchteil einer Sekunde schloss Cassie die Augen und öffnete sie wieder. Dann konzentrierte sie sich auf seine Worte, als wären sie Seifenblasen, die sie fangen sollte. Ihr Blick verschwamm. »Die kannst du nicht haben.«

»Na, na. Wir wollen doch nicht, dass es sie hinter das Ende der Welt verschlägt.«

Cassie dachte an die Eisbären, daran, wie ihre herrenlosen Seelen bis hinters Ende der Welt drifteten, es sei denn – ihr fiel ein, was der Hase und die Eule gesagt hatten –, es sei denn, *jemand anders nahm sich ihrer an.*

Konnte sie den Menschen-Munaqsri in Versuchung führen? »… weiß, wo fünfundzwanzigtausend sind.«

Er hockte sich neben sie. »Was hast du da gesagt?«

»Fünfundzwanzigtausend herrenlose Seelen«, sagte sie etwas deutlicher und schnappte vor Anstrengung nach Luft. Sie würgte und hustete und begann zu zittern.

Er packte sie bei den Schultern und hielt sie ruhig. »Herrenlos? Hast du gesagt ›herrenlos‹? So wie ›ohne Munaqsri‹?« Die Aufregung war ihm deutlich anzumerken.

Cassie schloss die Augen. »Kann nicht sprechen«, wisperte sie. »Sterbe.« *Bitte, lass es funktionieren!*

»Fünfundzwanzigtausend Seelen.« Er schrie es fast. »Du sagtest fünfundzwanzigtausend! Wo? Wer?«

Sie holte Luft, als wollte sie etwas sagen – doch dann erbebte sie am ganzen Körper, und diesmal war es nicht gespielt. *Heile mich!*, bettelte sie stumm.

Sie hörte ihn fluchen, und gleich darauf schoss ein fürchterlicher Schmerz durch ihren Körper. Der Munaqsri drückte fest auf ihren Brustkorb. Ihr Oberkörper wurde zusammengepresst, Rippen knackten. Es war, als würde das Himmelszelt einstürzen und die Erde nach oben gerissen. Sie schrie. Und dann war der Schmerz plötzlich weg. Cassie verstummte vor Überraschung mitten im Schrei. Dann setzte sie sich auf den blutgetränkten Steinen aufrecht hin. Sie fühlte sich so leicht wie ein Luftballon. Als sie versuchte, normal zu atmen, weiteten sich ihre Rippen und zogen sich wieder zusammen, ganz gleichmäßig. Sie stupste sie an. Es war, als wäre sie nie verletzt gewesen. Cassie betrachtete sich genauer. Sie war immer noch blutüberströmt, aber anscheinend gesund. Sie fuhr mit den Händen über ihren Bauch. »Ist mein Baby …«

»Natürlich«, fiel er ihr ins Wort. Er klang beinahe beleidigt. »Ich bin schließlich vom Fach.«

Eine Woge der Erleichterung spülte über Cassie hinweg, deren Intensität sie schockierte. Tränen schossen ihr in die Augen, und sie begann eingehend ihre Haut zu untersuchen, damit er es nicht bemerkte. Feine dunkelrosa Linien verliefen dort, wo die Steine sich in sie hineingebohrt hatten. Sie pulte getrocknetes Blut ab. »Beeindruckend«, sagte sie und versuchte, gelassen zu klingen. »Ich danke dir.«

»Es ist uns eigentlich nicht gestattet, Ausnahmen zu machen«, meinte der Menschen-Munaqsri, »aber für fünfundzwanzigtausend … Bei so vielen Seelen hätte ich niemals mehr eine Totgeburt.« In seiner Stimme klang Verwunderung mit.

Zum ersten Mal sah sie zu ihm hoch, ohne dass der Schleier des Schmerzes ihre Augen trübte. Der Munaqsri war ein magerer Inuit mit einem dünnen, flaumigen Oberlippenbärtchen. Er wirkte sehr jung – vielleicht so alt wie Jeremy –, doch das hatte bei einem Munaqsri überhaupt nichts zu bedeuten. Durch sein kurz geschorenes Haar schimmerte die Kopfhaut. *Die Haare hätte er mal lieber auf seine Oberlippe transplantieren sollen,* dachte sie spöttisch. Mit seinem spärlichen Bartwuchs (plus Kakihose, Hemd und Schlips) sah ihr Retter eher aus wie ein Jugendlicher bei seinem ersten Vorstellungsgespräch als ein Seelenhüter der Menschen.

»Die Seelen«, ermunterte er Cassie. »Wo sind sie?«

Vermutlich war er ganz neu in seinem Amt als Munaqsri. Das würde erklären, warum er sich verschätzt und damit zugelassen hatte, dass sie ihn sah. Ihr fielen die Geschichten von Menschen ein, die kurz vor ihrem Tod angeblich einen Engel gesehen hatten. Vielleicht sahen ja mehr Menschen ihren Munaqsri als bekannt.

»Ich kann nicht versprechen, dass niemals jemand Anspruch auf diese Seelen erheben wird«, begann sie vorsichtig. »Ihr Munaqsri ist gerade nicht in seinem Gebiet, aber er kann jederzeit zurückkommen.«

»Ist das wahrscheinlich?«, fragte er.

Sie grinste. »Mir wurde gesagt, es sei unmöglich.« Genauso unmöglich wie ein sprechender Bär, genauso unmöglich wie das Zurücklegen Hunderter Meilen in wenigen Minuten, genauso unmöglich wie ihr Überleben, genauso unmöglich wie eine Geburt. Cassie umfasste zärtlich ihren Bauch. »Hast du jemals von einer Festung gehört, die östlich der Sonne und westlich des Mondes liegt?«

Er zuckte mit den Schultern. »Wenn sie überhaupt existiert, dann gehört sie wohl am ehesten zu meinem Gebiet. Man hat mir nämlich alle ungewöhnlichen Orte zugewiesen.«

Hey, wow! Sollte sie endlich einmal Glück haben? Cassie hätte am liebsten laut losgejubelt.

»Sie wird aber erst dann Teil meines Gebietes, wenn ein Mensch dort zur Welt kommt oder stirbt.« Er musterte die Bäume. »Ich glaube, hier bin ich auch zum ersten Mal. Schöne Gegend.«

»Hmmm«, stimmte sie unverbindlich zu. Wenn es nach ihr ginge, dann würde sie in ihrem ganzen Leben keinen einzigen Baum mehr zu Gesicht bekommen, nachdem das hier vorüber war. »Dann kannst du also derzeit nicht in das Land östlich der Sonne gelangen?« Wäre ja auch zu schön gewesen. Sie sollte froh sein, dass sie noch lebte. Das war schon Geschenk genug. Außerdem war es gar nicht schlimm, dass er die Troll-Festung nicht erreichen konnte. Ihr Großvater konnte es. Der Munaqsri half ihr hoch, und sie klopfte sich den Schmutz ab. Überall klebte getrocknetes Blut, vermischt mit Dreck. Sie sah aus, als wäre sie in ein Zugunglück verwickelt gewesen, aber sie fühlte sich, als ob sie einen Berg erstürmen könnte. »Kennst du den Nordwind?«

»Was hat der denn mit den Seelen zu tun?«

»Kennst du ihn?«, beharrte sie.

»Nur beiläufig.« Er runzelte die Stirn, sichtlich unzufrieden mit ihrem Themawechsel.

»Könnte ich von einem Berggipfel aus seine Aufmerksamkeit erregen?«

»Fünfundzwanzigtausend Seelen, hast du gesagt.«

Cassie holte tief Luft und sprudelte dann heraus: »Bring mich auf einen Berg, und ich sage dir, welchen Geschöpfen derzeit ihr Munaqsri fehlt.« Sie wusste, sie verlangte viel. Schließlich hatte er ihr schon das Leben gerettet.

Er blickte sie finster an. »Du willst mich übers Ohr hauen.«

Cassie schüttelte heftig den Kopf. »Ich sage es dir, wenn wir oben auf dem Gipfel sind. Ich verspreche es.«

»Das hast du vorhin schon.«

Sie blickte nach oben, wo sich eine Horde keckernder Eichhörnchen zusammengerottet hatte. Spione? »Ich habe gelernt, mit Versprechen gegenüber Munaqsri sehr vorsichtig zu sein. Da hast du was hineingedeutet.«

»Du wirst meinen Ruf ruinieren.«

»Du hast keinen Ruf«, erwiderte Cassie. »Niemand weiß, dass es Munaqsri überhaupt gibt.«

Er machte eine unbehagliche Bewegung. »Die anderen Munaqsri … sie reden. Die meisten von ihnen hätten dich nicht gerettet. Aber ich brauche diese Seelen. Ich hasse es, eine Geburt zu erleben und nichts tun zu können.«

Cassie erinnerte sich, wie Bär reagierte, wenn ein Junges tot zur Welt kam. Und plötzlich wurde ihr klar, dass sie dem Menschen-Munaqsri den besten Anreiz geliefert hatte, den es überhaupt gab. »Überleg mal, was mit deinem Ruf passiert, wenn die anderen Munaqsri herausfinden, dass du mich gerettet hast, *ohne* mehr über diese Seelen zu erfahren«, sagte sie. Wie zur Bekräftigung ihrer Worte raschelte orange-goldenes Laub, und eine geschmeidige Gestalt aus Zweigen und Blättern huschte durchs Geäst. Der Menschen-Munaqsri warf dem Birkenmann einen Blick zu. Cassie schlug das Herz bis zum Hals. Schnell fügte sie hinzu: »Aber darüber würde ich mir an deiner Stelle keine Sorgen machen. Niemand wird von alldem wissen außer mir und dir. Und dem gesamten Borealen Nadelwald in Nordamerika.«

»Das ist Erpressung«, sagte er.

»Ja, mehr oder weniger«, gab Cassie zu und versuchte, dabei so lässig wie möglich zu klingen. »Also, willst du diese Seelen nun haben oder nicht?« *Bitte, sag Ja!*

Er streckte lachend die Hand aus. »Du bist mir schon eine«, sagte er. »Aber ich warne dich: Ich bin verdammt schnell.«

Cassie nahm seine Hand. Ihr Herz sang. »Vertrau mir! Ich kann damit umgehen.« Dann kletterte sie auf geheilten Füßen über die Steine, an denen immer noch ihr Blut klebte, aus dem Flussbett heraus. Das Keckern der Eichhörnchen wurde sehr nachdrücklich. Im Rücken des Munaqsri beugten sich Bäume zueinander. Rinde schmolz zusammen. Sie mussten hier weg, *sofort*. Der Menschen-Munaqsri wollte sich umdrehen und nachsehen, was hinter ihm vor sich ging. Cassie stützte sich schwer auf seine Hand, um ihn abzulenken. Zwischen den Fichten nahm sie einen verschwommenen Umriss wahr. »Komm schon«, sagte sie, »Zeig mal, was du kannst!«

Der Munaqsri grinste ihr kurz zu und zog sie mit einem Ruck durch die Bäume. Äste brachen in schneller Folge. Es klang wie eine Serie explodierender Feuerwerkskörper. »Beeindruckt?«, rief er ihr über die Schulter zu.

Hinter ihnen setzten sich die Bäume in Bewegung. »Noch nicht«, erwiderte Cassie.

Er erhöhte das Tempo. Die Fichten rasten nur so vorbei. Cassie schrie auf, als ein Ast gegen ihren Knöchel peitschte. »Au!« Doch da der Munaqsri sie berührte, heilte die klaffende Wunde in Sekundenschnelle.

»Vertrau mir!«, rief er.

»Dann sorg dafür, dass ich heil bleibe!«

Wie ein Kampfjet raste er in irre schnellen Schlangenlinien durch den Wald. Wind toste an ihren Ohren vorbei, und sie fragte sich, was wohl passieren würde, wenn der Munaqsri Schallgeschwindigkeit erreichte. Jetzt wäre ein guter Zeitpunkt, das zu testen. »Schneller!«, verlangte sie. Einzelne Bäume waren bei dieser Geschwindigkeit nicht mehr zu unterscheiden – sie nahm nur noch dunkle Schattenblitze wahr. Fallende Blätter verwirbelten hinter ihnen zu kleinen Zyklonen. Erst jetzt, bei diesem unglaublichen, hochgefährlichen Tempo, begann sie sich einigermaßen sicher zu fühlen.

Plötzlich machte ihr Begleiter Halt, und Cassie flog nach vorn. Sie konnte sich gerade noch abfangen, bevor sie gegen eine Felswand prallte. Der Munaqsri hielt sie fest. Vor ihnen erhob sich ein gewaltiger Berg. Cassie keuchte. »Du hast es geschafft.« Sie befand sich am Hang eines Berges, oberhalb der Baumgrenze. Am liebsten hätte sie vor Freude getanzt. Sie war dem Wald entkommen!

»Fünfundzwanzigtausend«, erinnerte er sie.

»Mein Versprechen gilt nicht für den Munaqsri, dem diese Seelen eigentlich gehören«, sagte Cassie. »Es kann sein, dass er zurückkehrt.« Das musste ganz klar sein. Wenn Bär zurückkam, sollte der Mann, der ihr das Leben gerettet hatte, sich nicht betrogen fühlen. Das war das Mindeste, was sie ihm schuldete.

Er nickte ungeduldig. »Sag's mir!«

»Eisbären.«

»Die Arktis gehört zu meinem Territorium!« Er wandte sich nach Norden, ungeduldig wie ein Windhund vor dem Start. »Bist du sicher?«

Cassie lächelte schief. »Ich würde mein Leben dafür geben.«

»Ich danke dir. Die Neugeborenen danken dir«, sagte er. »Viel Glück mit dem Wind. Was willst du eigentlich von ihm? Wie man hört, soll er nicht ganz einfach sein.«

»Es ist etwas Persönliches.« Cassie zuckte mit den Schultern, als wäre die Angelegenheit völlig unwichtig.

»Na dann! Und versuche nicht wieder, dich umzubringen. Ein zweites Mal werde ich dich nicht retten.«

»Verstanden«, sagte sie, während ihr Blick den Hang des Berges hinaufwanderte. Hier und da erstreckten sich Schneefelder. Der Gipfel verlor sich in Wolken. *Oh Gott!*

»Bis bald«, sagte der Munaqsri, wobei er liebevoll Cassies Bauch tätschelte. Dann kniff er die Augen zusammen und lief los. Seine Schritte glichen den weit ausholenden, bogenförmigen Sprüngen einer Ballerina. Cassie rief ihm nach: »He, wie heißt du eigentlich?« Er hielt mitten im Sprung inne. »Ich bin ein Munaqsri.«

»Aber davor hattest du doch einen Namen, oder? Komm schon, ich weiß, dass du neu bist.«

»Das sollte man eigentlich nicht merken.« Er wurde rot. »Mein Name ist Jamie. Jamison Ieuk.«

»Sehr passend«, erwiderte Cassie. *Ieuk* bedeutete in der Sprache der Inuit »Mensch«. Es war genau wie bei Bär. Er hatte auch darum gebeten, dass sie ihn Bär nannte. »Ich bin Cassie.«

Er tippte an einen imaginären Hut. »War schön, dich kennenzulernen.«

»War schön, von dir gerettet zu werden.« Und dann war er

verschwunden, blitzschnell, ohne auch nur die geringste Spur zu hinterlassen. Als hätte er sich in Luft aufgelöst.

Cassie ließ ihren Blick über die endlose Weite aus Grün, Braun und Gold schweifen, die sich unter ihr erstreckte, und ihr Herz bekam Flügel. Jamie hatte sie Hunderte von Meilen näher zu Bär gebracht! Munaqsri waren echt die beste Art zu reisen.

Die Sonne schien warm auf ihren Rücken, und bald war Cassie schweißgebadet. Sie stieß ihre nackten Zehen fest in das lose Geröll, um Halt zu finden. Über ihr sprangen Schneeschafe auf der Suche nach Heidekraut und Steinbrech leichtfüßig von Stein zu Stein.

»Angeber«, keuchte sie und schwenkte die Arme in Richtung der Tiere. »Macht mal Platz!« Wie zur Bekräftigung boxte das Baby von innen gegen ihren Leib. Cassie grinste und tätschelte ihren Bauch. Es war seltsam – irgendwie hatte sie jetzt das Gefühl, einen Kameraden zu haben. Sie musste das hier nicht mehr allein durchstehen. Das Kind würde ihr helfen, seinen Vater zu retten. »Aus dem Weg, Schafe! Baby an Bord!«

Die Tiere stoben auseinander.

Der Hang wurde jetzt so steil, dass Cassie auf allen vieren weiterklettern musste. Sie kam sich vor wie eine Riesenschildkröte. Ein ums andere Mal setzte sie die Füße mit Bedacht auf und stützte sich dann mit den Händen ab. Ihr gewölbter Bauch streifte die Steine.

Das Baby wand und krümmte sich, während Cassie auf ihren Leib einredete: »Wenn du dieses eine Mal brav bist, musst du nie, nie wieder auf einen Berg klettern. Ich verspreche es dir. Bleib einfach noch eine Weile da drin. Okay, Kleines?«

Ächzend und schnaufend kletterte sie auf einen Felsvorsprung. Oben angelangt, ruhte sie eine Weile aus und kühlte ihr Gesicht mit verharschtem Schnee. Da hier in dieser Höhe kein Wald mehr war, konnte sie weit über die Täler blicken. Tief unter ihr hoben sich Lärchen in leuchtend goldenem Herbstgewand vor dem dunklen Hintergrund der Fichten ab wie brennende Fackeln.

Sie fragte sich, wie hoch sie wohl klettern müsste, bevor der Nordwind sie hören konnte und streckte eine Hand aus, um den Wind zu testen. »Wind-Munaqsri? Großvater! Hallo?«

Keine Antwort. Sie musste höher hinauf.

Meter um Meter kämpfte sich Cassie weiter den Hang empor und sagte sich bei jedem einzelnen Schritt: *Du bist vielleicht nicht imstande, ganz nach oben zu kommen, aber einen Schritt kannst du noch machen.* Die Sonne verschwand hinter dem Berg, und sie kletterte fröstelnd im Schatten weiter. Hin und wieder machte sie halt und rief nach dem Nordwind, doch jedes Mal umsonst.

Eine Stunde später wurde der Hang extrem steil. Cassie krallte sich mit den Fingern in einer Felsspalte fest, suchte mit dem Fuß nach einem festen Tritt und zog sich hoch. Beide Füße fest in den Fels gestemmt, streckte sie eine Hand nach dem Vorsprung aus. Von ihren aufgeschrammten Fingern tropfte Blut und sprenkelte den Stein mit dunkelroten Flecken. Cassie schwang ein Bein hoch und zog sich über den Rand auf den Sims. Keuchend sank sie gegen die Felswand. Die Bäume weiter unten wirkten jetzt wie Streichhölzer, und die wilden Schafe waren kleine Punkte auf weit entfernten Felsen.

Hoch genug, entschied sie.

Den Rücken fest gegen den Fels gepresst, vor sich den Abgrund, stand Cassie auf. Wind peitschte ihr das Haar ins Gesicht. Sie strich es hinter die Ohren zurück und ließ ihren Blick über die Landschaft schweifen. Die Höhe machte sie schwindlig. Sie konnte den Wald sehen. Er erstreckte sich über Hunderte von Meilen, bis zum Horizont. Unter ihr flog eine Schar Kanadagänse vorbei. Cassie presste eine Hand fest auf ihren Bauch und atmete tief ein. Sie wettete, ihr Kind würde mit einer Liebe zu Bergen geboren werden. Oder mit einer tiefsitzenden Angst vor ihnen.

Sie schloss die Augen, um den Schwindel zu vertreiben. Es war an der Zeit herauszufinden, ob sich ihre Anstrengungen gelohnt hatten. Cassie atmete noch einmal ganz tief ein, dann schrie sie aus Leibeskräften: »Nordwind! Großvater!«

Wind blies über ihr Gesicht, doch er sprach nicht.

Noch einmal schrie sie: »Ich bin Gails Tochter! Ich muss mit dir reden!«

Er befand sich irgendwo da draußen, ganz sicher. Aber wo? War er der ganze Wind oder nur ein Teil davon? Sie wünschte, sie hätte Gail nach ihrer Familie gefragt. Sie wusste nichts über die Wind-Munaqsri, außer, dass sie zu ihrer Familie gehörten und die Oberaufsicht über alle Luft-Munaqsri hatten. Sie hoffte, das würde reichen. Es musste. »Ich bin deine Enkeltochter! Bitte, antworte mir! Großvater!« Cassie schrie sich die Kehle aus dem Hals, bis sie schmerzte. »Onkel! Winde! Antwortet mir! Bitte!« Sie spürte ihn doch, den Wind – ihr Haar und ihr Rock flatterten, Schnee und Kiesel rollten den Berg hinunter –, also warum gab er ihr keine Antwort? »Großvater! Onkel! Munaqsri! Ich weiß, es gibt euch! Redet mit mir!«

Ein Felsbrocken löste sich krachend aus der Wand und stürzte in die Tiefe. Bruchstücke sausten, nur Zentimeter entfernt, an ihrem Vorsprung vorbei, und vor Schreck blieb Cassie ihr nächster Ruf im Halse stecken. Die Brocken überschlugen sich und rissen weitere Steine mit. Eine Minilawine raste den Hang hinunter. Zitternd blickte Cassie hinüber zu der Stelle, wo der Fels abgesplittert war.

Ein einzelnes Auge blickte sie an.

Das Auge war riesengroß. Es sah aus wie ein geschwungener, in den Fels eingebetteter, gelber Spiegel. Cassie konnte sich selbst darin erkennen, über und über verkrustet mit Schmutz und Blut, den Bauch grotesk vorgewölbt – ein Zerrbild aus einem Spiegelkabinett. Wie gebannt starrte sie darauf. Ein Lid aus Granit schob sich über das Auge wie eine Lawine und zog sich dann wieder zurück nach oben. Alles war Teil des Berges. Steine waren Schuppen. Felsblöcke bildeten Nasenlöcher. Sie betrachtete den Felsüberhang, an den sie sich klammerte. Es war eine Klaue.

Der Drache öffnete sein Maul. Es glich einer riesigen, dunklen Höhle. Er gähnte herzhaft, und ganze Nebengipfel stürzten in die Tiefe. Steinstaub stieg in großen Wolken auf, als er sprach. »Du hast nach einem Munaqsri gerufen.«

»Ich, äh, eigentlich wollte ich den Wind-Munaqsri sprechen«, stammelte Cassie.

Seinem beinahe zwei Meter großen Auge nach zu urteilen, war dieser Munaqsri hier so gigantisch, dass er den Grönlandwal mit Leichtigkeit hätte zerschmettern können.

»Du verschwendest deine Zeit, wenn du nach meinen Cousins rufst. Die Winde werden dich nicht hören. Du bist zu erdgebunden, um ihr Interesse zu wecken.«

Das sollte es dann gewesen sein? Nach der ganzen Schinderei? »Und was soll ich jetzt tun?«

»Was immer du willst.« Der Drache zuckte mit den Achseln. Schnee und Felsbrocken rutschten ab. Die entstehende Lawine donnerte mit ohrenbetäubendem Getöse den Hang hinunter, und Cassie sah eine riesige Staubwolke unter sich aufsteigen. Weiter unten knickten Bäume um wie Zahnstocher.

Sie schluckte. »Kannst *du* mir nicht helfen?«

Das steinerne Augenlid klappte nach unten. Sie wartete eine Weile, doch es blieb zu. Das Auge war nicht mehr vom umgebenden Fels zu unterscheiden. »Ähm, Verzeihung?«, fragte Cassie höflich.

Keine Antwort.

»Herr Berg?«

Stille. Cassie presste die Lippen zusammen. Sie war doch nicht so weit gekommen, um sich jetzt von einem Haufen Felsen mit Augen aufhalten zu lassen – auch wenn der Haufen sehr groß war und die Augen einem Drachen gehörten. Sie – nein, sie beide, sie und ihr Baby – würden sich nicht so leicht abwimmeln lassen. Sie war nicht allein in dieser Sache. Dieser Gedanke gab ihr Kraft und Mut. Cassie wappnete sich und klopfte dann entschlossen auf die Drachenklaue. »Antworte mir! Bitte! Wie kann ich den Wind auf mich aufmerksam machen?«

Das Auge öffnete sich, und der Drache musterte Cassie von oben bis unten. »Es gibt eine Möglichkeit. Eine einzige.«

»Welche?«

Der Drache begann zu lachen. Felsbrocken lösten sich donnernd aus dem Berg. Cassie presste sich flach gegen die Felswand und hielt sich die Ohren zu. »Du wirst sie nicht mögen«, dröhnte er.

»Los, nun sag schon, was es ist! Ich habe keine Angst!« Sie hämmerte mit ihrer winzigen Faust gegen die riesige steinerne Klaue. »Sag's mir, verflucht noch mal!« Der Drache fixierte sie mit seinem gigantischen Auge und sprach nur ein einziges Wort:

»Fallen.«

Kapitel Achtundzwanzig

Geografische Breite: 63° 26' 00" N
Geografische Länge: 130° 19' 53" W
Höhe: 1318 m

CASSIE LUGTE VORSICHTIG ÜBER DEN RAND DES FELSVORSPRUNGS. Fallen?

Der Hang unter ihr war über und über mit messerscharfen Felsen bedeckt. Wie von selbst legten sich ihre Hände schützend über ihren Bauch. Sie war schon einmal einen solchen Hang hinabgestürzt. »Es ist keine senkrechte Wand«, protestierte Cassie. »Das wird kein freier Fall. Ich werde den Berg hinunterrollen. Es wird nicht funktionieren.«

»Oh, dem kann abgeholfen werden«, erwiderte der Drache und verlagerte sein Gewicht. Unterhalb des Vorsprungs, auf dem sie stand, brach der halbe Berg weg und donnerte als gewaltige Lawine in die Tiefe. »Aaaaaah!« Schreiend klammerte sich Cassie an die Drachenklaue, bis das Getöse aufhörte. »Bitte, schrei doch nicht so«, meinte der Drache gereizt.

Cassie schob sich vorsichtig bis an die Kante vor und spähte nach unten. Ihr Haar flatterte im Wind und peitschte gegen ihre Wange. Der Berghang war verschwunden. Die Wand fiel jetzt mehr als vierhundert Meter senkrecht ab. Cassie wich zurück und presste sich mit dem Rücken gegen die Drachenklaue. Ihr Herz raste.

Plötzlich wurde ihr überdeutlich bewusst, wie dünn ihre Haut war, wie zerbrechlich ihre Knochen.

Was ist bloß los mit mir?, fragte sie sich. Vor ein paar Monaten erst war sie ins Nordpolarmeer getaucht. Was sollte denn hieran so anders sein? Sie blickte noch einmal über die Kante und schluckte. Der Schwanz des Drachen ringelte sich in der Luft wie eine riesige Perlenkette aus Granitblöcken. Es war anders. Sie schlang die Arme fester um ihren Leib. Alles war jetzt anders.

Wie weit würde sie Bär zuliebe gehen? Wo war die Grenze? *Gab* es überhaupt eine Grenze? Sie setzte jetzt nicht mehr nur ihr eigenes Leben aufs Spiel.

Das Baby trat gegen ihre Hände, und sie spürte, wie Wellen durch ihre Bauchwand liefen. »Wie steht's, bist du bereit?«, fragte sie ihren Bauch. Wieder ein Tritt. Es war, als würde das Baby sie vorwärtsdrängen. Cassie lächelte. Wie weit würde sie *wirklich* gehen, um ihrem Kind seinen Vater zurückzugeben? Bis in das Land östlich der Sonne und westlich des Mondes natürlich. »Also dann, Kleines«, sagte sie. »Lass uns deinen Daddy finden.«

Cassie stellte die Zehenspitzen an den Rand des Abgrunds und ließ ihren Blick über den Nördlichen Nadelwald streifen. Ihr Haar flatterte im Wind. Sie strich die Strähnen zurück. Das Kind, das sie in sich trug, würde nicht so aufwachsen wie sie selbst und einen Elternteil vermissen, den es nie gekannt hatte. »Würdest du bitte die Wind-Munaqsri rufen?«, bat sie den Drachen.

»Du willst das wirklich tun?« Zum ersten Mal klang er nicht herablassend. Er klang neugierig. »Welchen Grund kann es denn für dich geben, deinen weichen, verletzlichen Körper von mir herunterzustürzen?«

Cassie hätte ihm hundert Gründe aufzählen können: weil Bär eine Skulptur von ihr in seinem künstlichen Eisgarten geschaffen hatte; weil es ihr immer wieder gelang, ihn zum Lachen zu bringen; weil er sie zur Station hatte zurückkehren lassen; weil er beim Schach gewann und beim Hockey verlor; weil er in Windeseile zur Geburt der kleinen Eisbären laufen konnte; weil sein Atem selbst in menschlicher Gestalt nach Robbe roch; weil seine Hände so zärtlich waren; weil er ihr Bär war. »Weil ich meinen Mann zurückhaben will«, sagte sie laut. *Und,* fügte sie im Stillen hinzu, *weil mein Baby ein Recht darauf hat, seinen Vater kennenzulernen.*

»Bitte, rufe die Winde!«

»Also gut.«

Der Drache ließ ein gewaltiges Brüllen zum Himmel aufsteigen. Wind wirbelte schneller und schneller um den Berg. Geröll löste sich und polterte in Wolken von Staub den Hang hinunter. Cassie hielt schützend die Arme vors Gesicht.

»Jetzt!«, rief der Drache.

Cassie schlang die Arme um ihren Bauch und sprang in die Tiefe. Wind riss ihr die Worte vom Mund: »Großvater! Nordwind!« Sich überschlagend, fiel sie in Spiralen abwärts. Grün und golden raste von unten der Wald auf sie zu. »Wind-Munaqsri!« Laut wie ein Schrei strömte die Luft an ihr vorüber.

Plötzlich fuhr der Wind aus zwei verschiedenen Richtungen auf sie zu. Cassie wurde zusammengepresst und nach oben geschleudert. Sie trudelte in der Luft umher wie ein loses Blatt und wurde über die Spitze des Drachenberges gewirbelt. Schneebedeckte Bergspitzen drehten sich unter ihr im Kreis. Oh, oh! Gleich würde sie sich übergeben. »Nordwind!«, schrie sie noch einmal mit aller Kraft.

»Armes Kind. Sie weiß nicht mal, wo Norden und Süden ist.«

Eine Stimme wirbelte um sie herum, fegte unter ihr durch und über sie hinweg. Sie schien von überall zu kommen.

Wolkenfetzen jagten an ihr vorbei. War das etwa einer von Gails Onkeln? »Südwind?«, rief Cassie.

»Los, lass sie fallen!« Eine zweite Stimme rauschte an Cassies Ohren vorüber. »Sie bedeutet uns nichts.«

Cassie sackte nach unten. Sie strampelte, versuchte, sich irgendwo festzuhalten. Wolken schlüpften zwischen ihren Fingern hindurch, legten sich als feuchtkalter Nebel auf ihre Haut. »Ich bin eure Nichte! Ich bin Gails Tochter!« Unter ihr wand sich der Yukon als schmales blaues Band durch die Berge. So winzig, so tief unten. »Bitte, lasst mich nicht fallen!« Eine starke Bö erfasste sie, und Cassie überschlug sich mehrmals in der Luft. Wind umtoste sie und verschluckte ihre Schreie.

»Los, Ost, wir behalten sie«, sagte die erste Stimme – der Südwind.

Wieder fuhr eine Bö unter ihr durch, und sie wurde nach oben gewirbelt, höher und höher und höher. »Ihr könnt mich nicht behalten!«, schrie Cassie. »Ihr müsst mir helfen!«

»Wir können sie nicht behalten«, echote der Ostwind. »Es war von Anfang an nicht recht.« Die Luft verdunkelte sich. Regentropfen prasselten auf Cassies Arme.

»Ich will sie aber haben!«, heulte jammernd der Südwind.

Cassie hörte ein Knistern und sah, wie ein weißer Lichtfunke von Wolke zu Wolke sprang. Wenn die beiden nicht aufhörten, sich zu streiten, würde sie in den elektrischen Entladungen sterben. »Bitte!«, schrie Cassie. »Onkel!«

»Siehst du«, beharrte der Südwind. »Da hörst du's. Sie sagt selbst, dass sie zur Familie gehört!«

»Ja, ja. Ich gehöre zur Familie! Ich bin Gails Tochter!«, rief Cassie in den aufkommenden Gewittersturm hinein. »Hört auf damit! Stürmt nicht so! Bitte! Hört auf!«

Innerhalb einer Sekunde löste sich das dunkle Grau auf, und die starken Böen flauten zur leichten Brise ab. »Haben wir dir etwa wehgetan?«, fragte der Südwind. »Das wollten wir nicht. Deine Mutter war unsere Lieblingsnichte. Wir haben sie angebetet.«

»Sie war ein totaler Fehlgriff«, widersprach der Ostwind.

Cassie ging hoch wie eine Bombe. »Wie bitte?«

Der Südwind meinte besänftigend: »Es ist ein alter Streit. Mein Bruder war dagegen, dass Nord deine Mutter adoptiert.«

Der Ostwind begann zu grollen wie ein Gewittersturm. »Er hat sie entführt.«

»Adoptiert«, widersprach der Südwind.

»Entführt.«

Der Südwind versuchte, vernünftig zu argumentieren. »Wenn Abigail uns nicht lieben würde, hätte sie uns nicht ihre Tochter geschickt, damit sie bei uns lebt«, sagte er.

Cassie, die immer noch hilflos in der Luft umhertrudelte, versuchte herauszufinden, woher genau die Stimmen kamen. »Ich bin nicht hier, um bei euch zu leben! Ich bin hier, um euch zu bitten, mich in das Land östlich der Sonne und westlich des Mondes zu bringen!«

Die Luft ringsum erbebte. »Oh nein, Kindchen! Dorthin kannst du nicht gehen«, sagte der Südwind. »Es ist kein netter Ort. Überhaupt kein netter Ort.«

»Nichts für lebende Geschöpfe«, stimmte der Ostwind zu.

»Außerdem«, fuhr der Südwind fort, »ist es zu weit weg. Viel zu weit weg für uns.« Er klang zufrieden. Wolkenfetzen glitten an Cassie vorbei wie Schwärme silberner Fische in einem Fluss.

»Aber ihr seid die Winde«, beharrte Cassie. »Wind kommt überallhin.«

»Es ist noch hinter dem Ende der Welt«, sagte der Ostwind, und während er sprach, verdüsterte sich erneut der Himmel. Dunkelgraue Flecken erschienen auf den weißen Wolken und breiteten sich immer mehr aus.

Cassie spürte, wie ein dicker Regentropfen auf ihre Wange klatschte. »Die Welt ist rund. Sie hat kein Ende«, sagte sie. »Außerdem«, fuhr sie fort, »ist Großvater schon dort gewesen. Könnt ihr mich zu ihm bringen?«

»Ach, Kindchen. Dem willst du nicht wirklich begegnen«, wiegelte der Südwind ab.

»Er ist sehr aufbrausend«, erklärte der Ostwind. »Einmal war er so wütend, dass er uns in tausend Stücke zerfetzt und in alle Himmelsrichtungen zerstreut hat.« Die Luft zitterte. »Wir haben Wochen gebraucht, um uns wieder zusammenzufinden.«

Er hatte seine eigenen Brüder auseinandergefetzt? Cassie lief ein Schauer über den Rücken. Das hier waren also die Geschöpfe, bei denen ihre Mutter aufgewachsen war, die Gail ihre Familie nannte. »Bringt mich einfach zu ihm!«

»Das werden wir ganz sicher nicht tun«, sagte der Südwind entschlossen. »Er würde dich in Stücke reißen.«

Cassie öffnete den Mund, um zu widersprechen, da krampfte sich plötzlich ihr Bauch zusammen. Sie hielt ihn fest. Ihr Baby! Nicht jetzt! Sie war Bär doch schon so nahe! »Bringt mich zu ihm, Gail zuliebe!«

»Aber …«

Ihr Leib entspannte sich wieder, und sie atmete tief durch. »Bitte! Wenn euch Gail auch nur das Geringste bedeutet hat, bringt ihr mich sofort zum Nordwind!«

Keine Antwort. Stattdessen fauchten die Winde um sie herum. Ihr Rock flatterte und wickelte sich um ihre Beine. Die Arme schützend um ihren Bauch geschlungen, wurde Cassie durch die Luft davongetragen.

»Besser, du schließt die Augen«, riet ihr der Südwind. »Manchen gerät auf so einem Trip ihr Weltbild komplett durcheinander.«

»Jetzt macht euch mal keine Sorgen um mein Weltbild«, erwiderte Cassie. »Ich habe einen sprechenden Bären geheiratet.«

Und so nahmen Ostwind und Südwind Cassie in ihre Mitte und trugen sie über die Wälder davon. Während sie zwischen den beiden dahinflog, spürte sie, wie sich ihr Leib erneut zusammenzog. Sie wirbelte durch die Luft wie ein Feuerrad.

Ein Meer aus Wolken wogte unter ihr, und Cassie musste die Zähne zusammenbeißen, um sich nicht zu übergeben. Schneller und schneller flog sie dahin, tief hinein in das schneebedeckte Gebirge, in Schlangenlinien zwischen vereisten Gipfeln hindurch. Die Windbrüder wehten jetzt fast aus der gleichen Richtung und bliesen sie mit vereinten Kräften direkt auf einen gigantischen Gletscher zu. »Passt auf!«, schrie sie, als sie aus der Wolkendecke herausschoss und den Hang hinaufsegelte.

»Da wären wir«, flüsterte der Südwind. Die beiden flauten weiter ab, und Cassie erblickte vor sich einen riesigen Berghang. Mitten in der eisbedeckten Felswand gähnte eine Höhle wie eine klaffende Wunde.

Ost und Süd trugen Cassie zu Nords Wohnsitz hinüber. Schnee stob heraus, als sie darauf zuflog. Eine Woge eiskalter Luft schlug ihr entgegen und katapultierte sie wieder zurück in die Richtung, aus der sie gekommen war. Dann erfasste sie eine wütende Bö, und der Nordwind brüllte donnernd: »ZUR HÖLLE MIT EUCH! WAS WOLLT IHR HIER?«

Der Südwind strich um Cassie herum und flüsterte: »Offensichtlich hat er heute einen schlechten Tag. Möchtest du jetzt vielleicht weg hier?« Sie spürte, wie ihr Onkel bebte. Kalter Schweiß trat auf ihre Haut.

Alles in ihr wollte »Ja« sagen, wollte so schnell und so weit wie nur irgend möglich weg von diesem neuen Monster. »Nein«, sagte sie laut. »Deswegen bin ich ja hier. Bringt mich näher ran.« Die Winde setzten sie vor der Höhle ab, und Cassie rief hinein: »Nordwind, ich muss mit dir reden! Ich bin Gails ...«

»ERWÄHNE NIEMALS WIEDER DIESEN NAMEN!« Heulend fuhr der Nordwind aus seiner Höhle und fegte mit Orkanstärke um die Bergspitze. *Dieses Ungeheuer nannte Gail Vater?* Angsterfüllt sah Cassie zu, wie Felsbrocken in Schauern von Eis und Hagel den Gletscher hinunterpolterten. Einer ihrer Onkel begann tatsächlich zu wimmern, als die Trümmerteile gegen einen Berghang krachten und eine Pilzwolke aus Schlamm und Eis emporschleuderten. Der Einschlag löste weitere Steinfälle aus.

Aus der Tiefe ertönte das wütende Brüllen eines Bergdrachen, als die Lawine über ihn hinwegraste. Bei dem Geräusch hielt der Nordwind für einen kurzen Moment inne. Das war ihre Chance. Cassie dachte daran, wie Gail aus der Station gestürmt war, um ihr Kind und ihren Mann zu schützen. Wenn ihre Mutter es gewagt hatte, sich ihm entgegenzustellen, um ihrer Familie willen, dann konnte sie es auch. Cassie formte mit den Händen einen Trichter vor dem Mund. »Du musst mich in das Land östlich der Sonne und westlich des Mondes bringen!«

»MACH, DASS DU WEGKOMMST!«

»Jetzt hat sie den Salat«, hörte sie einen ihrer Onkel flüstern.

Hagel prasselte auf ihre Haut. Südwind und Ostwind verkrochen sich ächzend in irgendwelchen Felsnischen. Cassie hob schützend die Arme vors Gesicht. »Hör auf damit!«

»LASS MICH IN RUHE!«

»Den Teufel werde ich!«, schrie sie zurück. »Du musst mir helfen!«

»STÖR MICH NICHT IN MEINEM ELEND!« Donnernd fuhr der Nordwind in seine Höhle zurück. Eine Gletscherspalte brach auf, und die riesige Eisscholle rutschte den Hang hinunter.

»Bringt mich näher ran«, bat Cassie ihre beiden Onkel.

»Ich glaube nicht, dass das eine gute Idee ist«, widersprach der Ostwind.

Wolken sammelten sich um sie, wurden dichter und dichter, färbten sich dunkelgrau. »Oh nein, Kindchen, nein«, flehte der Südwind, während allmählich der ganze Berg hinter den Wolken verschwand. »Bitte, verlang das nicht von uns!«

»Gail zuliebe«, bat Cassie inständig.

Schließlich gaben die Winde nach und trugen sie auf zitterndem Atem zum Eingang der Höhle empor. Je weiter sie sich ihm näherte, desto stärker wurde der Wind, der ihr entgegenblies. Ihr Bauch zog sich zusammen, als ob das Baby protestieren wollte. Cassie schrie: »Ich bin deine Enkelin!«

Ganz plötzlich flaute der Nordwind ab, und Cassie stürzte kopfüber in die Höhle hinein. Ihre Füße versuchten, irgendwo Halt zu finden, und sie stieß sich die Zehen an Felsbrocken blutig. Schließlich landete sie auf dem Boden, zitternd wie ein aus dem Nest gefallenes Vögelchen. Vorsichtig richtete sie sich auf und blickte sich um. In einer Ecke der Höhle wirbelte eine dunkle Wolke umher. Cassies Atem ging schneller. Das war er. Ihr Großvater. Das Wesen, das ihre Mutter entführt hatte, das für ihre Gefangenschaft verantwortlich war und damit, wenn auch indirekt, für Bärs Schicksal. Cassie spürte, wie eine alte Wut in ihr aufstieg und ihr den nötigen Mut gab.

»Hallo, Großvater.«

Südwind und Ostwind machten sich schleunigst aus dem Staub.

»Du bist nur gekommen, um meinen Kummer noch schlimmer zu machen«, klagte der Nordwind.

»*Dein* Kummer! Ich bin es, die ohne Mutter aufwachsen musste!«

Wind sammelte sich um ihre Füße und fuhr ihr sanft durch das Haar. »Oh, meine arme, süße Gail. Verloren! Verloren für immer!«

Vor lauter Selbstmitleid hatte er nicht mal mitbekommen, dass seine Tochter wieder in Sicherheit war. »Sie ist zu Hause.«

»Du lügst!«, brüllte er dröhnend, und eine heftige Bö fegte durch die Höhle. Steine polterten. Cassie flüchtete sich in eine enge Felsspalte, um ihren Bauch abzuschirmen. Trotzdem wurde sie ordentlich durchgeschüttelt. Der Wind wirbelte ihr Haar durcheinander und zerrte an ihrem Rock. Sie schloss fest die Augen und wartete. Endlich ging sein Heulen in ein jämmerliches Schluchzen über.

Ihr Kopf dröhnte, in ihren Ohren rauschte es. Sie schüttelte sich, und kleine Steinchen flogen aus ihren Haaren nach allen Seiten. »Während du in deinem Selbstmitleid versunken warst, hat mein Mann seine Freiheit geopfert, um deine Tochter zu retten. Genau in diesem Augenblick ist er in der Troll-Festung gefangen! Und das ist deine Schuld! Mit dir hat das alles angefangen. Du bist der schlechteste Vater …«

Er stöhnte laut auf. »Grausames Kind. Lass mich allein«, flehte er. »Bitte.«

Kieselschauer regneten herab, und kalte Luft prickelte auf ihrer Haut. »Nein, Großvater«, sagte Cassie. »Das werde ich nicht tun.« Erneut zog sich ihr Unterleib zusammen, und sie fiel vornüber. Der Nordwind heulte wieder auf, doch diesmal war es nur ein kurzer Sturm. Tief in ihre Felsnische geduckt wartete sie, bis die Bö und der Krampf in ihrem Körper nachließen. Dann fuhr sie fort: »Mein ganzes Leben lang habe ich geglaubt, meine Mutter sei tot. Sie ist eine Fremde für mich. Und daran bist du schuld. Du ganz allein.«

»Bitte«, bettelte er, »hör auf!«

Cassie umfasste ihren Bauch. Sie würde sich gut um ihr Kind kümmern. Besser, als der Nordwind sich um seine Tochter gekümmert hatte. Besser, als seine Tochter sich um ihre Tochter. Besser als ihr Dad sich um sie. Sie würde dafür sorgen, dass ihr Kind mit beiden Eltern aufwachsen konnte. »Ein Glück, dass ich nicht von *dir* gelernt habe, was eine gute Familie ist.«

»Ich liebe meine Tochter!«

Wieder spürte sie eine Kontraktion. Diesmal setzte sie sich bis in die Beine fort. Cassie lehnte sich gegen die Höhlenwand und schnappte nach Luft. »Hast du sie denn genug geliebt, um ihre Wünsche zu respektieren? Nein. Du hast sie vom Angesicht der Erde weggefegt, weil sie dich verlassen hat! War es nicht so? Hättest du sie wirklich geliebt, dann hättest du ihr gestattet, ihren eigenen Weg zu gehen.«

Er schluchzte zum Steinerweichen. »Warum tust du mir das an?«

»Weil du ihr was schuldig bist«, sagte Cassie rundheraus. »Du bist *mir* was schuldig. Bring mich in das Land östlich der Sonne und westlich des Mondes!«

»Aber Enkelin …«

»Es ist noch nicht zu spät, es wiedergutzumachen«, redete Cassie ihm zu, schon sanfter jetzt. »Bitte, Großvater, bring mich dorthin!«

Sie fügte nicht hinzu: *Bevor es* wirklich *zu spät ist.*

Der Nordwind erfasste sie mit der Wucht eines Hagelsturms.

Kapitel Neunundzwanzig

Geografische Breite: 63° 04' 01" N
Geografische Länge: 151° 00' 55" O
Höhe: 5051 m

CASSIE WURDE UMHERGEWIRBELT WIE EINE STOFFPUPPE und schoss laut schreiend aus der Höhle des Nordwinds heraus. Die anderen Winde kreischten auf, während sie kopfunter im Trichter des Tornados im Kreis raste, auf und ab, auf und ab. Mit ihr zusammen wirbelten Felsbrocken und Geröll um das Auge des Sturms. Nicht mehr lange, und sie würde zu Staub zermahlen. »Großvater!«

Der Nordwind fuhr durch den Wirbel von Steinen und Eis auf sie zu. Schützend legte er gewaltige Hände und Arme aus Regen um seine Enkelin und trug sie davon, wobei er nur knapp an einer schneebedeckten Bergspitze vorbeischrammte. Der felsige Grat stürzte hinter ihm zusammen. Ein Drache brüllte auf. Weiter sauste Cassie durch die Lüfte, bis sie mit klappernden Knochen aus der Gebirgskette herausschoss.

Der Sturm mähte ganze Wälder nieder.

Cassie presste die Augen fest zusammen. Als sie sie wieder öffnete, befanden sie sich über dem Meer. Ihr drehte sich der Magen um. Turmhohe Wellen wurden aufgepeitscht, Schiffe umhergeschleudert wie Spielzeug. »Langsamer! Bitte, langsamer!« Auf den Schiffen waren doch Menschen. Er musste langsamer fliegen!

»Ich muss Schwung holen«, donnerte der Nordwind. Cassie hielt sich mit aller Kraft die Ohren zu. Trotzdem ließ der gewaltige

Hall ihren gesamten Körper erbeben. Ihr Unterleib zog sich zusammen und entspannte sich wieder – die nächste Wehe. Bittere Galle stieg ihr die Kehle hoch. Sie würgte sie wieder hinunter. Weiter und weiter raste der Sturm.

Der Nordwind ließ nach, dünnte zu einzelnen leichten Brisen aus. Cassie rutschte durch die entstehenden Flauten und hing plötzlich frei in der Luft. Schwarzes Wasser strudelte unter ihr. Verzweifelt griff sie nach den Wolkenfetzen, die sich um sie herum aufzulösen begannen. So tief sank der Wind mit ihr, dass sie nur noch Zentimeter über den schäumenden Kronen der Wellen schwebte.

»Hast du Angst?«, flüsterte er.

»Nein!«

Das Wasser berührte ihre Zehen. Cassie sog zischend Luft ein und riss die Füße unter ihren Rock, dessen zerschlissener Saum durch die Wellen gezogen wurde. »Wie weit noch?«, schrie sie. Wenn er noch mehr nachließ …

»Dort ist es.« Sein Flüstern war kaum noch zu hören. Mit zusammengekniffenen Augen versuchte Cassie, in dem tobenden Chaos von Grau etwas zu erkennen. Tatsächlich erblickte sie, wenn auch nur ganz kurz, einen riesigen dunklen Schatten, einen finsteren Fleck am Horizont, der sofort wieder vom Sturm verschluckt wurde. Hungrige Wellen leckten an ihren Füßen. Sie trat nach ihnen.

Ohne Vorwarnung klatschten ihre Beine plötzlich ins Wasser. »Großvater!« Der Nordwind heulte noch einmal kurz auf und blies sie über die wild schäumenden Wogen vorwärts. Als sie das nächste Mal von den strudelnden Tiefen aufsah, rasten geschwärzte Felsen auf sie zu, und der hoch aufragende, massive Schatten verdunkelte den gesamten Himmel. Um sie herum tobte die Brandung. Eine einzelne große Woge trug sie auf den finsteren Strand.

Die Welle brach, und Cassie stürzte mit ihr, schnitt sich die Knie an spitzen Steinen auf. Salziges Wasser krachte ihr ins Genick, spritzte ihr ins Gesicht. Würgend und hustend kroch sie auf den steinigen Strand und zog sich mühsam auf einen Felsen. Zitternd und bebend streichelte sie ihren Bauch. »Tut mir leid, Kleines. Alles in Ordnung mit dir da drin?«

Eine weitere Welle raste auf sie zu, und Cassie wurde zur Seite geschleudert. Hustend und salziges Wasser spuckend, kraxelte sie wieder aus der Brandung. Glitschiges Seegras bedeckte die Felsen. Noch eine Welle. Sie krachte gegen ihre Beine, bevor es ihr endlich gelang, sich zum ersten Baum vorzuarbeiten. Schwarz und ohne ein einziges Blatt, wirkte er vollkommen leblos, als wäre er verbrannt. Unkontrolliert zitternd klammerte Cassie sich an den Stamm. »Großvater, geht es dir gut?«

Der Himmel sah aus, als wäre er über und über mit Wunden und blauen Flecken bedeckt. Die See schäumte tosend auf, und Cassie konnte seinen Atem spüren. Sie nahm es als Antwort auf ihre Frage. Er war noch am Leben. Sie strich sich die nassen Haare aus dem Gesicht. »Sind wir da?« Keine Antwort, aber der Wind blies ihr salzige Gischt ins Gesicht, und sie zuckte zurück. »Ist ja schon gut.« Sie wandte sich um.

Basaltschwarz erhob sich die Troll-Festung über dem Strand, ein Albtraum in Stein.

»Oh mein Gott!«, keuchte Cassie. Und plötzlich hatte sie Angst. Mehr Angst als in den Tiefen des eiskalten Ozeans, mehr Angst als verschnürt wie ein Bündel an der Decke von Großvater Walds Hütte, mehr Angst als beim Sprung vom Drachen des Berges. Sprachlos starrte sie auf die Monstrosität, die sich totenstill und drohend über ihr erhob.

Sich an den leblosen Bäumen festhaltend, kletterte Cassie hinauf zur Festung. Zweige knackten und brachen dann. Zwischen ihren Zehen quoll Seegras hervor. Als sie die Mauer erreicht hatte, krampfte sich erneut ihr Unterleib zusammen, ballte sich wie eine Faust. Sie fiel vornüber und dachte einen schrecklichen Augenblick lang *Jetzt kommt das Baby.*

Schweißperlen auf der Stirn, packte sie den nächstbesten Baum, umklammerte ihn ganz fest und wisperte zu ihrem Bauch: »Sei lieb, und ich verspreche dir, dass ich niemals wieder in schwangerem Zustand eine Festung erstürmen werde.« Wieder zogen sich ihre

Eingeweide schmerzhaft zusammen. Tränen schossen ihr in die Augen und trübten ihren Blick. Ihr stoßweiser Atem war genauso laut wie die brechenden Wellen unter ihr. Als die Wehe nachließ, wurde ihr klar, dass diese beiden Geräusche in der Tat die einzigen waren, die es überhaupt auf diesem felsigen Eiland gab. Keine Möwen kreischten in der Luft, aus der Festung drang kein einziger Laut. Es war, als wäre die Insel tot. »Bitte, Bär«, sagte sie laut. »Bitte, sei okay.« Sie legte eine Hand an die feuchtkalte Mauer. Nach all den Tausenden von Meilen stand nur noch diese eine Wand zwischen ihnen – die Wand und die Trolle, die irgendwo da drinnen sein mussten. Cassie schluckte. Sie konnte das schaffen. So weit war sie schon gekommen. Sie würde sich jetzt auf gar keinen Fall mehr aufhalten lassen.

Sie legte den Kopf in den Nacken. Die Wand ragte unfassbar hoch über ihr auf. Weder Fenster noch Türen waren zu sehen, nur schattige Schießscharten. »Die Kletterpartie fällt also aus«, sagte sie laut und versuchte, ganz lässig zu klingen. Sie tätschelte ihren Bauch. »Ich weiß, du hast dich drauf gefreut.« Ihre Worte wurden vom Donner der brechenden Wogen verschluckt, und Cassie fühlte sich noch kleiner und einsamer als vorher. Eine Hand an die Wand gestützt, um nicht abzurutschen, begann sie an ihr entlangzugehen.

Sturmwolken verdunkelten den Himmel. Es war, als verharrte die ganze Welt in der ewigen Dämmerung des Nirgendwo zwischen Tag und Nacht. Vorsichtig ging Cassie von einem Schatten zum nächsten über die schlüpfrigen Felsen. Irgendwann bog sie in dem unwirklichen Halbdunkel um die erste Ecke.

Die zweite Wand, glitzernd von feuchter Gischt, glich der ersten wie ein Ei dem anderen. Sie erstreckte sich ohne Unterbrechung bis zum Ende der Insel. Schwarze Felsen führten hinunter zum Meer. Dieselben verdrehten, leblosen Bäume ragten wie Geister aus steinigen Spalten hervor. Die nächste Wehe kam und nahm Cassie die Luft. Gegen die kühle Mauer gelehnt, wartete sie, bis der Schmerz nachließ. Unter der nassen, kalten Kleidung zog sich ihre Haut fröstelnd zusammen. Die Wehe klang ab, und Cassie eilte weiter über die glitschigen Steine, bog um die zweite Ecke. Auch die dritte Wand ragte glatt und ohne jede Unterbrechung über ihr auf. Drei Wände, keine Türen. Cassie stolperte weiter, und kam schließlich um die dritte und letzte Ecke.

Die Festung hatte keinen Zugang.

Sie lehnte sich gegen die Mauer. Tränen schossen ihr in die Augen. Die Wange fest gegen den Stein gepresst, hämmerte sie mit der Faust dagegen. »Hallo? Lasst mich rein! Macht auf, verflucht noch mal! Bitte, macht auf!«

Wieder zog sich ihr Unterleib zusammen. Sie ging in die Knie, konnte nur mit Mühe einen Aufschrei unterdrücken. Und wie sie da so kauerte, schmolz auf einmal die Wand nach innen und formte den Umriss einer Tür. Staunen besiegte den Schmerz. Cassie drehte den Kopf zur Seite. Statt neben schwarzem Basalt stand sie nun neben einer hölzernen Tür. Wie … *Magie*, gab sie sich selbst die Antwort. Sie musste an Bärs Schloss denken.

Cassie legte eine flache Hand auf das Türblatt – es fühlte sich warm und trocken an, wie unberührt von der kalten Gischt – und drückte. Auf der anderen Seite hörte sie etwas klicken, die Tür war von innen verriegelt. Sie probierte den Griff, doch der klapperte bloß locker in ihrer Hand.

Cassie untersuchte das Holz. Kiefer, halb verrottet und ziemlich morsch. Vielleicht ließ sich die Tür ja aufbrechen. Sie leckte sich über die Lippen. Morsch oder nicht, sich mit dem ganzen Körpergewicht gegen die Tür zu werfen … Gab es nicht noch eine bessere Idee? Wenn die Wehen noch stärker wurden … Schützend schlang Cassie die Arme um ihren Leib und rammte mit aller Kraft die Schulter gegen die Tür, die daraufhin knirschte. Cassie trat einen Schritt zurück und warf sich noch einmal dagegen. Sie hatte sich ziemlich wehgetan, doch das Holz gab nicht nach. Noch ein Versuch. Umsonst.

Cassie massierte ihre schmerzende Schulter. So erreichte sie nur eins: Sie zerschmetterte ihren Arm. Von einer simplen Tür aufgehalten zu werden, nach allem, was sie durchgemacht hatte. Der Gedanke machte sie krank. Es durfte nicht hier enden, nicht so.

Sie rüttelte an dem Griff. Daheim auf der Station hatte Owen immer die Schuppentür repariert. Wenn er doch hier wäre, mitsamt seinem Werkzeug. Sie hockte sich hin, testete das Holz um den Griff mit dem Finger und tastete dann den Boden neben sich nach einem geeigneten Stein ab. Im Gegensatz zu Türen waren Steine hier im Überfluss vorhanden. Bald hatte sie ein handliches Exemplar gefunden. Sie packte den Brocken wie einen Hammer und schlug damit auf das Holz über dem Riegel ein. Ein dumpfes Geräusch ertönte, als ob die Luft um die Festung herum jeden anderen Klang wegsaugte. Hinter ihr schlugen die brechenden Wellen rhythmisch gegen den steinigen Strand. Cassie strich sich die Haare hinter die Ohren und schlug härter zu.

Bald spürte sie, wie die Tür nachgab. Noch einmal schlug sie mit aller Kraft dagegen. Das Holz splitterte. Cassie ließ den Stein fallen und begann einzelne Stücke herauszubrechen. Sie erweiterte das Loch, bis ihre Hand hindurchpasste. Mit den Fingerspitzen konnte sie den Griff gerade so erreichen. Sie rüttelte daran. Immer weiter schob sie ihre Hand durch die Öffnung, bis sie das Querstück selbst zu fassen bekam.

»Ja!«, entfuhr es ihr. Sie schnippte den Querriegel nach oben und hörte, wie er aus der Sperre sprang. Dann riss sie die Hand aus dem Loch zurück, wobei sie sich einige tiefe Kratzer zuzog, und stieß die Tür auf.

Ein helles Rechteck aus Licht fiel auf den Steinfußboden. Cassie trat durch die Tür und spähte in die Dunkelheit. In der undurchdringlichen Finsternis waren weder Konturen noch Schatten zu sehen. Ihr Herz klopfte schneller, und sie musste sich mit aller Kraft zwingen, ruhig zu bleiben. Hätte sie doch ihre Taschenlampe! Cassie trat aus dem Lichtfleck heraus.

Hinter ihr wurde es dunkler, und eine Stimme sagte: »Noch nie hat jemand versucht, hier *ein*zubrechen.«

Erschrocken sprang Cassie zurück Richtung Tür. Ihre Hände trafen auf nackten Stein. Sie hämmerte gegen die Wand, doch die Tür war verschwunden. *Verdammt, es ist eine Falle!* Das hätte sie sich eigentlich denken können. Das plötzliche Auftauchen der Tür war nur allzu gelegen gekommen. Den Rücken fest gegen die Wand gepresst, versuchte sie angestrengt, den Troll zu erkennen oder zu hören. Doch der Raum war so dunkel und still wie die Tiefen des Weltalls. Ihr eigener Atem schien dröhnend laut. »Wo bist du?«, fragte sie in die Finsternis hinein. »Wer bist du?«

Ohne Vorwarnung leuchteten alle Wände um sie herum auf, als wären sie über und über mit Glühbirnen bedeckt. Der Raum wirkte plötzlich so blendend weiß und steril wie ein Operationssaal. Cassies Augen tränten. Blinzelnd suchte sie weiter nach dem Troll, doch der Raum war vollkommen leer. »Du bist keine Neue«, sagte die Stimme aus dem Nirgendwo. »Du bist lebendig.«

»Und ich habe auch vor, es zu bleiben.« Cassie wünschte sich, sie hätte irgendetwas zum Verteidigen, und drehte sich einmal im Kreis, um den ganzen Raum zu sehen. »Zeig dich!«

In der Mitte des Raumes leuchtete wie aus dem Nichts ein Flämmchen auf und begann vor ihr hin und her zu tanzen. Cassie hatte eher ein Höhlenmonster mit Hörnern und Reißzähnen erwartet. Diese Flamme war schlimmer. Sie pulsierte in Rot und Orange, blähte sich immer mehr auf und wurde schließlich zu einem formlosen, quallenartigen Gebilde. Dann ging das Rot in Pink über, und der rosa Qualle wuchsen Tentakel, wurden dicker und dicker, formten sich zu Armen und Beinen, die sich ausdehnten und zusammenzogen wie Gummibänder. Das Ding stülpte einen Kopf aus.

Cassie presste sich flach gegen die Wand. Oh, das hier war eindeutig *nicht* menschlich! »Was bist du?«

Das Ding schien größer zu sein als Cassie, weil seine – Cassie zögerte, »Füße« zu denken – nicht den Boden berührten. Es schwebte einige Zentimeter darüber in der Luft, war durchscheinend und leuchtete jetzt so hell wie die umgebenden Wände. Immer noch veränderte es seine Gestalt, bis es schließlich ein bisschen wie eine Frau auszusehen begann.

Die Haut der Schein-Frau schlug Wellen wie Wasser. In ihrem Gesicht formten sich vier Nasen, die sofort wieder zu einer einzigen verschmolzen. Cassie wurde übel. Sie schluckte. »Könntest du dich bitte für ein Gesicht entscheiden?« Sie versuchte, gelassen zu klingen, aber ihre Stimme zitterte so sehr, dass das letzte Wort eher einem ängstlichen Quieken ähnelte. Sie hoffte, die Schein-Frau hatte es nicht bemerkt.

Blau breitete sich auf der Haut des Geschöpfes aus, und es sank in sich zusammen. Lila Tränen kullerten aus blicklosen Augen. »Das sagst du so einfach«, jammerte es. »Du wurdest geboren.« Die Tränen meißelten tiefe Täler in die Wangen der Schein-Frau und wurden weiter unten vom Hals absorbiert. Bald war ihr Gesicht ganz eingefallen.

Cassie musste wegsehen. »Was bist du?«

»Du würdest mich einen Troll nennen.«

Als Cassie wieder zu dem Wesen hinübersah, erblühten auf seiner Kehle lauter orangefarbene Flecken. Sie begannen herumzuwirbeln wie in einem gigantischen Kaleidoskop, und in Sekundenschnelle war die ganze Erscheinung von ihnen bedeckt wie von eitrigem Ausschlag.

»Was bist du?«, fragte der Troll.

»Ähm, ein Mensch«, erwiderte Cassie.

Der Troll winkte ab. »Für Menschen haben wir keine Verwendung.« Spitze Zacken pikten durch die Haut des Geschöpfes und blitzten kurz auf, während sie sich vervielfachten.

Cassie wünschte sich mehr Mut im Angesicht dieser Kreatur. »Ich bin gekommen, um meinen Mann zu befreien.«

»Du bist Cassie?« Die Stacheln wurden wieder flacher, wie bei einem Kugelfisch, der die Luft ablässt. »Die Frau des Munaqsri?«

Cassie erschauerte. »Du kennst mich?« Wie konnte ein Troll ihren Namen wissen?

»Aber ja.« Die Troll-Frau lächelte, wobei ihr Mund zu einem Ohr verrutschte. Jetzt sah sie aus wie eine dieser grellbunten Frauengestalten von Picasso, nur mit herunterhängenden Stacheln. »Er hat dich erwähnt.«

Bär hatte mit ihr über Cassie gesprochen – mit einem Troll? Was hatte das zu bedeuten? Es bedeutete, dass Bär lebte. Ihr Herz begann zu klopfen wie eine große Kesselpauke. »Wirklich? Mit dir? Wer bist du?«

»Ich bin die Troll-Prinzessin.«

Cassie gefror. »Du hast meinen Mann geheiratet.«

»Natürlich.« Aus den Stacheln sprossen Federn hervor. Im Nu bedeckte ein durchscheinendes Federkleid ihren Körper. »Das war der Handel.«

Cassie hätte sich am liebsten auf sie gestürzt – die da hatte ihr Bär weggenommen! –, aber da wurde sie von der nächsten Wehe gepackt. Zischend zog sie Luft durch die Zähne und kippte vornüber. Verdammt, die Wehen wurden immer schlimmer! Sie atmete stoßweise, bis sie vorbei war. Dann richtete sie sich wieder auf und sagte: »Der Handel ist beendet. Ich hole ihn nach Hause.«

»Oh nein, wir sind noch nicht fertig mit ihm.«

Der Unterton in diesen Worten gefiel Cassie ganz und gar nicht. Es klang, als ob … Ihr Herz raste, ihre Hände zitterten. »Wenn ihr ihm auch nur ein einziges Haar krümmt.«

Die Troll-Prinzessin lachte. »Du bist schon ein lustiges Ding. So lebhaft.«

»Ich will ihn sehen. Sofort.«

»Dazu besteht keinerlei Anlass«, erwiderte die Prinzessin. Und plötzlich spürte Cassie im Rücken einen kalten Luftzug und hörte Wellen brechen. Sie blickte sich um. Da war wieder die hölzerne Tür. Sie stand weit offen. »Du kannst gehen. Wir brauchen dich nicht.« Die Troll-Prinzessin wedelte mit ihren gefiederten Tentakeln in Richtung Ausgang. »Nun geh schon! Das ist kein Trick. Du bist frei und kannst gehen. Ich verspreche es dir. Du kannst mir vertrauen – es ist ein magisches Versprechen.«

»Nicht ohne Bär. Versprich mir, dass ihr ihn auch gehen lasst!«

»Wie ich dir schon sagte, wir brauchen ihn.«

»Wofür?«

Die Federn vereinten sich zu einem Teppich feinster Flimmerhärchen. »Er muss mit uns kooperieren. Die Königin ist sehr enttäuscht von ihm. Sie hatte so große Hoffnungen in einen Munaqsri gesetzt.«

»Ihr würdet ihn freilassen, wenn er kooperiert?« Konnte es wirklich so einfach sein? Die Forderungen der Trolle erfüllen, und dann würden sie Bär freilassen?

»Du könntest ihn davon überzeugen!«, sagte die Troll-Frau. Ihre Härchen flimmerten aufgeregt, und sie schimmerte in dem weißen Licht wie Silber. »Ja, auf seine Cassie würde er hören.«

Cassie traute dem Troll nicht. Sie konnten nichts Gutes von Bär wollen, wenn er sich ihrem Wunsch verweigerte. Sie musste daran denken, was Sedna gesagt hatte, die Meerjungfrau: *Niemand weiß, was die Trolle wollen.* »Was ist es, das er nicht tun will?«

»Er will mir kein Kind machen.«

Cassies Herz setzte für einen Moment aus.

Kapitel Dreißig

Geografische Breite: unbestimmt
Geografische Länge: unbestimmt
Höhe: unbestimmt

DIE TROLL-PRINZESSIN LIESS DIE WÄNDE SCHMELZEN. Cassie wich in die Mitte des Raumes zurück und versuchte sich einzureden, dass dieser Ort nicht anders sei als Bärs Schloss, die Troll-Prinzessin nicht weniger menschlich als die Winde, aber es fühlte sich anders an. Das Wesen stieß seine Gallerttentakel gegen die nächste weiße Wand, und sie löste sich auf wie ein Spinnennetz aus Zucker. Die gesamte Festung war nichts weiter als eine Illusion.

Dicker Rauch quoll in den Raum hinein. »Fürchte dich nicht«, sagte die Troll-Prinzessin und blinzelte mit drei Augen. Auf der Stirn wuchs ihr gerade ein viertes.

Wie Stoff drückte der Rauch gegen Cassies Haut, legte sich um sie wie ein Mantel. Sie schlug sich auf die Arme, um ihn zu vertreiben. In Wolken eingehüllt wiederholte die Troll-Prinzessin: »Fürchte dich nicht. Wir werden dir nicht wehtun.«

Es war kein Rauch, stellte Cassie fest. Es waren Trolle. Die Luft wimmelte nur so von ihnen. In der wogenden Wolke konnte sie Spuren von Augen und Zähnen ausmachen, von Fell und Federn, Armen und Tentakeln. Farbige Lichtblitze flammten auf wie in einer surrealen Diskothek, und sie brach in Panik aus. »Fasst mich nicht an!« Sie schlug nach den Wesen. Es fühlte sich an, als würde man durch dicken Regen gehen. Ihr fiel ein, dass sie diese Art von Wasserluft kannte. Sie hatte sie schon einmal gespürt – als die Trolle Bär geholt hatten, damals, vor langer Zeit, bevor das Schloss geschmolzen war.

Hunderte von Trollen pressten ihre hauchdünnen Körper gegen sie, nur um im selben Augenblick wie feuchter Nebel zu vergehen. Sie dachte an ihre Mutter, die jahrelang hier gefangen gesessen hatte, und erkannte, dass es ein Fehler gewesen war, ohne klaren Plan hierherzukommen. Am liebsten hätte sie vor Wut gekreischt wie die Espe. Bär war nur noch einen Schritt entfernt. Sie hatte keinen so weiten Weg zurückgelegt, um am Ende doch zu scheitern. Das konnte einfach nicht sein.

»Folge mir«, sagte die Troll-Prinzessin, die hinter all den zarten Gestalten auf und ab tanzte wie ein Chinaballon.

Zähneknirschend bahnte sich Cassie mit Hilfe ihrer Ellenbogen einen Weg durch die Troll-Wolke. Wurde einer von ihnen getroffen, schmolz er dahin, substanzlos wie ein Geist, geräuschlos wie ein Wolkenfetzen. Es herrschte eine gespenstische Stille. Das einzige Geräusch hier war ihr eigener Atem. Die Trolle atmeten nicht. Bebend umfasste sie ihren gewölbten Bauch. Ihre Onkel, die Winde, hatten recht gehabt: Das hier war kein Ort für lebende Wesen. Alle ihre Instinkte rieten ihr wegzulaufen, so schnell sie nur konnte. Und doch ging sie weiter, immer tiefer hinein in die Troll-Wolken.

Je weiter sie der Prinzessin in die Eingeweide der Festung folgte, desto mehr sank ihr Mut. Wer war sie, dass sie auch nur daran dachte, sich diesem – was auch immer es war – widersetzen zu können?

Sie war nur ein Mensch und verfügte nicht über das kleinste bisschen Magie.

Wieder überrollte sie eine Wehe, und sie musste stehen bleiben. Keuchend hielt sie sich den Bauch. Sofort wurde sie wieder umschwärmt von den Trollen, konnte die federleichten, feuchtkalten Berührungen auf Hals und Gesicht spüren. Aufreizende Farben stachen ihr in die Augen.

Dann lichteten sich die Reihen der Trolle vor ihr, und Cassie strich sich ihr schweißnasses Haar aus dem Gesicht. Sie stand vor einem Podest aus Basalt, auf dem die Troll-Königin thronte. Sie füllte es völlig aus. Im Gegensatz zu all den körperlosen Wesen ringsum schien sie so solide zu sein wie ein Granitblock. Tausende von Augen bedeckten ihren Körper wie silberne Nieten.

Cassie straffte die Schultern und versuchte, dem starren, tausendfach zersplitterten Blick zu begegnen. Sie hatte sich ihre Angst weder vor Großvater Wald noch vor den Winden anmerken lassen. Und vor der Troll-Königin würde sie sie ebenso verbergen. Selbst wenn ihre Rettungsmission zum Scheitern verurteilt war.

Die zahllosen Augen blinzelten alle zugleich, als wären sie eins. »Wir brauchen nicht noch einen Menschen«, sagte die Königin. Ihre Stimme glich dem Summen eines Bienenschwarms. »Warum habt ihr sie zu uns gebracht?«

Die Troll-Prinzessin, jetzt eine lila Kugel mit einem grotesk verzerrten, menschenähnlichen Gesicht, schwebte zu dem Podest hinüber und flüsterte der Königin etwas zu.

Die tausend Augen musterten Cassie eingehend. »Interessant.« Die Hälfte der Augen schloss sich und verhärtete sich zu kleinen silbernen Plättchen.

Cassie hob den Kopf und nahm all ihren Mut zusammen. Darauf hatte sie die ganze Zeit hingearbeitet – auf diesen einen Moment. Sie würde dieser Troll-Königin die Stirn bieten. Sie würde keinesfalls ein Nein akzeptieren. Wenn es sein musste, würde sie Bär mit bloßen Händen aus ihr herauswringen.

»Ich bin gekommen, um meinen Mann zu holen. Und du kannst mich nicht aufhalten.«

»Na schön«, erwiderte die Königin.

Cassie klappte der Kiefer herunter. »Wie bitte?« Sie musste sich verhört oder die Worte der Königin missverstanden haben. »Du willst mir … Es steht ihm frei zu gehen?«

»Überrede ihn, meine Tochter zu schwängern, und er ist frei.«

Cassie schnappte nach Luft. »Kann ich mit ihm sprechen?«

»Natürlich.«

Cassie schwindelte. Er musste nur mit der Troll-Prinzessin schlafen, und dann würde er frei sein? Sie biss sich auf die Lippe. Hatte er sich geweigert, weil er Cassie zu sehr liebte, oder hatte er sich geweigert, weil er Cassie nicht genug liebte?

Die Trolle ringsum raschelten vernehmlich wie Wind zwischen Herbstlaub.

Und aus ihrer Mitte kam Bär. Geräuschlos tappten seine Pranken über den Steinboden. Cassies Fingernägel bohrten sich in ihre Handflächen. Ihre Knie zitterten. Zwei Schritte vor ihr blieb er stehen. Seine schwarzen Augen waren unergründlich.

Cassie brachte kein Wort heraus. Stumm streckte sie ihre Finger aus und berührte seine Schnauze. Sein Fell war genauso weich, wie sie es in Erinnerung hatte. Sie vergrub ihre Hand in seinem Pelz. Er schnüffelte an ihrem Haar. Sie schlang die Arme um seinen mächtigen Hals. »Schön, Euch zu sehen, Königliche Bärenhoheit«, wisperte sie.

»Du bist gekommen. Um meinetwillen.«

»Ich war zufällig gerade in der Gegend«, scherzte Cassie. »Und da dachte ich, ich sag mal Hallo.«

Bär senkte den Kopf und legte ihn behutsam an Cassies Bauch. Sie kraulte seine Ohren. »Er ... sie ... bewegt sich«, sagte Bär und blickte sie direkt an. »Kannst du mir verzeihen?«

Cassie schluckte einen dicken Kloß hinunter. »Ja. Und du?«

»Ja.«

Sie lächelte, doch dann kam die nächste Wehe und nahm ihr die Luft. Sie schlang die Arme um ihren dicken Bauch.

»Meine Bären sollten sich doch um dich kümmern«, sagte er mit besorgter Stimme.

»Das haben sie«, erwiderte Cassie, als sie wieder atmen konnte. Es schien Jahre her zu sein, dass sie draußen auf dem Eis gewesen war.

»Gut«, meinte Bär erleichtert. Dann sagten sie beide eine ganze Weile nichts mehr. Cassie wünschte, sie könnte die richtigen Worte finden – es gab so vieles, was sie ihm gerne sagen wollte. Auf ihrem Weg übers Eis, durch die Tundra, durch die endlosen Wälder hatte sie sich diesen Moment wieder und wieder vorgestellt. Aber nicht so, mit Tausenden von Trollen, die sie beobachteten.

»Du hast mir gefehlt«, sagte er schließlich.

Sie wurde rot und sah an sich hinunter: hochschwanger, über und über mit Blut und Dreck verkrustet. »Nicht gerade eine strahlende Heldin, die dich da rettet.«

»Du bist wunderschön.«

Sie prustete.

»Du hast eine wunderschöne Seele.«

»Nette Umschreibung.«

»Auf einer Troll-Insel ist das ein echtes Kompliment.«

Cassie blickte hinüber zur Troll-Königin, aus deren Kopf und Schwanz Stacheln hervorschossen, Auswüchse der Augenplättchen. »Was meinst du«, sagte sie im Plauderton zu Bär, »wird sie jetzt Schaschlik aus uns machen?« Beim letzten Wort brach ihre Stimme.

Bär stupste seine feuchte Nase gegen ihre Wange und flüsterte ihr ins Ohr: »Verrate mir deinen Plan. Ich bin bereit.«

Sie hätte am liebsten losgeheult. So dicht dran! »Finde die Festung, finde Bär … So weit bin ich gekommen. Hast du irgendwelche Ideen?«

»Ich kann nicht tun, was sie von mir verlangen. Es ist unmöglich«, sagte er. »Sie haben keinen Körper. Sonst wäre ich im Handumdrehen wieder zu Hause bei dir gewesen.« *Zu Hause bei dir* – die Worte klangen wie Musik.

Natürlich konnte er keine Frau schwängern, die keinen Körper hatte. Er konnte noch nicht mal ihre Moleküle auf magische Weise beeinflussen – auch die hatte sie nicht. »Außerdem wäre ich rasend eifersüchtig geworden.« Jetzt hatte sie ihre Stimme wieder unter Kontrolle.

»Sie kann uns nicht helfen«, sagte die Troll-Königin. Cassie krallte sich in Bärs Fell – nein! Sie durfte ihn nicht noch einmal verlieren. Die Troll-Prinzessin verfärbte sich blau. Die Königin streckte einen Tentakel aus und streichelte sie, als wollte sie sie trösten. Er fuhr durch den Körper der Prinzessin wie durch Wasser. Als sie ihn wieder zurückzog, wurde sie einen Moment lang ganz durchsichtig. Offensichtlich war sie ebenso körperlos wie die anderen Trolle. Bär hatte recht – keines dieser Wesen hatte einen Körper. Alles hier war pure Illusion. Die Königin richtete den Blick ihrer tausend Augen wieder auf Cassie und sagte, nun pulsierend in leuchtendem Orange: »Bringt die Menschenfrau weg. Wir haben keine Verwendung für sie.«

Die Trolle senkten sich auf sie herab. »Nein!«, schrie Cassie aus Leibeskräften. Hunderte der Wesen drängten sich zwischen sie und Bär, trieben sie auseinander wie ein lebendes Stemmeisen. Sie durfte ihn nicht ein zweites Mal verlieren! »Nein, hört auf! Bitte!«

Auch Bär schrie jetzt. Cassie wehrte sich mit aller Kraft. Doch kaum hatte sie einen der Trolle weggeschubst, waren sofort ein Dutzend neue da. Es war, als würde man gegen Meereswellen kämpfen. Bald hüllte eine dichte Wolke von ihnen sie ein.

Wieder überfiel Cassie eine Wehe, und die Trolle gewannen die Oberhand. »Nein! Bitte! Ich gebe euch alles, was ihr wollt! Handelt mit mir! Egal, was es ist!«

»Nein, Cassie! Rette dich!«

Cassie schrie der Königin zu: »Los, sag es! Was willst du?«

Umringt von schattenhaften Umrissen, rutschte die Königin aufgeregt auf ihrem Podest hin und her. »Leben«, zischte sie. Cassie schlang instinktiv die Arme um ihren Leib.

»Tu das nicht!«, rief Bär.

»Du hast Leben?« Flügellos erhob sich die Königin in die Luft. »Du trägst Leben in dir?«

Was hatte *das* denn damit zu tun? Cassie blickte auf ihren Bauch hinunter und dachte an die unendlich lange Reise, die sie hierher geführt hatte – es hatte *alles* damit zu tun.

»Nein, Cassie! Nicht!« Bär schnappte mit den Fängen und schlug mit den krallenbewehrten Pranken um sich, aber die Trolle schnitten ihn weiterhin von ihr ab.

Sie würde alles tun, was nötig war, um ihren Bär zu retten. Das hatte sie doch die ganze Zeit schon getan. Oder etwa nicht? Die

Arme immer noch fest um ihren dicken Leib geschlungen, blickte sie ihren Liebsten an und fragte sich: *Hatte sie es wirklich für ihn getan oder nur für sich selbst?*

Die Troll-Königin hing wie ein riesiger schwarzer Tintenfleck direkt über Cassies Kopf. »Dann werden wir dich also hierbehalten, und dein Kind wird uns gehören!«, frohlockte sie.

Cassie spürte die feuchtkalte Berührung der Trolle auf ihrem Bauch. Sie schlug nach ihnen, um sie zu vertreiben, doch ihre Hand fuhr nur durch leere Luft. »Eure Prinzessin hat mir versprochen, dass ich frei bin und gehen kann!«

Die Troll-Prinzessin schrumpfte zu einer Kugel zusammen. »Ich wusste doch nicht …«, jammerte sie.

Die Königin wuchs ins Unermessliche wie eine uralte Gottheit. Sie füllte jetzt den kompletten höhlenartigen Raum aus. Unter das dunkle Grau ihrer Gestalt mischten sich stark pulsierende orange und grüne Flecken. Immer mehr und mehr Trolle umschwärmten Cassie und Bär. »Dein Baby gegen deinen König. Das ist unser Angebot.«

Cassie sah auf ihren gewölbten Bauch hinunter. Das war ihre Chance. Jetzt konnte sie genau die beiden Dinge bekommen, die sie gewollt hatte, als sie ihre Reise antrat: ihren Bär und kein Baby. Doch so einfach war es nicht. Das war es schon seit einer ganzen Weile nicht mehr. »Es muss noch etwas anderes geben, das ihr haben wollt«, sagte sie.

»Wir werden kein anderes Angebot machen«, erwiderte die Königin.

Cassie streichelte ihren Bauch und hatte fast so etwas wie ein Déjà vu. Es war nicht ihre eigene Erinnerung, die sie spürte, und doch kannte sie diesen Moment. Vor genau der gleichen Wahl hatte ihre Mutter gestanden, damals, als sie sich dem Nordwind widersetzte. Und auch ihr Vater hatte sich so entschieden, als er Gails Andenken ehrte, indem er bei seiner neugeborenen Tochter blieb. Bis jetzt hatte Cassie das nicht verstanden. Sie hatte sie beide nicht verstanden. Doch nun wurde ihr mit einem Mal alles klar: Welch schreckliche Frustration musste ihr Vater empfunden haben, weil er gezwungen war, diese Entscheidung zu treffen – genau *diese* Entscheidung. Und auf einmal konnte sie ihm vergeben, konnte ihnen beiden vergeben. Wie könnte sie jemals ihr Kind aufgeben? Doch wie konnte sie Bär aufgeben? Sie brauchte ihn. Sie liebte ihn.

»Tu das nicht, Cassie!«, bat er. »Lass mich hier! Bitte! Ich flehe dich an.« Und wieder klangen die Worte in ihrem Ohr: *Wenn du mich liebst, musst du mich gehen lassen.*

Sie liebte ihn genug, um alles hinter sich zu lassen, was sie jemals gekannt hatte. Genug, um ihre ganze Welt auf den Kopf zu stellen. Genug, um an diesen Ort jenseits aller bekannten Orte zu kommen. Genug, um ihr Leben aufs Spiel zu setzen. Genug, um beinah zu sterben.

Liebte sie ihn auch genug, um ihn gehen zu lassen?

Ja, das tat sie.

Das Pulsieren der Königin wurde intensiver. »Wie lautet deine Antwort?«

Cassie senkte den Kopf und sagte nur ein einziges Wort: »Nein.«

Kapitel Einunddreißig

Geografische Breite: unbestimmt
Geografische Länge: unbestimmt
Höhe: unbestimmt

MIT EINEM LAUTEN, BÖSEN ZISCHEN FIELEN DIE TROLLE über sie her. Einer war nur ein Wassertropfen, aber hunderttausend von ihnen waren wie eine große Flutwelle. Immer mehr Trolle fluteten zwischen Cassie und Bär. Nein, halt! Sie war noch nicht bereit! Sie hatte noch nicht Lebewohl gesagt.

Schon begann Bärs Gestalt hinter der Masse der Trolle zu verschwimmen, als wäre er unter Wasser. Mit der ganzen Kraft seiner Bärenmuskeln stemmte er sich gegen die Flut. Cassie wurde zur Seite geschwemmt. »Lasst mich wenigstens Lebewohl sagen! Bitte!« Sie hörte, wie er ihren Namen rief. Die Trolle zischten lauter. »Ich liebe dich, Bär!«, schrie sie gellend. Konnte er sie hören? Bitte, lass ihn mich hören! Er hatte diese Worte noch nie von ihr gehört. »Es tut mir leid! Es tut mir so leid!«

Alles!, wollte sie noch sagen – dass sie ihm nicht vertraut hatte, ihr Baby in Gefahr gebracht hatte, und vor allem, dass es ihr nicht gelungen war, ihn zu retten. Am Ende hatte sie sich doch als die Tochter ihres Vaters erwiesen. Sie war an ihre Grenze gelangt, an die Linie, die sie nicht überschreiten, auf die Klippe, von der sie nicht springen würde. Hinter den dichten grauen Schatten war Bär jetzt nur noch ein weißlicher, verschwommener Fleck. »Bär!«

Ihr Unterleib krampfte sich zusammen.

Einen Moment lang blieb ihr die Luft weg, und die Woge der

Trolle trug sie empor. Sie wurde rückwärts geschwemmt und hart gegen eine Wand geschleudert. Dann stürzte sie zu Boden und prallte mit dem Gesicht auf Stein. »Ihr zerquetscht mich!« Ihr zerquetscht das Baby!

Die Wände schmolzen, und Cassie wurde in den weißen Raum getrieben. Sie rappelte sich wieder hoch und wollte zurück in den Thronsaal laufen, doch da versiegelte die Troll-Prinzessin mit einem einzigen Wort die Wand. Nun war Cassie von den anderen Trollen abgetrennt. Und endgültig abgeschnitten von Bär. Schreiend hämmerte Cassie gegen die Mauer, bis die nächste heftige Wehe kam. Etwas Warmes, Nasses lief an der Innenseite ihrer Schenkel hinunter. »Oh nein! Gott, nein!«, flehte sie. »Nicht jetzt. Nicht hier.« Nicht ohne Bär. Nicht gestrandet auf einer Troll-Insel.

Die Troll-Prinzessin, immer noch eine pulsierende Kugel, fragte: »Du trägst wahrhaftig neues Leben in dir?«

»Lass mich hier raus«, erwiderte Cassie. »Mach, dass die Tür erscheint!« Sie musste irgendwie zu ihrem Großvater gelangen. Er musste sie nach Hause bringen.

Die Troll-Prinzessin schwebte quer durch den Raum auf die andere Seite und sprach die magischen Worte: »Öffne dich!« Die steinerne Wand formte sich zu der hölzernen Tür um, deren klägliche Überreste schief in den Angeln hingen. Cassie hörte das Donnern der Wellen. Sie stürzte nach draußen.

Meeresluft blies ihr ins Gesicht. »Großvater!«

Schwarze Wolken ballten sich zusammen.

»Großvater, hilf mir!« Sie sackte zusammen, als die nächste Wehe sie durchzuckte. Laufen machte es schlimmer. »Großvater!«, schrie sie noch einmal.

Die Troll-Prinzessin hing schwebend über den Felsen. »Ist das Schmerz?«, fragte sie fasziniert.

Cassie rutschte auf glitschigem Seetang aus, als die nächste Wehe ihr die Luft nahm. Es gelang ihr gerade noch, sich an einem Baum festzuhalten. Ihre Arme und Beine zitterten unkontrolliert. »Bitte! Großvater!«

Er gab keine Antwort. Oder er hörte sie nicht. Stumm peitschte der Wind die Wogen, und Brecher krachten gegen die Küste.

Die Troll-Prinzessin fragte: »Wie fühlt sich das an: Schmerz?«

Sie musste ruhig bleiben. Ganz ruhig. Cassie nahm ein paar tiefe Atemzüge.

Die Prinzessin seufzte. »Ich wünschte, ich könnte Schmerz empfinden.«

Die nächste Wehe folgte unmittelbar der vorhergehenden. Das war kein falscher Alarm. Sie wusste es. »Bär!« Die Brandung verschluckte ihren Schrei.

Eine heftige Wehe nach der anderen schüttelte Cassie durch, warf sie hin und her wie ein Boot im Orkan. Sie schnappte nach Luft, krümmte sich vor Schmerz. Ihre Hände schlugen gegen den Fels. Sie spürte es nicht. Sie schrie nur noch wie ein Tier.

Wie lange es dauerte, wusste sie nicht – Stunden, Minuten, Tage. Wehe folgte auf Wehe. Sie war zwischen ihnen gefangen. Die Welt außerhalb ihres Körpers hörte auf zu existieren. Weder konnte sie sich an das Vorher erinnern noch an ein Danach denken. Da gab es nur den Schmerz, die Felsen und die See. Und dann, wie die Stille im Auge eines Hurrikans, ließ der Schmerz plötzlich nach, und Cassie musste pressen. Sie breitete ihren Rock aus und hockte sich hin. *Pressen.* Auf ihrem Hals zeichneten sich dicke Adern ab, Schweißperlen traten auf ihre Stirn. Sie keuchte. *Pressen.* Ihr ganzer Körper explodierte. Cassie wollte herausklettern aus ihrer Haut. Wenn sie presste, tat es weh, und wenn sie nicht presste, tat es auch weh. Sie spürte, wie ihr Körper gedehnt wurde. Gleich würde sie platzen. Mehr als alles andere auf der Welt wollte sie, dass das Baby herauskam. Sie presste. Und noch einmal.

Plötzlich war da ein junger Mann auf den Felsen. Er wirkte nervös.

Cassie erkannte ihn. »Jamie! Hilf mir!«

Von hinten schoss die Troll-Prinzessin auf ihn zu. Er bemerkte sie nicht. »Alles in Ordnung mit dir?«

Mit zusammengebissenen Zähnen erwiderte Cassie: »Fang das Baby auf!«

»Aber …« Jamie wich zurück.

»Bitte!«

Jamie schluckte. Dann kniete er sich neben Cassie auf die Steine. »Ich kann sein Köpfchen sehen!« Er blickte zu ihr hoch. »Es hat Haare.«

Sie atmete tief ein. »Seele bereit?«

»Heute ist niemand gestorben. Ich habe keine Seelen«, sagte er. »Tut mir leid, aber es wird tot zur Welt kommen.«

Sie spürte, dass sie wieder pressen musste, und widerstand dem Drang. »Den Teufel wird es!«

»Ich habe dir gesagt, dass es nicht genügend Seelen gibt.«

Schmerz durchzuckte sie. »Dann nimm meine!«

»Munaqsri töten nicht.«

Sie musste pressen. Musste. Sie heulte auf. Ihr Körper wollte, dass das Baby zur Welt kam. Aber sie würde es nicht zulassen. Nicht ohne Seele. »Ich will mein Baby!«

Auf Cassies Schreien hin glitt die Troll-Prinzessin langsam näher.

»Was ist denn *das*?« Jamie taumelte erschrocken rückwärts.

Cassie hob den schweißnassen Kopf und blickte die Troll-Prinzessin an. Sie war ein Troll aus dem Land östlich der Sonne und westlich des Mondes. Sie kam von jenem Ort, der hinter dem Ende der Welt lag, und an den, so hatte man es Cassie wieder und wieder erzählt, keine lebende Seele jemals gelangte.

Eine Erinnerung blitzte auf: *Soll ich etwa zulassen, dass die jungen Eisbären tot geboren werden? Willst du das? Sollen ihre Seelen umherirren und bis hinter das Ende der Welt driften?* Hinter das Ende der Welt? Hierher?

Ja, hierher. Auf eine Insel mit Trollen. *Trolle haben keine Gestalt, keine festen Körper,* hatte Gail gesagt. *Es ist eine Insel voller wilder Geister.* Eine Insel wilder Geister, eine Troll-Insel, … hinter dem Ende der Welt. Nicht für lebende Wesen. *Nichts Lebendes gelangt jemals dorthin.* Und plötzlich, im Bruchteil einer Sekunde, begriff Cassie: Trolle waren Seelen. *Er will mir kein Kind machen,* hatte die Troll-Prinzessin gesagt. *Es ist unmöglich,* hatte Bär gesagt. *Sie haben keinen Körper.* Die Troll-Prinzessin wollte kein Baby haben, sie wollte ein Baby *sein.* »Das ist deine Chance«, sagte Cassie zu dem schwebenden Ball. »Willst du leben?«

Die Prinzessin leuchtete golden und silbern auf. »Du meinst …«

Was willst du, hatte sie die Troll-Königin gefragt. *Leben,* hatte die ihr geantwortet. »Ja oder nein«, fragte Cassie noch einmal. »Willst du leben?«

Die Troll-Prinzessin leuchtete auf wie eine winzige Supernova. »Ja!«

»Los, nimm sie!«, schrie Cassie zu Jamie hinüber. Und dann presste sie mit aller Kraft.

Jamie starrte sie verständnislos an.

Cassie deutete auf die Troll-Prinzessin. »Sie ist eine Seele!«

Das Wesen flog in Jamies Hände.

Cassie tastete unter sich und konnte einen Kopf fühlen, so rund und weich wie der eines Seehunds. Behutsam umfasste sie ihn mit beiden Händen, presste ein allerletztes Mal. Ein Aufschrei, und dann glitt das Baby aus ihr heraus. Eine Hand unter seinem Rücken, fing sie es sanft auf.

»Es atmet nicht«, sagte der Menschen-Munaqsri. Für den Bruchteil einer Sekunde zögerte er. Dann schob er eine Hand zwischen die Nabelschnur und den winzigen Oberkörper des Kindes, legte ihm die Nabelschnur vorsichtig über die Schulter, holte ein Messer hervor und schnitt sie durch. Das Baby nahm seinen ersten Atemzug. Von seinem winzigen Brustkorb breitete sich nach allen Seiten ein intensives Rosa aus.

Jamie half Cassie, es hochzuheben, und sie drückte es fest an ihre Brust. Seine Haut war glibberig wie Eigelb. Es krümmte und wand sich in ihren Händen.

»Es ist ein Mädchen«, sagte Jamie.

Cassie sah auf ihr Töchterchen hinunter, und wunderschöne blaue Augen blinzelten sie an. »Oh mein Gott!« Mehr brachte sie nicht heraus. Gebannt starrte sie auf die kleine Gestalt mit den winzigen Händen und den perfekt gerundeten Wangen. Dann verzerrte sich das Gesichtchen, und das Baby heulte los, so laut wie der Wind.

»Sie kommt ganz nach ihrer Mutter«, stellte Jamie fest.

Cassie lachte und küsste ihr Kind auf die Stirn. Schweißnasses Haar fiel ihr ins Gesicht. Das Baby duftete so süß wie frischer Sommerregen. »Du bist aus mir herausgekommen«, flüsterte Cassie und wiegte es liebevoll.

Lächelnd betrachtete sie ihr wundervolles Töchterchen, redete beruhigend auf das Baby ein, während die Wogen gegen den Strand donnerten. Sie fühlte sich federleicht. »Du glaubst, du bist magisch?«, sagte sie zu Jamie. »Sieh sie dir an! Das ist *wahre* Magie.«

»Sie ist wunderschön«, bestätigte Jamie. Als Cassie zu ihm hinübersah, bemerkte sie, dass seine Wangen ganz nass waren. »Wie wirst du sie nennen?«, fragte er.

Darüber musste sie nicht mal eine Sekunde lang nachdenken. »Abigail.« Der Name ihrer Mutter. Über ihnen verdunkelte sich der Himmel. Hatte der Nordwind sie jetzt etwa doch gehört? »Kurzform: Abby.« Sie blickte hinunter auf Baby Abby, das rot und klebrig und perfekt in ihren Armen lag. »Glaubst du, sie wird sich an das hier erinnern?«

Er schüttelte den Kopf. »Kannst du dich erinnern, wie es war, bevor du geboren wurdest?«

»Dein Wunsch ist erfüllt«, sagte Cassie zu ihrem Kind. »Du bist am Leben.«

Dann bekam ihr Lächeln etwas Seliges, Gütiges. Sie sah den Munaqsri an. »Hast du noch eine Minute Zeit? Mir kommt da eine Idee.«

Der Schwarm der Trolle hüllte Cassie ein, und sie drückte ihr Baby fest gegen die Brust. »Munaqsri«, hörte sie die Wesen zischen, als sie auf Jamie trafen. Sie vermutete, dass er der Grund war, warum sie sie noch einmal eingelassen hatten. Er war neu hier. »Munaqsri. Munaqsri.«

Jamie wischte sich Trolle von der Haut. »Die sind ja überall!«

Ringsum lösten sich die Wände auf. »Bleib ganz dicht bei mir«, sagte Cassie und marschierte entschlossen durch die Wolke der Trolle. Jamie folgte ihr auf den Fersen.

Die Troll-Königin hockte brütend auf ihrem Podest. Mit dem Kind in ihren Armen blieb Cassie vor ihr stehen, während die Trolle um sie herum einen Halbkreis bildeten. Jedes einzelne der tausend Augen war auf sie gerichtet, doch diesmal hatte sie keine Angst.

Dann gaben die Trolle Jamie frei, und er erblickte die Troll-Königin. »Wer ist sie?«, fragte er. Der breite Rücken des Wesens blitzte in allen Farben des Regenbogens auf.

»Sie ist eine Seele«, antwortete Cassie, ohne den Blick von der Königin abzuwenden. »Oder? Ihr seid doch die herrenlosen Seelen, die Seelen, die die Munaqsri nicht retten konnten, stimmt's?« Ihr Töchterchen wand und krümmte sich.

Aus der Troll-Königin wuchsen Tentakel. »Neues Leben!« Ein halbes Dutzend der beweglichen Arme griff auf einmal nach Baby Abby.

»Äh, Cassie«, murmelte Jamie. Er klang nervös.

Die Spitze eines Tentakels strich nur um Haaresbreite am Kopf des Kindes vorbei. »Dem Baby haben wir kein Versprechen gegeben«, sagte die Königin. »Wir werden es behalten. Wir werden sie beide behalten, den Munaqsri und das Kind.«

Cassie hielt ihre Tochter nach wie vor fest an sich gepresst, wich aber nicht von der Stelle. »Ich weiß, warum ihr meine Mutter gefangen gehalten habt. Warum ihr einen Handel mit meinem Mann gemacht habt, warum ihr mein Baby wollt. Sie sollen euch helfen, lebende Wesen zu werden, so wie es eigentlich sein müsste.«

Unzählige Stimmen wisperten wie Laub in den Bäumen.

»Ich habe doch recht, oder nicht?«, fuhr Cassie fort. »Ihr wollt lebendig sein.«

»Ja, das wollen wir«, zischte die Königin.

Cassie lächelte auf ihr Baby hinunter. Ihr rotes Haar strich über die winzigen Händchen. Baby Abby gurgelte. »Ihre Seele war einmal Troll-Prinzessin.«

Aus der Königin wich alle Farbe.

Die Trolle explodierten.

Jamie duckte sich, als sie in einem wilden Tornado um ihn, Cassie und das Kind herumzuwirbeln begannen. Die Füße fest auf dem Boden, ihr Kind sicher in den Armen, stand Cassie da und wartete.

»Mach uns lebendig!«, kreischte die Königin.

Baby Abby erschreckte sich und begann laut zu weinen. »Schschsch.« Cassie wiegte es sanft. »Schrei nicht so laut«, ermahnte sie die Königin.

»Bitte«, wisperte die, kaum hörbar.

Cassie atmete tief durch. »Versprich mir, dass du Bär freilässt!«

»Versprochen.«

Ihre Knie wurden ganz weich. Sie hatte es geschafft! Aber es war noch nicht ganz vorbei. Cassie sah hinüber zu Jamie, der auf dem Boden kauerte und schützend die Arme über den Kopf hielt. »Und versprich mir auch, dass du keine Gefangenen mehr machen wirst!«

Die Königin schwebte zur Decke empor. »Versprochen!«

Cassies Herz vollführte einen Luftsprung. Geschafft! Geschafft! Geschafft! Ihr war, als würde ganz tief in ihrem Inneren eine große Glocke läuten und der Ton durch ihre Rippen nach außen und auf ihrer Haut entlangwandern. Sie hatte es geschafft. Jetzt endlich war ihre Mutter wirklich in Sicherheit. Keine Albträume mehr. Sie war außer sich vor Freude. »Fällt dir noch was ein, Jamie?«

»Es wäre ganz nett, wenn sie aufhören würden, mich mit Sturzfluten zu überschütten«, erwiderte der und kam, heftig um sich schlagend, auf die Füße.

Cassie lachte. »Du nimmst dir jetzt fünfundzwanzigtausend Seelen als Ersatz für die Eisbären. Na los! Nimm sie!«

Jamie gehorchte, und die Trolle, die ihn vorher umschwärmt hatten, sprangen ihn förmlich an. Jeder wollte der Erste sein. Wie dünne Lagen Baumwolle legten sie sich übereinander. Tausende flogen auf ihn zu, aber im Raum wurden und wurden es nicht weniger. Cassie fragte sich, wie viele wohl insgesamt hier sein mochten. Das herauszufinden, wäre vermutlich eine Lebensaufgabe.

»Und der Rest von uns?«, fragte die Königin und blickte sie fragend an.

Cassie dachte an Fluffy, den Polarfuchs, und an Sedna, die Meerjungfrau. Sie hatten ihr geholfen, wenn auch nicht ganz so wie beabsichtigt. »Ich habe noch einiges gutzumachen. Ich werde für euch alle neue Körper finden.« Sie lächelte. Was für eine grandiose Möglichkeit, die Wale zu retten. »Ich verspreche es.«

»Abgemacht. Der Handel gilt«, jubelte die Königin.

Und dann trat Bär aus der chaotisch umherwirbelnden Troll-Wolke hervor. Cassie machte einen Schritt auf ihn zu. Der Nebel Tausender Trolle um ihn löste sich auf, und Bär stürmte ihr entgegen. Direkt vor ihr blieb er stehen, und seine schwarzen Augen tranken ihren Anblick. Die Trolle wogten in changierenden Spiralen über ihren Köpfen.

Einen unendlich langen Moment schauten sich Cassie und Bär einfach nur an. Ihr war, als würde jede einzelne Zelle ihres Körpers singen, als würde sie gleich platzen vor Freude.

Bär berührte den winzigen Kopf des Babys sanft mit der Nase. »Sie ist wunderschön.«

Cassie brachte nur ein stummes Nicken zustande.

Mit strahlenden Augen sah Bär sie an. »Meine Cassie. Meine *Tuvaaqan*.«

Trolle sausten um sie herum, verdichteten sich zu einem Wind. »Ich habe dir ja gesagt, dass ich dich finden würde«, sagte Cassie. »Ich habe dir gesagt, dass ich dich befreien würde.«

»Ich werde niemals wieder an dir zweifeln«, erwiderte Bär. Dann legte er zärtlich seinen Kopf an ihre Wange. Sie spürte die Wärme seines Fells auf ihrem Gesicht und schloss die Augen. »Wollen wir nach Hause, Liebste?«

»Ja, wollen wir«, stimmte sie lächelnd zu und blickte hinüber zur Troll-Königin. Die gab ihren Untertanen ein Zeichen. Die Trolle begannen schneller und schneller zu wirbeln, ergossen sich zwischen Cassie und Bär, umflossen sie und hoben sie hoch in die Luft. Weit unten sahen sie Jamie winken, während die Festung sich langsam aufzulösen begann. Graue Wolken zogen neben ihnen her, als sie über die schwarzen Felsen der Insel hinaus aufs Meer getragen wurde.

Cassie, ihr neues Töchterchen in den Armen, kuschelte sich eng an Bär, dessen große Pranken seine Frau und Baby Abby behutsam umfingen.

Und so, getragen von verlorenen Seelen, flogen sie miteinander nach Hause.

Danksagungen

Ich möchte den Eisbären, Polarfüchsen und Karibus danken für ihre Geduld und die aufmunternden Worte beim Schreiben dieses Buches. Ebenfalls möchte ich meiner unglaublich tollen Agentin Andrea Somberg danken, meiner großartigen Lektorin Karen Wojtyla sowie Sarah Payne, Emily Fabre und all den anderen tollen Leuten bei Simon & Schuster. Ein besonderer Dank gilt auch Tamora Pierce, Bruce Conville und Thomas (Sully) Sullivan für ihren Rat und ihre freundliche Hilfe.

Danken möchte ich auch meinen Freunden dafür, dass sie an mich geglaubt haben, besonders Amy Johnson und Rick Keuler für all ihre Mut machenden E-Mails. Dank auch all jenen, die meine merkwürdigen Nachfragen beantwortet haben, sowie John Mastrobattista, Rob Harris und den Mitgliedern (ehemaligen und jetzigen) meines Target-/Blackbaud-Teams für die Unterstützung.

Und schließlich: einen großen Dank an meine Familie. Ich liebe euch. Ich bin so glücklich, dass ihr alle Teil meines Lebens seid – die Familie, in die ich hineingeboren wurde, die Familie, in die ich eingeheiratet habe, meine fantastischen Kinder und mein Ehemann, der ein echter Traummann ist. Ich liebe euch alle bis ans Ende der Welt und darüber hinaus.

Leseprobe

GESA
SCHWARTZ

GRIM

DAS SIEGEL DES FEUERS

Regungslos hockte Grim auf dem Dachfirst über dem siebten Stock, die schwarzen Schwingen hoch über seinen Kopf erhoben, und starrte hinab auf die Straße. Seine Klauen hatten sich in die Fassade gekrallt, als wären sie ein Teil davon, und der Regen prallte von seinem Obsidianleib ab wie von der Hauswand unter ihm. Fast schien es, als säße nichts als eine riesige, dämonenhafte Statue dort oben, und nicht einmal dem aufmerksamsten Beobachter wären die nebelgleichen Wölkchen aufgefallen, die hin und wieder mit einem Seufzen aus dem steinernen Mund entwichen. In dieser Nacht jedoch schaute ohnehin niemand nach oben. Nur vereinzelt huschten Menschen tief unten auf dem Asphalt vorüber, die Köpfe vor dem Regen geduckt wie unter zischenden Schwertern.

Grim konnte es ihnen nicht verdenken. Er hasste dieses Wetter. Vor über zweihundert Jahren war er von Italien nach Paris gekommen, und er hatte geglaubt, sich irgendwann an den Regen zu gewöhnen, an das feuchte Klima, die tief hängenden Wolken, den pfeifenden Wind. Aber er hatte sich nie daran gewöhnt, im Gegenteil, immer schlimmer war es geworden, und nun, da ihn dieser verfluchte Auftrag seit Stunden daran hinderte, sich ein trockenes Plätzchen zu suchen, fühlte er sich plötzlich so alt wie noch nie. Er zwinkerte, dass die Regentropfen von seinen steinernen Wimpern fielen. Wie lange hockte er nun schon auf irgendwelchen Dächern herum, stunden- und tagelang, wie lange wartete er schon auf irgendwelche Sterblichen, wie lange schon war er ihnen gefolgt? Er wusste es nicht, er wusste nur eines: zu lange. Dabei gab es weiß Gott spannendere Aufgaben zu erledigen. Beispielsweise die Sache mit den Vampiren, die sich wieder einmal in sinnlose Clangefechte mit den Werwölfen verwickelt hatten und geradezu danach gierten, zur Raison gebracht zu werden. Oder der durchgedrehte Poltergeist, der seit Tagen wie ein Verrückter die Bilder im Louvre umhängte, dass es eine Freude war, und der immer noch nicht gefasst war.

Grim schnaubte leise. Nicht, dass es ihn sonderlich kümmerte, ob die Mona Lisa auf einmal neben dem Toilettenschild für Herren zu finden war oder ob sich Vampire und Werwölfe die Köpfe einschlugen – ohnehin war es ein lächerlicher Zwist zwischen diesen beiden, der niemanden mehr hinterm Ofen hervorlockte, es sei denn, er war zufälligerweise ein Gargoyle und um die Sicherheit der Stadt bemüht. Doch solche Aktionen wurden zwangsläufig irgendwann von Menschen bemerkt, und damit gefährdeten sie das, was seit Jahrhunderten wie ein schweres Tuch über den steinernen Gassen von Paris lag: das Vergessen. Die Menschen ahnten nichts von den Geschöpfen, die unter ihnen lebten, erst recht nichts von den Gargoyles, und wenn Grim eines wusste, dann dass sie nie von ihnen erfahren durften – niemals. So lautete das Steinerne Gesetz.

Dennoch waren diese Fälle gewissermaßen Routine. Natürlich waren sie immer noch spannender als sein eigener langweiliger Auftrag, aber bei Weitem nicht so anspruchsvoll wie diese andere Geschichte – die Sache mit den Morden. Ein Kribbeln zog über Grims steinerne Haut, als er daran dachte. Seit geschlagenen drei Wochen schlich ein namenloses Grauen durch die Schattenwelt von Paris. Siebzehn Tote gab es bis jetzt, jeder einzelne auf bestialische Weise ermordet – und allesamt überaus mächtige Geschöpfe. Hochmagische Gestaltwandler. Starke Werwesen. Uralte Vampire. Sie alle waren mit scheinbarer Leichtigkeit zur Strecke gebracht worden, aber ohne erkennbares Muster: Einen Werwolf hatte man ohne Haut gefunden, einen Vampir so ausgiebig gepfählt, dass er ausgesehen hatte wie ein Nadelkissen, und keines der Opfer stand in irgendeiner Beziehung zu einem der anderen. Fest stand nur eines: Der Mörder musste über unvorstellbare Kräfte gebieten, um diese Wesen in die Knie zu zwingen.

Grim zog die Brauen zusammen. Hätte man ihm diese Angelegenheit anvertraut, wäre der Fall längst erledigt gewesen, davon war er überzeugt. Aber nein, er durfte die Drecksarbeit machen und im Regen auf Häusern herumsitzen, während die elenden Speichellecker seines Vorgesetzten Mourier wie die Schmeißfliegen um die Morde kreisten. Bis jetzt hatten sie in ihrem ratlosen Dilettantismus nicht das Geringste erreicht, verschwendeten aber dennoch einen Großteil ihrer Zeit damit, die lächerliche Krönungszeremonie des Königs vorzubereiten, als gäbe es nichts Wichtigeres auf der Welt. Grim schnaubte verächtlich.

Er hatte gerade eine Klaue gelöst und streckte sie, sodass kleine Steinsplitter zur Straße hinabfielen, als sich im Gebäude auf der anderen Seite eine Tür öffnete. Laute Musik quoll auf die Straße, Grim roch Alkohol und Zigaretten. Angewidert verzog er das Gesicht. Er würde nie verstehen, wie die Menschen ihren eigenen Gestank ertragen konnten. Drei Männer traten auf die Straße, die Tür fiel hinter ihnen ins Schloss. Grim rührte sich nicht. Er sah zu, wie zwei von ihnen die Straße hinabgingen und sich ein Taxi riefen. Der dritte blieb allein zurück, schlug seinen Jackenkragen hoch und stapfte in die andere Richtung. Grim hatte nichts an seiner Haltung verändert, und doch spürte er in jeder Faser seines Körpers, dass er in diesem Moment nichts mehr war als ein zum Sprung bereites Raubtier. Er hörte die Tür des Taxis zuschlagen. Im selben Moment breitete er die Schwingen aus und glitt seinem Opfer über die Häuserdächer lautlos nach.

Mit angezogenen Schultern schob sich der Mann an einer Gruppe Menschen vorbei und bog in eine Seitengasse ab. Eine Laterne warf ihr flackerndes Licht auf weggeworfene Kippen, alte Zeitungen und leere Bierflaschen. Der Mann blieb stehen, um sich eine Zigarette anzuzünden. Er war allein in der Gasse, abgesehen von einer Katze, die um einen metallenen Müllcontainer strich und nach Essbarem suchte.

Grims Schatten glitt übers Kopfsteinpflaster, seine Schwingen durchschnitten die Luft. Doch der Mann bemerkte ihn erst, als die steinerne Faust des Gargoyles bereits seine Kehle umfasst hielt. Seine Zigaretten landeten mit dumpfem Geräusch in einer Pfütze. Panisch strampelte er mit den Füßen, denn Grim hatte ihn ein ganzes Stück emporgehoben, und griff nach den riesigen Klauen. Der Schreck verzerrte sein Gesicht zu einer Maske der Angst.

»Zeige dich«, grollte Grim leise. Er wusste, dass allein sein Anblick den Menschen zu Tode ängstigen musste. Die dunkle Gestalt, das menschliche, aber steinerne Gesicht mit der Narbe quer über dem rechten Auge, die klauenartigen Hände und Füße … Möglicherweise mochte er im ersten flüchtigen Moment noch wirken wie ein außergewöhnlich großer Mensch mit schulterlangem tiefschwarzen Haar, doch spätestens mit Blick auf seine riesigen Schwingen wurde auch dem ignorantesten Sterblichen klar, dass er im besten Fall einen Engel vor sich hatte – einen Engel aus Schatten und Dunkelheit. Doch schlimmer als all das war seine Stimme. Sie klang wie das Bersten großer Felsen, und obwohl er sich bemühte, ruhig zu sprechen, löste ihr Ton bei dem Menschen wie üblich Entsetzen aus.

Aber es war nicht der Mensch, mit dem er sprach.

»Zeige dich«, wiederholte er. »Oder hast du Angst?«

Ein animalisches Keuchen kroch aus der Kehle des Menschen, und gleich darauf verzerrte sich dessen Gesicht zu einer bösartigen Fratze. Die Haut zog sich zusammen, als würde sie rasend schnell altern, die Lippen wichen zurück und gaben den Blick frei auf nadelspitze schwarze Zähne. Grim fühlte ihn, den Dämon, der sich in diesem Sterblichen eingenistet hatte wie eine Ratte in einem Kadaver. Dann veränderten sich die Augen, und Grim konnte ihn sehen: Die Pupille weitete sich, sie franste an den Rändern aus und kroch über das Weiß der Augen wie schwarze Tinte über ein frisches Laken. Und aus dem Dunkel starrte Grim Hass entgegen.

Er lächelte. Es war doch immer wieder faszinierend, wie eindrucksvoll Dämonen über menschliche Körper herrschen konnten. Jetzt verzog sich der Mund, die hochgezogenen Lippen waren blau angelaufen, und Speichel troff aus dem Mundwinkel. Schwere, klebrige Worte schlugen Grim entgegen und dieser typische Gestank nach faulen Eiern, den Menschen ausatmeten, wenn sie von einem Dämon besessen waren. Grim hielt den schlaffen Körper ein Stück weiter von sich weg.

»Da bist du ja«, stellte er fest. »Ich weiß, es muss für einen Parasiten wie dich sehr verlockend sein, sich pomadig in diesem Körper einzunisten und ihm nach Lust und Laune jedes einzelne Tröpfchen abzusaugen. Aber laut Paragraph dreihundertsiebenunddreißig des GBG ist es dir verboten, dich länger als nötig in einem Wirt zu befinden. Du raubst diesem hier seit sieben Tagen das Leben, und zuvor hast du zwei weitere ins Jenseits befördert, ein Vergehen, das mit achthundert Jahren Diamantfeuer geahndet wird. Bist du geständig?«

Das Diamantfeuer war eine ziemlich unangenehme Art der Bestrafung. Für gewöhnlich mieden Dämonen Diamanten wie Menschen das Feuer, denn wenn sie ihnen zu nah kamen, jagten gewaltige Energieströme durch ihren Körper. Nicht selten setzten sie den jeweiligen Dämon dabei in Brand, immer jedoch fügten sie ihm äußerst heftige Schmerzen zu. Grim war daher nicht überrascht, als der Dämon ihm statt einer Antwort eine wüste Beschimpfung auf Ungarisch entgegenschleuderte. Es klang, als würde er sich mit Gewalt die Stimmbänder des Menschen zunutze machen – wie ein Kind, das sich über eine Geige hermacht und den Bogen wütend über die Saiten zieht.

Grim seufzte. Was hatte er erwartet? Intellektuellen Austausch? Schließlich handelte es sich bei diesem Dämon nur um einen Holokliten, wie die gargoylschen Stielaugen von der Spurensicherung bei der Untersuchung seiner letzten Opfer festgestellt hatten. Holokliten waren eine sehr schwache Gattung der Dämonen – vor allem in Geistesangelegenheiten.

Grim lächelte geduldig. »Wenn du schon …«

Weiter kam er nicht. Er spürte noch, wie der Körper des Menschen sich zusammenzog, der Dämon sich mit enormer Geschwindigkeit aus seinen Klauen wand und ihm heftig gegen die Brust schlug. Im nächsten Moment flog Grim durch die Luft und landete scheppernd in dem metallenen Müllcontainer. Fauchend machte sich die Katze aus dem Staub, die dort nach Nahrung gesucht hatte, und Grim roch sofort den bestialischen Gestank menschlicher Abfälle. Er stieß die Luft aus. Ein gewöhnlicher Hoklit – von wegen! Dieser Kerl gehörte zu den stärksten Dämonen, mit denen er es je zu tun gehabt hatte, ein Phy, mindestens aber ein Iphryr stand ihm gegenüber. Dämliche Stielaugen, sie würden es nie lernen, Informationen auszuwerten! Sie waren beinahe so schlimm wie Menschen – nicht einmal Augen hatten sie im Kopf, geschweige denn ein Gehirn!

Er starrte den Dämon an, der in der Mitte der Gasse stehen geblieben war, leicht geduckt und mit diesem verschlagenen, todesgierigen Blick, den nur Wahnsinnige oder Untote haben können.

»Verfluchter Bastard«, grollte Grim. Das Metall knirschte unter ihm, als er sich erhob. Sein Körper hatte einen formvollendeten Abdruck im Container hinterlassen, inklusive Klauen. Mit schweren Schritten trat er in den Schein der Laterne. Seine Klauenfüße, die sich nie daran gewöhnt hatten, in Schuhe gezwängt zu werden, knirschten auf dem Asphalt.

»Wenn du schon ungarisch reden willst«, fuhr er fort, als hätte das Containerintermezzo gar nicht stattgefunden, »mach das gefälligst anständig. Du rollst das R nicht richtig!« Und dann rollte er das R zur Veranschaulichung bei einer raschen Folge ausgesucht derber Schimpfwörter. Sie verfehlten ihre Wirkung nicht.

»Törichtes Steinhirn«, zischte der Dämon und verzog den Mund des Menschen zu einem boshaften Lächeln. »Wer bist du, dass du mir befehlen willst? Ich weiß – dein Volk hat die Schlacht von Prag gewonnen, jene Schlacht, die uns Dämonen beinahe auslöschte und die Erde auf ewig schwarz färbte vom Blut der gefallenen Vampire. Ihr habt gesiegt – ihr habt die Macht über die Schattenwelt an euch gerissen. Doch das ist lange her. Die Zeiten haben sich geändert. Seht euch an! Seht, was aus euch geworden ist! Selbst vor ihnen habt ihr Angst, ihr alle!« Mit fahriger Bewegung schlug er sich gegen die Brust und hinterließ blutige Kratzer in der Haut des Menschen.

Grim zeigte keine Regung. Der Körper des Menschen war nichts mehr als eine dünne Haut, die über der Finsternis lag, eine zitternde Blase angefüllt mit stinkender Fäulnis. Und doch war dieser Körper verletzlich – und es war seine Aufgabe, ihn zu beschützen.

»Ihr und euer albernes GBG«, kreischte der Dämon. »Gesetzbuch der Gargoyles, dass ich nicht lache! Wie dick ist es inzwischen? Habt ihr eigentlich auch ein Gesetz, wie man in der Nase zu bohren hat?« Er brach in schrilles Gelächter aus.

Da stieß Grim die Luft aus. »Immerhin haben wir Nasen, in denen man bohren kann – im Gegensatz zu euch. Es muss in der Tat erbärmlich sein, sich zeit seines unsterblichen Lebens in klebrigen Menschenkörpern herumzutreiben, nur um sich am Hintern kratzen zu können!«

Der Dämon presste die Zähne zusammen. Ein Rasseln ging durch den Menschenleib, als er sich vorbeugte. »Ich vergaß«, zischte er boshaft. »Ich spreche mit einem Gargoyle, einem unfehlbaren … Aber da ist ein Fehler in eurer … Existenz!« Das letzte Wort dehnte er, dass es klang wie das Zischen einer Schlange. »Ihr seid nicht besser als wir. Doch, natürlich, nicht wahr? Denn ihr klaut ihnen die Träume, was für ein Heldenmut!« Er spuckte einen stinkenden Brocken Schleim aus. »Versteckt euch in den Schatten, ihr mächtigen Helden der Nacht – aus Angst, Angst, Angst!«

Grim spürte, dass seine Klauen sich zu Fäusten geballt hatten, und ließ seine Gelenke knacken. »Kreatur der Finsternis«, sagte er leise. »Noch heute Nacht wirst du für deine Taten büßen. Dafür werde ich sorgen.« Er murmelte den Zauber und spürte, wie das Feuer in ihm sich seinen Weg brach. Krachend schoss es in seine rechte Faust und setzte sie in schwarze Flammen. Seine Augen verwandelten sich in glühende Kohlen. Der Regen verdampfte zischend auf seinem Körper, geistergleich zogen die Rauchschwaden davon.

Der Dämon stierte ihn an, etwas wie Achtung hatte sich in seinen Blick geschlichen. Grim hörte die Formel, die über die spitzen Zähne rollte. Klirrend wuchsen messerscharfe Nägel aus den Fingern des Menschen, Fluchfeuer entfachten sich auf der eingefallenen Haut. Der Dämon erhob sich kreischend in die Luft.

Für einen Augenblick schien die Zeit stillzustehen. Der Regen erstarrte um sie herum, die Flammen hörten auf zu flackern, selbst die Wolken, die wie zerfetzte Kleider über den Himmel zogen, hielten inne. Dann zerbrach der Moment, und der Dämon stürzte auf Grim nieder.

Grim sprang zurück, sein Mantel flatterte durch die Luft wie ein Rabenschwarm, doch er war nicht schnell genug. Die Klauen des Dämons trafen seine Wange, Blut lief über sein Gesicht, und im nächsten Moment spürte er den Fuß des Dämons in seinem Bauch. Keuchend landete er auf dem Pflaster. Teufel noch eins, der Kerl war schnell. Verschwommen sah er die Gestalt des Dämons, hocherhoben stand er über ihm in der Luft. Etwas Grelles schoss auf Grim zu, er erkannte es erst, als es sein Gesicht traf. Fluchfeuer. Im nächsten Moment war die Gasse verschwunden, er war in einem Wald aus Flammen. Sie bissen in die nackte Haut seines Oberkörpers, rissen an seiner Hose und seinem Mantel, versuchten, seine Augen auszubrennen. Es war, als würde ihm mit tausend winzigen Klingen die Haut abgezogen, aber das Schlimmste waren die Stimmen. Das Feuer sang, es rief nach ihm, es raubte ihm den Verstand. Grim sah Gesichter in den Flammen, Menschenkinder, sie standen nicht weit von ihm entfernt, sie lachten und winkten ihm.

Für einen Moment wollte er nichts weiter, als zu ihnen zu gehen, ganz gleich, was dann mit ihm werden würde. Aber der Moment war kurz. Er war ein Gargoyle, verflucht noch eins, und er ließ sich nicht um den Verstand bringen, schon gar nicht in einer stinkenden Gasse von einem dahergelaufenen Dämon. Er drehte sich auf den Rücken und drückte die Handflächen gegen das kühle Pflaster der Straße. Regungslos ertrug er die Bisse der Flammen. Nach und nach erloschen sie, bis nur noch stinkender Qualm übrig blieb.

Grim hielt die Augen geschlossen, der Rauch benebelte ihm die Sinne. Er fühlte, wie der Dämon leichtfüßig und siegessicher auf seine Brust sprang, spürte die eiskalten Klauen auf seinem Gesicht und den klebrigen Dämonenatem an seinen Lippen. Betäubend kroch er Grims Rachen hinab und bereitete den Weg für seinen Meister. Er wollte sich in ihm einnisten, dieser Mistkerl, was bildete er sich ein! Grim riss die Augen auf, noch immer loderte sein Feuer in ihnen. Der Dämon erstarrte, Entsetzen spiegelte sich in seinem Blick.

»Wie hast du …«, stammelte er. »Du hast das Fluchfeuer überlebt. Das hat noch niemand …«

Grim lächelte dunkel. »Dann«, sagte er leise, »nenn mich niemand.«

Er sprang auf die Füße, stieß die flammende Faust vor und packte den Dämon an der Kehle. Entschlossen riss er einen glühenden roten Leib aus dem Menschen. Während der menschliche Körper lautlos zu Boden fiel, schaute Grim in ein verbranntes, lippenloses Gesicht. Von Ekel erfüllt sah er, dass sich unter der Haut etwas bewegte, etwas wie Spinnenbeine, die von innen gegen das Fleisch drückten. Der Dämon wollte schreien, aber nichts als ein Krächzen drang aus seiner Kehle. Seine blutig glänzende Haut verfärbte sich an der Luft und schlug knisternd Blasen. Zitternd murmelte der Dämon einen Zauber, und gleich darauf zog sich eine graue Schicht über seinen Körper, faltig und rau wie die Haut sehr alter Schildkröten.

Grim zog etwas aus seiner Tasche. Er hielt den Diamanten dicht vor die Augen des Dämons, der bei diesem Anblick beinahe die Besinnung verlor.

»Nein!«, kreischte dieser und schlug mit den Klauen auf Grim ein, der sich davon nicht im Mindesten beeindrucken ließ.

»Nenn mir deinen Rang«, verlangte er und drückte den Diamanten auf die Stirn des Dämons. Zischend verbrannte die Haut und wurde schwarz, der Dämon jaulte markerschütternd. Grim löste den Diamanten und ließ ihn Atem holen.

»Zweiter Grad, siebter Kreis, Phy«, keuchte der Dämon.

Grim stieß die Luft aus. Hatte er es doch gewusst. Stümper von Stielaugen!

Der Dämon sah ihn an. Für einen Moment war nichts als

Traurigkeit in seinem Blick. »Ihr Gargoyles«, flüsterte er, und zum ersten Mal hatte seine Stimme jeden Anflug von Hass verloren. »Einst eherne Engel, Helden auf Flügeln aus Stein. Was ist aus euch geworden? Nun seid ihr genauso arm dran wie wir.«

Ehe Grim etwas hätte erwidern können, flog der Kopf des Dämons zurück, die spitzen Spinnenbeine stachen durch die Haut. Blut rann ihm übers Gesicht. Etwas brach durch den Kieferknochen, Grim sah schwarze Leiber, die sich rasselnd über das aufgebrochene Fleisch hermachten. Ein entsetzliches Knacken ging durch den Körper, dann hing das Wesen schlaff in Grims Klauen. Mit einem Rauschen entzündeten sich grüne Flammen, Fluchfeuer außer Kontrolle. Schnell ließ Grim den Dämon fallen und sah zu, wie die dürre Gestalt vom Feuer verzehrt wurde. Am Ende meinte er, sie hätte geseufzt – aber es hätte auch ein Lachen sein können, ein irres, verfluchtes Lachen aus der Dunkelheit.

Grim fuhr sich über die Augen. Zur Hölle noch eins, so hatte er sich diese Nacht nicht vorgestellt. Er schaute auf das verkohlte Wesen zu seinen Füßen. Es hatte sich lieber umgebracht, als in das glitzernde Gefängnis gesperrt zu werden. Lautlos ließ er den Diamanten zurück in seine Tasche gleiten. *Eherne Engel … Helden auf Flügeln aus Stein … Was ist aus euch geworden?*

Ein Klappern riss Grim aus seinen Gedanken. Noch ehe er sich umdrehte, wusste er, woher es kam. Menschen! Grim seufzte leise, und tatsächlich: Hinter ihm, platt gegen die Wand gedrückt, kauerte der gerade noch bewusstlose Mann und starrte ihn aus tellergroßen Augen an. Grim ging in langen Schritten auf ihn zu und hob ihn, so sanft er es vermochte, am Kragen hoch.

»Du hast etwas gesehen«, sagte er leise. »Etwas, das nicht für deine Augen bestimmt war.«

Der Mensch hatte alles vergessen, was er in den ungefähr vierzig Jahren seines bisherigen Lebens gelernt hatte, inklusive des Sprechens, ohne zu sabbern. Er speichelte auf Grims Hand. Es war widerwärtig. Grim beschloss, es kurz zu machen.

»Vade, memoria!«, grollte er und unterdrückte ein Stöhnen. Dieses verfluchte Latein!

Doch es wirkte. Umgehend schwand der Schrecken vom Gesicht des Menschen, und Grim schaute in zwei glasige Augen, die nur darauf warteten, ihn hereinzulassen. Entschlossen fixierte er die matte Pupille und stürzte sich vor. Um ihn her wirbelten die Gedanken wie Bilder, die jemand in Seifenblasen gefangen hatte. Er löschte alle Erlebnisse, die der Mann mit dem Dämon gehabt hatte, und er fand noch etwas anderes: Er sah den Menschen, der noch immer reglos in seinen Klauen hing, wie er einen kleinen Wasserspeier dabei beobachtete, die Fassade Notre Dames hinabzuklettern. Grim stieß die Luft aus. Dilettanten! Nur die Snobs von Notre Dame konnten auf eine solche Idee kommen. Es war kein Steinblut mehr in ihren Adern, kein Erz aus den tiefsten Schluchten dieser Welt. Ihre Vorbilder, ja, die hätten sich nicht in helllichter Nacht an der Fassade des gargoyleträchtigsten Ortes von ganz Paris herabgelassen. Aber die Wasserspeier Notre Dames waren nur Kopien, billige Repliken des einstigen Glanzes der Gargoyles von Paris, was sollte man anderes von ihnen erwarten? Seufzend hauchte Grim seinen eisigen Atem gegen die Erinnerung und brachte sie mit leisem Klingen zum Platzen. Umgehend zog er sich aus den Gedanken des Menschen zurück und bettete ihn so sanft, wie es ihm möglich war, auf der nassen Erde.

Für einen Moment blieb Grim neben ihm stehen und schaute auf ihn hinab. *Helden auf Flügeln aus Stein.* Sind wir das etwa nicht mehr? Ohne uns, so dachte er, wärt ihr ganz schön aufgeschmissen. Um ein Haar hätte dieser Dämon dich ausgepresst wie eine Zitrone. Ich habe mein Leben für dich riskiert. Aber du … du wirst dich nicht einmal daran erinnern. Vielleicht wirst du dich fragen, wie du mitten im Regen in dieser schäbigen Gasse hast einschlafen können. Du wirst dich über die Abschürfungen an deinen Händen, über die Schmerzen an deinem Hals und die merkwürdigen Kratzspuren auf deiner Brust wundern. Vielleicht wirst du noch eine Weile an diesen seltsamen Abend zurückdenken. Aber dann … Grim seufzte leise. Dann würde der Mensch ihn vergessen.

Grim hingegen vergaß niemals. Denn er war ein Gargoyle, ein

Schattenflügler der Nacht, in den Festen des Feuers geschmiedet und als glühender Klumpen auf die Erde geworfen, um zu schützen, was sein war: die Ewigkeit des steinernen Blutes.

Doch Grim war müde. Dabei hatte die Nacht gerade erst begonnen.

Andrea Cremer

Nightshade

Die Wächter

Roman

Band 1 der Serie
384 Seiten, broschiert mit Klappe
€ 12,99 [D]
ISBN 978-3-8025-8381-0

Eine verbotene Liebe, eine Wahrheit, die ihre Welt aus dem Gleichgewicht bringt

Calla Tor wurde als Kriegerin geboren, und an ihrem achtzehnten Geburtstag soll sie den verführerischen Werwolf Ren Laroche heiraten, um mit ihm gemeinsam ein neues Rudel anzuführen. Doch Callas Leben wird völlig auf den Kopf gestellt, als sie einen gut aussehenden Menschenjungen rettet und sich in ihn verliebt. Mehr und mehr beginnt Calla ihre Bestimmung in Frage zu stellen. Doch ist ihre Liebe stark genug, um dafür alles aufs Spiel zu setzen, was sie bisher kannte?

»Verführerisch, spannend und voller Action! Macht absolut süchtig!« *Romantic Times*

Band 2 der Serie
Dunkle Zeit
336 Seiten, broschiert mit Klappe
€ 12,99 [D]
ISBN 978-3-8025-8382-7

www.egmont-lyx.de

EGMONT LYX
Verlagsgesellschaften

Rachel Hawkins

Hex Hall

Roman

Sophie Mercer ist eine Hexe. Doch die Sache mit der Magie klappt noch nicht so richtig. Daher schickt ihre Mutter sie an die Hecate Hall, ein Internat für junge Hexen, Gestaltwandler und Feen. Bald nach ihrer Ankunft werden auf dem Campus einige Hexen angegriffen, und der Verdacht fällt auf Sophies Zimmergenossin – der einzigen Vampirin der Schule …

Band 1: Wilder Zauber
304 Seiten, kartoniert mit Klappe
€ 9,95 [D]
ISBN 978-3-8025-8239-4

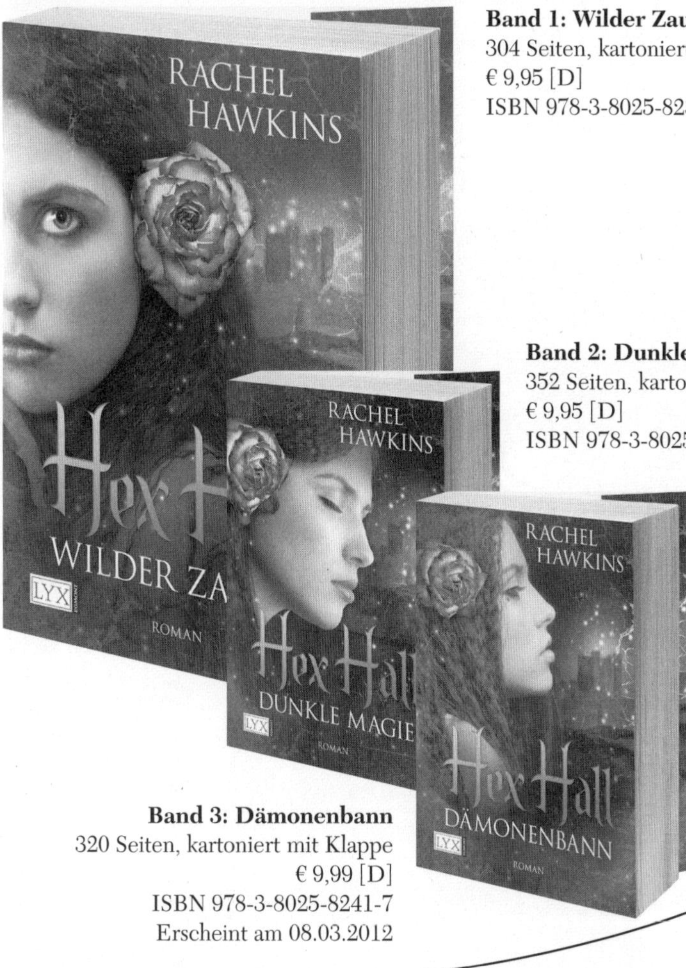

Band 2: Dunkle Magie
352 Seiten, kartoniert mit Klappe
€ 9,95 [D]
ISBN 978-3-8025-8240-0

Band 3: Dämonenbann
320 Seiten, kartoniert mit Klappe
€ 9,99 [D]
ISBN 978-3-8025-8241-7
Erscheint am 08.03.2012

www.egmont-lyx.de

EGMONT Verlagsgesellschaften LYX

Stacey Jay

Julia für immer

Roman

Wenn Romeo & Julia nicht gestorben sind …

Was ist wirklich geschehen, damals in Verona, im Schicksalsjahr 1304? Romeo hat Julia ermordet, um selbst Unsterblichkeit zu erlangen. Als Söldner der Apokalypse verhindert er seit 700 Jahren, dass Liebende zueinander finden. Doch auch Julia ist in Wahrheit unsterblich geworden – und kämpft auf der Seite der Botschafter des Lichts für die wahre Liebe. Jahrhunderte später „erwacht" Julia im Körper des Mädchens Ariel. Auf der Suche nach deren Seelenverwandten trifft sie zum ersten Mal auf Romeo selbst. Dies könnte ihr letzter Kampf werden oder …

»Fesselnd und umwerfend romantisch, gibt *Julia für immer* den Worten ›bis dass der Tod uns scheidet‹ eine völlig neue Bedeutung.« *Michelle Zink*, Autorin von *Die Prophezeiung der Schwestern*

Band 1
384 Seiten, gebunden mit Schutzumschlag
€ 17,99 [D]
ISBN 978-3-86396-021-6

www.egmont-ink.de

EGMONT INK
Verlagsgesellschaften